AF218551

Flashman y señora

Primera edición en este formato: enero de 2026
Título original: *Flashman's Lady*

© George MacDonald Fraser, 1977
© de la traducción, Ana Herrera, 1998
© de esta edición, Futurbox Project, S. L., 2026

Todos los derechos reservados, incluido el derecho de reproducción total o parcial de la obra.
Ninguna parte de este libro se podrá utilizar ni reproducir bajo ninguna circunstancia con el propósito de entrenar tecnologías o sistemas de inteligencia artificial. Esta obra queda excluida de la minería de texto y datos (Artículo 4(3) de la Directiva (UE) 2019/790).

Diseño de cubierta: Gino D'Achille, representado por Artist Partners
Mapa: © John Gilkes, 2015
Corrección: Pablo López

Publicado por Ático de los Libros
C/ Roger de Flor, n.º 49, escalera B, entresuelo, oficina 10
08013, Barcelona
info@aticodeloslibros.com
www.aticodeloslibros.com

ISBN: 979-13-87592-47-9
THEMA: FV
Depósito Legal: B 23268-2025
Preimpresión: Taller de los Libros
Impresión y encuadernación: Liberdúplex
Impreso en España – Printed in Spain

Cualquier forma de reproducción, distribución, comunicación pública o transformación de esta obra solo puede ser efectuada con la autorización de los titulares, con excepción prevista por la ley. Diríjase a CEDRO (Centro Español de Derechos Reprográficos) si necesita fotocopiar o escanear algún fragmento de esta obra (www.conlicencia.com; 91 702 19 70 / 93 272 04 47).

GEORGE MACDONALD FRASER

FLASHMAN Y SEÑORA

SERIE FLASHMAN III
1842–45

TRADUCCIÓN DE
ANA HERRERA

ÁTICO DE
LOS LIBROS

Para Kath

Jörg Kastl

Nota de la traductora sobre el críquet

En la primera parte de esta obra el juego del críquet desempeña un papel primordial. El autor da por sentado que los lectores conocen sus reglas, pero al tratarse de un deporte no excesivamente conocido en nuestro país, consideramos oportuno explicar sus rudimentos en esta nota previa.

El *cricket* (o críquet) es un deporte de origen inglés que se juega al aire libre entre dos equipos de once jugadores. Se practica con una pelota de seis centímetros de diámetro y ciento sesenta y cinco gramos de peso, de corcho forrado de cuero, y un bate *(bat)* de madera, de noventa y cinco centímetros de longitud y once de anchura. El bate es cilíndrico en su tercio superior y plano en la parte inferior.

En el campo de juego, cubierto de hierba corta o césped, se plantan, a veinte metros uno de otro, dos rastrillos *(wickets)* formados por tres estacas cilíndricas de madera de setenta y un centímetros de altura, separadas unos veinte centímetros entre sí. En conjunto, el terreno de juego mide ciento treinta y cinco por ciento cincuenta y cinco metros, y en todo su perímetro se colocan los diferentes jugadores *(bowler* o tirador, *point* o punto, *cover point* o punto de cobertura, *mid off* o medio exterior, *mid on* o medio interior, *slip, long slip, third man* o tercer jugador, *extra cover point, long off* y *wicket keeper* o cogedor).

El *bowler* (lanzador o tirador) lanza la pelota para derribar los *wickets* del contrario, y el bateador *(batsman)* trata de defenderlos rechazando la pelota y lanzándola lo más lejos posible. El tiempo invertido por la trayectoria de la pelota lo aprovecha para apuntarse tantas carreras *(run)* como sean posibles. Una vez lanzadas seis pelotas buenas, el árbitro *(umpire)* ordena *over,* y el segundo *bowler* lanza la pelota al bateador del *wicket* opuesto. Las carreras y el tanteo continúan hasta que la pelota se arroje fuera del terreno de juego.

Un partido consiste en dos manos completas, en las que todos los jugadores de cada bando han entrado al bate en cada una de ellas, en lo que se llama *inning* (turno o entrada).

Nota aclaratoria

En la segunda parte de las memorias de Flashman, el famoso bribón de la Escuela de Rugby y héroe militar victoriano, hay un lapso de tiempo entre su primer encuentro con Bismarck y Lola Montez en 1842-1843 y su implicación en la cuestión de Schleswig-Holstein en 1848. La gente se preguntará: ¿qué pasa con esos años «perdidos»?

Este paquete de las seis entregas de los diarios de Flashman proporciona una respuesta parcial, ya que aquí se explican las notables aventuras del autor entre 1842 y 1845. Por su manuscrito sabemos que un párrafo casual en las páginas deportivas de un periódico hizo que decidiera llenar este hueco de sus primeros años, y por el bulto de los manuscritos todavía sin abrir parece que sus recuerdos de la rebelión Taiping, de la guerra civil norteamericana y de los levantamientos de los sioux y de los zulúes todavía están por llegar. En realidad, y dado que un oficial en servicio de los marines de Estados Unidos me ha informado de que los registros de este cuerpo del ejército contienen pruebas concretas de la participación de Flashman en la rebelión bóxer de 1900, no sabemos con certeza dónde acaban.

La importancia histórica de la presente entrega es triple. Como relato de primera mano de una escena deportiva victoriana —en la cual Flashman aparece como distinguido aunque deplorable actor— es ciertamente única; en un plano diferente, proporciona una descripción testimonial de aquella increíble guerra en la que un puñado de caballeros aventureros empujó la frontera imperial británica hacia el este en la década de 1840. Por último, arroja nueva luz sobre los personajes de dos grandes figuras de la época, un legendario constructor de imperios y una reina africana que ha sido comparada con Calígula y Nerón.

Un pequeño detalle puede ser interesante para los estudiosos de las primeras entregas de Flashman, y es que el presente manuscrito muestra signos de haber sido ligeramente corregido por su cuñada, Grizel de Rothschild, probablemente poco después de la muerte de Flashman en 1915. Esta mujer modificó sus blasfemias, pero no alteró en modo alguno la narrativa del viejo soldado. En realidad, y en ocasiones, enriqueció el relato con extractos del diario privado de su hermana Elspeth, la mujer de Flashman, y con sus propios y agudos comentarios marginales. En presencia de tan distinguida editora, me he limitado a proporcionar algunas notas a pie de página y algunos apéndices, y satisfacer mi curiosidad acerca de la exactitud de los hechos históricos relatados por Flashman, siempre que se han podido comprobar.

G. M. F.

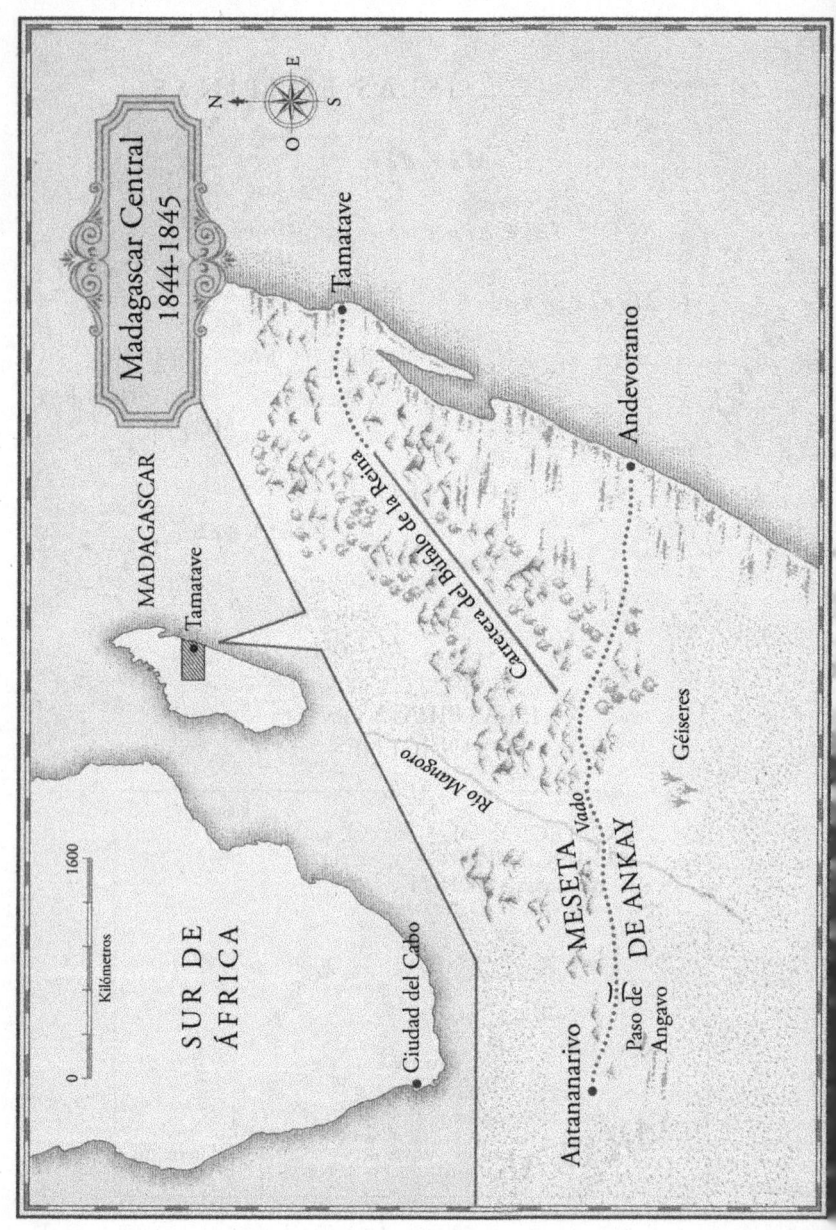

Madagascar Central
1844-1845

MADAGASCAR

Tamatave

SUR DE
ÁFRICA

Ciudad del Cabo

Kilómetros

0   1600

Tamatave

Andevoranto

Carretera del Búfalo de la Reina

Río Mangoro

Géiseres

MESETA
DE ANKAY

Vado

Antananarivo

Paso de
Angavo

Así que ya están hablando otra vez de cambiar de nuevo la norma de que la pierna del *wicket* debe ponerse delante. No sé por qué se preocupan tanto, porque no conseguirán acertar hasta que no vuelvan a la antigua ley que decía que si pones la pierna a propósito delante de la pelota para evitar que golpee las estacas, estás descalificado y se han librado de ti para siempre. Uno puede pensar que aquello ya estaba bastante claro, pero no; todos esos cerebros de mosquito del club Marylebone* tienen que devanarse los sesos de vez en cuando y darle a la sinhueso durante días y días sobre la línea de lanzamiento y el punto de recogida y Dios sabe qué tonterías más, y todo queda tan incomprensible como antes. Son un hatajo de viejecitas chillonas.

Pero la culpa es de esas almohadillas que se ponen hoy día los bateadores. Cuando yo jugaba al críquet, nada protegía nuestras preciosas espinillas salvo los pantalones, y si uno era lo bastante idiota como para poner el tobillo en la trayectoria de uno de los *shooters* de Alfie Mynn, no importaba que estuvieras delante del *wicket* o sentado en el reservado del pabellón: tenían que sacarte para enyesarte la pierna, sin duda. Pero ahora se arrastran por la línea de base como paletos con polainas, y el estúpido de Grace gime como un monaguillo herniado si lanzan una bola y le pasa cerca. No me habría gustado tenerlo en el *wicket* del antiguo Lord's después de un verano seco, con el terreno duro como una piedra, Mynn lanzando sus *trimmers*† desde un extremo y yo corriendo como un gamo al otro... No le

* El Marylebone Cricket Club es el que rige este deporte en todo el mundo. Se fundó en 1743 con la denominación de Artillery Ground Club y desde 1788 ha dictado los reglamentos y normas del juego. *(N. de la. T.)*

† *Shooter, trimmer, lobber, twister...*: tipos de tiro (con rebote, rápido, alto y con poca velocidad, con efecto). *(N. de la. T.)*

habrían llamado «campeón» entonces, se lo aseguro; el viejo bribón seguramente estaría más blanco que la nieve después de dos *overs*. Y lo mismo sirve para ese gordo *nabab* negro y ese bisoño de Fry.

De todo esto deducirán ustedes que yo era un lanzador, no un bateador, y tengo que decir que era muy bueno. Ahí están los antiguos resultados para probarlo. Siete a treinta y dos contra los Caballeros de Kent, cinco a doce contra los England XI, y tantas carreras como la fase final de un boxeador antes de ser derribado. No es que me sintiera muy orgulloso de mi bateo. Como he dicho, podía ser un jugador peligroso contra los hombres más rápidos de los viejos tiempos, cuando los *wickets* eran duros, y puedo decirles confidencialmente que me preocupé de no enfrentarme nunca a un lanzador realmente duro sin unas cintas de lana arrolladas en torno a las piernas (debajo de los pantalones) y una vieja hojalata encima de mis partes nobles; los deportes están muy bien, pero no deben incapacitarle a uno para el juego más viril de todos. No, dejemos la cosa en unos ocho o nueve, cuando los lanzadores de *lobbers* lentos y *twisters* practicaban sus estratagemas y yo podía tirar con fuerza y seguridad, y, cuando era el turno del otro... me bastaba con tener la pelota y tomar una carrerilla de treinta pasos para hacerles bailar.

Puede sorprenderles que la aproximación del viejo Flashy a nuestro gran juego de verano no fuera exactamente la de su héroe de la época escolar, tan varonil y con sus lindas mejillas de manzana, jugando con amabilidad por el honor del equipo y por amor a su galante capitán y recreándose en la gozosa rivalidad del bate y la pelota mientras su despreocupada risa resonaba por encima del verde césped. No, no es eso exactamente. Yo prefería la gloria personal y triunfos fáciles dondequiera que pudiera conseguirlos, y al diablo con el honor del equipo. Mi estilo era recoger unas cuantas libras en apuestas y correr después tras las faldas de las damas deportistas que solían coquetear con nosotros, grandes y rudos jugadores, sonriéndonos bajo sus sombrillas en la Semana de Canterbury. Ese es el espíritu que gana partidos, les doy mi palabra, y si no, mediten sobre nuestro reciente y desastroso resultado contra los australianos.*

* Como muchos de los diarios de Flashman fueron escritos entre 1900 y 1905, parece probable que Flashman se refiera aquí a las series de partidos

14

Por supuesto, hablo como uno que ha aprendido a jugar al críquet en su edad dorada, siendo yo un infeliz estudiantillo en Rugby.
Me abrí camino en la escuela y traté de conservar intacta la piel en
aquella jungla infernal. Uno elige entre sobrevivir a un naufragio
moral o a uno físico, y yo estoy orgulloso de decir que nunca dudé,
por eso soy hoy el hombre que soy, lo que queda de mí. Con mis
llantinas me compraba mi camino a la seguridad cuando era un niño
pequeño, y abusé y tiranicé a los demás cuando me hice mayor;
cómo demonios no estoy ya en la Casa del Señor, es cosa que no
puedo entender. Pero eso no importa; lo importante es que Rugby
me enseñó dos cosas realmente buenas: la supervivencia y el críquet,
ya que incluso a la tierna edad de once años comprendí que mientras
el soborno, la adulación y el engaño podían asegurar la primera, no
eran suficientes para ganar una reputación popular, que es una cosa
muy necesaria. Para eso uno tiene que destacar en los deportes, y el
críquet era ideal para mí.

Al principio no me gustaba nada, pero el otro gran deporte,
el rugby, era extremadamente peligroso. En el único contacto que
tuve con él, salí cojeando y aullando después de una *melée*: «¡Ánimo,
chicos, vamos! ¡Oh, qué lástima que tenga la pierna coja!» Y usé el
truco de no acertar al cargar contra hombres más grandes que yo por
una fracción de centímetro, arrojándome al césped demasiado tarde
con heroicos jadeos y bramidos.* El críquet era paz y tranquilidad en
comparación con aquello, sin más peligro que recibir algún punta-
pié. Yo acabé por ser inusitadamente bueno en este juego.

Digo esto con toda modestia; como bien saben ustedes, tengo
otros tres talentos principales: los caballos, los idiomas y la fornica-
ción, pero estos son dones de la Providencia, y no puedo reclamar
ningún mérito por ellos. En cambio, me esforcé para llegar a ser un

de 1901-1902, que Australia ganó por cuatro a uno, y posiblemente también a las series del verano de 1902, cuando los australianos ganaron a los
Ashes, por dos a uno. Aquel año fue cuando se intentó cambiar la siempre
controvertida norma de la pierna ante el *wicket* y este intento fracasó.
* La conducta de Flashman en el campo de juego se ve memorablemente
descrita en *Los días escolares de Tom Brown*, donde Thomas Hughes dice que
su posterior rival en las peleas jugaba «con gritos y muchos aspavientos».

buen jugador de críquet, ya lo creo que trabajé, y probablemente por eso cuando ahora recuerdo todas las recompensas y trofeos de una vida llena de acontecimientos: las medallas, la nobleza, el dinero acumulado, la gloria militar, las mujeres satisfechas, en fin, no hay nada de lo que me sienta más satisfecho que de esos cinco *wickets* por doce carreras contra la flor y nata de los bateadores de England, o aquel glorioso *over* en Lord's en 1842 cuando... pero ya llegaré a eso en su momento, porque ahí es donde empieza realmente mi historia. Supongo que si Fuller Pilch hubiera bajado su bate una décima de segundo antes, todo habría sido diferente. Los piratas Skrang no habrían sido expulsados con fuego de su nido infernal, la reina negra de Madagascar habría tenido un amante menos (y no es que ella hubiera echado de menos a uno solo, a la que me atrevo a llamar esa zorra insaciable), los franceses e ingleses no habrían cañoneado Tamatave, y yo me habría ahorrado un secuestro, la esclavitud, las cerbatanas y el riesgo de muerte y tortura en lugares inimaginables... ¡Ay, el viejo Fuller tenía mucho por lo que responder, Dios le haya perdonado! Sin embargo, estoy adelantando acontecimientos. Estaba contándoles cómo me convertí en el lanzador más rápido de Rugby, que es un preliminar necesario.

Fue en los años treinta, saben, aquella forma de lanzar girando el brazo alcanzó merecida fama y tipos como Mynn empezaron a levantar las manos hasta la altura del hombro. Aquello cambió el juego como se había conocido hasta el momento, ya que vimos lo rápidos que podían ser los lanzamientos. Se habla de Spofforth y Brown, pero ninguno de ellos armó un alboroto comparable a aquellos primeros *trimmers*. Bueno, yo he visto el lanzamiento de Mynn a cinco *slips* y tres *long-stops,* y pasar sus lanzamientos por encima de todos ellos, el primer rebote justo debajo de la puerta de Lord's. «¡Eso es lo que me hacía falta!», pensé yo, y aprendí el nuevo estilo de lanzar, al principio porque era muy divertido mandar zumbando la pelota junto a los oídos de los pusilánimes y cobardicas que no podían devolverla, pero pronto encontré que aquello no funcionaba contra los bateadores serios, que la devolvían y me mandaban corriendo por todo el campo. Así que me perfeccioné hasta acertar con mi pelota más rápida sobre una moneda cuatro de cada cinco veces, y a medida que me hacía más alto me volvía más rápido, y estaba en el buen camino para ser jefe del Gran Equipo Superior... hasta aquella memorable tarde en que el cerdo puritano de Arnold criticó que me hubieran llevado a casa completamente borracho y me echó de la escuela. Dos semanas antes del partido de Marylebone, además... Bueno, perdieron sin mí, lo cual demuestra que si la piedad y la sobriedad aseguran la vida eterna, no son suficientes para ganar a los MCC.

Sin embargo, aquello representó mi fin para el críquet durante unos cuantos veranos, ya que fui destinado al ejército y a Afganistán, de donde salí temblando todo el trayecto durante la retirada de Kabul y gané una inmerecida pero inmortal fama en el sitio de Jallalabad. Todo esto ya lo he contado en otra parte.* Baste con decir que fingí, que me cagué de miedo, que hui para salvar mi querida vida y supliqué misericordia según requería la ocasión, todo en aquella espantosa campaña, de la cual salí con cuatro medallas, el agradecimiento del Parlamento, una audiencia con nuestra reina y un apretón de manos del duque de Wellington. Es asombroso lo que se puede obtener de un mal asunto si uno juega bien sus cartas y adopta un aire noble en el momento adecuado.

De todos modos, volví a casa como héroe popular en el verano de 1842, y fui recibido fervorosamente por el público y por mi bella e idiota esposa Elspeth. Fui agasajado y adulado, aproveché el tiempo perdido yendo de putas y de juerga hasta el exceso, así que no tuve mucho tiempo en aquellos primeros meses para diversiones más ligeras, pero una tarde, casualmente, cuando paseaba por Regent Street haciendo girar mi bastón y buscando algo que llevarme a la boca, me encontré en la puerta de El hombre verde. Me detuve, despistado, y aquel momento de duda me lanzó a la que quizá sea la más extraña de las aventuras de mi vida.

Ya hace mucho tiempo que desapareció, pero en aquella época El hombre verde era un lugar muy frecuentado por los jugadores de críquet, y fue la visión de los bates y las estacas y demás parafernalia del juego en la ventana lo que de repente me trajo algunos recuerdos, y despertó un extraño apetito no por jugar, ya me entienden, sino

* Véase *Harry Flashman. Un espía al servicio del Imperio Británico.*

solo por oler de nuevo el ambiente, y oír la jerga y los cotilleos de los bateadores y de los lanzadores. Así que entré, pedí un plato de callos y un cuarto de cerveza casera, cambié unas palabras con los alegres fumadores de pipa de la barra y me dejé llevar por la comida casera, la alegre charla, las bromas y el aire limpio y cordial de aquel lugar. Al cabo de un rato hubiera preferido ir a Haymarket y haber pedido un plato bien especiado de pechuga y muslo, pero había tiempo antes de cenar. Acababa de llamar al camarero para pagar cuando vi a un tipo que me miraba desde el otro lado de la sala. Sus ojos se cruzaron con los míos, echó su silla hacia atrás y vino hacia mí.

—Digo —empezó—, ¿no eres tú Flashman? —Lo dijo casi con cierta timidez, como si no pudiera creerlo. Por entonces yo estaba ya acostumbrado a este tipo de cosas, y a tener constantemente a mi alrededor tipos que no dejaban de adular y admirar al héroe de Jallalabad, pero aquel fulano no parecía un mero lameculos. Era tan alto como yo, moreno de rostro y de mentón cuadrado, con un aspecto vehemente en toda su persona, como si no pudiera esperar para tomar un baño frío y correr veinte kilómetros. Un cristiano, seguro, incapaz de fumar el día antes de un partido.

Así que le dije con bastante frialdad que sí, que era Flashman, y qué.

—No has cambiado nada —dijo, sonriendo—. ¿Pero no te acuerdas de mí?

—¿Por qué tendría que hacerlo? —contesté—. Camarero, por favor.

—No, gracias —soltó el tipo—. Ya he tomado mi pinta del día. Nunca tomo más durante la temporada. —Y se sentó a mi mesa, fresco como una lechuga.

—Bueno, me alegra mucho oír eso —dije yo, levantándome—. Ya me perdonará, pero…

—Espera —rio—. Soy Brown. Tom Brown… de Rugby. ¡No me digas que te has olvidado de mí!

Bueno, la verdad es que, sí, me había olvidado. Ahora este nombre está adornado de vivos colores en mi memoria, y lo ha seguido estando desde que Hughes publicó en los años cincuenta su detestable libro, pero aquello estaba todavía en el futuro, y, ¡por mi vida!, que yo no podía situar al tipo. Ni tampoco quería hacerlo; tenía ese aire viril, ese tufillo de libertad que no puedo soportar, con su chaqueta de *tweed* (apuesto a que había frotado a su caballo con ella) y su gorra deportiva. No era mi estilo, en absoluto.

—Tú me pusiste a asar en la chimenea de la sala de descanso una vez —dijo amistosamente, y entonces lo reconocí al instante, y medí la distancia que había hasta la puerta. Ese es el problema de las pequeñas serpientes que siempre están lloriqueando, a las que uno se dedica a martirizar en la escuela: se convierten en corpulentos patanes que practican el boxeo y siempre están en óptima forma. Afortunadamente, este parecía ser tan cristiano como musculoso, y habría asimilado la lunática doctrina de Arnold de amar a nuestros enemigos, ya que mientras yo murmuraba apresuradamente que esperaba no haberle causado ningún daño grave, se rio de buena gana y me dio una palmada en el hombro.

—Hombre, esa es una historia muy vieja —exclamó—. Los chicos siempre son los chicos, ¿verdad? Además, ya sabes... debería ser «yo» quien te debiera «a ti» una disculpa. Sí —y se rascó la cabeza con un aire avergonzado—. A decir verdad —siguió el asombroso zoquete—, cuando éramos más jóvenes no me caías nada bien, Flashman. Bueno, nos tratabas a los pequeños de una manera bastante dura, ya sabes; por supuesto, me imagino que era simple atolondramiento juvenil, pero, bueno, pensábamos que eras un verdadero sinvergüenza y... y... un cobarde, también —se removió incómodo, y me pregunté si se iba a tirar un pedo—. Bueno, nos engañaste completamente a todos, ¿verdad? —dijo, mirándome de nuevo a los ojos—. Quiero decir, que todo ese asunto de Afganistán..., la manera en que defendiste nuestra vieja bandera... todas esas cosas. Bueno, no he oído hablar de nadie tan heroico en toda mi vida, que haya sido un héroe tan grande, y solo quería disculparme, viejo amigo, por pensar mal de ti... porque reconozco que lo hice una vez... y pedirte que choques esa mano, si no te importa.

Estaba allí sentado, con su manaza extendida, con un aspecto confuso y noble, la virtud fluyendo de todos sus poros, y yo me quedé atónito. Lo raro del caso es que su queridísimo amigo Scud East, a quien yo había machacado casi con la misma generosidad en la escuela, dijo prácticamente las mismas palabras unos años más tarde, cuando nos encontramos los dos prisioneros en Rusia… Me confesó cómo me había odiado, pero que mi heroica conducta había borrado todos los viejos rencores y todo eso. Me pregunto todavía si creían de verdad todo eso, si fingían solo para cubrir las formas o si realmente se sentían culpables por haber albergado alguna vez malos pensamientos respecto a mí. Que me parta un rayo si lo sé; la conciencia victoriana es algo que no he comprendido nunca, gracias a Dios.

Sé que si alguien que me hubiera hecho una mala jugada resultase ser el arcángel Gabriel, seguiría odiando al muy hijo de puta; pero bueno, yo soy un desalmado, ya lo ven, carente de sentimientos nobles. Sin embargo, me sentía tan aliviado al comprobar que aquel fornido mocetón estaba dispuesto a olvidar las ofensas, que saqué a la luz todos mis encantos naturales, le estreché calurosamente la mano e insistí en que rompiera sus normas por una vez y tomase una copa conmigo.

—Bueno, lo haré, gracias —aceptó, y cuando llegó la cerveza y bebimos por el viejo y querido Rugby (sinceramente por su parte, sin duda) él dejó su jarra y dijo—: Hay otra cosa… de hecho ha sido el primer pensamiento que me ha venido a la cabeza cuando te he visto… No sé qué pensarás al respecto. Quiero decir que quizá tus heridas no están bien curadas todavía.

Dudó un poco.

—Adelante —dije yo, pensando que quizá quería presentarme a su hermana.

—Bueno, a lo mejor no lo sabes, pero en mi último curso de la escuela, fui capitán y tuvimos un partido interminable contra los hombres de Marylebone. Perdimos los primeros *innings,* pero con nueve carreras más les habríamos ganado, dado un *over* más. De todos modos, el viejo Aislabie, ¿te acuerdas de él?, estaba tan entusiasmado con nuestro juego que me ha preguntado si me gustaría formar un equipo compuesto de los alumnos y exalumnos de Rugby para jugar un partido contra Kent. He conseguido ya a algunos buenos elementos… Ya conoces al joven Brooke, y Raggles… y me acuerdo de que tú eras un lanzador muy bueno, así que… ¿Qué te parece jugar con nosotros, si estás en forma, por supuesto?

Esto me decepcionó bastante, y dado que me voy de la lengua con facilidad, me encontré diciendo:

—¿Qué, piensas que tendrás una recaudación mejor si juega el héroe de Afganistán?

—¿Eh? ¡Ah, no, por Dios! —Se puso colorado y se echó a reír—. ¡Qué cínico eres, Flashy! Ya sabes —dijo, con voz suplicante—, estoy empezando a entenderte, creo. Incluso en la escuela decías siempre lo más inteligente, cosas que te sacaban de quicio... casi como si tú estuvieras deseando que pensaran mal de ti. Es lo contrario... todo lo contrario de la verdad, ¿no es cierto? ¡Oh, sí! —dijo, sonriendo con aire de sabihondo—, Afganistán lo probó, sin duda. Los doctores alemanes están trabajando mucho en esos temas... la perversidad de la naturaleza humana, la bondad propensa a destruirse a sí misma, el alma heroica que teme su propia caída en desgracia y trata de anticiparse a ella. Interesante. —Sacudió su cabezota solemnemente—. Estoy pensando en estudiar filosofía en Oxford este curso, ¿sabes? Sin embargo, no quiero ponerme pesado. ¿Qué te parece, viejo amigo? —y maldita sea su desfachatez, me dio una palmada en la rodilla—. ¿Lanzarás para nosotros... en Lord's?

Estuve a punto de decirle que se fuera con viento fresco con su oferta y su podrido sermón extranjero y los tirara al Serpentine, pero la última palabra me detuvo. Lord's... Nunca había jugado allí, pero, ¿qué jugador de críquet no saltaría de alegría ante esa oportunidad? Pueden considerarlo algo pequeño comparado con los campos en que yo había jugado últimamente, pero confesaré que hizo latir alocadamente mi corazón. Yo todavía era joven e impresionable a la sazón, y casi le descoyunté la mano al estrechársela. Acepté. Él me dio otra de sus resonantes palmadas en la espalda (se daban palmadas unos a otros sin parar, esos robustos jóvenes campeones de mi juventud) y dijo que fantástico, y que ya estaba todo arreglado.

—Querrás practicar un poco, sin duda —dijo, y enseguida me dio una conferencia acerca de cómo se mantenía él en forma, con carreras y ejercicios y comida especial, tal como había hecho en la escuela. De eso pasó a los viejos y entrañables días, y cómo había ido a llorar y rezar en la tumba de Arnold el mes anterior (nuestro venerado mentor había estirado la pata aquel mismo año, y no antes de tiempo, según mi opinión). Excitado como estaba yo con la perspectiva del juego en Lord's, no me daba cuenta de que al mismo tiempo estaba bien harto del piadoso Brown, y mientras nos despedíamos en Regent Street no pude resistir la tentación de desinflar su maldita vanidad.

—No puedo decir lo contento que estoy de haberte vuelto a ver, viejo amigo —dijo, mientras nos estrechábamos la mano—. Encantado de saber que volverás con nosotros, por supuesto, pero, ya sabes, lo mejor de todo ha sido… conocer al nuevo Flashman, ya sabes a qué me refiero. Es curioso —y se metió los pulgares en el cinturón y me guiñó un ojo, a lo búho—, pero eso me recuerda lo que solía decir el doctor en la catequesis para la confirmación… que el hombre vuelve a nacer… solo que has sido tú el que ha nacido… para mí, no sé si me entiendes. De todos modos, soy un hombre mejor ahora de lo que era hace una hora, lo noto. Dios te bendiga, viejo amigo —acabó, y yo escondí la mano antes de que me hiciera ponerme de rodillas para rezar una plegaria y cantar a coro: «Aleluya, aleluya, levantemos nuestros corazones». Me preguntó en qué dirección iba.

—¡Ah!, voy para abajo, en dirección a Haymarket —dije—. Voy a hacer un poco de ejercicio, creo.

—Fantástico —replicó—. Nada como un buen paseo.

—Bueno… estaba pensando más bien en cabalgar, ¿sabes?

—¿En Haymarket? —Frunció el ceño—. Allí no hay cuadras, ¿no?

—Las mejores de la ciudad. Pocas monturas inglesas, pero la mayoría potrancas francesas. Cabalgar seda negra y escarlata es un espléndido ejercicio, pero condenadamente cansado. ¿Quieres probar? Durante un momento lo vi desconcertado, y luego, cuando por fin comprendió, un color se le iba y otro se le venía hasta que pensé que se iba a desmayar. —¡Madre mía! —murmuró con voz entrecortada. Yo le di unos golpecitos en el chaleco con mi bastón, muy confidencial.

—¿Recuerdas a Stumps Harrowell, el zapatero de Rugby, qué hermosas pantorrillas tenía? —le guiñé el ojo mientras él me miraba con la boca abierta—. Bueno, hay allí una puta alemana con unas tetas más gordas todavía. Pesa más o menos como tú y te lo hace de maravilla.

Lanzó unos ruidos ahogados mientras yo le miraba con gran regocijo.

—Así que bien por el nuevo Flashman, ¿eh? ¿Desearías no haberme invitado a jugar con tus amiguitos de mente casta? Bueno, pues es demasiado tarde, joven Tom; nos hemos dado la mano ya, ¿verdad?

Él se rehízo y tomó aliento.

—Puedes jugar si lo deseas —dijo—. El idiota soy yo por habértelo pedido... pero si fueras el hombre que yo esperaba que fueses, podrías...

—¿Retirarme con gracia... y ahorrarte la contaminación de mi compañía? No, hijo, no... estaré allí, y tan dispuesto como tú. Pero te apuesto a que yo disfruto más de mi entrenamiento.

—Flashman —gritaba él, mientras me alejaba—, no vayas... a ese lugar, te lo suplico. No es respetable...

—¿Cómo lo sabes? —repliqué—; Nos veremos en Lord's.

Y le dejé hundido en ese mar de angustia cristiana ante el empedernido pecador que se encaminaba derecho hacia el infierno. Lo mejor de todo es que probablemente él estaba tan sumido en santa indignación ante el pensamiento de mis indecentes fornicaciones como si hubiera sido él mismo quien galopase con aquella puta alemana; eso sí que es altruismo. De todos modos, dejarla con él hubiera sido malgastarla.

Sin embargo, solo porque yo rompí las santas ensoñaciones de Tom no imaginen que tomé mi entrenamiento a la ligera. Mientras la suripanta alemana recobraba el aliento y pedía unos refrescos, yo hacía ejercicios de calentamiento en la alfombra, ensayando mi viejo lanzamiento girando el brazo. Incluso pedí a alguna de sus colegas que me tiraran naranjas para coger práctica, y nunca habrán visto a nadie más alegre que aquellas pelanduscas pintarrajeadas correteando por allí con sus corsés, arrojando frutas. Organizamos tal escandalera que los otros clientes asomaron la cabeza y todo aquello se convirtió en un improvisado juego en el rellano, putas contra clientes (debo establecer las reglas para el críquet de burdel algún día, si alcanzo a recordarlas; el *cover point* tomó un significado que no se encuentra en el reglamento, desde luego). Todo el asunto se nos fue de las manos y acabó con golpes en los muebles, las chicas chillando y llorando y yo al final echado por los matones de la madama por alborotar su desordenada casa, cosa que me pareció excesiva.

Al día siguiente, sin embargo, volví a intentarlo en serio con una pelota en el jardín. Para mi satisfacción, mis viejas habilidades parecían no haberme abandonado, el muslo que me había roto en Afganistán no me dio ni una punzada, y coroné mi ejercicio rompiendo la ventana del comedor cuando mi suegro acababa el desayuno. Estaba leyendo algo sobre los tumultos de Rebecca* mientras comía el *porridge*, al parecer, y como pasaba su miserable vida exprimiendo y explotando a sus trabajadores y tenía una espantosa mala conciencia por ello, su primera reacción ante el cristal roto fue pensar que la multitud hambrienta se había levantado al fin y estaba llegando para darle su merecido.

—¡Maldita sea! —farfulló, quitándose los trozos de cristal de las patillas—. No te importa mutilar o asesinar, ¿verdad? ¡Me podías haber matado! ¿No tienes nada mejor que hacer? —y refunfuñó algo acerca de esos holgazanes desagradecidos que derrochaban su tiempo y su dinero en placeres egoístas, mientras yo besaba a Elspeth y le deseaba buenos días por encima del servicio de café, asombrado, al contemplar su radiante belleza de cabellos dorados y piel de melocotón, por haber desperdiciado mis energías con aquella sebosa alemana la noche anterior, cuando ella me estaba esperando entre las sábanas en casa.

—Vaya familia en la que has entrado —dijo el encantador de su papá—. El hijo armando barullo por doquier, destruyendo las

* Los recuerdos de Flashman le engañan aquí, pero solo ligeramente. Los llamados tumultos de Rebecca no empezaron hasta algunos meses más tarde, en 1843, cuando una peculiar sociedad secreta conocida como «Rebecca y sus hijas» empezó una campaña terrorista contra los altos impuestos de peaje en el sur de Gales. Iban armados, enmascarados y disfrazados de mujer, y bajaban por las noches a los puestos de peaje y los destrozaban. Aparentemente tomaron su nombre de una alusión al Génesis 24:60: «Y bendecían a Rebeca diciendo: ...que se adueñe tu descendencia de las puertas de sus enemigos». (Véase la *Historia del pueblo inglés* de Halevy, vol. IV, y *Punch,* vol. V, introducción, 1843).

propiedades ajenas, y el padre echado ahí arriba, idiotizado por la bebida. ¿No hay más tostadas?

—Bueno, es nuestra propiedad y nuestra bebida —repliqué yo, sirviéndome unos riñones—. Las tostadas también son nuestras, si se pone así.

—¿Con que así es, eh, muchachito? —dijo, con más aspecto de gnomo malicioso que nunca—. ¿Y quién paga todo esto? Ni tú ni tu vago papá. ¡Ah, puedes guardarte tus malhumorados desdenes para ti, jovencita! —siguió, dirigiéndose a Elspeth—: Digamos las cosas sin tapujos, bien a las claras. Es John Morrison quien paga las facturas, con buen dinero escocés, ganado con el sudor de su frente, para ese maridito tuyo y el mantenimiento de su casa y su familia, acuérdate de esto. —Estrujó su periódico, que estaba salpicado de café—. ¡Ah! Todo esto me ha echado a perder el desayuno. «Nuestra propiedad y nuestra bebida» acababa de decir, ¿verdad? ¡Muchos humos! —y salió, para volver al momento refunfuñando—. Y ya que se supone que tú diriges esta casa, hija mía, debes procurar que tengamos mermelada, y no esa asquerosa confitura francesa. ¡Confitura! ¡Bah! ¡Porquería pegajosa! —Y dio un portazo después de salir.

—Oh, querido —suspiró Elspeth—. Papá está de mal humor. ¡Qué lástima que hayas roto la ventana, querido!

—Papá es un maldito aguafiestas —dije yo, devorando los riñones—. Pero ahora que nos hemos librado de él, démonos un beso.

Comprendan que nosotros éramos una pareja poco corriente. Yo me había casado con Elspeth a la fuerza hacía dos años, cuando tuve la mala suerte de estar destinado en Escocia y me pillaron tirándomela entre los arbustos… Esto suponía el altar o pistolas para dos con su tío el buscavidas. Luego, cuando el borracho de mi viejo se arruinó con acciones del ferrocarril, el viejo Morrison había cargado con la manutención de la casa Flashman, que había tenido que asumir por el bien de su hija.

Una situación estupenda, si me permiten que se lo diga, porque el muy avaro no nos daba ni a mí ni al viejo ni un penique directamente, sino que se lo daba a Elspeth, a quien tenía que pedírselo yo si quería disponer de algo para mis caprichos. Y no es que ella no fuera precisamente generosa, ya que además de ser una belleza asombrosa era también tan estúpida como un plumero, y me idolatraba, o al menos eso parecía, pero yo empezaba ya a tener mis dudas. Ella sentía un apetito voraz por el «monstruo de dos espaldas», y cada vez tenía yo más sospechas de que en mi ausencia arrugaba las sábanas con el primer tipo que tuviera a mano, y que todavía le seguía otorgando sus favores ahora que yo estaba ya en casa. Como digo, no podía estar seguro… en fin, no lo estoy todavía, sesenta años después. El problema era y es que yo la amaba tiernamente a mi manera, y no solo de forma lujuriosa, aunque ella representaba todo lo que uno pudiera desear como compañera de cama, y por más que yo pudiera hacer el semental por la ciudad y otros lugares, nunca hubo otra mujer por la que me preocupara de verdad aparte de ella. Ni siquiera Lola Montez, o Lakshmibai, o Lily Langtry, o la hija de Ko Dali, o la duquesa Irma, o La-mujer-que-aparta-las-nubes, o Valentina, o… elijan la que quieran, no hay ninguna que esté a la altura de Elspeth.

En primer lugar, ella era la criatura más feliz del mundo, y lastimosamente fácil de complacer. Era feliz con la vida de Londres, que representaba un cambio del cementerio en el que se había criado (Paisley, le llamaban) y con su aspecto, mis laureles recién ganados y —lo mejor de todo— el dinero de su padre, éramos bien recibidos en todas partes, siendo convenientemente olvidados sus orígenes «comerciales». No existe el héroe pasado de moda ni la heredera inadecuada. Esto le chiflaba a Elspeth, ya que ella era una exagerada pequeña esnob, y cuando le dije que iba a jugar en Lord's, ante lo más florido del mundo del deporte, se extasió: tenía una excusa perfecta para hacerse nuevos sombreros y vestidos, y emperifollarse ante la plebe, según pensaba. Como era escocesa y no tenía ni idea del asunto, se imaginaba que el críquet era un deporte de caballeros, ya saben. Está claro que un cierto nivel del buen mundo lo seguía, pero no eran precisamente la flor y nata, en aquella época: barones rurales, caballeros aficionados a las carreras de caballos, burguesía acomodada, quizá un obispo o dos, pero bastante rústicos. No era tan respetable como ahora. Una razón era que todavía era un juego de apuestas, y estas podían subir mucho. Yo he visto correr cincuenta mil libras en un solo juego, con apuestas paralelas de lo más salvaje desde una guinea hasta mil sobre cuántos *wickets* podía hacer

Marsden, o cuántas pelotas cogerían los *slips*, o si Pilch llegaría a cincuenta (que probablemente lo haría). Con tanto dinero en juego, los movimientos clandestinos que funcionaban entonces habrían hecho que una competición de garañones de Hays City pareciera un inocente juego de parchís. Los partidos estaban vendidos y amañados, los jugadores sobornados y amenazados, los *wickets* arreglados (yo he visto a los once jugadores de un respetable equipo de la región escabullirse en masa y mearse en los *wickets* en la oscuridad, para que sus *twisters* pudieran agarrarse bien en ellos a la mañana siguiente; yo cogí un buen resfriado). Por supuesto, la corrupción no era general, ni siquiera común, pero ocurría en aquellos gloriosos días deportivos, y digan lo que digan los puristas, había una alegría y una vitalidad en el críquet entonces que no existe ahora.

«Parecía» diferente, incluso; si cierro los ojos puedo ver Lord's tal como era entonces, y yo sé que cuando los recuerdos de cama y de batallas hayan perdido sus colores y se hayan reducido a una neblina gris, al menos seguirá siendo tan brillante como siempre. Los coches y carruajes apiñados en la carretera fuera de la verja, la multitud elegante desfilando por la casa de Jimmy Dark bajo los árboles, las chicas como vistosas mariposas con sus vestidos de verano y sus sombreros, a la sombra de sus sombrillas, y los hombres conduciéndolas hasta las sillas, algunos con altos sombreros y levitas, otros con chalecos a rayas y gorras, los del campo abotonados e incómodos y los más brutos y los de ciudad en mangas de camisa y sombrero hongo, con sus cadenas de reloj y sus pipas; los corredores de apuestas con sus tenderetes fuera del pabellón, voceando las probabilidades; los chulos con sus poderosas patillas y chaquetillas con adornos; los informadores, corredores y petimetres deslizándose entre la muchedumbre como hurones, los criados del *pub* de Lord's con las bandejas cargadas de cerveza y limonada, gritando: «¡Dejen paso, caballeros! ¡Dejen paso!»; el viejo John Gully, el púgil retirado, derecho, fuerte como un roble, con los pies separados, sonriendo amablemente mientras hablaba con Alfred Mynn, cuya faja escarlata y sombrero de paja eran un imán para los ojos de los jóvenes adoradores de los ídolos, que se daban empellones a una distancia respetuosa de esos gigantes del mundo deportivo; los lacayos abriendo camino a su viejo y tembloroso duque, que pasaba haciendo inclinaciones de cabeza y daba golpecitos en su sombrero de copa, con su amiguita ocasional del brazo, ella muy pintada y desafiante mientras las damas se apartaban con un susurro de faldas; la bolera en el césped y la hilera de arcos funcionando sin parar, el silbido de las flechas mezclado con el distante estrépito de la banda de artillería, las charlas y gritos de los vendedores, el chirrido de las ruedas de los carruajes y el cálido zumbido del verano evaporándose a través del gran campo verde donde los chicos de Stevie Slatter reunían a las ovejas para apartarlas y echaban a los niños que jugaban por allí; las multitudes de diez en fondo en las redes para ver a Pilch en sus prácticas de bateo, o a Félix, ágil como un felino, tal como indicaba su nombre, lanzando esas *slow lobs* que parecían colgar para siempre en el aire.

O lo veo al sol del crepúsculo, los jugadores con sus sombreros de copa blancos saliendo en tropel del campo, con el murmullo del aplauso en las cuerdas, y los golfillos arremolinándose con adoración, mientras los viejos aficionados fuera del pabellón aplauden y gritan: «¡Bien jugado, bien jugado!» y alzan sus jarras de cerveza; y el capitán le tira la pelota a algún muchacho de ojos como platos que la guardará como una reliquia toda su vida, y el marcador cuelga rígidamente de su alto soporte y las sombras se alargan a través de la idílica escena, la verdadera representación de la feliz y deportiva vieja Inglaterra, con los árbitros recogiendo en un manojo las estacas, los pájaros cantando en los altos árboles, el dulce crepúsculo extendiéndose furtivamente sobre la tierra y el pabellón, y los bancos vacíos, y un montón de leña de sauce delante del aprisco donde Flashy, escondido entre la alta hierba, tiene debajo a la hija del propietario. ¡Ah!, es que entonces el críquet era el críquet.

Aparte del último detalle, que tuvo lugar en otra alegre ocasión, todo era exactamente igual aquella tarde en que los caballeros de Rugby, incluyendo a su humilde servidor, salieron para batir a los campeones de Kent (veinte a uno, y sin apostadores). Al principio pensé que todo iba a ser muy frío, ya que mientras la mayoría de mis compañeros de equipo eran bastante corteses con el Héctor de Afganistán, tal como era de esperar, el egregio Brown estaba sin duda gélido, y también Brooke, que había sido jefe de la escuela en mi época y era la niña de los ojos de Arnold. Eso les dice todo lo que deben saber sobre él: era bien proporcionado y atractivo, iba a la iglesia, no tenía malos pensamientos, era amigo de los animales y de las señoras ancianas y guardiamarina; no tengo ni idea de lo que fue de él, pero espero que huyera con los fondos del barco y la esposa del almirante y pusiera un burdel en Valparaíso. Él y Brown hablaban en voz baja en el pabellón y me dirigían miradas furtivas, regocijándose, sin duda, ante el pecador que no se había arrepentido.

Entonces llegó la hora de jugar, se tiró una moneda al aire y ganó Brown, que eligió batear, lo que significaba que yo pasé la hora siguiente junto a la silla de Elspeth, tratando de acallar sus estúpidas observaciones sobre el juego y esperando que llegara mi turno de intervención. Pasó un buen rato, ya que los de Kent se lo estaban tomando con calma para darnos un poco de juego o Brooke y Brown eran mejores de lo que yo pensaba, ya que sobrevivieron al torbellino de apertura del ataque de Mynn, y cuando llegaron los *twisters,* empezaron a hacer subir el marcador de forma más que interesante. Tengo que decir esto a favor de Brown: era un bateador condenadamente bueno, y Brooke era un buen golpeador. Estábamos a treinta en el primer *wicket,* el resto de nuestros bateadores estaban eliminados, así que conseguimos los setenta antes de alcanzar el final, y yo me despedí de mi amada, que me fastidió tremendamente diciendo a sus vecinos de asiento que seguro, seguro que yo marcaba un tanto, porque era muy fuerte y muy listo. Corrí hacia el pabellón, agarré una pinta de cerveza del camarero y sin tiempo más que de soplar la espuma, cayeron dos *wickets* más, y Brown dijo:

—Es tu turno, Flashman.

Cogí un bate de junto al asta de la bandera, me abrí paso entre la multitud que se volvía con curiosidad ante el siguiente jugador y salí al césped. Ustedes mismos lo habrán hecho a menudo, y recordarán el tremendo silencio mientras uno camina hacia el *wicket,* tan lejos, y quizá un aplauso perdido, o un grito de: «¡Adelante, amigo!», y solo unos pocos espectadores holgazaneando junto a las cuerdas, y el *fielding* o servidor junto a ellas o paseando perezosamente por allí, estirándose al sol, sin mirar apenas cuando nos acercamos. Conozco bastante bien todo esto, pero mientras caminaba levanté la vista y por primera vez sentí la impresión de ver al verdadero Lord's. Alrededor del gran campo color esmeralda, liso como una mesa de billar, estaba aquella enorme masa de gente, de diez en fondo en los extremos, y detrás de ellos los coches amontonados, rueda con rueda, atestados de damas y caballeros, la enorme multitud callada y expectante mientras el sol se reflejaba en los brillantes ojos de miles de gemelos de teatro y binóculos dirigidos hacia mí. Era para ponerse nervioso de verdad, tener que atravesar aquel enorme espacio y con la vejiga de repente llena a reventar. Deseé poder escabullirme entre aquel gentío amistosamente enfebrecido que tenía detrás de mí.

Les puede parecer raro que los nervios hicieran presa en mí en aquel momento. Después de todo, mi cobardía natural se había visto estimulada por algunos horrores que realmente valían la pena: impis zulúes, caballería de cosacos y jinetes sioux, todos dedicados a alterar mi sistema circulatorio y nervioso de diversas formas. Pero en aquellas ocasiones había otras personas con las que compartir la atención general, y es un tipo diferente de miedo, de todos modos. Los tragos menores pueden ser condenadamente terroríficos simplemente porque uno sabe que va a sobrevivir a ellos.

No tardé ni un segundo en tragar saliva y vacilar un poco, seguí y entonces ocurrió algo de lo más sorprendente. Se oyó un murmullo entre la gente que fue creciendo hasta convertirse en un rugido, y súbitamente explotó en los más ensordecedores vítores que nunca hayan oído; podía sentirse el impacto de aquellos gritos corriendo a través del campo, y las damas se pusieron de pie y agitaron sus pañuelos y sombrillas, y los hombres gritaron hurras y agitaron sus sombreros, y todos saltaban de los coches, y en medio de todo aquel escándalo, la banda empezó a tocar: «Rule, Britannia». Yo me di cuenta de que los vítores eran para el siguiente jugador, pero vitoreaban en realidad al héroe de Jallalabad, y casi me desmayo por la sorpresa. Sin embargo, creo que lo llevé bastante bien. Levanté mi blanco sombrero y saludé a derecha e izquierda mientras la música y los vítores resonaban con fuerza, y me apresuré a ir junto al *wicket* como debe hacer un modesto héroe. Y allí estaba el esbelto y pequeño Félix, con sus patillas de colegial y su gorra de niño huérfano, sonriendo con timidez y tendiéndome la mano: Félix, el mejor caballero bateador del mundo, dense cuenta, conduciéndome al *wicket* y pidiendo tres hurras del equipo de Kent. Y luego se hizo el silencio, y mi bate resonaba con pesadez desacostumbrada mientras yo lo golpeaba en el suelo; los *fielders* se agachaban y yo pensaba: «Madre mía, esto va en serio, estoy obligado a dejar mi huella en el marcador, sé que lo estoy». Con tan buena acogida, y mientras me rugían las tripas, miré al *wicket* y a Alfred Mynn.

Era Mynn un hombre robusto que estaba en sus mejores momentos, de algo más de metro ochenta de alto y cerca de noventa kilos de peso, con una cara como una loncha de jamón frito guarnecido con una orla de patillas negras, pero ahora parecía como Goliat, y si piensan que un hombre no puede parecer gigante desde una distancia de más de veinte metros, no han visto al joven Alfie. Sonreía, tirando indolentemente hacia arriba la pelota, que no parecía mayor que una cereza en su enorme puño, moviendo un pie sobre el césped... Dios mío, escarbando como un caballo. El viejo Aislabie me avisó, dijo trémulo: «¡Juego!». Yo agarré mi bate y Mynn dio seis rápidos pasos y balanceó el brazo.

Vi la pelota en su mano, a la altura del hombro, y algo silbó junto a mi rodilla derecha, me preparé para levantar el bate y el *wicket-keeper* estaba ya lanzándole la pelota a Félix en el punto de recogida. Tragué saliva con horror, porque juro que no vi pasar aquella maldita cosa, y alguien en la multitud gritó: «¡Bien perdida, señor!». Se elevó una nubecilla de polvo a un metro de distancia de mí; «ahí es donde va a lanzar —pensé—, oh, Dios mío, ¡no dejes que me haga daño!». Félix, agachado frente a mí, apenas a diez pasos de distancia, se acercó un poco, con los ojos fijos en mis pies; Mynn tenía de nuevo la pelota, y de nuevo dio los seis pasitos, y yo estaba ya abalanzándome hacia adelante, con los ojos bien cerrados, para poner el bate donde había saltado el polvo la última vez. Toqué el suelo, el bate brincó y resonó un golpe como un martillazo, que me dejó las muñecas doloridas, y yo abrí los ojos y vi la pelota corriendo hasta el espacio detrás del *wicket*. Brooke gritó: «¡Venga!», y Dios sabe que yo quería, pero las piernas no me respondían, y Brooke tuvo que volver atrás, meneando la cabeza.

«Esto se tiene que acabar —pensé—, ya que me quedaré lisiado para el resto de mi vida si me quedo aquí». Y el pánico, mezclado con el odio y la rabia, me invadió mientras Mynn volvía de nuevo. Fue andando hasta el *wicket,* con el brazo balanceándose hacia atrás, y yo volví a mi terreno dando un salto desesperado, agitando el bate con todas mis fuerzas. Hubo un espantoso ruido seco y en un instante de exaltación supe que le había dado de lleno, la maldita pelota debía de estar en Wiltshire por lo menos, a cinco carreras, seguro, y yo a punto de salir corriendo cuando vi que Brooke estaba de pie en su terreno, y Félix, que había estado sirviendo casi pegado a mi lado, tenía la pelota en la mano izquierda y la tiraba al aire con indolencia, moviendo la cabeza y sonriéndome.

Cómo la había cogido, solo él y Satanás lo saben; debió de haber sido como atrapar una bala con los dientes. Pero él ni se había despeinado siquiera, y a mí solo se me daba la posibilidad de volver al pabellón, mientras la multitud rugía comprensiva y yo meneaba mi bate hacia ellos y me daba golpecitos en la chistera. Después de todo, yo era lanzador, no bateador, y al menos había colocado un buen golpe. Y me había enfrentado a tres pelotas de Alfred Mynn.

Cerramos nuestra mano a noventa y uno, Flashy atrapó a Félix a cero, y conseguimos una puntuación bastante buena, aunque era seguro que Kent la superaría fácilmente, y como era un partido de una sola mano así fue al final. A pesar de mi nula puntuación —¡cómo deseé haber salido para marcar un tanto después de la segunda pelota!— fui bien recibido en el pabellón, dado que ya se sabía quién era yo, y varios caballeros vinieron a estrecharme la mano, mientras las damas miraban mi robusto aspecto y se sonreían unas a otras debajo de sus sombrillas. Elspeth estaba resplandeciente por la espléndida figura que yo ofrecía ante sus ojos, pero indignada porque había tenido que salir y sin embargo no habían tirado mi *wicket,* porque, ¿acaso no era ese el objetivo del juego? Le expliqué que yo estaba fuera de juego, y ella dijo que era una ventaja muy desleal, y que aquel hombrecillo de la gorra debía de ser un tipo muy solapado, a lo cual los caballeros de alrededor rieron a carcajadas y la miraron con lujuria, pidiendo ponche de soda para la dama y asegurando que ella debía entrar en el comité para arreglar las normas.

Yo me contenté con un vaso de cerveza antes de salir al campo, ya que quería estar preparado para lanzar, pero Brown me dejaba sin hacer nada fuera del campo, sin duda para recordarme que yo era un putañero y por lo tanto no era la persona adecuada para conseguir un *over*. No me importó, sino que me quedé por allí indolente, charlando con los espectadores cerca de las cuerdas, y encogiéndome de hombros con elocuencia cuando Félix o su compañero marcaban un buen tanto, lo cual hicieron a cada pelota. Ellos machacaron a nuestros compañeros, y tenían una ventaja de cincuenta ya antes de una hora. Les dije a los espectadores que lo que queríamos era un poco de animación, y me puse a hacer ejercicios de calentamiento con el brazo, y ellos me vitorearon y empezaron a gritar: «¡Sacad al viejo Flash! ¡Hurra por Afganistán!» y cosas así, lo cual era muy gratificante.

Yo estaba consiguiendo mi cuota de atención de las damas que estaban en los carruajes, cerca de mi puesto de vigilancia, y en realidad había estado tan concentrado guiñándoles el ojo y haciendo el gallito, que me perdí un largo golpe, por lo cual Brown me llamó bastante agriamente para que me fijara. Ahora, un par de señoritas de las más fogosas, empezaron a hacer eco a los hombres, que las incitaron, así que empezó a resonar por todo el campo: «¡Que salga el viejo Flash!», en roncos tonos bajos y agudas voces de soprano. Finalmente, Brown no pudo soportarlo más y me hizo seña de que saliera, y la multitud vitoreó de lo lindo. Félix esbozó una sonrisa tranquila y se puso en guardia.

En conjunto trató mi primer *over* con respeto, porque solo me sacó once, lo cual era mucho más de lo que yo merecía. Ya que; por supuesto, lancé mis bolas con terrible energía, la primera de lleno a su cabeza, y las tres siguientes excesivamente cortas, con aguda excitación nerviosa. A la gente le encantó, y también a Félix, Dios le maldiga; él no alcanzó el primero, pero atrapó el segundo con gracia, interceptó el tercero de puntillas y apartó el último que iba derecho a su labio superior y lo mandó hacia los coches cerca del pabellón.

¡Cómo rio y vitoreó la multitud! Brown se mordía los labios con humillación y Brooke fruncía el ceño con disgusto. Pero ellos no podían sacarme después de un solo turno; vi a Félix que le decía algo a su compañero, y el otro rio, y mientras yo volvía a mi posición de vigilancia un pensamiento se abrió paso en mi cabeza, fruncí el ceño y di una palmada muy enfadado, ante lo cual los espectadores gritaron más fuerte que nunca. «¡Dale un poco de pimienta afgana, Flashy!», gritaba uno, y «¡saca los cañones!», vociferaba otro. Yo sacudí el puño y me encasqueté el sombrero en la cabeza, y ellos gritaron y rieron de nuevo.

Hubo una aguda exclamación cuando Brown me sacó para mi segundo turno, y todos se prepararon para disfrutar de más diversión y frenesí. Pues lo vais a tener claro, chicos, pensé yo, mientras pasaba junto al *wicket*, con la multitud contando cada paso. Mi primera pelota rebotó a mitad de camino del campo, voló alta por encima de la cabeza del bateador y ellos cambiaron tres posiciones. Aquello hizo que Félix se enfrentara conmigo otra vez, y yo retrocedí, cerrando los oídos al griterío y los reproches de Brown. Me volví, y por la elevación de los hombros de Félix comprendí que se estaba preparando para enviarme a los árboles; fijé mis ojos en el punto muerto en línea con la estaca exterior —él era zurdo, lo cual dejaba el *wicket* lateral abierto como una puerta de granero ante mi lanzamiento— y corrí decidido a lanzar la pelota más rápida y certera de toda mi vida.

Y lo hice. Muy bien. Ya les he dicho que era un buen lanzador, y aquella fue la mejor pelota que lancé jamás, lo cual quiere decir que era inmejorable. Había dejado la primera corta a propósito, solo para confirmar lo que todo el mundo suponía desde el primer *over*: que yo era un lanzador impetuoso, sin más cabeza que una cerveza sin espuma. Pero la segunda tenía cada fibra dirigida a aquel punto, con un poco menos de fuerza de la que yo podía dominar para mantenerla firme, y desde el momento en que dejó mi mano, Félix estaba listo. Acepto que tuve suerte, porque el punto tenía que haber estado cubierto; fue un tiro bajo, que se deslizó junto a sus pies cuando esperaba oírlo junto a sus oídos, y antes de que pudiera detenerlo su estaca había saltado dando vueltas en el aire.

El grito que se alzó llegó hasta el cielo, y él pasó junto a mí sacudiendo la cabeza y dirigiéndome una extraña mirada mientras los compañeros me palmeaban la espalda e incluso Brown condescendió a gritar: «¡Bien lanzada!». Me tomé todo aquello muy informalmente, pero por dentro estaba pensando: «¡Félix! ¡Félix, por Dios!».

No habría cambiado aquel *wicket* por un título de lord. Entonces volví bruscamente a la tierra, porque la multitud estaba animando al nuevo hombre que entraba, y yo cogí la pelota y volví a enfrentarme con la alta y angulosa figura de largos brazos que sujetaba el bate en corto.

Yo había visto jugar a Fuller Pilch en Norwich cuando era solo un muchacho, en aquella ocasión en que venció a Marsden de York-shire por el campeonato de *single-wicket** de Inglaterra; si yo había tenido alguna vez un héroe en mi infancia, ese era Pilch, el mejor profesional de su época... y algunos dicen que de todas las épocas, aunque pienso que ese chico nuevo, Rhodes, puede ser también igual de bueno. Bueno, Flash, pensé yo, no tienes nada que perder, así que ve a por él.

Ahora bien; lo que yo había hecho a Félix era un lanzamiento de primera, pero lo que vino a continuación fue suerte, y nada más que suerte. Todavía no puedo explicármelo, pero el caso es que sucedió, y así fue como sucedió. Hice lo que pude para repetir mi gran es-fuerzo, pero incluso más rápido esta vez, y en consecuencia me faltó algo de longitud; si Pilch estaba sorprendido por la velocidad, o por el hecho de que la pelota pasara más alta de lo que tenía derecho a hacer, no lo sé, pero fue un segundo demasiado lento en lanzarse hacia adelante, que era su gran tiro. No bajó el bate a tiempo, la pe-lota cayó fuera y yo casi me arrojé en plancha al campo, con brazos y piernas extendidos, agarrando una pelota que podía haber sujetado con la boca. Por poco se me cae, pero se quedó entre mis dedos, y lo siguiente que recuerdo es que estaban dándome palmadas en la espalda, y los espectadores gritando a pleno pulmón, mientras Pilch se volvía golpeando el bate con irritación.

—¡Maldita sea! —gritó—. ¿Es que Dark no tiene escobas, o qué?

Bueno, quizá tuviera razón.

Por entonces, como ustedes pueden imaginar, yo estaba más allá de toda preocupación. Félix y Pilch. No me quedaba nada más que hacer en esta vida, o eso pensaba yo; ¿qué otra cosa podía superar a aquellos dos gloriosos golpes? Mis nietos nunca lo creerían, pensa-ba, suponiendo que tuviera alguno... Dios mío, compraré todos los

---

* Forma peculiar de críquet en la que se usa un solo *wicket*. *(N. de la T.)*

ejemplares de la prensa deportiva del mes próximo, y empapelaré el dormitorio del viejo Morrison con ellos. Y sin embargo, lo mejor estaba todavía por llegar.

Mynn iba andando hacia la línea de base. Lo iba mirando y recordaba un texto escrito por Macaulay aquel mismo año: «Y ahora todos gritan: "¡Aster!" y ¡mirad!, las filas se separan, mientras el gran Señor de la Luna llega con paso majestuoso». Así era exactamente Alfred el Grande, majestuoso y magnífico, con su ancha faja escarlata y el bate como una pala de niño en la mano. Me dirigió una sonrisa mientras caminaba, se puso en guardia, miró pausadamente en su entorno, se encasquetó el sombrero de paja en la cabeza e hizo una señal al árbitro, el viejo Aislabie, que temblaba de excitación mientras gritaba: «¡Juego!».

Bueno, yo no tenía ninguna esperanza en absoluto de mejorar lo que había hecho, pueden estar seguros, pero estaba decidido a lanzar lo mejor que pudiera, y mientras me volvía se me ocurrió una idea: el viejo Aislabie es un hombre de Rugby, y era un orgullo para la vieja escuela que él arbitrara este encuentro; honesto como Dios, seguro, pero como todos los fanáticos, vería lo que quisiera ver, ¿no es así? Y Mynn es tan grande, joder, que no puedes evitar darle en algún sitio si te concentras en ello, y lanzas lo más rápido que puedas. Todo aquello iba ya tomando forma mientras yo corría hacia el *wicket,* había vencido a Félix gracias a mi habilidad, a Pilch por suerte, a Mynn le iba a vencer con trampas o a morir en el intento. Casi me arrojé encima de la línea de base y lancé un tiro perfecto, de corto alcance pero a sus buenos treinta centímetros de la pierna junto a la estaca. La bola llegó hasta él y Mynn dio unos pasos rápidamente para dejarla pasar, pero esta le rozó la pantorrilla. Por entonces yo estaba ya saltando para interceptar la visión de Aislabie, a un metro fuera del campo, volviéndome mientras saltaba y gritando con todas mis fuerzas: «¿Cómo estaba él, señor?».

Pues bien; un lanzador que es también un caballero de Rugby no reclama nada a menos que lo vea claro; aquel viejo loco de Aislabie con sus ojos de mosca no había visto absolutamente nada, porque yo me interponía entre él y la escena del crimen, pero concluyó que tenía que haber pasado algo, como yo imaginaba que sucedería, y en el momento en que pudo poner su mirada acuosa en Mynn, este, que había dado unos pasos, estaba delante de las estacas. Aislabie habría sido más que humano si hubiera resistido la tentación de decir la palabra que todo el mundo en aquel campo excepto Alfie quería oír. «¡Fuera!», gritó. «¡Sí, fuera, clarísimo! ¡Fuera, fuera!».

Hubo un jaleo espantoso. Los espectadores se volvían locos, y mis compañeros de equipo simplemente me cogieron y dieron la vuelta al campo conmigo. Los vítores eran ensordecedores, e incluso Brown me sacudía la mano y me daba palmadas en la espalda, gritando: «¡Bien lanzado, oh, bien lanzado, Flashy!». Ya ven cómo es la moral: cubre a todas las rameras de Londres si te apetece, eso no significa nada mientras puedas hacer unos *wickets*. Mynn se acercó, moviendo la cabeza y levantando una ceja en dirección a Aislabie. Él sabía que era una decisión censurable, pero sonrió ampliamente con su gran cara roja como buen deportista que era, e hizo algo que pasó al lenguaje popular: se quitó el sombrero, me lo presentó con una inclinación y dijo:

—Este truco vale un sombrero nuevo, joven.

Que me parta un rayo si sé a qué truco se refería,[*] y no me preocupa demasiado; solo sé que la regla de la pierna delante del *wicket* es una regla perfectamente espléndida, si se usa bien.

Después de todo esto, por supuesto, solo quedaba por hacer una cosa: retirarme. Le dije a Brown que me había dislocado el brazo con tanto esfuerzo, que se me había reproducido el reumatismo que contraje en Afganistán, muy probablemente… qué lástima… justo cuando estaba acertando… qué desgracia… qué mala suerte… pero el partido estaba muy bien, sin embargo… (no iba a correr el riesgo de que los otros hombres de Kent me dieran una paliza, por nada del mundo). Así

[*] Esta es la mención más antigua que se hace en un texto literario del «hat trick» o el truco o la maña del sombrero, que significa la hazaña de un lanzador de obtener tres *wickets* con sucesivas bolas, que tradicionalmente le permite obtener un sombrero nuevo. La frase tiene ahora, por supuesto, una aplicación más amplia fuera del críquet, ya que cubre tres sucesivos triunfos de cualquier tipo: un *hat-trick* de goles o victorias electorales, por ejemplo. Es interesante observar no solo que la frase pudo tener su origen en el impulsivo gesto de Mynn hacia Flashman, sino también que fue usada por primera vez de forma irónica.

que salí del campo, entre una tumultuosa ovación de la galería, que yo recibí modestamente con un golpecito en el sombrero de Mynn, y estuve halagando mi vanidad durante el resto del partido, que perdimos por cuatro *wickets*. Si ese espléndido tipo, Flashman, hubiera sido capaz de seguir lanzando…, ¿verdad? A los de Kent los habría eliminado a todos en un momento. Dicen que tiene una bala *jezzail* todavía en el brazo derecho… No, no la tiene, fue un lanzazo… te digo que lo leí en los periódicos, etcétera, etcétera.

Una vez en el pabellón hubo rondas de cerveza y todo tipo de felicitaciones. Félix me estrechó la mano de nuevo, bajando la cabeza de aquella forma tímida suya, y Mynn me preguntó si yo iba a estar en casa al año siguiente, ya que en caso de que el ejército no me reclamara, podía participar en el equipo informal que iba a reunir para la Semana Grande del críquet de Canterbury. Esto era adulación por todo lo alto, pero no estoy seguro de que el tributo más sincero que recibí no fueran las cejas fruncidas y la mirada fija de Fuller Pilch cuando se sentó en un banco con su jarra; mirándome de arriba abajo durante sus buenos dos minutos sin decir esta boca es mía.

Incluso el tembloroso duque vino para felicitarme y dijo que mi estilo le recordaba exactamente al suyo propio:

—¿No te lo había dicho, querida? —dijo a su lánguida buscona, que jugueteaba con su sombrilla, ahogando un bostezo mientras me mostraba su bonito perfil y me sopesaba con el rabillo del ojo—. ¿No te he dicho que los lanzamientos del señor Flashman eran justo como el que usé para acabar con Beauclerk en Maidstone en 1806? Lo dirigí para que saliera por la estaca, señor, lo cogí yendo hacia atrás, entiende, lancé un poco corto, quebrado y corto, a mitad de la estaca, tiré por encima de su *wicket*… ¡ja, ja!, ¿eh?

Tuve que sujetar al viejo loco para evitar que se cayera demostrando su acción, y su hurí, al ayudarme, no perdió la oportunidad de rozar su rollizo brazo contra el mío.

—No dudo de que tendremos el placer de verle en Canterbury el próximo verano, señor Flashman —murmuró ella, y el viejo payaso gritó: «Sí, sí, maravilloso», mientras ella lo ayudaba a caminar; yo tomé nota para buscarla entonces, ya que probablemente lo habría matado en el transcurso del invierno.

Cuando me sequé, después del baño, y me tomaba una copa de *brandy*, me di cuenta de que no había visto a Elspeth desde que acabó el partido, lo cual era extraño, porque ella raramente se perdía una oportunidad de pavonearse en el reflejo de mi gloria. Me vestí y salí a buscarla; no había señales de vida entre la multitud que iba disgregándose, ni en el exterior del pabellón, ni en las mesas de té de las damas, ni en nuestro carruaje. El cochero tampoco la había visto. Había bastante gente en el exterior del *pub*, pero ella difícilmente podía estar allí. Alguien me tiró de la manga, y al volverme encontré a un individuo alto, con cara de bebedor de cerveza y los ojos pequeños y oscuros, que estaba a mi lado.

—Señor *Flaxman*, mis *respectos* —dijo, y se golpeó el sombrero de copa baja con el bastón—. Me perdonará la *libertá*, espero... Tighe es mi nombre, Daedalus Tighe, *to* el mundo me *conose*, soy agente y contable de los *cabayeros*... —y me tendió una tarjeta entre unos dedos sudorosos—. *Aprovesho* la oportunidad, mi querido *cabayero* deportista, de presentarle mis *respectos y mehores* deseos y...

—Gracias —le corté—, pero no tengo apuestas por ahora.

—¡Mi querido *señó*! —exclamó él, riendo—. ¡Ni *remostamente*! —e invitó a sus compinches, un puñado de petimetres zarrapastrosos, para que le sirvieran de testigos—. Mi *atervimiento, señó*, era *pa invita'le* a compartir mi buena suerte, viendo cómo ha *contribuío* tan *beyamente* a la misma... en primer lugar, *compantiendo* este poco de *shanpán fransés... pa* algunos, pipí de burra, pero tan *bebío* en los mejores *establesimientos* por los *peses* gordos... como usted, por *ehemplo, señó. Vinsent*, sírvele un vaso a este encantador...

—En otra ocasión —dije yo, volviéndole la espalda, pero aquel animal tuvo la desfachatez de cogerme del brazo.

—¡Espere un momento, *señó*! —gritó—. Espere, esto eran solo los *premilinares sosiales*. Estoy deseoso de *presenta'le* a su noble persona...

—¡Váyase al infierno! —exclamé. Apestaba a *brandy*.

—... una suma de *sincuenta mashacantes* como una muestra de mi profunda *gratitú* y respecto. ¡*Vinsent*!

Y que el diablo me lleve si la comadreja que tenía al lado no estaba ofreciéndome una copa de champán con una mano y un puñado de billetes con la otra. Yo me detuve en seco, mirándolo.

—¿Pero qué demonios...?

—Una pequeña *muehtra* de mi *extimasión* —dijo Tighe. Vaciló un poco, mirándome de soslayo, y a pesar de apestar a licor, del corte vulgar de su chaqueta, el reloj de cadena por encima de su chaleco de seda floreado y la flor chillona en el ojal, las marcas del deporte vulgar, en efecto, aquellos ojillos incrustados en las gordas mejillas eran tan duros como piedras—. *Usté* ganó esto *pa* mí, *señó*... y me he *ahorrao musho*, maldita sea. ¿Qué, no es *verdá*? —sus confederados, apiñados a su alrededor, gruñeron y levantaron los vasos—. Por el sudor... perdón, *señó*... por la *transpirasión* de sus *sejas*... y ese *pedaso* de *braso* derecho que derrotó a Félix, Pilch y Alfred Mynn en tres tiros, *señó*. Mire —y señaló con un dedo a Vincent, que dejó la copa para desatar una bolsa de cuero que llevaba a la cintura, repleta de billetes y monedas.

—*Usté, señó*, ha *ganao to* eso. Sí, lo ha *hesho*. Cuando ha *ganao* a Fuller Pilch... ah, ¿no ha *sío* eso un tiro *güeno*? Se lo he *disho* a Fat Bob Napper, que como sabrá es el rey de las apuestas. Napper, le he *disho*, ese es un tirador de primera, eso es. ¿Qué te apuestas a que gana a Mynn a la primera pelota? Venga, *dise* él. Tres *seguíos*... ¡eso nunca! Mil a uno, y puedes pagarme ahora mismo. Apuestas generosas, *señó*, si me *premite* —y el bribón guiñó un ojo y se dio un golpecito en la nariz—. Así que... ahí fue mi *biyete*, y aquí están los mil de Napper, en metálico, y *sincuenta* son *pa usté*, mi querido *señó*, con los *agradesimientos* de Daedalus Tighe, *cabayero*, agente y contable de los *cabayeros*, que lo saluda aquí —y levantó su vaso y se tambaleó, inseguro—. ¡Con el perdón de su *altesa*, saludo al más *jodío braso deresho* en el noble juego del críquet de hoy! ¡Hip, hip, hurra!

No podía evitar que aquel bruto me divirtiera, así como el puñado de bribones, corredores borrachos y chivatos parranderos que iban con él, que habían ido demasiado lejos para poder apreciar su propia insolencia.

—Gracias por pensar en ello, señor Tighe —dije yo, porque no hace ningún daño ser educado con un corredor, y me sentía bien—, pueden beber a mi salud con esto —y empujé el dinero firmemente hacia él, que se tambaleó y cayó sentado pesadamente, lleno de burbujas de champán barato, mientras sus compañeros gritaban y manoteaban para ayudarle. No es que no me hubieran sido útiles los cincuenta pavos, pero uno no debe permitir que le vean asociado con tipos de esa calaña, y mucho menos aceptando su pasta. Me alejé, y me siguieron los gritos de: «¡Buena suerte, señor!» y «¡ahí va el cabrón de Flashman!». Todavía sonreía cuando decidí buscar a Elspeth, pero cuando volví al campo de tiro con arco para mirar por allí, la sonrisa se borró de mis labios... porque allí solo había dos personas en la larga avenida entre los setos: la elevada figura de un hombre y Elspeth entre sus brazos.

Me quedé quieto, en silencio, por tres razones. Primera, estaba estupefacto. Segunda, era un tipo grandote, vigoroso, por lo que podía ver de él, un macizo par de hombros envueltos en un paño fino bien cortado (ahí no se habían escatimado gastos). En tercer lugar, pasó rápidamente por mi mente la idea de que Elspeth, además de ser mi esposa, era mi fuente de suministros. Algo que valía la pena pensar, como ven, pero antes de que tuviera un momento para dudar, ambos volvieron la cabeza y vi que Elspeth estaba en el acto de colocar una flecha en un arco para señoras, riendo y haciéndose un lío de lo más atractivo mientras su acompañante, muy cerca de ella, le guiaba las manos, por lo cual, por supuesto, necesitaba poner sus brazos en torno a ella, con la cabeza contra su hombro.

Todo muy inocente... y ¿quién lo sabe mejor que yo, que habría aprovechado cualquier situación semejante para ardientes abrazos y caricias?

—Oh, Harry —me llamó ella—, ¿dónde has estado todo este rato? Mira, don Solomon me está enseñando a tirar con arco... ¡y yo lo he estado haciendo fatal! —lo cual demostraba ella manipulando desmañadamente la flecha, balanceando sin control el brazo que sujetaba el arco y haciendo que la flecha se clavara en el seto, mientras chillaba con deliciosa voz—. ¡Oh, soy un desastre, don Solomon, a menos que me sujete las manos!

—La culpa es mía, querida señora Flashman —dijo él, complaciente. Se las arregló para mantener un brazo en torno a ella, mientras se inclinaba hacia mí—. Pero ahí está Marte, que estoy seguro que será mejor instructor para Diana de lo que yo pueda llegar a ser nunca —sonrió y se quitó el sombrero—. A sus órdenes, señor Flashman.

41

Incliné la cabeza con bastante frialdad, y le miré por encima del hombro, lo cual no era fácil, porque era de mi misma estatura, y dos veces más corpulento... Corpulento, se podría decir, si no gordo, con una cara carnosa y sonriente y finos dientes que relampagueaban de blancura contra su piel oscura. Moreno, quizá incluso oriental, ya que su cabello y sus patillas rizadas eran de un negro azulado, y cuando se volvió hacia mí se movía con esa melindrosa gracia que tienen los latinos en todo su cuerpo. Un personaje, también, por el elegante corte de sus ropas; una aguja de diamante en su pañuelo de cuello, un par de anillos en sus grandes dedos morenos... y, por Júpiter, incluso un pequeño aro de oro en una oreja. Con algo de sangre negra, sin duda, y con todo el aspecto de un negro rico, también.

—¡Oh, Harry, nos hemos divertido mucho! —gritaba Elspeth, y me dio un vuelco el corazón al mirarla. Los rizos dorados bajo el ridículo sombrero, la tez perfecta de color blanco y rosado, su pura e inocente belleza mientras ella reía, chispeante, y me tendía una mano—. Don Solomon me ha enseñado a lanzar la pelota y a tirar con arco, ¡aunque bastante mal!, y me ha entretenido... porque el críquet es tan aburrido cuando no juegas tú, con todos esos tipos de Kent tan aburridos tirando y...

—¿Cómo? —le dije, asombrado—. ¿Quieres decir que no me has visto lanzar?

—Pues no, Harry, pero nos lo hemos pasado la mar de bien en los juegos, con los helados y los aros... —ella seguía parloteando, mientras el seboso levantaba las cejas, sonriéndonos a uno y otro.

—Dios mío —decía él—. Me temo que la he apartado de su deber, señora Flashman. Perdóneme —se volvió hacia mí—, pero todavía le llevo ventaja. Don Solomon Haslam, a sus órdenes —inclinó la cabeza y sacudió su pañuelo—. El señor Speedicut, que creo que es amigo suyo, me presentó a su encantadora esposa, y yo me tomé la libertad de sugerirle que... diéramos una vuelta. Si hubiera sabido que usted iba a jugar... Pero, dígame, ha tenido suerte, ¿verdad?

—Oh, no me ha ido mal —dije yo, interiormente furioso de que mientras yo realizaba verdaderos prodigios, Elspeth hubiera estado mariposeando con aquel baboso fantoche—. Félix, Pilch y

Mynn, en tres bolas: si usted le llama suerte a eso… Y ahora, queri-da, si el señor Solomon nos excusa…

Para mi sorpresa, él se echó a reír.

—¡Si yo le llamo suerte! —exclamó—. ¡Sería un sueño, sin duda! ¡Me habría alegrado con uno solo de ellos!

—Bueno, yo no —dije, mirándole—. Le lancé a Félix, puse fue-ra de juego a Pilch y cogí a Mynn con la pierna adelantada… lo que probablemente no significa mucho para un extranjero…

—¡Madre mía! —exclamó él—. ¡No puede ser! ¿Me está toman-do el pelo, señor?

—Bueno, mire, quienquiera que sea usted…

—Pero… pero… ¡oh, Dios mío! —tartamudeaba, y de repente tomó mi mano y empezó a sacudírmela, con la cara iluminada—. Mi queridísimo amigo… ¡no puedo creerlo! ¿A los tres? ¡Y pensar que me lo he perdido! —Sacudió la cabeza, y estalló en risas de nuevo—. ¡Oh, qué dilema! ¿Cómo puedo lamentar la hora que he pasado con la dama más encantadora de todo Londres…? Pero, se-ñora Flashman, ¡lo que me ha costado usted! ¡Nunca se ha visto nada semejante! ¡Y pensar que me lo he perdido! Bueno, bueno, he pa-gado por mi devoción a la belleza, seguro. ¡Bien hecho, mi querido amigo, bien hecho! ¡Esto hay que celebrarlo!

Yo estaba bastante desconcertado con este agasajo de palabras y zalamerías, mientras Elspeth parecía encantada y asombrada, pero no pude hacer nada cuando él nos condujo adonde estaba el licor y me pidió, paso por paso, una descripción de cómo había lanzado yo a aquellos tres grandes. Nunca había visto a un hombre tan excitado, y confieso que empezó a caerme simpático; me daba palmadas en la espalda y se golpeaba la rodilla con deleite cuando acabé.

—¡Bueno, bendito sea! Vaya, señora Flashman, su marido no solo es un héroe… ¡es un prodigio! —Al oír esto Elspeth resplande-ció y me apretó la mano, lo cual ahuyentó los restos de mi templan-za—. ¡Félix, Pilch y Mynn! Extraordinario. Bueno… pensaba que sabía algo de críquet, a mi humilde manera… Jugué en Eton, ¿sabe? Nunca jugamos contra Rugby, ¡lástima! Pero creo que debió de ser un año o dos antes que usted, de todos modos, amigo mío. ¡Pero esto lo supera todo!

Me sentía halagado, y no solo por el efecto que tenía aquello en Elspeth. Allí estaba aquel extraño tipo extranjero, que había venido mariposeando en torno a ella, una maldita coqueta, y ahora toda su atención era para mi críquet. Ella estaba en parte exultante por mi causa y también enfurruñada porque la habíamos olvidado, pero cuando nos separamos de aquel tipo, con muchos cumplidos y con la seguridad, por su parte, de que nos encontraríamos de nuevo pronto, y con gran amabilidad por la mía, él se ganó su corazón besándole la mano como si hubiera querido comérsela. No me importó por entonces; él no parecía un mal tipo, para su raza, y si había ido a Eton presumiblemente sería medio respetable, y obviamente nadaría en oro. Todos los hombres babeaban delante de Elspeth, de todos modos.

Así que el gran día acabó, un día que nunca olvidé por su propia esplendidez: Félix, Pilch y Mynn, y aquellos tres atronadores rugidos de la multitud cuando fue cayendo cada uno de ellos. Fue un día que contenía la semilla de grandes acontecimientos, tal como verán más tarde. El primero y pequeño fruto nos estaba esperando cuando volvimos a Mayfair. Era un paquete que nos entregaron en la puerta, dirigido a mí. Contenía cincuenta libras en billetes y una nota garrapateada que decía: «Con los saludos de D. Tighe, Cab». Qué infernal insolencia: aquel asqueroso corredor de apuestas, o lo que fuera, tenía la desfachatez de enviarme dinero en efectivo, como si yo fuera algún criado al que se da una propina.

Si lo hubiera tenido a mano le habría dado una patada en el culo o unos bastonazos por su presunción, mandándole de vuelta a Whitechapel. Como no lo tenía, me guardé los billetes y quemé su carta; es la única manera de poner a esos advenedizos en su lugar.

[Extracto del diario de la señora H. Flashman, sin fecha, 1842.]

…claro, es muy natural que H. preste *alguna* atención a otras damas y caballeros, porque ellos son *tan exagerados* en la admiración que le tienen… ¿y debo yo acaso culparos a vosotras, hermanas menos afortunadas? Él tenía un aspecto gentil, orgulloso y guapo, como el espléndido león inglés

44

que es, que yo casi me *desmayaba* de amor y admiración...
y pensar que este hombre extraordinario, la envidia y admiración de todos, es *¡mi marido!* Él es la perfección, y yo le amo más de lo que puedo expresar.

Sin embargo, me gustaría que hubiera estado *un poco* menos atento a las damas que estaban cerca de nosotros, que le sonreían y saludaban cuando estaba en el campo, algunas incluso hasta el punto de olvidar las obligaciones de la modestia requerida en nuestro tierno sexo, ¡y *llamarlo* en voz alta! Por supuesto, es difícil para él aparentar indiferencia, porque es tan admirado... y tiene una naturaleza tan sencilla y galante, y siente, creo, que debe reconocer sus halagos, por miedo de que pueda ser encontrado en falta en esa cortesía que corresponde a un caballero. Es tan generoso y considerado, incluso con personas *déclassées* como la *odiosa* señora Leo Lade, la *compañera* del duque, cuya admiración por H. era tan abierta y sin vergüenza que se hacía notar, y me hizo enrojecer por su reputación... ¡aunque seguro que carece de ella! Pero la sencilla e infantil bondad de H. no puede ver faltas en nadie... ni siquiera en la hembra abandonada que yo estoy segura de que es, porque dicen... pero no debo mancillar tu limpia página, querido diario, con tan miserable cosa como la señora Leo.

Al mencionarla me acuerdo de nuevo de mi deber de proteger a mi querido... porque él es todavía *como un niño,* con toda la *ingenuidad* y sencillez de un niño. Bueno, hoy parecía *algo picado y furioso* ante la atención que me mostraba don S. H., que es un hombre *irreprochable* y el más distinguido de los caballeros. Tiene unos cincuenta mil anuales, se dice, de propiedades y rentas de las Indias Orientales, y está en buenas relaciones con la mejor sociedad, y ha sido recibido por S. M. Es enteramente inglés, aunque su madre era una mujer española, creo, y tiene los más cautivadores modales y atenciones, y es además la persona más *alegre* del mundo. Confieso que me divertí mucho viendo cómo le cautivaba yo, lo cual es bastante *inofensivo* y *natural,* porque he notado que los caballeros de su raza son incluso más ardientes en sus atenciones a los de buena clase que aquellos de pura sangre europea. El pobre H. no estaba muy complacido, me temo, pero no puedo evitar pensar que no le hará ningún daño comprender que *los dos sexos* están destinados a complacerse con inofensivas, y si él debe ser admirado por la señora L. L., no puede objetar la natural inclinación de don por *mí*. Y además, no pueden compararse, porque las atenciones de don S. H. son de la *mayor* discreción y amabilidad; él es *divertido* con propiedad, y cariñoso sin familiaridad. No hay duda de que le veremos mucho en sociedad este invierno, pero no tanto, lo prometo, como para hacer que mi querido héroe se sienta demasiado celoso... tiene una sensibilidad tal...

[Fin del extracto —G. de R.]

Pasaron ocho meses sin que yo volviera a dedicar un solo pensamiento al críquet, pero debo decir que aunque hubiéramos tenido un verano resplandeciente desde octubre a marzo, de todos modos habría estado demasiado ocupado. No se puede vivir un asunto apasionado con Lola Montez, máxime si uno se pelea con Otto Bismarck —que era lo que estaba haciendo yo aquel otoño— y además tener tiempo para el deporte. Además, en aquella época mi fama estaba en su apogeo, debido a mi visita a palacio por la medalla de Kabul. En consecuencia, me solicitaban en todas partes, y Elspeth, en su afán de cumplir con las atenciones públicas, procuró que yo no tuviera ni un momento de paz: bailes, fiestas, recepciones y ni un solo condenado minuto para correrme una buena juerga. Era espléndido, por supuesto, eso de ser el león del momento, pero desde luego agotador.

Ocurrieron pocas cosas de importancia para mi historia, excepto que el obstinado don Solomon Haslam tuvo un papel cada vez más activo en nuestras hazañas invernales. Era un tipo raro, sin duda raro. Nadie, ni siquiera sus antiguos compañeros de Eton, parecían saber demasiado de él, salvo que era una especie de *nabab,* con conexiones en Leadenhall Street, bien recibido en sociedad, donde su dinero y sus modales lo conseguían todo. Parecía estar en el ajo dondequiera que fuese: embajadas, casas elegantes, deportes, incluso en cenas políticas. Era amigo de Haddington y de Stanley por un lado y de bribones como Deaf Jim Burke y Brougham por el otro. Una noche podía estar cenando con Aberdeen* y la siguiente en Rosher-

* Lord Haddington y lord Stanley eran respectivamente Primer Lord del Almirantazgo y secretario de Colonias. Lord Aberdeen era secretario de Exteriores. Flashman es muy malicioso al emparejar a Burke «El Sordo» y Lord

ville Gardens o los Cider Cellars, y tenía la secreta virtud de llevar la voz cantante en todos los terrenos; si quería uno saber qué había detrás de los motines de los peajes, o el cuento de los pantalones de Peel, había que preguntarle a Solomon; sabía los últimos chistes acerca de Alice Lowe o de la columna de Nelson, podía decirte por anticipado cosas del nuevo premio de Ascot, y se tocaban y cantaban canciones de *La chica bohemia* en su salón meses antes de que la ópera se representase en Londres.* Y no es que fuera un chismoso o un murmurador; simplemente que él sabía todo lo que había que saber de cualquier tema que se tocase en la conversación.

Tendría que haber sido detestable, pero curiosamente no lo era, porque no se daba aires de superioridad. Sus fiestas, en su casa de Brook Street, eran sonadas. Dio una fiesta china que se dijo que había costado veinte mil libras y fue la comidilla durante semanas. Su aspecto era lo que las damas llamaban romántico —ya les he hablado del pendiente, con eso basta—, pero con todo, se las arreglaba para parecer modesto y sencillo. Podía ser encantador, tengo que reconocerlo, porque tenía el don sincero del halago, que consiste en mostrar el interés más amable... y, por supuesto, tenía dinero para fundir.

Yo no lo tomaba demasiado en serio, por mi parte. Él hizo un esfuerzo extraordinario para ser amable conmigo, y una vez que me convencí de que su entusiasmo por Elspeth probablemente no iría más lejos, lo toleré. Ella estaba dispuesta a flirtear con cualquiera que llevara pantalones... y más que flirtear, sospechaba, pero había lujuriosos capitanes de los que yo desconfiaba mucho más que de aquel Solomon. También de aquel maldito Watney, por ejemplo, y del lascivo esnob de Ranelagh, e incluso del joven Conyngham, que bebía los vientos por ella. Pero Solomon no era conocido como vi-

Brougham como bribones... uno era un famoso boxeador profesional y el otro un importante político conservador.

* Alice Lowe, amante de Lord Frankfort, figuró en un famoso caso judicial sobre unos regalos que ella decía que el Lord le había hecho y este aseguraba que la Lowe le había robado. La columna de Nelson en Trafalgar Square, entonces a punto de acabarse, era tema de risa... La revista *Punch* observaba llena de sorna que la estatua del gran marino se parecía mucho a Napoleón. La Copa Royal Hunt se empezó a disputar en Ascot en 1843, y *The Bohemian Girl* se estrenó en Drury Lane en noviembre de aquel año.

cioso; que se supiera, ni siquiera tenía querida, y no causaba estragos ni en Windmill Street ni en ninguno de «mis» lugares predilectos. Otra cosa extraña: no probaba el licor, en ninguna de sus formas.

Lo más extraño de todo, sin embargo, fue la forma en que mi suegro entró en contacto con él. Durante aquel invierno, el viejo Morrison venía de vez en cuando al sur desde su hogar en Paisley para castigarnos con su presencia y quejarse de los gastos. Durante una de esas visitas, Solomon comió con nosotros. Morrison echó un vistazo al elegante corte de su chaqueta y sus patillas Newgate y murmuró algo acerca de «otro perfumado petimetre con más dinero que sentido común», pero antes de que la cena hubiese acabado, Solomon lo tenía comiendo de su mano.

El viejo Morrison había iniciado una de sus habituales peroratas acerca del estado de la nación, así que durante el primer plato tuvimos sopa de pollo con puerros, pescado con salsa de ostras e impuesto sobre la renta, todo mezclado con albondiguillas de pollo, costillas de cordero y el Acta de Minería, seguido por un segundo plato de venado al borgoña, fricasé de buey y corredores de bolsa, y por fin helado de uva, tarta de arándanos e Irlanda de postre. Luego las damas —Elspeth y la amante de mi padre, Judy, a quien Elspeth tenía mucho cariño, Dios sabe por qué— se retiraron, y con el oporto tuvimos huelgas de mineros y el declive general del país.

Temas apasionantes todos ellos, y mi viejo se durmió en su silla mientras Morrison peroraba acerca de la iniquidad de esos sinvergüenzas de mineros que ponían pegas a que sus niños arrastrasen vagonetas desnudos por los túneles durante solo quince horas al día.

—Es la infame Comisión Real —gritaba—. Están haciendo mucho daño… ah, y esto se va a contagiar, ya lo verán. Si los niños por debajo de la edad de diez años no pueden trabajar bajo tierra, ¿cuánto tardarán en prohibirles trabajar en las fábricas?, ¿pueden decírmelo? ¡Maldito sea ese mequetrefe de Ashley! «Educadlos», dice. ¡Ya los he educado yo! Y luego vendrá el Acta de Manufactura… eso será lo próximo.

—La enmienda no se aprobará antes de dos años —dijo Solomon tranquilamente, y Morrison lo miró con el ceño fruncido.

—¿Cómo lo sabe?

—Es obvio. Tenemos el Acta de la Minería, que es todo lo que el país puede digerir por el momento. Pero el acortamiento de horas llegará... probablemente dentro de dos años, o puede ser que dentro de tres. El informe del señor Horne lo procurará.

Su tranquila certidumbre impresionó a Morrison, que no estaba acostumbrado a que le dieran lecciones sobre negocios. Sin embargo, la mención del nombre de Horne lo sacó de quicio de nuevo... Creo que dijo que iba a publicar un documento sobre el empleo infantil que inevitablemente conduciría a la bancarrota a todos los empresarios que se lo merecieran, como mi suegro, con cerveza gratis y vacaciones para los pobres, una rebelión de los trabajadores y la invasión de los franceses.

—No tanto, no tanto —sonrió Solomon—. Pero su informe levantará una tormenta, eso es seguro. Lo he hojeado un poco.

—¿Lo ha visto? —exclamó Morrison—. ¡Pero si no aparecerá hasta Año Nuevo! —Lo miró furioso durante un momento—. Está muy bien informado, señor —bebió con ansia un trago de oporto—. ¿Y pudo conseguir... quiero decir si tuvo la oportunidad de ver si aparecía alguna mención a Paisley, quizá?

Solomon no estaba seguro, pero dijo que había algunas cosas estremecedoras en el informe: niños atados y azotados sin miramientos por los capataces, enviados desnudos por las calles cuando llegaban tarde; en una fábrica incluso les clavaban clavos en las orejas por trabajar mal.

—¡Eso es mentira! —tronó Morrison, golpeando la mesa con su vaso—. ¡Una maldita mentira! ¡Nunca se le ha puesto la mano encima a un niño en nuestra casa! Dios mío... si tienen rezo a las siete, y se les da un vaso de leche y algo para la cena... ¡todo de mi bolsillo! Incluso un metro de tela, a veces, como regalo, y yo casi me vuelvo loco por la cantidad de robos...

Solomon lo calmó diciendo que estaba seguro de que las fábricas de Morrison eran el paraíso terrenal, pero añadió muy serio que entre el informe de Horne* y la inactividad general de los negocios,

---

* A principios de 1840 aparecieron varios informes del gobierno sobre las condiciones de trabajo en minas y factorías: eran espantosos. Las atrocidades referidas en la conversación de Morrison con Solomon se pueden

él no preveía demasiadas ganancias para los fabricantes en los años venideros. Inversiones en ultramar, ahí estaba el futuro. Los hombres que conocieran sus negocios —como él, por ejemplo— podían ganar millones cada año en Oriente, y aunque Morrison hacía muecas de desprecio, y llamó a aquello charla propagandística, se notaba que estaba interesado a pesar de todo. Empezó a hacer preguntas, y a discutir, y Solomon tenía todas las respuestas prontas; yo encontraba todo aquello mortalmente aburrido y los dejé charlando, con mi viejo roncando y eructando en la cabecera de la mesa: los ruidos más inteligentes que había oído yo en toda la noche. Pero después, el viejo Morrison observó que el joven Solomon tenía la cabeza sobre los hombros y que era bastante rico y un tipo formal, y no como otros que dedicaban su tiempo a vagabundear y emborracharse, y vivían a costa de sus mayores, etcétera.

Como resultado de estas conversaciones, don Solomon Haslam fue un visitante más asiduo que antes, dividiendo su tiempo entre Elspeth y su padre, que es una variación perversa, me parece a mí. Siempre estaba hablando de comercio con el Lejano Oriente con Morrison, apremiándole a que se metiera en él: incluso sugirió que el viejo bastardo debía hacer un viaje para ver aquello por sí mismo, lo cual yo habría secundado a gusto, sin que nadie indicase lo contrario. Me pregunté si quizá Solomon era algún charlatán que trataba de estafarle al viejo sinvergüenza unos cuantos miles. Me hubiera encantado. De todos modos, ellos se llevaban muy bien, y como Morrison en aquella época estaba expandiendo sus negocios, y Haslam estaba muy bien relacionado en la City, me atrevo a decir que mi querido pariente encontró útil la asociación.

encontrar en esos informes y en otros de la década precedente. Como resultado, lord Ashley (después conde de Shaftesbury) presentó un proyecto de ley en la Cámara de los Comunes en 1842 prohibiendo el empleo de mujeres y niños menores de trece años en las minas, aunque los lores después rebajaron la edad a diez; en 1843 la publicación del informe de la Comisión de Empleo Infantil («Home's report») condujo a la posterior legislación, incluyendo una reducción de las horas de trabajo en las fábricas para niños y adolescentes. (Véase Informe de la Comisión de Empleo Infantil [Minas], 1842; el segundo informe de la CEC, 1843; Y otros informes citados en *Human Documents of the Industrial Revolution*, por E. Royston Pike).

Así pasaron el invierno y la primavera, hasta que en junio recibí dos cartas: una era de mi tío Bindley, de la Guardia Montada, para decir que estaba negociando procurarme un puesto de lugarteniente en la Caballería Real; este gran honor, se apresuraba a puntualizar, se debía a mi heroicidad afgana, no a mi posición social, que en su opinión era insignificante. Él provenía de la rama Paget de la familia y nos despreciaba a nosotros, los Flashman comunes, con lo cual mostraba que tenía más sentido común que buenos modales. Me sentí bastante halagado por estas noticias, e igualmente entusiasmado por la otra carta, que procedía de Alfred Mynn y me recordaba su invitación para jugar en su equipo informal en Canterbury. Yo había jugado un poco con los Montpeliers en el viejo campo de Beehive y estaba en forma, así que acepté de inmediato. Sin embargo, no fue estrictamente por el críquet. Yo tenía tres buenas razones para querer estar fuera de la ciudad por entonces. Primera, acababa de ser el instrumento del fracaso de Lola Montez en la escena de Londres,[*] y tenía razones para creer que la muy zorra me buscaba con una pistola. Ella estaba dispuesta a todo, ya saben, incluyendo el asesinato. En segundo lugar, una mujer acróbata con quien me había acostado fingía estar embarazada, y pedía compensación con lágrimas y amenazas. Y en tercer lugar, recordé que la señora Lade, la amiguita del duque, iba a estar en Canterbury para la Semana de Críquet.

Así que, como pueden ver, un cambio de escenario era justamente lo que necesitaba el viejo Flashy. Si yo hubiera sabido de qué tipo de cambio se trataba, le habría pagado lo que pedía a la acróbata, habría dejado que la señora Lade se fuera al infierno y habría permitido a la Montez que me disparara por la espalda... Aun así me habría considerado afortunado. Pero no podemos prever el futuro, gracias a Dios.

[*] Lola Montez fue la amante de Flashman durante un breve período en el otoño de 1842, hasta que se pelearon; él se vengó de ella tramando una recepción hostil cuando hizo su debut como bailarina en la escena inglesa en junio de 1843. A continuación de ese incidente, ella dejó Inglaterra y empezó la asombrosa carrera como cortesana que la llevó a convertirse en virtual gobernante de Baviera, un episodio en el cual Flashman y Otto von Bismarck se vieron estrechamente implicados. (Véase las biografías de Lola Montez y los propios recuerdos de Flashman sobre el asunto publicados con el título *Royal Flash*).

Intentaba irme a Canterbury yo solo, pero una semana antes se me ocurrió mencionar mi viaje a Haslam, en presencia de Elspeth, e inmediatamente él dijo: «Estupendo». Era muy aficionado al críquet también, y alquilaría una casa durante aquella semana. Teníamos que ser sus invitados, él daría una fiesta y convertiríamos todo aquello en unas estupendas vacaciones. Así era él, los gastos no le importaban en modo alguno. Al punto Elspeth estaba palmoteando y prometiéndoselas muy felices con los pícnics y bailes y toda clase de reuniones sociales.

—¡Oh, don, qué maravilla! —gritó—. Bueno, será divertidísimo, y además Canterbury es un lugar de lo más selecto, creo yo. Sí, allí hay un regimiento; pero ¿qué me voy a poner? Hay que llevar un estilo diferente fuera de Londres, especialmente si las comidas son al aire libre, y las fiestas nocturnas seguro que serán también fuera… ¡ah!, ¿y qué pasará con el pobre y querido papaíto?

Yo debería haber añadido que otra de las razones de mi partida de Londres era apartarme del viejo Morrison, que todavía estaba infestando nuestra casa. De hecho, se había puesto enfermo en mayo… no mortalmente enfermo, por desgracia. Él decía que era por el exceso de trabajo, pero yo sabía que era la comisión del informe del empleo infantil que, como don Solomon había vaticinado, estaba causando una gran conmoción antes incluso de aparecer, porque probaba que nuestras fábricas eran mucho peores que las minas de sal de Siberia. No se daban nombres, pero seguían haciéndose preguntas en los Comunes; Morrison estaba aterrorizado de que en cualquier momento pudiera verse expuesto como el cerdo esclavista que era en realidad. Así que el pequeño villano se había metido en la cama con un complejo de culpabilidad nerviosa, y pasaba el tiempo maldiciendo a los comisionados, regañando a los sirvientes y apagando las velas para ahorrar dinero.

Por supuesto, Haslam dijo que él venía con nosotros; el cambio de aires le haría mucho bien. Yo personalmente creía que lo que necesitaba el viejo pelmazo era un cambio «total» de aires, pero no podía hacer nada al respecto, y como mi primer partido con la gente de Mynn era un lunes por la tarde, se convino en que el grupo emprendería el viaje el día anterior. Me las arreglé para librarme del viaje ese alegando que tenía asuntos que resolver. De hecho, el joven

Conyngham había reservado una habitación en el Magpie para una ejecución el lunes por la mañana, pero no se lo conté a Elspeth. Don Solomon escoltó al grupo a la estación para coger el tren especial en el que había reservado asientos. Elspeth llevaba baúles y bolsas de mano suficientes para establecer una nueva colonia, el viejo Morrison iba envuelto en mantas, quejándose sobre la iniquidad de viajar en tren el día del Señor, y Judy, la querida de mi padre, lo miraba todo con una sonrisita maliciosa.

Ella y yo no cambiábamos ni una palabra por aquel entonces. Yo me la había trabajado alguna vez en los viejos tiempos, cuando el viejo no miraba, pero ella se negó y tuvimos una buena bronca, con gritos y todo, en la cual le puse un ojo morado. Desde entonces, estábamos en términos de civilizado desprecio, por bien del viejo, pero como a él lo habíamos llevado de nuevo hacía poco al sanatorio para que le expulsaran del cerebro los bichitos del alcohol, Judy dedicaba su tiempo a hacer compañía a Elspeth. Oh, sí, éramos un grupito de lo más convencional, claro que sí. Ella era una buena pieza, y yo le apreté un poco el muslo para fastidiarla cuando la ayudaba a subir al tren. Obtuve una mirada que helaba la sangre y les dije adiós, prometiéndoles que nos reuniríamos en Canterbury al mediodía del día siguiente.

Ya he olvidado a quién colgaban el lunes, y no importa en absoluto, pero fue el único ahorcamiento de la prisión de Newgate que llegué a presenciar, y después tuve un encuentro que forma parte de mi relato. Cuando llegué al Magpie el domingo por la noche, Conyngham y sus amigos no estaban allí, porque se habían acercado a la capilla de la prisión a ver cómo esperaba el condenado su último servicio. No me perdí gran cosa, al parecer, porque cuando volvieron gritaban que aquello había sido un aburrimiento mortal: el capellán rezaba de manera monótona y el asesino estaba sentado en la celda hablando con el carcelero.

—Ni siquiera lo obligaron a sentarse en su ataúd —exclamó Conyngham—. Pensaba que siempre les ponían el ataúd en la celda a su lado… ¡Maldita sea, Beresford, tú me dijiste que lo hacían!

—Bueno, aun así, no se ve todos los días a un tipo que asiste a su propio funeral —dijo otro—. ¿No te gustaría tener un aspecto tan vivaracho en tu funeral, Conners?

Después de esto, se sentaron todos a jugar y beber, con una cena fría que duró toda la noche y, por supuesto, llegaron también las chicas, unas putas de Snow Hill que yo no habría tocado ni con un palo largo. Me divertía ver que Conyngham y los otros tipos jóvenes estaban en un raro frenesí de excitación, algo febril, mientras bebían y se dedicaban a las chicas, y todo porque iban a ver morir a un tipo. Aquello no me afectaba nada a mí, que había visto ahorcamientos, decapitaciones, crucifixiones y Dios sabe cuántas cosas más en mis viajes por esos mundos del Señor; mi interés estaba en ver a un malhechor inglés estirar la pata frente a una multitud inglesa, así que mientras tanto me instalé para jugar al *ecarté* con Speedicut, y lo embauqué bien hasta desplumarlo del todo antes de medianoche.

A esas horas, la mayor parte de la compañía estaba borracha o roncando, pero no hubo mucho tiempo para dormir; precisamente antes de amanecer llegaron los esbirros a levantar el patíbulo, y el follón que armaron en la calle, mientras hacían su trabajo, despertó a todo el mundo. Conyngham recordó entonces que tenía un permiso especial del comisario, así que todos echamos a correr a Newgate para echar un vistazo al tipo en la celda de los condenados, y recuerdo cómo aquel grupo borracho y pendenciero se quedó silencioso una vez que estuvimos en el patio de Newgate, con aquellas blancas y húmedas paredes que se elevaban a cada lado. Nuestros pasos resonaban huecos en los pasadizos de piedra, respirando agitados y susurrando mientras el carcelero sonreía y ponía los ojos en blanco para que Conyngham sintiera que había empleado bien su dinero.

Yo creo que aquellos jóvenes petimetres no se convencieron, sin embargo, porque todo lo que vieron al final fue a un hombre que yacía dormido en su banco de piedra, con el carcelero descansando en un colchón junto a él; uno o dos de nuestro grupo, después de recobrar su ánimo, querían despertarle, con la esperanza de ver si deliraba o se ponía a rezar, supongo; Conyngham, que era el más bruto de todos, rompió una botella en los barrotes y rugió al tipo que se moviera, pero él se volvió del otro lado y un tipo pequeño, como un sacristán, con ropa negra y un alto sombrero, se acercó enfurecido para echarnos.

—¡Sabandijas! —gritó, golpeando con el pie el suelo y con la cara roja—. ¿No tienen decencia? ¡Dios bendito, y estos figuran que son los líderes de nuestra nación! ¡Malditos, malditos sean, váyanse al infierno! —desbarraba por los cuatro costados debido a la furia que le dominaba, y juró al carcelero que perdería su puesto; él echó fuera por las buenas a Conyngham, pero a nuestro chico duro ni le afectó. Cuando se le devolvió insulto por insulto, echó una carrera hacia el cadalso, que ya estaba levantado a esa hora, con sus negras vigas, sus barandillas y todo, y se las arregló para bailar sobre la trampilla antes de que los escandalizados trabajadores lo echaran.

Sus compañeros lo recogieron, riendo y lanzando vítores, y lo devolvieron al Magpie; la multitud que iba reuniéndose en el cálido amanecer estival reía mientras avanzábamos hacia allí, aunque había algunas miradas torvas y gritos de: «¡Vergüenza!». Los primeros vendedores ambulantes de comestibles anunciaban a gritos sus mercancías en la calle, y los vendedores de patíbulos en miniatura y ejemplares de la confesión de Courvoisier y trozos de cuerda del último ahorcamiento —cortados de las existencias de algún tendero aquella misma mañana, de eso pueden estar seguros— estaban tomando su desayuno en la habitación común del Lamb y el Magpie, esperando que llegase más gente. Se estaba congregando una multitud de carteristas y prostitutas, y en algunas ventanas empezaron ya algunas fiestas familiares, convirtiendo aquello en un pícnic. Los cocheros colocaban sus vehículos contra las paredes y ofrecían precios de ventaja a seis peniques por persona; los almaceneros y porteadores que tenían negocios que hacer maldecían a los que obstruían su trabajo, y los policías paseaban arriba y abajo en parejas, moviéndose entre los mendigos y borrachos, manteniendo sus fríos ojos fijos en los ladrones y rateros más conocidos. Un tipo de aspecto extraño con ropa de oficinista miraba con vivo interés mientras Conyngham era conducido al Magpie escaleras arriba, y me saludó cortésmente con una inclinación.

—Bastante tranquilo hasta ahora —dijo, y noté que llevaba el brazo derecho doblado en un ángulo extraño, y la mano la tenía torcida y blanca—. Me pregunto, señor, si podría acompañar a su grupo —me dijo su nombre, pero que me parta un rayo si me acuerdo ahora.

No tenía inconveniente, así que vino escaleras arriba, al desorden de nuestra habitación delantera. Los restos de la comida y bebida nocturna ya se habían retirado para servir el desayuno, y los camareros echaban a las busconas, que se quejaban con chillidos estentóreos. La mayor parte de nuestro grupo tenía un aspecto muy decaído, y no le hicieron demasiado caso a los embutidos y los riñones.

—La primera vez para la mayoría de estos —dijo mi nuevo conocido—. Interesante, señor, muy interesante —ante mi invitación, se sirvió un poco de buey frío y hablamos y comimos junto a una de las ventanas mientras la multitud de abajo iba en aumento, hasta que la calle entera estuvo atestada en toda la extensión que alcanzaba la vista, a ambos lados del cadalso. Se agitaba allí una gran muchedumbre, con los policías que guardaban las barreras y apenas espacio suficiente para que los carteristas y criminales hicieran su trabajo. Allí debía de haber una representación de casi todos los tipos que viven en Londres: todos los desperdicios del submundo, hombro con hombro con los comerciantes y la gente de la City; empleados y dependientes, padres de familia con niños subidos a sus hombros, niños mendigos correteando y tirando de la manga a la gente; un carruaje de un señor contra una pared, y la multitud lanzando vítores cuando su recio ocupante subió al techo ayudado por su cochero. Todas las ventanas estaban llenas de mirones a dos pavos cada uno; había galerías en los tejados con asientos de alquiler, e incluso había gente que había trepado a los canalones de la lluvia y a las farolas. Un golfillo harapiento llegó gateando por la pared del Magpie como un mono; se colgó al borde de nuestra ventana con manos y pies desnudos y sucísimos, sus grandes ojos mirando a nuestros platos; mi compañero le acercó un trozo de embutido y este desapareció en un santiamén en la fea boca.

Alguien gritó desde nuestra ventana, y vi a un tipo robusto y de nariz chata mirando hacia arriba; mi compañero, el del brazo tullido, le devolvió el saludo, pero el estruendo y las risas de la multitud eran demasiado fuertes para conversar, finalmente mi compañero se rindió y me dijo:

—Ya me imaginaba que iba a estar aquí. Un buen escritor, ya lo verá; nos hace sombra a todos los demás. ¿Siguió usted a la señorita Tickletoby el verano pasado?

De todo lo cual yo deduje que el tipo que estaba debajo de nuestra ventana era el señor William Makepeace Thackeray. Esa fue la ocasión en que lo vi más de cerca.

—Es una idea muy acertada —siguió mi compañero— porque si las ejecuciones se llevaran a cabo en las iglesias, nunca faltaría una congregación... probablemente se reuniría la misma gente que tenemos aquí, ¿no cree? ¡Ah... ahí está!

Mientras hablaba, sonó la campana, y la multitud de abajo empezó a rugir al unísono: «Uno, dos, tres...», hasta la octava campanada. Entonces hubo un tremendo hurra, que resonó entre los edificios, y luego murió súbitamente en un silencio solo roto por el agudo llanto de un niño. Mi compañero susurró:

—La campana del Santo Sepulcro empieza a tocar, Dios tenga misericordia de su alma.

Cuando el rugido de la multitud empezó a aumentar otra vez, miramos a través de aquel mar de humanidad que estiraba el cuello hacia el cadalso, y allí estaban los policías saliendo deprisa de la puerta de los Deudores de la cárcel, con el prisionero atado entre ellos, subiendo los escalones hacia la plataforma. El reo parecía estar medio dormido («drogado —dijo mi compañero—, a ellos no les importará»). No les importó, pero empezaron a dar patadas y chillar y gritar, ahogando la plegaria del cura, mientras el verdugo hacía rápidamente el nudo, deslizaba una capucha por encima de la cabeza del condenado y se preparaba a correr el cerrojo. No se oía ni una mosca, hasta que un borracho se puso a cantar en voz alta: «¡Que tengas salud, Jimmy!», y hubo gritos y risas. Todo el mundo miró a la figura con la capucha blanca bajo el madero, esperando.

—No lo mire —susurró mi compañero—. Mire a sus compañeros.

Lo hice, dirigí una mirada a la ventana de al lado: todas las caras expectantes, las bocas abiertas, inmóviles, algunas sonrientes, algunas pálidas de terror, algunas en un éxtasis sorprendente.

—Siga mirándolos —dijo, y exactamente con sus palabras llegó el golpe y el impacto de la caída, un poderoso grito de la multitud, y todas las caras en la ventana de al lado se vieron ardientemente iluminadas de placer. Speedicut sonreía y gritaba, Beresford suspiraba y se humedecía los labios, la pesada cara de Spottswood mostraba una salvaje satisfacción, mientras su querida colgaba con risitas de su brazo y simulaba taparse la cara.

—Interesante, ¿eh? —dijo el hombre del brazo tullido.* Se puso el sombrero, le dio un golpecito y me dedicó una amable inclinación—. Bueno, le estoy muy agradecido, señor. —Y se fue.

Al otro lado de la calle, el cuerpo con la capucha blanca se balanceaba lentamente sobre la trampilla, un policía en el patíbulo sujetaba la cuerda y directamente debajo de mí la multitud se iba a las tabernas. En un rincón de la habitación, Conyngham estaba vomitando.

Bajé las escaleras y me quedé esperando que la multitud se disolviera, pero la mayoría esperaba todavía en la confianza de vislumbrar un poco el cuerpo colgante, que no podía ver por el gentío que tenía delante. Me preguntaba lo lejos que tendría que caminar para coger un coche cuando apareció un hombre frente a mí y enseguida reconocí por la cara roja, los ojos diminutos y el chaleco chillón al señor Daedalus Tighe.

—Bien, bien, señor —gritó—. ¡Aquí *'stamos* de nuevo! He oído que va a ir *usté* a Canterbury... ¡Bueno, espero que *aqueyo* les *pro-*

* A partir de la descripción de Flashman de un «tipo con ropas de oficinista» y el brazo tullido, parece que se trataba de Richard Harris Barham (1788-1845), autor de *The Ingoldsby Legends,* quien en una leyenda, tenida por una de las más famosas, relata cómo Lord Tonnoddy, acompañado por «... el señor Fuze, el teniente Tregooze... y sir Carnaby Jenks of the Blues», asistió a una ejecución en Newgate, y veló la noche anterior en el Magpie y Stump, en la misma calle donde estaba levantado el patíbulo. Sin embargo, la inspiración de Barham no procedió de aquella ejecución que describe Flashman; él escribió su famosa pieza de humor sobre la horca algunos años antes; quizá asistió a otras ejecuciones. La presencia de Thackeray es interesante, porque sugiere que había superado la repulsión que sintió ante la ejecución de Courvoisier tres años antes, cuando no pudo resistir mirar el momento final. (Véase Barham, *The Times,* 7 de julio de 1840, y 27 de mayo de 1868, informando de las ejecuciones de Courvoisier y Barret, «Going to See a Man Hanged» de Thackeray en la *Fraser's Magazine,* julio de 1840; *Barnaby Rudge* y «Una visita a Newgate» de *Sketches by Boz* de Dickens; y *Chronicles of Newgate* (1884) y *Criminal Prisons of London* (1862) de Arthur Griffith).

porsione un deporte mejor que «este», se lo juro —e hizo una señal hacia el patíbulo—. ¿Había visto alguna *ves* a alguien tan *desgrasiao,* señor *Flaxman?* No vale la pena mirar, señor, no vale la pena. No ha *disho* ni una palabra... ni un *dincurso,* ni arrepentimiento, ni un poco de *lusha,* ¡maldita sea! Esto no es lo que nosotros *hubiéramo llamao* un *espestáculo* en mi juventud. Se podía pensar —dijo, metiendo los pulgares en su chaleco— que un joven ratero como ese de ahí, que no ha *tenío educasión* propiamente *disha,* ni tampoco ha *valío* nada hasta hoy... se podría pensar, señor, que en «esta» gran ocasión de su vida podía haber *mostrao* algún *apresio,* y no *deja'le drogao* y como tonto. ¿Cuál era su *ambisión,* señor, permitir que se lo cargaran de esa manera, cuando podía haber *reconosío* el interés, señor, de *toa* esa gente de ahí, y *respondío* al mismo? —Me sonrió cálidamente, con la cabeza ladeada—. *Ná* de *ná,* señor *Flaxman,* no hay juego. Ahora *usté,* señor... *usté* lo haría *mushísimo mehor* si fuera lo bastante *desgrasiao* como *pa* encontrarse en su lugar... que Dios no lo *premita, ¿verdá?* Le habría *dao* a la gente lo que quería, como un buen *cabayero* inglés. Y hablando de juegos —siguió—, *confío* en que se encontrará *usté* en plena forma *pa* Canterbury. Cuento con *usté,* señor, cuento con *usté,* ya lo creo.

Algo en su tono me puso de punta el vello de la nuca. Le había estado dirigiendo una mirada fría, pero no pude por menos que dirigirle una decididamente dura.

—No sé qué quiere decir usted exactamente, buen hombre —dije yo—, y no me importa tampoco. Puede usted irse a...

—No, no, no, mi *hoven señó* —dijo él, sonriendo, más rojo que nunca—. *Usté* me ha *confundío.* Lo que le estoy *disiendo,* señor, es que estoy *interesao...* muy *interesao* en el *ésito* del equipo informal del *señó* Mynn, y espero que ganen, *pa* su *sastifasión* y mi *provesho* —guiñó un ojo con malicia—. Recordará *usté, señó,* cómo le *espresé* yo mi *agradesimiento* a su gran *hasaña* en Lord el año *pasao,* adelantándole una *cosiya,* un pequeño *orsequio* de *admirasión,* realmente...

—Nunca obtuve ni una maldita cosa de usted —corté yo, quizá un poco demasiado rápidamente.

—¿Ah sí, *señó?* Bueno, vaya, me deja *usté asombrao, señó...* realmente *asombrao.* Ya que puse *espesial cuidao* en enviárselo a su *dire-*

sión... ¡y *usté* nunca lo *resibió!* Bien, bien —y los ojillos negros eran duros como guijarros—. Me pregunto ahora si ese *viyano* de *empleao* mío, *Vinsent,* se guardó *aqueyo* en su *bolsiyo* en lugar de *entregánselo* a *usté...* La *maldá* humana, *señó Flaxman,* no tiene límites. Pero bueno, *señó,* no tenemos que *enfadá'nos* —y se rio de buena gana—, hay más de *onde* vino aquel, *señó.* Y puedo *desirle, señó,* que si maneja *usté* bien su bate contra los Irregulars esta tarde... *pué* contar con *tresientos,* me comprometo a *eyo,* ¿eh?

Yo me quedé sin habla, abrí la boca y la cerré. Me miró amablemente, guiñó un ojo de nuevo y miró a uno y otro lado.

—Es terrible, señor, qué *horrós.* ¿Por qué la *polisía* no echa a esos malditos rateros y estafadores, bueno, un *cabayero* como *usté* no está a salvo, *eyos* intentarán *clava'le* los dientes, a menos que *usté* se ponga duro. Es un escándalo, *señó;* lo que *usté nesesita* es un *coshe,* es lo que *usté nesesita.*

Hizo una señal, un robusto bruto se acercó y emitió un penetrante silbido, y antes de decir Jesús ya había un coche abriéndose paso entre la multitud, y su conductor golpeando a todos los que no se apartaban con bastante celeridad. El gángster saltó a la cabeza del caballo, otro sujetó la puerta y el señor Tighe, con el sombrero en la mano, me empujó dentro; sonriendo más ampliamente que nunca.

—Y que tenga la mejor de las suertes esta tarde, *señó* —gritó—. *Usté eshará* a los Irregulars en un momento, se lo aseguro, y —volvió a guiñar un ojo— lo espero cuando coja su bate, *señó Flaxman.* ¡Al puente de Londres, *coshero!* —Y allá fue el coche, llevando a un caballero muy pensativo, puedo asegurárselo.

Estuve pensando en el notable señor Tighe todo el camino a Canterbury, y concluí que si era lo bastante loco como para tirar su dinero, era problema suyo... ¿Qué tipo de apuestas podía esperar ganar él si yo perdía mi *wicket,* ya que, la verdad sea dicha, yo bateaba bastante abajo en la lista, y podía fácilmente no sacar el bate en toda la mano?* ¿Quién apostaría trescientos en aquel caso? Bueno,

---

* La apuesta del señor Tighe era que Flashman «aguantaría su bate» (quiere decir, que no perdería su *wicket* y no estaría *out* al final de los *innings).* Una apuesta curiosa, quizá, pero no extraordinaria en aquella época en que los aficionados estaban dispuestos a apostar virtualmente sobre cualquier cosa.

era su problema, no el mío... pero debía tener cuidado con él y no liarme con sus historias. Al menos no esperaba que perdiera, sino al contrario; trataba de sobornarme para que lo hiciera bien. ¡*Hum*!

El resultado de todo aquello fue que yo lancé bastante bien para los once de Mynn, y cuando volví al *wicket* para batear, me pegué a mi sitio como una lapa, para el desencanto de los espectadores, que esperaban que trabajara duro. Fui el tercero en intervenir, así que no tenía que durar mucho, y como el propio Mynn estaba al otro extremo, despejando los *runs,* mi conducta fue perfectamente adecuada. Ganamos por dos *wickets,* Flashy no sufrió ningún *out,* nada... y a la mañana siguiente, después del desayuno, había un paquetito dirigido a mí, con trescientas libras en billetes dentro.

Como un loco volví a cerrarlo y estuve a punto de decirle al mensajero que lo devolviera a quienquiera que se lo hubiera entregado... pero no lo hice. Mal asunto... pero trescientos son trescientos, y era un regalo, ¿verdad? Siempre podía negar que lo hubiese visto. Por Dios, yo era muy inocente entonces, a pesar de toda mi experiencia militar.

Esto, por supuesto, tuvo lugar en la casa que Haslam había alquilado a las afueras de Canterbury, muy espléndida, con senderos de grava, buen césped, arbustos y árboles, luz de gas en toda la casa, habitaciones bien amuebladas, la mejor comida y bebida, criados por todas partes y lo mejor de lo mejor. Había como una docena de huéspedes en la casa, porque aquel era un lugar de paso y Haslam había previsto todas las comodidades. Dio una fiesta suntuosa en aquella primera noche del lunes, a la cual asistieron Mynn y Félix, y la charla fue toda sobre críquet, por supuesto, pero hubo también cierto número de damas, incluyendo a la señora Leo Lade, que se derretía por mí al otro lado de la mesa bajo una enorme masa de bucles, con un vestido tan escotado que tenía los pechos casi metidos en la sopa. «Esta no le hará ascos a una buena estaca y unas pelotas esta semana», pensé yo, y dediqué mi sonrisa más encantadora a Elspeth, que estaba resplandeciente junto a don Solomon en la presidencia de la mesa.

Al final, sin embargo, su entusiasmo desapareció por completo, porque don Solomon dijo que aquella sería su última diversión en

Inglaterra: a finales de mes iría a visitar sus propiedades de Oriente, y no sabía cuándo volvería. Dijo que podían pasar años, ante lo cual una genuina expresión de pena cundió en torno a la mesa, ya que los allí reunidos sabían de sobras cuándo se acababa una diversión. Sin el espléndido don Solomon, habría un lujoso hogar menos para que las hienas de la sociedad se aprovecharan de él. Elspeth estaba bastante disgustada.

—Pero querido don Solomon, ¿qué haremos nosotros? ¡Oh, está usted bromeando…! Vaya, sus aburridas propiedades se las arreglarán perfectamente sin usted, porque estoy segura de que contrata usted solo a las personas más inteligentes para que las cuiden. —Hizo un bonito mohín—. No será tan cruel con sus amigos, claro que no… Señora Lade, no le dejaremos marchar, ¿verdad?

Solomon rio y le dio unos golpecitos en la mano.

—Mi querida Diana —dijo, pues Diana se había convertido en el apodo que usaba con ella desde que trató de enseñarle a tirar con arco—, puede estar plenamente segura de que nada, salvo la más imperiosa necesidad, me apartaría de una compañía tan deliciosa como la suya… y la de Harry, y la de todos ustedes. Pero… un hombre tiene que trabajar, y mi trabajo está en ultramar. Así que… —Sacudió la cabeza, con su suave y hermosa cara sonriendo apesadumbrada—. Será el más amargo de todos los dolores, y los echaré en falta muchísimo a los dos —miró a Elspeth y luego a mí—, porque ustedes han sido para mí como un hermano y una hermana. —Y, maldita sea, porque sus grandes ojos pardos brillaban demasiado, se lo aseguro; el resto de la mesa murmuró con simpatía, todos menos el viejo Morrison, que estaba despachando su postre muy concentrado.

Ante esto, Elspeth, derrotada, empezó a lloriquear, y sus tetas se movieron con tanta violencia que el viejo duque, al otro lado de Solomon, escupió su dentadura postiza sobre la copa de vino que tenía delante y el mayordomo tuvo que ayudarle a recomponerse.

Solomon, por una vez, parecía un poco confuso; se encogió de hombros y me dirigió una mirada que era casi suplicante. «Lo siento, amigo», venía a decir, «lo decía en serio». Yo no podía entender aquello del todo… Podía sentirlo por Elspeth, ¿qué hombre no lo haría? Pero yo, ¿había sido tan amistoso con él? Bueno, simplemente correcto, y era su marido; quizá aquellos encantadores modales míos que Tom Hughes mencionaba habían surtido efecto en aquel emocional sureño. De todos modos, al parecer yo tenía que decir algo.

—Bueno, don —dije—, vamos a sentir mucho perderle, de eso no cabe duda. Usted es un tipo encantador…, quiero decir que es un buen hombre, y no sería mejor si… fuera usted inglés —no iba a exagerar tampoco, ya me entienden, pero los demás murmuraron: «Escuchad, escuchad» y después de un momento, Mynn dio unos golpecitos en la mesa para secundarme—. Bueno, bebamos a su salud, pues —y todo el mundo lo hizo, mientras Solomon me dirigía una sonrisa suave, inclinando la cabeza.

—Ya sé —dijo— que este es un gran cumplido. Se lo agradezco… a todos ustedes, y especialmente a usted, mi querido Harry. Solo desearía… —Y se detuvo, sacudiendo la cabeza—. Pero no, eso sería demasiado pedir.

—¡Ah, pida lo que quiera, don! —gritó Elspeth, suplicando como una idiota—. ¡Sabe que no podemos negarle nada!

Dijo que no, que no, que había sido una idea absurda y, ante esto, por supuesto, ella se volcó en él para averiguar qué era. Así que después de un momento, jugando con su copa de vino, él dijo:

—Bueno, pensarán que es una tontería, me atrevo a decir… pero lo que iba a proponerle, mi querida Diana, para Harry y usted misma y su padre, a quien cuento entre mis más queridos amigos… —e inclinó la cabeza hacia el viejo Morrison, que estaba asegurándole a la señora Lade que no quería más postre, pero que se iba a servir otra ración del pudin de harina de maíz—, iba a decir que ya que yo debo partir… ¿por qué no se vienen ustedes tres conmigo? —y nos sonrió tímidamente a los tres, uno por uno.

Miré al tipo para ver si bromeaba. Elspeth, toda roja, estupefacta, me miró y luego miró a Solomon, con la boca abierta.

—¿Ir con usted?

—Solo se trata de ir al otro lado del mundo, después de todo —dijo él, jocosamente—. No, no… lo digo muy en serio; no es tan terrible. Ya me conocen lo bastante bien como para comprender que no les propondría nada que ustedes no encontraran delicioso. Haríamos un crucero en mi bergantín a vapor… está tan bien aparejado como cualquier yate real, saben, y tendríamos unas vacaciones espléndidas. Podríamos atracar donde quisiéramos: Lisboa, Cádiz, El Cabo, Bombay, Madrás… adonde nos llevara nuestro capricho. ¡Oh, sería realmente fantástico! —Se inclinó hacia Elspeth, sonriendo—: ¡Piense en la de lugares que veríamos! ¡El placer que me produciría, Diana, enseñarle las maravillas de África, tal como uno las ve al amanecer desde el alcázar… unos colores que usted no puede ni imaginar! Las costas del océano Índico… ¡Sí, los arrecifes de coral! ¡Ah, créanme, hasta que uno no ha recalado en Singapur, o bordeado las costas tropicales de Sumatra, Java y Borneo, y visto el glorioso mar de la China, donde siempre es de día… oh, querida, no ha visto nada!

Tonterías, por supuesto; Oriente es un lugar apestoso. Siempre lo ha sido. Pero Elspeth lo miraba con arrobamiento y luego se volvió ansiosa hacia mí.

—¡Oh, Harry…!, ¿podríamos?

—Ni hablar del peluquín. Es el culo del mundo.

—¿En esta época? —exclamó Solomon—. Pero bueno, con un vapor se puede estar en Singapur en… unos tres meses. Digamos tres meses como huéspedes míos mientras visitamos mis propiedades… y aprendería usted, Diana, lo que significa ser una reina en Oriente, se lo aseguro… y tres meses para volver. Estarían en casa otra vez para la próxima Pascua.

—¡Oh, Harry! —Elspeth chillaba de alegría—. ¡Oh, Harry!, ¿podemos? ¡Oh, por favor, Harry! —Los tipos de la mesa asentían admirados, y las damas murmuraban con envidia; el viejo duque dijo que era una aventura y maldita sea si no lo era, y que si él fuera más joven, por Dios, ¿no habría salido corriendo ante aquella oportunidad?

Bueno, pues no iban a llevarme al este de nuevo; con una vez había tenido bastante. Además, yo no iba a ninguna parte por caridad de un moreno ricachón y fanfarrón que se había aficionado a mi esposa. Y aún había otra razón más, que me permitía dar buena apariencia a mi rechazo.

—No podemos, querida —repuse yo—. Lo siento, pero soy un soldado con un deber que cumplir. El deber y la Guardia Real me reclaman. Estoy desolado por tener que rechazar un viaje que seguramente sería felicísimo. —Sentí un breve dolor, lo admito, al ver apagarse aquella adorable cara infantil—. Pero no puedo ir, ya lo ve. Lo siento, don, tenemos que declinar su amable invitación.

Él se encogió de hombros con buen sentido del humor.

—No hay más que hablar, pues. Pero es una lástima... —sonrió, tratando de consolar a Elspeth, que se mostraba alicaída—, quizá otro año. A menos que, en ausencia de Harry, su padre acepte acompañarnos... Lo dijo de una forma tan natural, que me quedé sin aliento, pero cuando fui consciente de lo que quería decir, tuve que reprimir una agria contestación. Así que ese es tu juego, ¿eh? ¡Desgraciado! Esperar a que el viejo Flashy se ponga fuera de circulación e inocentemente proponer un plan para llevarse lejos a mi mujer donde puedas tirarle los tejos a tu gusto. Estaba claro como el agua, todas mis sospechas adormecidas sobre su gordura de negro seboso volvieron de repente, pero me quedé callado mientras Elspeth me miraba... y, Dios la bendiga, era una mirada dubitativa.

—Pero... pero no sería divertido sin Harry —dijo, y si alguna vez amé a aquella chica, fue en ese momento—. Yo... no sé... ¿qué dice papá?

Papá, que parecía estar todavía abriendo un túnel en su pudin, no se había perdido nada de todo aquello, pueden estar seguros, pero se quedó callado mientras Solomon explicaba la propuesta.

—Recuerde, señor, que hablamos de la posibilidad de que me acompañe a Oriente para que vea por usted mismo las oportunidades de expansión que para los negocios hay allí —añadía él, pero Morrison cortó enseguida sus seductoras palabras.

—Fue usted quien habló de eso, yo no —dijo, engullendo apresuradamente una cucharada—. Tengo más que suficientes asuntos aquí, sin ir a buscar diversiones a China. —Agitó su cucharilla—. Además, marido y mujer deben estar juntos... ya fue bastante horroroso cuando Harry tuvo que irse a la India, y a mi pobre niña casi se le rompe el corazón —hizo un ruido que la compañía tomó por un suspiro; yo pienso que era otra cucharada que sorbía—. No, no... Necesitaría una razón muy poderosa para salir de Inglaterra.

Y la tuvo. Hasta el día de hoy no puedo estar seguro de que aquello lo planeara Solomon, pero apostaría a que lo fue. A la mañana siguiente el viejo bribón se puso enfermo. Yo no sé si un exceso de pudin puede causar un colapso nervioso, pero por la tarde estaba gimiendo en la cama y tiritando como si tuviera fiebre. Solomon insistió en llamar a su médico personal, un tipejo de mirada apagada y torva con cierta fama, especializado en unos modales de cierta gravedad untuosa que debían de valer cinco mil al año en Mayfair. Examinó con solemnidad al enfermo, que estaba acurrucado bajo las mantas como una rata en su madriguera, un par de ojos brillantes y redondos en una cara arrugada, y la nariz temblando con aprensión.

—Exceso de tensión —dijo el matasanos, cuando acabó el examen y escuchó los gemidos de Morrison—. Simplemente está cansado, eso es todo. No hay signos de deterioro orgánico en parte alguna; internamente, mi querido señor, usted está tan sano como yo... como a mí gustaría estar, ¡ja, ja! —se reía como un obispo—. Pero la maquinaria, aunque no necesita reparación, necesita reposo... un largo reposo.

—¿Es grave, doctor? —tembló Morrison. Internamente, como dijo el curandero, podía estar en perfecto estado, pero su aspecto exterior recordaba a Jacobo I en el lecho de muerte.

—Ciertamente, no... a menos que usted mismo lo agrave —dijo el coloca-cataplasmas. Sacudió la cabeza con censura y admiración—. Ustedes, los capitanes del comercio, se sacrifican a sí mismos sin pensar en la salud personal, mientras trabajan por la familia, el país y la humanidad. Pero, mi querido señor, esto no puede seguir así, ¿sabe? Ha olvidado usted que hay un límite... y lo ha sobrepasado.

—¿No podría darme usted alguna medicina? —graznó el capitán del comercio, y cuando esto fue traducido, el médico sacudió la cabeza.

—Puedo prescribir algo, pero ningún medicamento será tan eficaz como... ah, unos cuantos meses en los lagos italianos, o en la costa francesa. Calor, sol, descanso... un descanso completo en buena compañía, esa es mi «medicina» para usted, señor. No respondo de las consecuencias si no me hace caso.

Bueno, ya estaba hecho. En dos segundos ya había adivinado yo lo que iba a seguir: Solomon recordaría que el día anterior acababa de proponer justamente unas vacaciones semejantes, el curandero estaría de acuerdo, y con vehemencia, en que un viaje por mar con toda comodidad sería lo ideal, la reluctancia de Morrison finalmente se vería vencida por las súplicas de Elspeth y la inexorable admonición del receta-píldoras... Podía haber puesto música a todo aquello y cantado toda la maldita canción. Entonces todos ellos me miraron a mí, y yo dije que no.

Siguieron penosas escenas privadas entre Elspeth y yo. Yo dije que si el viejo Morrison quería navegar con don Solomon, bien, que fuera. Ella replicó que era *impensable* para su querido papaíto ir sin ella para cuidarlo; era su absoluto *deber* aceptar la generosa oferta de don Solomon *y* acompañar al viejo chivo. Si yo insistía en permanecer en casa con el ejército, por supuesto, ella se sentiría desolada sin mí, pero, de cualquier modo, ¿por qué, por qué no podía ir yo? ¿Qué importaba el ejército? Teníamos dinero suficiente, y tal y tal. Volví a decir que no, y añadí que era un poco insolente por parte de Solomon sugerir incluso que ella fuera sin mí, a lo cual Elspeth estalló en lágrimas y dijo que yo era *odiosamente* celoso, no solo de él, sino de la educación, modales y dinero de don Solomon, solo porque yo no tenía dinero propio, y que le estaba negando a ella *malévolamente* un pequeño placer, y que no podía haber deshonestidad posible con su querido papá haciendo de acompañante, y que yo estaba tratando de empujar al viejo desgraciado a la tumba antes de tiempo, y cosas por el estilo.

La dejé lamentándose, y cuando Solomon trató de persuadirme más, usé el argumento de que el deber militar hacía el viaje imposible para mí, y no podía soportar vivir separado de Elspeth. Él suspiró, pero dijo que me entendía demasiado bien. Si él estuviera en mi lugar, dijo con apabullante franqueza, haría lo mismo. Me pregunté por un momento si le había juzgado mal... porque tiendo a juzgar a todo el mundo por mí mismo, y aunque normalmente no estoy demasiado equivocado, «existen» personas decentes y desinteresadas en todas partes. He visto a algunas.

El viejo Morrison, por cierto, no decía ni esta boca es mía; podía haber forzado mi decisión, por supuesto, pero como era un verdadero hipócrita presbiteriano que nunca robaría a un huérfano, sostuvo que una mujer debe permanecer junto a su marido, y no quiso interferirse entre Elspeth y yo. Así que continué diciendo que no y Elspeth se enfurruñó hasta que llegó el momento de ponerse su último sombrero nuevo.

Pasaron así un par de días, durante los cuales jugué al críquet con Mynn, tirando unos pocos *wickets* con mis lanzamientos, consiguiendo a duras penas unos pocos *runs* —no muchos, pero dieciocho en un solo *inning*, lo cual me complació— y poniendo a Pilch en *out* de nuevo, en una mano muy baja, cuando él trató de cortar a Mynn y tuve que correr a todo lo largo. Pilch juró que hubo un tropezón, pero no lo hubo... pueden ustedes estar seguros de que se lo diría si lo hubiera habido. Mientras tanto, Elspeth se animaba con la admiración que despertaba y la vida alegre que llevaba. Solomon era el perfecto anfitrión y escolta, el viejo Morrison se sentaba en la terraza gruñendo y leyendo sermones y listas de cotizaciones y Judy se paseaba con Elspeth, con su mirada felina y sin hablar.

Con todo, el viernes empezaron a ocurrir cosas, y como pasa a menudo con las catástrofes, todo iba de maravilla al principio. Yo llevaba toda la semana tratando de arreglar una cita con la provocativa señora Leo Lade, pero con mis ocupaciones y dado que el viejo duque mantenía una vigilancia opresiva sobre ella, no me fue posible. Era solo cuestión de tiempo y lugar, porque ella estaba tan dispuesta como yo mismo; en realidad, casi llegamos a hacerlo el lunes después de cenar, cuando ella paseaba por el jardín, pero en cuanto la tuve jadeando entre los setos a punto de mordisquearme la oreja, esa maldita zorra de Judy llegó buscándonos para que fuéramos a oír cantar a Elspeth «El bosquecillo de fresnos» en el salón; tenía que ser Judy, con su malévola sonrisa, diciéndonos que nos aseguráramos de no perdernos la diversión.

Sin embargo, el viernes por la tarde, Elspeth salió con Solomon a visitar una galería de arte, Judy estaba de compras con algunos huéspedes, no había nadie en casa, salvo el viejo Morrison en la terraza; finalmente la señora Lade apareció diciendo que el duque estaba en la cama con un ataque de gota. Para cubrir las apariencias estuvimos un rato charlando con Morrison, lo cual lo puso furioso, y luego fuimos por caminos separados para disimular, hasta encontrarnos de nuevo en el salón y entregarnos inmediatamente a un frenético manoseo. No éramos nuevos en el negocio ninguno de los dos, así que yo tenía ya sus pechos fuera con una mano y me había bajado los pantalones con la otra mientras todavía estaba cerrando la puerta, y ella completó su desnudez mientras estábamos ya acoplados de camino hacia el sofá, lo cual demostraba un duro entrenamiento por su parte. ¡Por Dios!, era una mujer de peso, pero escurridiza como una anguila para toda la elegante abundancia carnal que ostentaba. No puedo pensar ahora mismo en ninguna compañera que pueda someterte a tan diferentes ejercicios en el curso de un solo polvo, salvo quizá la propia Elspeth cuando ha bebido un poco.

Era una ocupación regocijante, y yo estaba ya preparándome para el final y pensando: «tenemos que repetir esto en otra ocasión», cuando oí un ruido que me galvanizó tanto que fue una maravilla que el sofá no cediera: unos pasos rápidos se aproximaban a la puerta del salón. Examiné la situación: tenía los pantalones bajados, un zapato salido, estaba a kilómetros de distancia de la ventana o cualquier otra cobertura conveniente, la señora Lade estaba despatarrada en el sofá, y yo asomado detrás de su tocado con plumas (que ella había olvidado quitarse; un gran cumplido, recuerdo que pensé). El picaporte giraba. Cogido, sin esperanza, sin oportunidad de huir... no podía hacer más que esconder la cara en su nuca y confiar en que mi parte visible no fuera reconocida por quienquiera que entrase. Porque no se quedarían mirando —no en 1843—, a menos que fuera el duque, y esos pasos no podían pertenecer a una persona con gota.

Se abrió la puerta, los pasos se detuvieron, y allí tuvimos lo que una dama de novela llamaría una pausa embarazosa, que duró unas tres horas, me pareció a mí, rota solo por los extáticos gemidos de la señora Lade; yo comprendí que ella no se había dado cuenta de que nos observaban. Atisbé un poco a través de las plumas en el espejo que estaba encima de la chimenea y casi me dio un patatús, porque era Solomon quien se reflejaba en la entrada, con la mano en el picaporte, entrando en escena.

Ni siquiera parpadeó. Otros pasos más sonaron en algún lugar detrás de él, se volvió y mientras la puerta se cerraba, oí que decía:

«No, no hay nadie aquí; vamos al invernadero». Moreno o no, era un anfitrión condenadamente considerado aquel tipo.

La puerta no se había cerrado aún cuando traté de soltarme, pero sin éxito, porque las manos de la señora Lade me atraparon de nuevo en un instante, clavando sus garras en mi trasero, con su cabeza inclinada hacia atrás junto a la mía.

—¡No, no, no, todavía no! —jadeó ella, mascullándome al oído—: ¡No te vayas!

—La puerta —expliqué—. Debo cerrar la puerta. Alguien puede vernos.

—¡No me dejes! —gritó ella, y yo dudo que supiera siquiera dónde estaba, porque sus ojos daban vueltas en sus órbitas y yo no podía soltarme de ninguna manera. A la sazón estaba mal dispuesto, incapaz de decidirme entre dos caminos, por decirlo así.

—La llave —murmuré, apartándome—. Solo un momento… vuelvo enseguida.

—¡Llévame contigo! —gimió ella, y yo lo hice, el cielo sabe cómo, tambaleándome bajo el peso de toda aquella carne. Por fortuna, la cosa acabó bien, mis piernas no me sostuvieron y nos desplomamos en el umbral alegremente exhaustos; incluso me las arreglé para girar la llave.

Si ella era capaz de vestirse tan rápidamente como se había desnudado, la verdad, no lo sé, porque estaba todavía desmayada y jadeando contra la pared, con las plumas torcidas, cuando yo ya volaba y acababa de vestirme mientras saltaba por encima del seto. Había sido un trabajo febril, y cuanto antes estuviera en cualquier otro lugar, buscándome una buena coartada, mejor. Un paseo rápido era lo que necesitaba. De todos modos, tenía un partido por la tarde, y quería estar en forma.

[Extracto del diario de la señora Flashman, junio de 1843.]

…nunca me había sentido tan culpable… Sin embargo, ¿qué podía *hacer yo?* Mi corazón me lo *advertía,* cuando don S. abrevió nuestra visita de la galería, donde había algunas acuarelas exquisitas que me habría gustado contemplar a placer, que tenía algún propósito al volver pronto a casa.

Cuál fue mi presentimiento no lo puedo explicar, pero, ¡ay de mí, estaba justificado, y yo soy la criatura más desgraciada del mundo! La casa estaba prácticamente *desierta* excepto papá dormido en la terraza y algo en el comportamiento de don S. (debió de ser la ardiente expresión de sus ojos) me hizo insistir en que debíamos buscar a mi querido H. inmediatamente. ¡Ah, ojalá lo hubiéramos encontrado! Miramos por todas partes, pero no había nadie, y cuando fuimos al invernadero, don S. me alarmó y me avergonzó *declarándose* de la manera más atrevida... porque la atmósfera de las plantas, que era extremadamente opresiva, y mi propia *agitación,* me hicieron desfallecer de tal modo que me vi obligada a apoyarme en su brazo, y encontrar alivio al descansar mi cabeza en su hombro. [¡Una historia muy probable! —G. de R.]. En aquel momento de debilidad, ¡imagínate mi *extremada aflicción* cuando él tomó ventaja de su situación para poner sus labios sobre los míos! Me sentí tan afrentada que pasaron unos instantes antes de que pudiera por fin encontrar las fuerzas para hacerle desistir, y solo con dificultad conseguí escapar a su abrazo. Él usó las expresiones más apasionadas, llamándome su querida Diana y su ninfa dorada (lo cual me sorprendió, incluso en aquel momento de perturbación, como una idea de lo más poética), y el efecto fue tan *debilitador* que fui incapaz de resistir cuando él me apretó contra su pecho otra vez, y me besó con más fuerza que antes. Afortunadamente, uno de los jardineros se aproximaba y yo pude retirarme a tiempo *bastante alterada.*

Pueden imaginarse mi vergüenza y remordimiento, y si algo podía haberlos aumentado aún más fue la súbita visión de *mi querido* H. en el jardín, haciendo ejercicio, nos dijo, antes de su partido de la tarde. La vista de su rostro sonrojado y viril, y saber que se había estado ocupando en tan saludable e inocente empresa mientras yo me había abandonado en el caluroso abrazo de otro, por mucho que fuera *en contra de mi voluntad,* era como un cuchillo en mi corazón. Para empeorarlo aún más, él me llamó su encantadora nenita, y me preguntó ardientemente por la galería de arte; yo me conmoví casi hasta las lágrimas, y cuando volvimos juntos a la terraza y encontramos a la señora L. L. no pude dejar de observar que H. no le prestó más que una cortés atención (y, en realidad, pocas cosas en ella podrían tentar a un hombre, porque parecía *bastante desaliñada),* pero fue todo amabilidad y atenciones conmigo, como el *encantador esposo* que es.

Pero ¿qué pensar de la conducta de don S.? Debo tratar de no juzgarle *con demasiada dureza,* porque tiene un *temperamento tan caliente* y dada su revelación apasionada en todas sus formas, que no es extraño que sea susceptible a aquello que encuentra atractivo. Pero seguramente no tengo nada que reprocharme si —sin falta por mi parte— he sido moldeada por la amable naturaleza con una forma y unos rasgos que el sexo opuesto encuentra atractivos. Me consuelo con el pensamiento de que este es el destino de la mujer, si es afortunada en sus dones, ser *adorada,* y poco tiene que reprocharse a sí misma mientras no fomente la familiaridad y se comporte con adecuada modestia...

[¡Vanidad y engaño! Fin del extracto —G. de R.]

No hay duda de que un buen polvo antes de trabajar es el mejor entrenamiento que uno puede hacer, como se deduce de que aquella tarde yo lanzara el turno más largo de mi vida para los Informales de Mynn contra los All England XI: cinco *wickets* a doce en once *overs*, con la pierna de Lillywhite delante del *wicket* y Marsden lanzando contra ellos. Nunca habría hecho *aquello* con baños fríos y ejercicios de pesas, así que ya ven que lo que necesitan los chicos de nuestra presente Liga es un poco de deporte femenino, más señoras Leo Lade, para que cuiden de ellos. Así tendríamos a los australianos pidiendo misericordia.

La única nubecilla en mi horizonte, mientras tomábamos el té después en el entoldado, entre la gente elegante, con Elspeth colgada de mi brazo y Mynn pasando la copa que habíamos ganado llena de champán, era si Solomon me había reconocido aquella mañana en el salón, y si era así, ¿mantendría la boca cerrada? Yo no estaba demasiado preocupado, porque lo único que había visto él era mi robusta espalda y mis nalgas subiendo y bajando y la cara estupefacta de la señora Lade reflejada en el espejo... no me importaba un pimiento lo que pudiera contar de *ella,* y aunque hubiera reconocido que yo era su pareja, era improbable que propagara ningún rumor. Los chicos no lo hacían en aquella época. Y ni siquiera hubo un guiño de complicidad en sus ojos cuando vino a felicitarme, todo sonrisas y animación, llenándome el vaso y diciéndole a Elspeth que su marido era el lanzador más rebelde del país, y que debería estar en los All-England por sus propios méritos, ya lo creo que sí. Algunos de los presentes gritaron: «Sí, sí», y Solomon movió la cabeza con admiración... ese tramposo y cobarde sinvergüenza.

—Saben —dijo, dirigiéndose a aquellos que estaban más cerca, que incluía a muchos de su casa, así como a Mynn y Félix y Ponsonby-Fane—, me pregunto si Harry no será el hombre más rápido de Inglaterra en estos momentos… No digo el mejor, en atención a la distinguida compañía —y dirigió una deferente inclinación de cabeza a Mynn—, sino simplemente el más rápido. ¿Qué cree usted, señor Félix?

Félix parpadeó y enrojeció, como hacía siempre cuando se dirigían a él, y dijo que no estaba seguro; no pensaba en la velocidad cuando él estaba en la línea de base, añadió gravemente, pero cualquier bateador que se hubiera enfrentado con Mynn en un extremo y conmigo en el otro tendría algo que explicar a sus nietos. Todo el mundo rio y Solomon exclamó que éramos unos hombres afortunados, que unos novatos como él mismo saltarían de gozo ante la oportunidad de enfrentarse a unos campeones como nosotros. No durarían mucho, eso seguro, pero el honor de hacerlo valdría la pena.

—¿No querrían ustedes —añadió, jugueteando con su pendiente y mirándome con ojos picarones— considerar la posibilidad de jugar conmigo un partido *single-wicket?*

Animado por el champán y mi cinco a doce, me eché a reír y dije que me encantaría, pero que sería mejor que antes se asegurara con la Lloyd o se comprara una armadura.

—¿Acaso —dije—, supone usted que tendría alguna oportunidad?

Él se encogió de hombros y dijo que no, claro que no; ya sabía que no podía hacer gran cosa, pero estaba ansioso por intentarlo.

—Después de todo —añadió con ironía—, usted no es un Fuller Pilch como bateador, ya saben.

Hay momentos, que suelen quedarse grabados en mi memoria, en que la broma ligera repentinamente se convierte en mortal seriedad. Puedo rememorar ahora ese momento: el entoldado con su multitud de hombres vestidos de blanco, las damas con sus claros vestidos veraniegos, el fresco olor de la hierba y la lona, el sonido de los faldones de lona del toldo agitándose en la cálida brisa, el tintineo de platos y vasos, la charla y las risas corteses, Elspeth que sonreía ardientemente sobre sus fresas con nata, la gran cara rojiza de Mynn brillando y Solomon frente a mí, corpulento y sonriente con su levita color verde botella, la aguja con una esmeralda en su corbatín, la cara bronceada y oscura y sus sonrientes ojos oscuros, los negros rizos y las patillas cuidadosamente acicaladas, la mano grande, delicada y cuidada haciendo girar su copa.

—Solo por diversión —dijo—. Deme algo de qué vanagloriarme, al final… Jugaríamos en el césped de mi casa. Vamos… —y me dio un golpecito con el dedo en las costillas—, atrévase, Harry —ante lo cual los demás se rieron y dijeron que él era un pájaro valiente y que sí, de acuerdo.

No creí que aquello acarreara ninguna consecuencia, aunque algo me advirtió de que se escondía una trampa en algún sitio. Pero con el champán corriendo a raudales y los entusiastas chillidos de Elspeth, no vi nada malo en hacerlo.

—Muy bien —dije—, son sus costillas, ¿sabe? ¿A cuántos por equipo?

—Ah, solo nosotros dos —dijo—. No hacen falta *fieldsmen*; rebotes sí, por supuesto, pero no *byes** ni lanzamientos por encima. No estoy hecho para persecuciones —y se dio unas palmaditas en el estómago, sonriendo—. Un par de manos, ¿de acuerdo? Así se doblan mis oportunidades de ganar una carrera o dos.

—¿Y las apuestas? —rio Mynn—. No podemos jugar un partido como este solo por un penique —dijo y me hizo un guiño.

—Lo que quieran —dijo Solomon, despreocupado—. A mí me da igual… cinco, diez, cien, mil…, no importa, porque de todos modos no ganaré.

Pues bien, este es el tipo de charla que hace que un hombre sensato corra a por su sombrero y busque la salida más próxima, porque normalmente, de otro modo, se encuentra uno horas más tarde garrapateando pagarés y tratando de inventarse un nombre falso. Pero aquello era diferente… Después de todo, yo era muy bueno, y él no era nadie; nadie le había visto jugar. No podía hacer nada contra mis lanzamientos salvajes…, y una cosa estaba clara: no necesitaba mi dinero.

—Esperen —dije yo—. No todos somos millonarios. La media paga de teniente no da para mucho…

Elspeth cogió su bolso de mano, la muy imbécil, susurrando que yo *tenía* que hacer frente a todo lo que apostara don Solomon, y mientras yo trataba de hacerla callar, Solomon dijo:

—En absoluto…, yo apuesto mil libras por mi parte; es mi propuesta, después de todo, soy yo quien tiene que soportar las pérdidas. Harry puede apostar lo que quiera… ¿qué dice, amigo mío?

---

* *Bye:* tanto marcado cuando no se golpea la pelota lanzada. *(N. de la T.)*

Bueno, todo el mundo sabía que él era asquerosamente rico y despreocupado, así que si quería perder mil libras por el privilegio de enfrentarse a mí, no me importaba. Yo no podía pensar en nada que ofrecer como apuesta contra su dinero, y se lo dije.

—Bueno, digamos una pinta de cerveza —propuso él, y luego chasqueó los dedos—. Veamos... Le diré cuál será su apuesta, y le prometo que si pierde y tiene que pagar, será algo que no le costará ni un penique.

—¿Y qué es eso? —pregunté yo, todo sospechas.

—¿Acepta? —gritó.

—Díganos cuál es mi apuesta primero —insistí yo.

—Bueno, no puede echarse atrás ahora, de todos modos —dijo, sonriendo triunfante—. Es esto: mil libras por mi parte, si usted gana, y si *yo* gano... lo cual es poco probable... —hizo una pausa para mantener el suspense—, si yo gano, les permitirá a Elspeth y a su padre venir conmigo de viaje —sonrió a la compañía—: ¿Hay una apuesta más honrada que esta? ¿Me lo pueden decir?

La manifiesta impertinencia de aquella proposición me dejó anonadado. Allí estaba aquel gordo nuevo rico, con su aspecto de negro, que había proclamado su interés por mi mujer y proponía públicamente llevársela en viaje de placer mientras a mí me dejaba en casa cornudo y apaleado. Había sido rechazado con educación y ahora volvía a insistir con lo mismo, pero tratando de hacerlo pasar como un juego ligero y alegre. Me ardía la cara de furia. ¿Había tramado todo aquello con Elspeth? Pero una mirada de mi mujer me dijo que ella estaba tan asombrada como yo. Los otros, sin embargo, sonreían, y vi a dos damas cuchicheando detrás de sus sombrillas; la señora Lade miraba divertida.

—Bueno, bueno, don —dije yo, con aire deliberadamente despreocupado—. No se rinde fácilmente, ¿verdad?

—Oh, venga, Harry —exclamó él—. ¿Qué esperanzas tengo? Es una estupidez, ya que usted ganará seguro. ¿Acaso no gana siempre, señora Lade? —y la miró, sonriente, y luego me miró a mí, y luego a Elspeth, sin un asomo de expresión... Dios mío, ¿había reconocido mi trasero en el salón, y se atrevía a decir: «Acepte mi apuesta, deme esta oportunidad o revelo el secreto»? No lo sabía, pero aquello no representaba ninguna diferencia, porque me di cuenta de que tenía que aceptar, por mi buen nombre. ¿Cómo, Flashy, el heroico deportista, se echaba atrás contra un simple novato, y por tanto dejaba claro que estaba celoso de su mujer y de aquel gordo bromista? No, tenía que jugar y fingir que estaba encantado. Él me había embaucado, como diría el duque.

Pero ¿qué esperaba él? ¿Un golpe de suerte? El *single-wicket* es un juego azaroso, pero aun así, no podía esperar que me ganara. Sin embargo, ese tipo, que era un cachorro arrogante y mimado (a pesar de todos sus aires de modestia), estaba tan decidido a probar suerte que quería coger al vuelo cualquier oportunidad, por pequeña que fuera. No tenía nada que perder excepto mil libras, y aquello era una miseria para él. Muy bien, de acuerdo, pues... No solo tenía que ganar a aquel bruto, tenía que exprimirlo por darle aquel privilegio.

—Hecho —dije, animadamente—, pero ya que usted ha establecido mi apuesta, yo estableceré la suya. Si pierde, le costará dos mil... no mil. ¿De acuerdo?

Por supuesto, él tenía que aceptar. Rió y dijo que si yo forzaba una carga tan pesada, debía aventurar también el empate... lo cual significaba que si las puntuaciones acababan empatadas, yo perdería la apuesta. Yo tenía que ganar para cobrar... pero aquello era una nimiedad, puesto que estaba claro que iba a machacarlo completamente. Solo para asegurarme, sin embargo, le pedí a Félix si podía hacer de árbitro; no quería que ningún acólito de Solomon le sirviera el juego en bandeja.

Así que se organizó el juego, y Elspeth tuvo la decencia de no decir que esperaba que yo perdiese. En realidad, ella me confió más tarde que pensaba que don Solomon había sido «un poco brusco» y no «demasiado refinado» al dar por supuesto que ella querría ir.

—Porque ya sabes, Harry, que yo no le acompañaría nunca con papá en contra de tu voluntad... Pero si tú *eliges* aceptar su apuesta, eso es diferente... ¡Sería tan divertido ver la India y... todos esos lugares espléndidos! Pero por supuesto, debes jugar lo mejor que puedas, y no perder por mi culpa...

—No te preocupes, nenita —dije yo, inclinándome hacia ella—, no lo haré. Aquello era antes de cenar. A la hora de irnos a la cama, ya no estaba yo tan seguro.

Estaba dando una vuelta por el jardín mientras los otros tomaban su oporto, y acababa de pasar frente a la cancela cuando alguien dijo

«¡pssst!» desde las sombras, y para mi asombro, vi dos o tres figuras oscuras escondidas en el camino. Uno de ellos avanzó y me atraganté con el cigarro cuando reconocí la corpulencia de Daedalus Tighe, *Cabayero*.

—¿Qué demonios está haciendo aquí? —le pregunté. Había visto a aquel animal en uno o dos de los partidos, pero naturalmente, le había evitado. Él se tocó el sombrero, me miró en la oscuridad y me pidió hablar conmigo un momento, si podía ser tan amable. Yo le dije que se fuera al diablo.

—¡Oh, eso nunca, *señó!* —dijo—. *Usté* no puede *deseame* eso… *usté* no. No se vaya, *señó Flaxman;* le prometo que no lo *entetendré musho*… Bueno, las damas y los *cabayeros* estarán esperándole en el salón, me imagino, y *usté* querrá volver enseguida. Es que me he *enterao* de que *usté* va a jugar un *single-wicket* mañana contra ese *cabayero* tan elegante, el *señó* Solomon Haslam… es un hombre muy querido, de primera…

—¿Qué sabe usted de ese partido? —inquirí, y el señor Tighe lanzó una risita maliciosa.

—Bueno, *señó,* se *dise* que sabe jugar un poco… pero, Dios le bendiga, es como un niño *comparao* con *usté*… Bueno, en la *siudad* puedo conseguir *sincuenta* a uno contra él, y sin corredores; incluso *pué* que *sien*…

—Muy agradecido —le dije, y estaba apartándome cuando me dijo:

—Sabe, *señó, pué* haber alguien que apueste dinero por él, solo por si ganara… lo *cualo* es imposible, por supuesto, contra un jugador tan bueno como *usté*. Pero hasta los jugadores buenos pierden alguna *ves*… y si *usté* pierde, bueno, alguien que hubiera *apostao* mil por Haslam… bien *repartía,* por supuesto… Bueno, ganaría *sincuenta* mil, ¿eh? Creo —añadió— que mis *cánculos* son *esactos.*

Yo casi me tragué el cigarro. Estaba muy clara la brutal insolencia de aquel hombre, ya que no había ni la menor duda de lo que me estaba proponiendo aquel tipejo. Y sin decir una palabra de lo que estaba dispuesto a ofrecer, maldita fuera su estampa. No me habían insultado de ese modo en toda mi vida, y le maldije con indignación.

—No debería *levantá* la *vos, señó* —dijo—. No le gustaría que lo vieran hablando con alguien como yo, seguro. O que sus amigos sepan que me ha *sacao* algo de guita, en el *pasao,* por los *servisios prestaos*…

—¡Mentiroso del infierno! —grité yo—. ¡Nunca he visto ni un penique de su maldito dinero!

—Bueno, piénselo bien. ¿Cree que *Vinsent* se lo volvió a quedar? No sé cómo habría *podío haserlo,* de *toas* maneras… ya que las cartas que le envié iban *seyadas,* con el dinero incluido, en *presensia* de dos amigos míos fiables y legales, que jurarían que fueron entregadas en su *diresión.* ¿Y *dise usté* que nunca las *resibió?* Bueno, ese *Vinsent* debe de ser mucho más inteligente de lo que yo creo; tendré que *rompe'le* las malditas piernas *paque* aprenda… Bueno, esto es aparte; el caso es —y me dio con un dedo en las costillas— que si a mis amigos les obligaran a jurar lo que saben… alguien podría creer que *usté* ha *estao resibiendo* parné de un apostador… ¡oh, *pa* ganar, claro, pero sería un bonito escándalo! Bastante bonito.

—¡No… no será capaz…! —casi me atragantaba de rabia—. Si cree usted que puede asustarme… —Levantó las manos fingiéndose horrorizado.

—¡Nunca imaginé una cosa *semehante, señó Flaxman!* Yo sé que *usté* es valiente como un león, señor. Bueno, ni siquiera tiene miedo de andar por las *cayes* de Londres solo por las *noshes.* Va *usté* a algunos sitios muy *estraños,* me *parese.* Sitios donde los jóvenes vagan por ahí antes de ser… *atacaos* por algunos tipos y *golpeaos* casi hasta la muerte. Bueno, un joven amigo mío… bueno, no era *demasiao* amigo mío, porque me debía pasta, le pasó. *Tuyío pa toa* la vida, *señó,* lamento *desirlo.* Nunca cogieron a los *viyanos* que lo *hisieron.* Maldita sea, los *polisías* en esta época tan inmoral.

—¡Es usted un villano! Bueno, estoy pensando en…

—No, señor *Flaxman.* Sería muy poco inteligente por su parte *haser* algo *presipitao, señó.* Y de *toas* maneras, ¿qué *nesesidá* tendría? —podía imaginar su sebosa sonrisa, pero solo veía sombras—. El *señó* Haslam solo tiene que ganar mañana… y será *usté sinco* mil libras más rico, mi querido *señó.* Mis amigos legales olvidarán… lo que *usté* ya sabe… y me atrevo a *desir* que ningún tipo duro se *crusará* nunca en su camino —hizo una pausa, y se volvió a tocar el sombrero—. Y ahora, *señó,* no le *entetengo* más… las damas estarán *impasientes.* Que pase una buena *noshe*… y siento *mushísimo* que no vaya *usté* a ganar mañana. Pero piense en lo contento que se pondrá el *señó* Haslam, ¿eh? Será una *sonpresa* tan *sonprendente pa* él.

Y con eso desapareció en la oscuridad; oí su risita mientras él y sus matones se iban camino adelante. Cuando conseguí salir de mi indignación, mi primer pensamiento fue que Haslam estaba detrás de todo aquello, pero pensándolo mejor, comprendí que no iba a ser tan tonto... Solo los jóvenes idiotas como yo se dejaban coger por tipos como Daedalus Tighe. Dios mío, qué ciego y qué imbécil había sido yo por tocar siquiera aquel dinero asqueroso. Él podía organizar un escándalo, de eso no había duda... y yo tampoco dudaba de que fuera capaz de mandar a sus matones para tenderme una emboscada alguna noche oscura.

¿Qué demonios podía hacer yo? Si no dejaba ganar a Haslam... ¡No, Dios mío, estaba muerto si lo hacía! ¿Dejarle ir fornicando alrededor del mundo con Elspeth mientras yo me pudría dentro de mi coraza en Saint James? Pero si le ganaba, Tighe se lo tomaría muy mal, seguro, y sus matones me harían papilla en algún callejón cualquier noche...Ya pueden comprender que no me fui a la cama de buen humor precisamente, y que no dormí mucho, tampoco.

Sin embargo, las desgracias nunca vienen solas. Todavía estaba luchando con mi dilema a la mañana siguiente, cuando recibí un nuevo golpe, y esta vez a través de la intercesión malévola de la señorita Judy, la puta del viejo. Yo llevaba un rato fuera en el jardín, mirando a los jardineros de Solomon colocar los *wickets* en el césped para nuestro partido, fumando con ansiedad y retorciéndome las manos, y fui a dar una vuelta en torno a la casa. Judy estaba sentada a la sombra de unos árboles, leyendo un periódico. No me dirigió ni una mirada cuando pasé por allí, sin hacer caso de ella, y de repente su voz sonó fría detrás de mí:

—¿Buscando a la señora Leo Lade? —Aquel fue un mal principio. Me detuve y me volví a mirarla. Ella pasó una página e insistió—: Yo no lo haría si fuera tú. Ella no recibe esta mañana, creo.

—¿Y qué demonios tengo yo que ver con ella?

—Eso es lo que se pregunta el duque, me parece —dijo la señorita Judy, sonriendo artera por encima del periódico—. ¿No ha dirigido todavía sus investigaciones hacia ti? Bueno, bueno, todo a su debido tiempo, sin duda —y siguió leyendo fresca como una lechuga, mientras el corazón me golpeaba como un martillo.

—¿Qué demonios estás tramando? —pregunté, y como ella no contestaba, perdí la paciencia y le arranqué el periódico de las manos.

—¡Ah, vaya con el hombrecito! —dijo, y ahora ya me miraba, sonriendo con desdén—. ¿Me vas a golpear a mí también? Será mejor que no lo hagas... Hay gente aquí cerca, y no estaría bien que vieran al héroe de Kabul maltratando a una dama, ¿verdad?

—¿Qué dama? No veo ninguna: solo una puta.

—Eso es lo que llamó el duque a la señora Lade, según me han contado —dijo ella, y se puso de pie con gracia, recogió su sombrilla y la abrió—. ¿Quieres decir que no lo has oído? Ya lo oirás bien pronto.

—¡Lo oiré ahora mismo! —grité, y le cogí el brazo—. ¡Por Dios que si tú o cualquier otra persona está difundiendo calumnias sobre mí, responderéis por ello! Yo no tengo nada que ver con la señora Lade ni con el duque, ¿me oyes?

—¿No? —Ella me miró de arriba abajo con su sonrisa maliciosa y de repente se soltó el brazo—. Entonces la señora Lade debe de ser una buena mentirosa... me atrevo a decir que lo es.

—¿Qué quieres decir? Dímelo ahora mismo o...

—Oh, no me negaré el gusto de contártelo. Sin embargo, me gusta verte primero inquieto y preocupado. Bueno, pues... un pajarito del hotel del duque me ha dicho que él y la señora Lade se pelearon anoche, tal como suelen hacer con frecuencia... La gota del duque, ya sabes. Hubo voces... La de él, al principio, y luego la de ella, y se llamaron de todo... Ya sabes cómo se desenvuelven estas cosas, estoy segura de ello. Solo fue una escena doméstica, pero me temo que la señora Lade es una mujer bastante estúpida, porque cuando la charla tocó el tema de las... capacidades de su gracia el duque (cómo se llegó a aquello no puedo ni imaginarlo), ella fue lo bastante descuidada como para mencionar tu nombre y hacer comparaciones poco halagüeñas —la señorita Judy sonrió con dulzura, y se atusó sus rizos rojizos con afectación—. Esa mujer tiene que ser singularmente fácil de complacer, creo. Por no decir idiota, por engañar así a su admirador. En cualquier caso, su gracia fue tan débil como para ponerse celoso...

—¡Es una maldita mentira! ¡Nunca me he acercado a esa perra!

—Ah, bueno, entonces no hay duda de que ella te confunde con otra persona. Probablemente le resulta difícil llevar la cuenta. Sin embargo, juraría que su gracia la creyó; los amantes celosos suelen pensar siempre lo peor. Por supuesto, podemos esperar que él la perdone, pero su perdón no te incluirá a ti, eso te lo aseguro yo, y…

—¡Calla esa boca, mentirosa! —grité—. Todo eso es mentira… si esa descocada ha dicho cosas falsas acerca de mí, o si te estás inventando todos estos chismorreos para desacreditarme, juro por Dios que haré que las dos os arrepintáis de haber nacido…

—De nuevo estás citando al duque. Un caballero anciano pero de fuerte temperamento, según parece. Él dijo, a voz en grito, de acuerdo con un huésped del hotel, que te iba a mandar un boxeador profesional. Parece que es el patrocinador de algunas personas llamadas Caunt y Gran Cañón… pero yo no entiendo nada de esas cosas…

—¿Ha oído Elspeth algo de estas absurdas difamaciones? —exclamé yo.

—Si pensara que lo iba a creer, se lo diría yo misma —dijo aquella zorra maliciosa—. Cuanto antes sepa con qué clase de bribón está casada, mejor. Pero ella es tan estúpida que te adora… la mayor parte de las veces. El que te encuentre tan atractivo cuando los pugilistas del duque hayan acabado contigo, eso es otro asunto —ella suspiró satisfecha y se alejó por el camino—. Pero estás temblando, Harry… necesitarás una mano firme, ya sabes, para tu partido con don Solomon. Todo el mundo está pendiente de eso…

Me dejó en un estado de evidente rabia y aprensión, como pueden imaginar. Me parecía increíble que esa vaca estúpida de la Lade hubiera presumido ante su protector de su encuentro conmigo, pero algunas mujeres son tan tontas que son capaces de todo, especialmente cuando han perdido los nervios… Ahora ese baboso y vengativo viejo proxeneta del duque me iba a echar sus perros…* además

* La costumbre de los nobles de la Regencia de patrocinar a boxeadores profesionales y usarlos (normalmente cuando se habían retirado ya) como guardaespaldas y matones no se había extinguido todavía en la juventud de Flashman, así que su miedo por la posible venganza del duque probablemente estaba bien fundado, especialmente en vista de los nombres men-

de las amenazas de Tighe de la noche anterior. Todo aquello era ya demasiado. ¿Acaso aquel viejo verde egoísta no se daba cuenta de que su mantenida necesitaba una montura joven de vez en cuando, para mantenerla en buenas condiciones? Pero allí estaba yo, en un estado de ánimo agitado, todavía indeciso de lo que iba a hacer en mi partido con Solomon... En aquel momento Mynn apareció para llevarme al campo para el gran encuentro. Yo no estaba bien dispuesto para el críquet.

Nuestro grupo y un buen número de petimetres locales estaban ya colocándose en sillas y bancos situados en la grava ante la casa. El duque y la señora Lade no estaban allí, gracias a Dios: probablemente todavía estaban tirándose muebles uno al otro en el hotel... pero Elspeth era el centro de atracción, y Judy estaba a su lado con el aspecto de no haber roto un plato en su vida. Puta chismosa... rechiné los dientes y prometí solemnemente vengarme de ella.

Al otro lado del césped estaba el populacho, ya que Solomon había abierto sus jardines para la ocasión y dispuesto un entoldado con cerveza y refrescos gratis para los sedientos. Bueno, si aquel maldito vanidoso quería que vieran cómo le machacaban vivo, era asunto suyo. Pero, de todos modos... ¿iba a ganarle? Y para aumentar mi confusión, ¿qué veo en un grupo de gente bajo los árboles, sino el chaleco y la cara escarlata de Daedalus Tighe, *Cabayero,* que había venido a vigilar su gran negocio, sin duda? Iban con él algunos tipos de aspecto bastante duro, todos dándole fuerte a la cerveza y riéndose afablemente.

—¿El desayuno no te ha sentado bien, Flashy? —dijo Mynn—. Pareces un poco alicaído..., aquí está tu oponente, preparado. Vamos.

Solomon estaba ya preparado en el césped, con un aspecto muy profesional: pantalones de pana, zapatillas y un sombrero de paja en su negra cabezota. Me sonrió y me estrechó la mano mientras los elegantes aplaudían educadamente y el populacho gritaba y hacía so-

cionados por Judy. Ben Caunt, popularmente conocido como «Big Ben» (se dice que la campana de la torre de Westminster tomó su nombre de él), era un famoso peso pesado que fue campeón en 1840, y el otro luchador mencionado solo podía ser Tom Cannon «el gran Cañón de Windsor», que había ostentado el título en la década de los años veinte.

nar las jarras. Me quité la chaqueta y me puse las zapatillas, entonces el pequeño Félix hizo girar el bate; yo pedí hoja y me salió.

—Muy bien —dije a Solomon—, usted batea primero. —¡Fantástico! —gritó él, haciendo relampaguear los dientes con una sonrisa—. ¡Que gane el mejor!

—Así será —exclamé yo, y pedí la pelota, mientras Solomon, maldita sea su insolencia, fue hacia Elspeth y le pidió con todo descaro que le deseara suerte; tuvo incluso la desfachatez de pedirle su pañuelo para atárselo al cinturón, «porque debo llevar los colores de mi dama, ya sabe», exclamó, como si fuera una broma estupenda.

Por supuesto, ella se vio obligada a hacerlo, y, al ver que yo la miraba, murmuró trémula que por supuesto yo debía llevar sus colores también, para no mostrar ningún favoritismo. Pero no tenía ningún otro pañuelo, así que la zorra de Judy dijo que le prestaba el suyo para que me lo diera… Yo acabé con el moquero de esa pájara marrullera colgando de mi cinturón, y ella sentada sonriendo irónicamente. Fuimos juntos hacia el *wicket,* Félix se colocó junto a Solomon, este se tomó su tiempo, dando golpecitos en el suelo con el bate y examinando el campo delante de él, muy profesional, mientras yo, irritado, balanceaba el brazo. Era un césped blando, me di cuenta, así que yo no iba a poder sacar mucho partido… sin duda Solomon había tenido *aquello* en cuenta. A él lo favorecía.

—¡Juego! —gritó Félix, y se hizo el silencio a nuestro alrededor, todo el mundo esperando la primera pelota. Yo me ajusté el cinturón, mientras Solomon esperaba en su lugar, y le mandé uno de mis tiros más duros… juraría que él se puso pálido cuando la pelota pasó junto a sus espinillas y fue a rebotar en los arbustos. La gente lanzó vítores y yo volví a lanzar de nuevo.

No era un mal bateador. Bloqueó mi siguiente pelota con su guardia, me devolvió la tercera y luego obtuvo un gran aplauso al correr dos carreras de las cuatro. Pero bueno, pensé yo, ¿qué tenemos aquí? Le envié una pelota más lenta, y él la lanzó a los árboles, para que yo tuviera que abrirme paso a través de la multitud para cogerla, mientras él corría cinco. Yo estaba jadeando y furioso cuando volví a la línea de base, pero me contuve y le lancé una pelota muy fuerte; él se echó hacia atrás y la lanzó fuera para marcar un tanto. La multitud chilló con deleite, y yo rechiné los dientes.

Empezaba a darme cuenta de lo desesperado que podía ser un *single-wicket* cuando no tienes *fieldsmen,* y has de coger cada carrera por ti mismo. Te agotas en un momento, y eso no favorece nada a un lanzador rápido. Peor aún, no tener *fieldsmen* significaba que no habría recogidas detrás de las estacas, que es como consiguen los hombres como yo la mitad de sus *wickets.* Tenía que lanzar o cogerlas por mí mismo, y con aquel césped blando y su forma de devolver las pelotas, parecía un trabajo bastante duro. Di una vuelta, recuperé el aliento y le lancé cuatro de mis pelotas más rápidas. La primera pasó rozando sus estacas, pero él, como un gallo de pelea, interceptó de lleno con la pala las otras tres, y eso le proporcionó otras cinco carreras. La multitud aplaudía como loca, y él sonreía y se tocaba el sombrero. Muy bien, pensé yo, hay que poner orden en este asunto.

Le lancé otro par de pelotas y él sacó otras ocho carreras, cuidadosamente, antes de que yo consiguiera lo que quería, que fue un tiro por encima del *wicket,* ligeramente a mi izquierda. Resbalé deliberadamente mientras iba a cogerlo y lo dejé pasar, ante lo cual Solomon, que había estado tranquilo, esperando, salió corriendo para robar una carrera. La vas a tener, hijo de puta, pensé yo, mientras me levantaba del suelo, fuera de su camino, persiguiendo la pelota, y le daba un golpe de miedo en la rodilla con el talón, como si fuera un accidente. Lo oí chillar, pero por entonces yo iba corriendo detrás de la pelota, la había recogido y la había lanzado hacia el *wicket,* y luego miré a mi alrededor extrañado, como buscándole. Bueno, yo *sabía* dónde estaba él: tirado de espaldas en el suelo a dos metros de su sitio, sujetándose la rodilla y maldiciendo.

—¡Oh, qué mala suerte, amigo! —grité yo—. ¿Qué le ha pasado? ¿Ha resbalado? —¡Aaaag! —gritaba él, y por una vez no sonreía—. ¡Me ha machacado la pierna, maldita sea!

—¿Qué? —grité yo—. ¡Oh, no! ¿De verdad lo he hecho? Mire, lo siento muchísimo. He resbalado, ¿sabe? ¡Oh, Dios mío! —dije, dándome una palmada en la frente—. ¡Y he tirado su *wicket!* Si me hubiera dado cuenta… digo, Félix, que no vale, ¿verdad? Quiero decir que no sería juego limpio…

Félix dijo que él estaba fuera; no había sido culpa mía si yo había resbalado y Solomon me había pasado por encima. Yo dije que no, que no podía aceptarlo. No podía tomar esa ventaja, y él debía continuar con su turno. Solomon ya se había levantado, frotándose la rodilla y diciendo que no, que estaba eliminado, que no se podía evitar. Su sonrisa había vuelto a aparecer, aunque un poco torcida. Así que nos quedamos allí de pie, discutiendo como pequeños cristianos, yo atormentado por los remordimientos, empujándolo a seguir bateando, hasta que Félix acabó de una vez con aquello diciendo que él estaba eliminado y que se acababa la discusión. Por un momento pensé que iba a convencerlo.

Así que era mi turno de batear. Sacudí la cabeza y dije que todo aquello había sido una verdadera lástima. Solomon replicó que había sido una torpeza suya y que yo no debía culparme, y la muchedumbre exclamó con admiración ante tal espíritu deportivo. «¡Dale en el paquete la próxima vez!», gritó una voz desde los árboles, y la gente hubiera preferido no haberlo oído. Me puse en guardia; él tenía veintiún puntos, ahora veríamos cómo lanzaba.

Fue patético. Como bateador no parecía malo, aunque un poco torpe, con un trabajo aceptable de muñeca, pero desde el momento en que lo vi poner los ojos en la pelota y andar con torpeza con aquella mirada de pato mareado, supe que era un inútil con la pelota. Cosa bastante sorprendente, porque normalmente era un hombre de movimientos ágiles y seguros, y bastante rápido para su corpulencia, pero cuando trataba de lanzar era como un caballo percherón de camino al matadero. Tiraba bajo con la solemne concentración de una vieja jugando a la petanca, y yo sonreí exultante por dentro, vi salir la pelota, golpeé con confianza y fallé la primera pelota que venía recta, con un tiro de lo más sencillo.

Los espectadores gritaron con asombro, y por Dios que no fueron ellos solos. Dejé caer el bate, maldiciendo. Solomon me miró con incredulidad, encantado, pero con el ceño fruncido:

—Creo que lo ha hecho a propósito —gritó.

—¿Qué? —dije yo, furioso. Yo hubiera jurado que le iba a ganar hasta con los ojos vendados... pero ¿no suele ocurrir que si una tarea es demasiado fácil, fallamos como si no lo fuera? Podía haberme dado de puñetazos a mí mismo por mi negligencia... pensando como jugador de críquet, ya me comprenden. Ya que con veintiuna carreras en su haber, yo podía perder el partido fácilmente ahora. La cuestión era: ¿quería hacerlo? Allí estaba la chaqueta roja de Tighe bajo los árboles... Por otra parte, estaba Elspeth, con aspecto radiante, palmoteando con sus manos enguantadas y gritando: «¡Bien jugado!» mientras Solomon se tocaba con gracia el sombrero y yo trataba de poner buena cara. ¡Por Júpiter!, era a él a quien ella estaba mirando... imaginándose sin duda a sí misma bajo una luna tropical, con el inoportuno y viejo Flashy convenientemente lejos, en casa... No, por Dios, al diablo con Tighe y sus amenazas y su chantaje... Iba a ganar aquel partido, y al demonio con todo.

Tomamos un bocadillo y una bebida, mientras los elegantes charlaban a nuestro alrededor y el entrenador de Canterbury frotaba la rodilla de Solomon con linimento.

—¡Espléndido juego, amigo! —gritaba el don, alzando su vaso de limonada en dirección a mí—. ¡Le guardo algunos más de mis tiros bajos directamente para usted!

Reí y le dije que esperaba que no fueran tan retorcidos como su primer lanzamiento, porque me había desconcertado, y él pareció encantado, el muy bastardo.

—¡Qué emocionante! —gritó Elspeth—. ¿Quién va a ganar? Creo que no podré soportar que pierda ninguno de los dos... ¿Y tú, Judy?

—Realmente, no —contestó Judy—. Esto es fantástico. Piénsalo, querida: tú no pierdes de ninguna manera, porque harás un divertido viaje si gana el don, y si gana Harry, él tendrá dos mil libras para gastarlas contigo.

—¡Oh, yo no pienso en eso! —gritó mi querida esposa—. Es el juego lo que cuenta, por supuesto —condenada estúpida.

—Bueno, caballeros —gritó Félix, batiendo palmas—. Hemos tenido más comida y bebida que críquet hasta ahora. Su mano, don —y nos hizo salir para el segundo turno.

Yo había aprendido mi lección del primer relevo como lanzador, y tenía ya una idea bastante aproximada de cuáles eran los puntos fuertes y flacos de Solomon. Era rápido y seguro, y su recepción atrás era excelente, pero había notado que sus golpes hacia adelante no eran demasiado firmes, así que le lancé bien alto, junto a la estaca; el *wicket* estaba casi saliéndose del césped, de tanto tirar sobre él, y tuve la esperanza de lanzar una pelota alta hacia su ingle, o al menos hacerle saltar. Él recibió mi ataque bastante bien, sin embargo, y jugó una guardia baja, lanzando los ocasionales golpes hacia un lado. Yo insistí duramente, clavándole en su sitio con la pelota hacia sus piernas, y entonces mandé una a otro lado; él no se movió ni medio metro y su revés llegó bajo y sin fuerza.

Él había hecho diez carreras en aquella mano, así que yo necesitaba treinta y dos para ganar... Aunque no son muchas contra un lanzador como una patata, no se puede uno permitir un segundo error. Y yo no era un bateador extraordinario. Sin embargo, si tenía cuidado podía ser lo bastante bueno como para despachar al señor Solomon... si quería. Porque mientras yo me ponía en guardia, podía ver el rojo chaleco de Tighe por el rabillo del ojo, y sentí un escalofrío de miedo que me recorría la espina dorsal. ¡Dios mío!, si yo ganaba y hacía que el dinero de sus apuestas se fuera por la alcantarilla, él haría todo lo posible para arruinarme, tanto social como físicamente, sin lugar a dudas... y lo que quedara de los matones del duque sin duda se lo repartirían los de Tighe. ¿Alguien se había encontrado alguna vez en un dilema tan condenado como aquel? Pero allí estaba ya Félix gritando: «¡Juego!», y el don moviéndose para lanzar otro de sus tiros fofos.

Hay una cosa muy extraña con el mal lanzamiento: puede ser condenadamente difícil de devolver, especialmente cuando uno sabe que solo tiene una vida que perder y tiene que abandonar su estilo habitual.

En un juego ordinario, yo habría machacado a esa basura de Solomon haciéndole correr por todo el césped, pero ahora tenía que quedarme en guardia, muy precavido, mientras él dejaba caer sus torpes lanzamientos en las cercanías (sin ningún efecto, todos rectos) y yo estaba tan nervioso que le di con el borde a alguno, y habría estado perdido si hubiera habido algún *fielding* recogiendo, aunque fuera una vieja. Pero así, uno parece mucho mejor de lo que en realidad es, y la multitud vitoreaba cada pelota, viendo al duro de Flashy pegado a su línea de base.

Sin embargo, me sobrepuse a mis primeros temblores, intenté un golpe fuerte o dos, y tuve la satisfacción de verle correr y sudar mientras yo marcaba unos cuantos tantos. Ocurría una cosa curiosa con el *single-wicket:* un buen golpe no bastaba para hacerte ganar, ya que para marcar una carrera tenías que correr hasta el extremo del lanzador *y volver,* mientras que en un partido ordinario el mismo trabajo te hubiera conseguido dos carreras. Todas esas correrías por el campo no parecían alterar su lanzamiento, lo cual era mala cosa, aunque siguiera siendo igual de torpe. Pero yo me esforcé y conseguí una docena de tantos, y cuando me mandó un tiro fuerte, lo dejé volar y lo mandé limpiamente por encima de la casa, haciendo ocho carreras mientras él desaparecía corriendo frenéticamente en torno a la casa, con los niños pequeños siguiéndole. Las damas se ponían de pie y chillaban excitadas. Yo corría como un loco entre los *wickets,* mientras la gente coreaba cada carrera, y empezaba a pensar que le había superado cuando apareció de nuevo, con los zapatos llenos de estiércol y porquería y tiró la pelota a través de la línea de base, para que yo tuviera que salir.

Así que allí estaba yo, con veinte carreras, pero necesitaba todavía doce más para ganar. Imposible, ambos resoplábamos como ballenas, y ahora ya no podía posponer más mi gran decisión: ¿iba a ganarle y afrontar las consecuencias con Tighe, o dejar que ganara él y dispusiera de un año entero para seducir a Elspeth en su maldito barco? Pensar en él murmurándole cosas al oído a Elspeth en la borda mientras ella se embriagaba con la luz de la luna y los halagos casi me enloquecía, así que rechacé con fuerza su siguiente lanzamiento mandándolo hacia la puerta de entrada para conseguir otras tres carreras… Mientras esperaba jadeando la siguiente pelota, debajo de los árboles estaba esa bestia de Tighe, con el sombrero bajado hasta las cejas y los pulgares metidos en el chaleco, mirándome, con sus hampones junto a él. Yo tragué saliva, fallé la pelota siguiente y la vi rozar mis *bails** por un pelo.

¿Qué demonios iba a hacer? Tighe estaba diciendo algo por encima de su hombro a uno de sus compinches, y yo corría como una fiera hacia la siguiente pelota y la mandaba por encima de la cabeza

---

* *Bail:* cada uno de los dos palitos colocados entre las tres estacas que forman un *wicket.* Si caen al golpear este, el jugador queda eliminado. *(N. de la T.)*

de Solomon. Estaba decidido a correr, y allá fueron otras dos… siete para ganar. Él lanzaba de nuevo, y por primera vez lanzó la pelota con efecto; yo le di un golpe frenético, acerté con el borde y la pelota salió fuera de la cancha marcando un tanto. Seis para ganar, y los espectadores aplaudían y reían y nos animaban. Me incliné hacia el bate, mirando a Tighe con el rabillo del ojo y conjurando los miedos sin nombre… no, no eran sin nombre. No podía enfrentarme a la certeza de que se hiciera público que yo había recibido dinero de un corredor de apuestas, y que mandara a sus asesinos a perseguirme en un callejón de Haymarket por añadidura. Yo *tenía* que perder…, y si Solomon se tiraba a Elspeth por todo Oriente, ¡yo no iba a estar allí para verlo! Me volví a mirar en su dirección, y ella se puso de pie y me hizo una seña, siempre tan encantadora, dándome ánimos; yo miré a Solomon, con el negro cabello húmedo por el sudor y los ojos brillantes mientras corría para lanzar, y rugí: «¡No, por Dios!» y atajé su tiro directo y firme, enviándolo a través de una ventana de la planta baja.

Cómo me vitorearon, mientras Solomon corría pesadamente por entre los asientos de los elegantes, las damas agitándose para dejarle pasar y los hombres riendo a punto de explotar. Se precipitó por la puerta principal, y mientras yo completaba mi segunda carrera, me volví para ver aquella ominosa figura con el chaleco rojo; él y sus amigos eran los únicos miembros tranquilos y silenciosos de aquella excitada asamblea. Maldito Solomon… ¿iba a tardar todo el día en encontrar la asquerosa pelota? Yo *tenía* que correr, y sentía mis nervios debilitarse de nuevo; me moví pesadamente hacia el campo y resonó un gran aullido desde la casa: Solomon salía todo desgreñado y triunfante mientras yo hacía la tercera carrera… solo otras tres y el partido era mío.

Pero no podía enfrentarme a aquello; yo sabía que no me atrevería a ganar… Después de todo, no confiaba tanto en la virtud de Elspeth; un Solomon más o menos no representaría demasiada diferencia. Mejor ser un cornudo que un tullido. Yo había vacilado a propósito durante la última media hora, pero entonces hice todo lo que pude para darle el juego a Solomon. Tropecé y me tambaleé, pero mi *wicket* se mantuvo intacto; le mandé un tiro corto, envié fuera una pelota, me lancé a recoger una pelota que no tenía ninguna esperanza de coger… y el gran imbécil, que no tenía que hacer más que tirar mi *wicket* para conseguir la victoria, se agitaba locamente en su excitación. Fui tambaleándome hacia mi puesto, mientras la multitud gritaba encantada: Solomon treinta y uno, Flashy treinta, e incluso el pequeño Félix saltaba de una pierna a la otra señalando a Solomon que lanzaba.

No se oía ni un susurro en todo el campo. Yo esperaba en la línea de base, con el estómago encogido, mientras Solomon, de pie, se echaba atrás, recuperando el aliento, y recogía la pelota. Ahora ya estaba decidido: esperaría un tiro directo y lo fallaría, dejando así que me eliminara.

¿Creerán que sus siguientes tres pelotas fueron tan retorcidas como la conciencia de un judío? Él estaba exhausto de tanto correr, fatigado como una vaca lechera, y no podía apuntar bien. Las dejé pasar, mientras la multitud rugía decepcionada, y cuando la pelota siguiente pareció errar completamente el blanco, yo *tuve* que poner un poco de empeño, me gustara o no; me lancé hacia adelante, tratando desesperadamente de empujarla en su dirección, murmurando para mí: «Si no puedes lanzármela, por Dios bendito, al menos ponme fuera de juego, culón inútil», y en mi pánico me tambaleé, di un golpe tal que envié la maldita pelota a kilómetros por encima de su cabeza. Él se volvió y corrió para ponerse debajo de ella, y no pude hacer nada sino correr hacia el otro lado, rogando a Dios que pudiera cogerla. Estaba todavía en el aire cuando alcancé la línea de base del lanzador, y me volví, mirando hacia atrás mientras corría: él iba corriendo de un lado a otro debajo de la pelota con la boca abierta, los brazos extendidos, mientras todo el campo esperaba sin aliento: allá iba, bajando hacia sus manos expectantes; la agarró, la sujetó, trastabilló, se tambaleó… y horrorizado, vi, mientras la multitud lanzaba un gran alarido, que la pelota se le caía de las manos… Intentó agarrarla desesperadamente, cayó en el césped todo lo largo que era y allí estaba la asquerosa pelota rodando por la hierba y alejándose de él.

—¡Oh… maldito bastardo dedos de mantequilla…! —rugí, pero mi grito se perdió en medio del tumulto. Yo había recuperado ya mi línea de base habiendo marcado uno… pero tenía que intentar el segundo, y corrí con Solomon postrado y la pelota a diez metros de él.

—¡Corre! —chillaban todos—, ¡corre, Flashy! —y el pobre y desesperado Flashy no podía hacer otra cosa que obedecer… El partido estaba en mis manos; con cientos de personas mirando no podía ignorar deliberadamente la oportunidad de ganarlo.

Así que salté hacia adelante de nuevo, lleno de fingido entusiasmo, brincando artísticamente para darle a él una oportunidad de alcanzar la pelota y ponerme fuera de juego; me caí rodando y, maldita sea, aquel animal estaba todavía lamentándose por su fallo. No podía seguir fingiendo siempre, así que seguí adelante, lo más lento que pude, como un hombre exhausto; aun así, habría alcanzado la línea de base antes de que él recuperara la pelota, y ahora su única oportunidad era retroceder unos treinta metros y golpear mi *wicket* mientras yo corría de vuelta hacia el extremo del bateador. Yo sabía que él carecía de una maldita oportunidad, a aquella distancia; todo lo que podía hacer era dirigirme de cabeza hacia la victoria… y a la ruina a manos de Tighe. La multitud bailaba literalmente mientras yo me acercaba ya a la línea de base (tres zancadas más me llevarían a la meta y a la condenación) y entonces el suelo se levantó suavemente hacia mí, la multitud y el *wicket* desaparecieron de mi vista, el ruido se extinguió hasta convertirse en un sordo murmullo y me encontré echado cómodamente en el césped, tumbado con toda placidez en la hierba, pensando: eso es, un buen descanso, qué tranquilidad, qué agradable…

Yo miraba al cielo y veía a Félix en medio, mirando hacia abajo y detrás de él la cara carnosa de Mynn, que decía:

—Levantadle la cabeza… dadle aire. Aquí, una bebida —y mis dientes castañeteaban al chocar contra el vaso y noté el ardiente sabor del *brandy* en la boca. Sentí un espantoso dolor en la parte posterior de la cabeza, vi más caras ansiosas, y oí la voz de Elspeth con distante y penetrante ansiedad, en medio de una confusión de voces.

—¿Qué… qué ha pasado? —dije, mientras me levantaban; notaba las piernas blandas como la gelatina y Mynn tuvo que sujetarme.

—¡Está bien! —gritó Félix—. Ha tratado de tirar tu *wicket*… y la pelota te ha golpeado en la parte de atrás de la cabeza. ¡Has caído como un conejo al que han disparado!

—Ha tirado tu *wicket* también… después —dijo Mynn—. ¡Maldito sea!

Yo parpadeé y me toqué la cabeza; me estaba saliendo un chichón como una pelota de fútbol. Y allí estaba Solomon, jadeando como un fuelle, cogiéndome la mano y gritando:

—Mi querido Harry... ¿está bien? Mi pobre amigo... ¡déjeme ver! —Lanzaba disculpas sin parar, y Mynn lo miraba de manera muy fría, lo noté, Félix estaba nervioso y la gente reunida allí tenía la boca abierta por la conmoción.

—¿Quieres decir... que estoy fuera de juego? —dije yo, tratando de recuperar la conciencia.

—¡Eso me temo! —exclamó Solomon—. Verá, yo estaba tan confuso, cuando tiré la pelota, no me di cuenta de que lo había golpeado... lo vi tirado ahí, y la pelota suelta... bueno, en mi excitación simplemente corrí y la cogí... y rompí su *wicket*. Lo siento —repitió—, porque por supuesto nunca me habría aprovechado de una ventaja semejante... si hubiera tenido tiempo para pensar. Todo ha ocurrido tan rápidamente, ya sabe —miró a su alrededor a los otros, sonriendo tímidamente—. Bueno... ha sido como nuestro accidente anterior en el primer turno... cuando Flashy me puso fuera de juego a mí.

Con esto se iniciaron de nuevo los comentarios, y entonces Elspeth se inclinó hacia mí, diciendo algo acerca de mi pobre cabeza y pidiendo unas sales. Yo la tranquilicé mientras iba recuperando la calma y escuchaba el debate: Mynn mantenía firmemente que aquello no era justo, dejar fuera de juego a un tipo cuando estaba medio inconsciente, y Félix dijo: «Bueno, de acuerdo con las reglas, yo estaba prácticamente fuera de juego, y, de todos modos, había ocurrido una cosa por el estilo con la primera mano de Solomon», lo cual era extraordinario, si se ponía uno a pensarlo... Mynn dijo que aquello era diferente, porque yo no me había dado cuenta de que Solomon había caído, y Félix dijo: «Ah, bueno, entonces es eso», pero Solomon no se había dado cuenta tampoco de que yo me había caído, y Mynn murmuró: «Ah, no, vaya por Dios», si esa era la forma en que jugaban en Eton, a él no le parecía nada bien aquello...

—Pero... ¿quién ha ganado? —preguntó Elspeth.

—Nadie —dijo Félix—. Es un empate. Flashy ha hecho otra carrera, lo que hace que la puntuación se iguale a treinta y uno, y ha quedado fuera de juego antes de que pudiera acabar el segundo. Así que el partido está empatado.

—Y si lo recuerda —dijo Solomon, y aunque su sonrisa era tan franca como siempre, él no podía ocultar el brillo triunfal de sus ojos—, me ha dado ventaja, lo que significa —e hizo una señal hacia Elspeth— que tendré el placer de recibirla a usted, mi querida Diana, y a su padre, a bordo de mi barco para nuestro crucero. Siento de verdad que nuestro juego haya acabado así, querido amigo, pero me siento con derecho a reclamar mi apuesta.

Oh, él tenía razón, y yo lo sabía. Me había pagado con mi propia moneda, por haberlo hecho caer en el primer turno. No me consolaba que yo le hubiera dado a mi juego sucio un aspecto mucho más sutil que él, no con Elspeth saltando de emoción, palmoteando exultante y tratando de compadecerme al mismo tiempo.

—Esto no es críquet —me susurró Mynn—, pero no importa. Paga y pon buena cara… Esto es lo más jodido de ser inglés y jugar contra extranjeros: que no son caballeros —dudo que Solomon le oyera; estaba demasiado ocupado gritando, radiante, con su brazo en torno a mis hombros, que allí había champán y ostras y más cerveza para la gente vulgar. Así que él había ganado su apuesta, sin ganar el partido… Bueno, al menos yo estaba a salvo por lo que respectaba a Tighe… y entonces me asaltó el horrible pensamiento, en el momento en que levanté la vista y vi aquel rojo chaleco allá lejos, entre la multitud, con aquella cara de borracho ceñuda por encima de él… me estaba mirando, con los labios apretados, rasgando lo que adiviné era un boleto de apuestas. Inclinó la cabeza hacia mí dos veces, ominosamente, se dio la vuelta y se alejó.

Porque Tighe había perdido su apuesta también. Él había apostado a que yo *perdería* y Solomon *ganaría*… y habíamos empatado. Con toda mi indecisión y mala suerte, yo había alcanzado el resultado peor de todos. Había perdido a Elspeth ante Solomon y su maldito crucero —porque no podía negarme a pagar— y le había costado a Tighe mil libras además. Él me denunciaría por coger su dinero, y mandaría a sus rufianes tras de mí, ¡oh, Dios mío!, y allí estaba también el duque, jurando vengarse de mí por desflorar a su lirio de los bosques. ¡Qué asqueroso enredo!

—Bueno, ¿está bien, amigo? —gritó Solomon—. Se ha puesto pálido otra vez... aquí, ayudadme a llevarlo a la sombra... ponedle un poco de hielo en la frente...

—*Brandy* —gruñí yo—. No, no, quiero decir... estoy de primera, solo es una debilidad pasajera... el golpe y mi vieja herida, ya sabe. Solo necesito un momento... para recuperarme... centrar mis ideas...

Qué ideas más horribles, por cierto... ¿cómo demonios iba a salir yo de aquel enredo? ¡Y dicen que el críquet es un pasatiempo inocente!

[Extracto del diario de la señora Flashman, junio de 1843.]

Ha ocurrido algo extraordinario... ¡El querido Harry ha consentido en venir con nosotros en nuestro viaje! ¡Y yo soy más feliz de lo que puedo expresar! ¡Incluso ha dejado a un lado los proyectos de su alistamiento en la Guardia Real... y todo por mí! Es tan *inesperado* (pero así es mi querido héroe), ya que en cuanto acabó el partido y don S. reclamó su premio, H. dijo muy serio que se lo había pensado mejor y que aunque no quería declinar el ascenso militar que le habían ofrecido, *¡no podía soportar separarse de mí!* Tal prueba de su devoción me conmovió hasta las lágrimas, y no pude evitar abrazarlo... ¡semejante exhibición supongo que provocaría *algún* comentario, pero no me importa!

Don S., por supuesto, fue muy amable e insistió en que H. debía venir, una vez se hubo dado cuenta de que mi amado estaba tan decidido. Don S. es *muy* bueno; le recordó a H. el honor tan enorme que estaba declinando al no ir a la Guardia Real y le preguntó si estaba *absolutamente seguro* de que deseaba venir con nosotros, explicando que él no habría deseado que H. hiciera ningún sacrificio por nuestra culpa. Pero mi amado dijo: «No, gracias, iré, si no le importa», de esa forma suya tan directa, frotándose la pobre cabeza, y con un aspecto *pálido,* pero *decidido.* Yo estaba feliz y ansiaba estar con él en privado para poder expresarle mejor mi profunda gratitud por su decisión, así como mi *eterno amor*. Pero, ¡qué lástima!, se me negó por el momento, porque casi al mismo tiempo H. anunció que su decisión precisaba su inmediata partida a la ciudad, donde tenía muchos asuntos que resolver antes de que nos hiciéramos a la mar. Yo me ofrecí a acompañarlo, por supuesto, pero él no quiso ni oír hablar de ello, tanto se resistía a interrumpir mis vacaciones aquí… ¡es el más encantador de los maridos! Tan considerado… Explicó que sus negocios le tomarían mucho tiempo y no podía calcular *dónde* estaría durante un par de días, pero que se reuniría con nosotros en Dover, desde donde zarparíamos hacia el misterioso Oriente.

Así que se ha ido, sin quedarse siquiera para responder a la invitación de nuestro *querido amigo* el duque que lo hizo llamar. Me ha ordenado que, ante *cualquier pregunta*, responda que se ha ido por negocios particulares… porque, por supuesto, siempre hay personas ansiosas de ver y solicitar a mi amado, al haberse hecho tan famoso… no solo duques y similares, sino también personas corrientes, que esperan estrecharle la mano, me atrevo a decir, y luego se lo cuentan a sus conocidos. Mientras tanto, querido diario, me han dejado sola —excepto por la compañía de don S., por supuesto, y de mi querido papá— para preparar la gran aventura que se abre ante nosotros, y esperar la alegre unión con mi amado en Dover, que no será sino el preludio, confío, de nuestro viaje de cuento de hadas a lo romántico desconocido…

[Fin del extracto —G. de R.]

Una cosa es decidir si te apuntas al crucero de Solomon, y otra muy diferente estar ya a bordo. Diez días tuve que pasar escondido en Londres y sus alrededores como un conspirador, huyendo de mi propia sombra, y siempre alerta por si aparecían los matones del duque... y los de Daedalus Tighe. Pensarán que soy demasiado precavido, y que el peligro no era tan grande, pero ustedes no conocen lo que la gente como el duque era capaz de hacer en los días de mi juventud. Los de esta calaña pensaban que todavía estaban en el siglo XVIII, y que si les ofendían, podían enviar a sus hampones a machacarte y luego confiar en que su título les librara de las consecuencias. Yo nunca fui un hombre partidario del Reform Bill,* pero no hay duda de que la aristocracia necesitaba que le pararan los pies.

De todos modos, no haría falta ser ninguna lumbrera para comprender que debía poner pies en polvorosa durante una temporada. Era muy desagradable tener que abandonar la Guardia Real, pero si Tighe organizaba un escándalo, tendría que dimitir de todos modos... Se puede ser vizconde imbécil con el paladar hendido y, sin embargo, apto para un puesto de mando en la Guardia Real, pero si encuentran que has estado aceptando sobornos de un corredor de apuestas a cambio de favores, que el cielo te coja confesado, no importa lo famoso que seas como soldado. Así que no podía hacer nada sino evitar asomar el hocico hasta que el barco zarpase, y hacer una visita furtiva a la Guardia Real para informar al tío Bindley de las malas noticias. Él se estremeció, incrédulo, cuando se lo dije.

* Nombre de varios proyectos de ley sometidos al Parlamento británico en 1832, 1867, 1884, etcétera, por los que se aumentaba el número de votantes en las elecciones a los Comunes eliminando privilegios. *(N. de la T.)*

—¿Debo entender que estás rechazando un ascenso, libre de cargas, te lo recuerdo, en la Brigada Real; un ascenso procurado especialmente a instancias de lord Wellington, para ir por esos mundos de Dios con tu mujer, su extraordinario padre y ese... ese ricachón? Tú no necesitas hacer viajes comerciales.

—No puedo evitarlo. No puedo permanecer en Inglaterra ahora.

—¿Te das cuenta de que eso equivale a rechazar un honor del propio trono?, ¿que nunca podrás esperar un favor semejante? Sé que eres insensible a la mayoría de los dictados comunes de la buena conducta y la discreción, pero seguramente tú puedes comprender...

—¡Maldita sea, tío! —exclamé—. ¡Tengo que irme! Me miró inclinando su larga nariz. —Pareces desesperado. ¿Tengo razón al suponer que habrá algún escándalo si no lo haces?

—Sí —admití yo, reacio.

—Bueno, eso es enteramente diferente —exclamó—. ¿Por qué no me lo has dicho desde el principio? Supongo que hay alguna mujer de por medio.

Yo lo admití, y dejé caer una insinuación de que estaba implicado el duque de..., pero que todo era un malentendido, y Bindley suspiró de nuevo y dijo que nunca había conocido una época en la que la calidad de la Cámara de los Pares hubiera caído tan bajo. Hablaría con Wellington, dijo, y como era aconsejable para el crédito de la familia que no pareciera que yo salía huyendo, vería si se podía dar a mi visita al Lejano Oriente algún tono oficial. El resultado fue que un par de días más tarde, en la habitación donde me ocultaba, encima de una casa de empeños, recibí una nota indicándome que me dirigiera a Singapur para examinar y aprobar el primer envío de caballos australianos que llegarían a la primavera siguiente* para la compañía india del ejército. Bien hecho, viejo Bindley. A veces el tipo resultaba útil.

Así pues, lo único que tenía que hacer era viajar en secreto a Dover a finales de mes, y así lo hice. Llegué cuando ya había anochecido

* La primera venta de caballos australianos, importados a Singapur por Boyd y Compañía, no tuvo lugar en realidad hasta el 20 de agosto de 1844. Aquellos fueron los primeros de la famosa caballería «waler» (llamada así por Nueva Gales del Sur) del ejército indio.

y recorrí el atestado muelle con mi maleta, esperando que ni Tighe ni el duque hubieran enviado a sus rufianes para interceptarme (no lo habían hecho, por supuesto, pero si yo he vivido tantos años ha sido porque siempre temí lo peor y estuve preparado para ello). Un bote me llevó hasta el bergantín a vapor de Solomon y hubo una emotiva reunión con mis seres queridos: Elspeth se echó en mis brazos preguntándome *dónde* había estado, porque estaba realmente *preocupada*, y el viejo Morrison gruñó: «Vaya, ya has llegado, en el último momento, como de costumbre», y murmurando algo sobre los ladrones que van por ahí de noche. Solomon parecía encantado de verme, pero no me engañó: solo estaba ocultando su disgusto por no tener el campo libre con Elspeth. Aquello casi me consoló de hacer el viaje. Sí, podía ser condenadamente inconveniente, de muchas maneras, y yo no las tenía todas conmigo pretendiendo acercarme a Oriente de nuevo, pero al menos tendría vigilada a esa pelandusca. En realidad, cuando reflexioné, comprendí que era la razón más importante que tenía para ir, incluso más que escapar de Tighe y del duque. Mirando las cosas desde el Canal, aquellos dos ya no me parecían tan terribles, y me resigné a disfrutar del crucero. Vaya, aquello podía resultar bastante divertido.

Algo le tengo que conceder a Solomon, y es que no había mentido acerca del lujo de su bergantín, el *Sulu Queen*. Era el último grito en barcos de hélice, movido por una rueda a través de su quilla, con dos mástiles para navegar y la chimenea bien atrás, para que toda la cubierta delantera, que nos estaba reservada, se viera libre del espeso humo y del hollín que cubría la popa y dejaba una gran nube negra a nuestro paso. Nuestros camarotes estaban debajo de la cubierta de popa, sin embargo, pero lejos del humo, y eran de primera: muebles de roble atornillados, alfombras persas, mamparas forradas de madera con acuarelas pintadas, un tocador con espejos que hizo que Elspeth lo recibiera con aplausos, cortinas chinas, excelente cristal y un mueble bar bien provisto, ventiladores mecánicos y una cama de matrimonio con sábanas de seda que habría sido el orgullo de una casa de placer de Nueva Orleans. «Bueno —pensé—, esto es mejor que navegar en un *Indiaman;** aquí estaremos como en casa».

* *Indiaman:* barco que hacía el comercio con la India, en especial los pertenecientes a la Compañía de las Indias Orientales. *(N. de la T.)*

El resto de las instalaciones iban a juego: el salón donde cenamos no podía ser mejor en comida, licores y servicio. Hasta el viejo Morrison, que no hacía más que gruñir y refunfuñar todo el tiempo, aunque había aceptado venir, disipó sus dudas cuando nos sirvieron nuestra primera comida a bordo. Incluso se lo vio sonreír, lo cual apuesto que no hacía desde el último recorte de salarios a sus trabajadores. Solomon era un anfitrión estupendo, que pensaba en todos los detalles para que nos sintiéramos cómodos. Incluso pasó la primera semana bordeando la costa para que nos acostumbrásemos al balanceo del barco, y estaba lleno de atenciones con Elspeth. Cuando ella se dio cuenta de que se había dejado el agua de colonia, hizo que su doncella desembarcara en Portsmouth y fuera a la ciudad a comprarla, con instrucciones de reunirse con nosotros en Plymouth. Era un trato regio, sin duda alguna, y con todos los gastos pagados.

Solo dos cosas me causaban cierta inquietud en medio de tanto idílico lujo. Uno era la tripulación: no había ni una sola cara blanca entre ellos. Cuando me acompañaron a bordo la primera noche, fui con dos sonrientes tipos de cara amarilla con chaquetones cruzados y los pies descalzos. Intenté hablar con ellos en hindi, pero se limitaron a sonreír enseñando unos colmillos marrones y sacudir la cabeza. Solomon explicó que eran malayos. También había unos cuantos marineros medio árabes a bordo, que hacían de maquinistas y fogoneros, pero ningún europeo excepto el capitán, un franchute lo más seguro, con un toque de negro en el cabello, que tomaba el rancho en su cabina, así que nunca lo veíamos. No me preocupaba demasiado la tripulación amarilla, pero prefiero oír una voz británica o yanqui en el castillo de proa; es más tranquilizador. Además, Solomon era un comerciante del Lejano Oriente, y en parte oriental él mismo, así que quizá fuera natural. Él los tenía bien dominados, y ellos se mantenían apartados de nosotros, salvo los criados chinos, que eran zalameros y silenciosos en grado sumo.

La otra cosa era que el *Sulu Queen,* aunque estaba equipado como un palacio flotante, llevaba diez cañones, lo cual supone casi tanto como lo que lleva un buque de guerra. Yo dije que me parecía mucho para un yate de recreo, y Solomon sonrió y dijo:

—Es un barco demasiado valioso para arriesgarlo en las aguas del Lejano Oriente, donde ni siquiera los navíos británicos y holandeses pueden contar con la más mínima protección. Además —hizo una señal hacia nosotros—, lleva una preciosa carga. La piratería no es desconocida en estas islas, ya saben, y aunque sus víctimas generalmente son indefensas embarcaciones nativas... bueno, creo que hay que ser muy precavidos.

—¿Quiere decir... que hay peligro? —preguntó Morrison con los ojos como platos.

—No —respondió Solomon— con diez cañones a bordo.

Y para tranquilizar las aprensiones del viejo Morrison y presumir ante Elspeth, hizo que cuarenta de sus tripulantes realizaran una práctica de tiro para nuestro disfrute. Eran habilidosos, desde luego. Se dispersaron por la cubierta limpia y restregada con sus blusas y pantalones cortos, sacaron todas las piezas y atacaron con los proyectiles a golpe de pito del contramaestre árabe, con gran precisión, y después se quedaron de pie, inmóviles junto a sus cañones, como otros tantos ídolos amarillos. Luego hicieron una exhibición de sable y de armas, moviéndose como piezas de relojería, y tuve que admitir que unas tropas entrenadas no lo habrían realizado mejor. Toda aquella rapidez y habilidad hacían que el *Sulu Queen* estuviera preparado para enfrentarse a cualquier cosa excepto un buque de guerra.

—Es simplemente una precaución añadida —dijo Solomon—. Mis posesiones se encuentran en lugares pacíficos, en el continente malayo en su mayor parte, y tengo mucho cuidado de no aventurarme nunca por aguas menos amistosas. Pero creo que hay que ir preparado —y siguió hablando de sus tanques de agua de hierro, y de los contenedores de comida sellados. Yo habría sido mucho más feliz viendo unas pocas caras blancas y patillas oscuras en torno a nosotros. Éramos solo tres personas blancas... y Solomon, por supuesto, pero él era extranjero, después de todo.

Sin embargo, estos pensamientos desaparecieron pronto debido al interés del viaje. No los aburriré con descripciones, pero debo decir que fue el crucero más placentero de toda mi vida, y no nos dábamos cuenta de que iban pasando las semanas. Solomon había hablado de llegar a Singapur en tres meses; de hecho, nos costó más del doble de tiempo, y no nos quejamos ni una sola vez. Durante el verano navegamos con mar calma a lo largo de las costas francesas y españolas, visitando Brest, Vigo y Lisboa, agasajados de maravilla por la burguesía local, ya que Solomon parecía tener una habilidad especial para hacer conocidos fácilmente, y luego nos adentramos en la costa africana, hacia latitudes más cálidas. Ahora lo recuerdo y puedo decir que he hecho ese mismo viaje más veces de las que puedo contar, en todo tipo de barcos desde un *Indiaman* hasta un barco esclavista, pero este no fue un viaje corriente... En fin, hicimos pícnic en las playas marroquíes, excursiones a las ruinas del desierto más allá de Casablanca, fuimos en camello con guías con la cara cubierta con velos, paseamos por mercados bereberes, vimos bailarines que danzaban con fuego ante los macizos muros de viejos castillos corsarios y miembros de las tribus salvajes haciendo carreras de caballos, tomamos café con gobernadores con turbantes de barba blanca, e incluso nos bañamos en aguas azules y cálidas que lamían kilómetros y kilómetros de plateada arena vacía mientras las palmeras se balanceaban en la brisa... y cada noche volvíamos al lujo del *Sulu Queen*, con sus sábanas de nieve y su plata y su cristal brillante, y los delicados camareros chinos que atendían cada uno de nuestros deseos en la fría oscuridad del salón. Bueno, yo *fui* un príncipe coronado una vez, en mis vagabundeos, pero nunca había visto nada parecido a lo de aquel viaje.

—¡Es un cuento de hadas! —seguía exclamando Elspeth, e incluso el viejo Morrison admitió que no estaba del todo mal... El viejo bastardo se estaba ablandando de veras, y ¿por qué no iba a hacerlo, servido como estaba a cuerpo de rey y con dos musculosos diablos amarillos de ojos como rendijas dispuestos a llevarle a cuestas a tierra y conducirle en un palanquín en nuestras excursiones?

—Esto me está sentando muy bien —decía—, ya puedo notar la mejoría.

Elspeth suspiraba soñadora mientras la abanicaban a la sombra, y Solomon suspiraba y hacía señas al mozo para que pusiera más hielo en los vasos... Ah, sí, incluso tenía un aparato patentado para fabricar hielo escondido en algún sitio, junto a la quilla.

Más al sur, a lo largo de las selváticas y solitarias costas, no faltó la diversión: un crucero río arriba por la selva en la lancha del barco, Elspeth con los ojos como platos a la vista de los cocodrilos, que la hacían temblar deliciosamente, o riendo ante las «monadas» de los macacos, admirada por el brillo del follaje y la vistosidad de los pájaros.

—¿No le dije, Diana, que sería espléndido? —decía Solomon, y Elspeth exclamaba extasiada:

—Oh, sí, lo dijo, lo dijo... ¡pero esto está más allá de todo lo imaginable!

Vimos también peces voladores y delfines. Y una vez dada la vuelta a El Cabo, donde pasamos una semana, bajando a cenar a tierra y asistiendo a un baile en casa del gobernador, que complació infinitamente a Elspeth, llegamos al azul profundo de las aguas del océano Índico, y más maravillas para mis insaciables parientes. Empezamos el largo recorrido hacia la India con un tiempo perfecto, y por la noche Solomon cogía su guitarra y cantaba tristes canciones en la oscuridad; Elspeth dormitaba en una tumbona junto a la borda y Morrison me desafiaba a un *ecarté* o jugábamos al *whist,* o nos limitábamos a perder el tiempo, tranquilamente. Eran cosas insustanciales, si quieren, pero yo lo toleraba resignadamente... y mantenía los ojos fijos en Solomon.

Ya que no había ninguna duda al respecto; él cambiaba a medida que progresaba el viaje. Le dio bastante el sol, y pronto fue el más moreno de a bordo. De todas formas, también me recordaba que era al menos medio oriental o nativo. En lugar de su habitual camisa y pantalones empezó a llevar blusa y *sarong,* diciendo en broma que era el estilo tropical adecuado. Después empezó a llevar los pies descalzos, y una vez, cuando la tripulación se dedicó a pescar tiburones, Solomon echó una mano para alzar al enorme monstruo que se agitaba. Si le hubieran visto, desnudo hasta la cintura, con su robusto cuerpo bronceado chorreando sudor, chillando mientras levantaba la cuerda y gritando rápidas órdenes a sus hombres en un extraño dialecto, se habrían preguntado si aquel era el mismo tipo que había estado lanzando pelotas en Canterbury o hablando de precios en el puerto.

Después, cuando vino a sentarse en el puente para tomar una soda helada, noté que Elspeth miraba sus espléndidos hombros de forma indolente, ya que los oscuros ojos de Solomon brillaron cuando se echó hacia atrás el húmedo cabello negro y le sonrió... Había sido el perfecto amigo de la familia durante meses, saben, ni un toque de las zarpas fuera de sitio... y yo pensé: «Amigo, ¡qué aspec-

to más condenadamente arrebatador y romántico tiene estos días!».
Para empeorar las cosas, había empezado a crecerle la barba, una
especie de perilla como la de los negros; Elspeth dijo que le daba un
toque de corsario, así que yo tomé nota y le hice dos veces el amor
aquella misma noche, para sofocar aquellas fantasías infantiles. Leer
a Byron no es bueno para las jovencitas.

Al día siguiente subimos a cubierta y vimos una costa verde muy
extensa a pocos kilómetros del puerto, montículos cubiertos de vegetación más allá de la playa y altas montañas detrás; Elspeth quiso
saber dónde estábamos. Solomon rio de una forma extraña mientras
venía a la borda junto a nosotros.

—Es el país más extraño del mundo entero, quizá —dijo—. El
más extraño... y el más salvaje y cruel. Pocos europeos se aventuran
a venir, pero yo lo he visitado y es muy rico, ¿saben? —Se volvió al
viejo Morrison—. Goma y bálsamo, azúcar y seda, índigo y especias... Creo que hay carbón y hierro también. Tengo esperanzas de
mejorar el pequeño comercio que he iniciado aquí. Pero son gente
salvaje y terrible; uno tiene que actuar con cautela... y no apartar la
vista del bote que has dejado en la playa.

—¡Cómo, don Solomon! —exclamó Elspeth—. ¿No vamos a
desembarcar aquí?

—Yo lo haré —contestó él—, pero ustedes no; el *Sulu Queen* se
quedará al pairo... fuera de cualquier posible peligro.

—¿Qué peligro? —pregunté yo—. ¿Caníbales en canoas de
guerra? —él se echó a reír.

—No es eso. ¿Me creerán si les digo que en la capital de este
país viven cincuenta mil personas, la mitad de ellas esclavas? Está
gobernada por una monstruosa reina negra que se viste a la moda del
siglo XVIII, come con los dedos en una mesa cargada de cuberterías
europeas de oro y plata, con tarjetas con el nombre ante cada silla
y paredes empapeladas con las victorias de Napoleón... Después de
comer sale a verificar que los ladrones sean quemados vivos y los
cristianos crucificados. Su guardia personal va casi desnuda, pero
con unas cartucheras blanqueadas con arcilla, y detrás camina una
banda que toca *Los granaderos británicos*. Sus mayores placeres son
la tortura y el homicidio... He visto una ejecución ritual en la cual

cientos de personas fueron enterradas vivas, cortadas por la mitad, arrojadas desde...

—¡No, don Solomon, no! —chilló Elspeth, tapándose las orejas, y el viejo Morrison murmuró algo acerca de respetar la presencia de las damas. El don Solomon de Londres nunca habría mencionado tales horrores delante de una dama, y si lo hubiera hecho, se habría disculpado con ella después profusamente. Pero se limitó a sonreír y encogerse de hombros, y pasó a hablar de pájaros y de animales como no se conocían en ningún otro lugar, grandes arañas rojas de la jungla, camaleones fantásticos y las curiosas costumbres de la corte aborigen, que decidía la culpabilidad o la inocencia de un sospechoso dándole al acusado una bebida especial y viendo si la vomitaba o no. Todo aquel lugar estaba gobernado por supersticiones y leyes absurdas, dijo, ¡y pobre del extranjero que tratara de enseñarles algo diferente!

—Debe de ser un lugar bastante curioso —observé—. ¿Cómo ha dicho que se llama?

—Madagascar —respondió él, y me miró—. Usted habrá estado en algunos sitios terribles, Harry. Si alguna vez tiene la desgracia de naufragar *allí* —y señaló a la costa verde— ruegue porque le quede una bala —miró para asegurarse de que Elspeth no podía oírlo—. El destino del extranjero atrapado en esas costas es demasiado espantoso para ser expresado. Dicen que la reina les da solo dos usos a los hombres extranjeros: primero, someterlos a su voluntad, ya me entiende, y después, destruirlos con las más espantosas torturas que pueda imaginar.

—Qué damita más juguetona, ¿verdad?

—¿Cree que estoy bromeando? Mi querido amigo, ella mata entre veinte mil y treinta mil seres humanos cada año... Se propone exterminar a todas las tribus menos a la suya propia, ¿sabe? Cuando llegó al trono, hace algunos años, hizo que reunieran a veinticinco mil enemigos, los obligó a arrodillarse en un gran recinto, y a una señal, ¡paf! Fueron ejecutados todos a la vez. Conservó unos pocos miles, para colgarlos dentro de unas pieles de buey hasta que se pudrieran... o para cocerlos o tostarlos hasta la muerte. Esto es Madagascar.

—¡Ah, bueno! —repliqué—. Creo que el año que viene iré a Brighton. ¿Y va a desembarcar?

—Solo por unas horas. El gobernador de Tamatave, en la costa, es un salvaje bastante civilizado… Todos los de la clase gobernante lo son, incluyendo a la reina: vestidos de Bond Street, tal como le he dicho, y un piano en palacio. Es un lugar bastante notable, por cierto, grande como una catedral y cubierto enteramente por campanillas de plata. Dios sabe lo que sucede ahí dentro.

—¿Lo ha visitado?

—Lo he visto… pero no he entrado para tomar el té, como diría usted. En cambio, he hablado con algunos que han estado dentro, que han visto a la reina Ranavalona y viven para contarlo. Europeos, algunos de ellos.

—¿Qué estaban haciendo ahí, por el amor de Dios?

—¿Los europeos? ¡Ah, eran esclavos!

A las primeras de cambio, por supuesto, sospeché que estaba exagerando un poco para impresionar a sus invitados… pero no, no era así. Cada una de las palabras que dijo acerca de Madagascar era tan cierta como los Evangelios… y ni siquiera una décima parte de la verdad. Lo sé: lo averigüé por mí mismo.

Desde el mar aquello parecía bastante plácido. Tamatave era aparentemente un pueblo grande de edificios de madera amarillenta construidos en hileras ordenadas a espaldas de la costa. Había un fuerte de buen tamaño con una gran empalizada a cierta distancia de la ciudad, y unos pocos soldados desfilando en el exterior. Mientras Haslam estuvo en tierra, los examiné con el catalejo: eran unos tipos negros y fornidos con faldas blancas, con lanzas y espadas, muy bien plantados, moviéndose todos a la vez, lo cual es inusual entre las tropas negras. No eran verdaderamente negros; cuando Haslam volvió al barco le acompañaba un barco de escolta, con un tipo en la popa que llevaba una buena imitación de nuestro atuendo naval: levita azul, charreteras, tricornio y galones, saludando como el mejor… Parecía un mexicano o algo así, con su cara redonda, negra y aceitosa, pero los remeros eran de un color marrón oscuro y con el cabello lanoso, con narices rectas y rasgos bastante finos.

Eso fue lo más cerca que estuve yo de los malgaches, por entonces, y pueden convenir conmigo en que fue bastante cerca. Solomon parecía muy satisfecho con el negocio que le había llevado a tierra, y a la mañana siguiente estábamos lejos, en alta mar, con Madagascar ya olvidado detrás de nosotros.

He dicho que no les iba a aburrir con nuestro viaje, así que no haré más que mencionar Ceilán y Madrás, que es todo lo que se merecen, y los llevaré directamente a la bahía de Bengala, pasaremos por las infernales islas de Andamán, al sur junto al Gran Nicobar, y por los estrechos espumeantes donde las grandes medusas nadan entre el continente de Malasia y la extraña jungla de la isla de Sumatra con sus hombres-mono; y hacia el mar de donde nace el sol, al frente, están las Islas. Es una gran cadena brillante que corre a miles de kilómetros desde el sur del mar de la China hasta Australia y el lejano Pacífico al otro lado del mundo. Eso es Oriente... las Islas; y pueden creerlo porque se lo dice uno que tiene la India metida en sus huesos: no hay mar tan azul, ni tierras tan verdes, ni sol tan brillante como el que encontrarán más allá de Singapur. Era lo que había dicho Solomon: «Donde siempre es por la mañana». Así era, y en aquella parte de mi imaginación donde guardo los mejores recuerdos, este permanecerá siempre.

Pero ese era solo un aspecto de la cuestión. Entonces no sabía que Singapur era el último lugar civilizado, desde donde se pasaba a un mundo tan terrible como hermoso, rico, salvaje y cruel, más allá de todo lo imaginable, de tierras y mares todavía sin explorar, donde incluso la poderosa Marina Real mandaba solo unos pocos navíos de guerra para investigar. El puñado de aventureros blancos que habían viajado hasta allí habían sobrevivido por la velocidad de sus quillas y el silencio de sus cañones. Ahora está tranquilo, y la ley británica y holandesa gobierna desde el estrecho de Sonda a las islas Salomón; las costas están tranquilas, las últimas cabezas —trofeos que quedaban en los poblados— están viejas y consumidas,* y apenas hay un hombre vivo que pueda decir que

* No tan viejas y marchitas hoy en día, quizá. Flashman, escribiendo en la *Pax Britannica* de los años eduardianos, no podía prever un tiempo en

108

ha oído resonar los gongs de guerra, ya que las grandes flotas de piratas fueron barridas del mar de Sulú. Pero yo los oigo todavía, con una claridad tremenda, y a pesar de todo lo bueno que haya podido decir de las Islas, puedo asegurarles que si hubiera sabido en aquel primer viaje lo que supe después, habría salido corriendo hasta Madrás.

Pero yo era tan feliz como ignorante, y cuando nos deslizamos junto a las verdes islas en forma de pan de azúcar una bonita mañana de abril de 1844, y echamos el ancla en el fondeadero de Singapur, todo aquello me parecía bastante seguro. La bahía estaba llena de naves. Había al menos un centenar de barcos de vela cuadrada, grandes *Indiamen* bajo la bandera norteamericana, altos clípers del sur con las barras y las estrellas, barcos mercantes británicos en cantidad, barcos de todas las nacionalidades... Solomon señaló las anclas azules cruzadas de Rusia, las franjas rojas y amarillas de España, el azul y amarillo de Suecia, incluso un león dorado que él dijo que era de Venecia. Más cerca, los rechonchos juncos y largos praos mercantes estaban tan cerca unos de otros que parecía se pudiera andar por encima de ellos y atravesar toda la bahía, hirviendo de tripulaciones medio desnudas de malayos, chinos y gentes de todos los colores desde el amarillo pálido hasta el negro azulado, ensordeciéndonos con sus charlas estridentes mientras los remeros de Solomon conducían la lancha a través del muelle del río. Era una locura; toda Asia parecía haberse congregado en el desembarcadero, llevándose con ellos sus penetrantes olores y ensordecedores sonidos.

Había *coolies* por todas partes, unos con sus sombreros de paja, otros con sus sucios turbantes, tambaleándose, medio desnudos bajo balas y cajones. Pululaban por los muelles, por los sampanes que taponaban el río, en torno a los almacenes, y entre ellos se

que las tribus del norte de Borneo recuperarían la práctica de los cazadores de cabezas que la ley británica intentó erradicar. El editor ha visto filas de cabezas relativamente recientes en una «casa de cabezas» en el río Rajang; los lugareños admiten que la mayoría eran *orang Japon*, de los japoneses invasores de la segunda guerra mundial, pero algunas de ellas podían ser de tribus indonesias que en aquella época (1966) estaban luchando contra las tropas británico-malayas en la rebelión comunista.

abrían paso capitanes yanquis con sus cortas chaquetillas y altos sombreros, quitándose los cigarros de las duras mandíbulas solo para escupir y blasfemar; judíos armenios con abrigos negros y largas barbas; casacas azules británicos con camisas de lona y pantalones de dril; comerciantes chinos de largo mostacho con sus bonetes redondos, llevados en palanquines; comerciantes británicos de Sonda con pistolas al cinto; correosos hombres de los clípers con gorras de piloto, gritando maldiciones de Liverpool y Nueva York; hacendados con sus gruesos bastones y sus sombreros de ala ancha haciéndose obedecer por los negros; una fila de prisioneros con grilletes caminando pesadamente, con soldados de casaca roja empujándolos y marcando el paso. Oí hablar holandés, alemán, español, hindi y la mayoría de los acentos del inglés: escocés, galés, irlandés y norteamericano, y de diferentes zonas además, todo en el primer minuto. Dios sabe qué lenguas nativas se hablaban allí, pero también las usaban a pleno pulmón, y después de la comparativa tranquilidad a la que estábamos acostumbrados, aquello bastaba para volvernos locos. El olor era también espantoso.

Por supuesto, las zonas ribereñas eran casi igual que en cualquier otro lugar: una vez se salía del río, el lado «Mayfair» de la ciudad, que se extendía al este a lo largo de Beach Road, era un lugar agradable, y allí era donde Solomon tenía su casa, una hermosa mansión de dos plantas rodeada de un jardín extenso, frente al mar. Nos instalaron en unas habitaciones frescas y aireadas, perfectamente equipadas con ventiladores y pantallas, legiones de sirvientes chinos para cuidarnos, bebidas frías a litros y nada que hacer sino descansar en medio de aquel lujo y recuperarnos de los rigores del viaje, lo que hicimos durante las tres semanas siguientes.

Al viejo Morrison le fue estupendamente aquello. Devoraba a un ritmo tal que había engordado de forma alarmante, y todo lo que quería hacer era quedarse echado, eructando y refrescando su naturaleza enfermiza en aquel clima cálido. Elspeth, por otra parte, tenía que levantarse y hacer algo inmediatamente. Salió casi nada más llegar, llevada en un palanquín por unos criados, para hacer los honores a lo que ella llamaba la buena sociedad, averiguar quiénes eran los que contaban y derrochar dinero en las tiendas y bazares.

Solomon la llevó a las direcciones adecuadas, la presentó, y luego explicó disculpándose que tenía trabajo que hacer en su casa de cambio en los muelles durante unas semanas; después de lo cual, nos aseguró, podría llevarnos a ver sus posesiones, que yo creí entender que estaban en alguna parte de la costa este de la península.

Así que allí estaba yo, sin ocupación... ¡Y ya era hora! Nunca me había aburrido tanto en mi vida. Estaba muy bien todo eso del crucero lleno de exquisiteces, pero yo estaba ya hasta la coronilla de Solomon y su mansión flotante con su inmaculado mobiliario y su lujo invariable y todo tan exacto, tan condenadamente correcto. Todas las maravillosas comidas y todos los vinos exquisitos me salían ya por las orejas. Estaba harto de tanta perfección, enfermo de ver el feo hocico de Morrison, de escuchar el incansable parloteo estúpido de Elspeth, y de no tener ni una maldita cosa que hacer sino hartarme de comer y dormir. No había tenido la menor ocasión de dar pábulo a mis vicios desde hacía seis meses... y para mí aquello representaba una vida entera de hambre. Bueno, pensé, si Singapur, el antro de placer de Oriente, no puede proveer a mis necesidades urgentes y proporcionarme la suficiente depravación variada en tres semanas como para soportar el largo viaje de vuelta a casa, es que algo falla; me afeitaré, me cambiaré de camisa y saldremos a conquistar la ciudad.

Di un largo paseo para orientarme y luego entré a fondo. Había ocho calles transversales en la sección de Mayfair, donde estaban las casas buenas, y un ancho parque bajo la colina del gobernador, donde la buena sociedad se congregaba por las noches. Y, por Júpiter, era una diversión loca, ya lo creo. Podía uno quitarse el sombrero así como unas cien veces en dos horas, y cuando se cansaba de aquello, estaba la frenética y desenfrenada orgía de un paseo en calesa a lo largo de Beach Road, para mirar los barcos o bailar en los salones de reuniones, donde una mujer casada puede incluso bailar una polca con uno, a condición de que tu mujer y su marido estén cerca... Las damas no casadas no bailaban, excepto entre sí, las muy desvergonzadas.

Y luego estaban las cenas en el hotel Dutranquoy, con discusiones posteriores sobre si el Club Raffles debería o no ser resucitado, y cómo estaba progresando el edificio del nuevo Hospital de Pobres Chino, y el precio del azúcar, y el último editorial de la *Free Press*, y para los espíritus aventureros, un juego de pirámides en la mesa de billar del hotel. Yo jugué dos veces, y me sentí deshonrado por mi bestial indulgencia. Elspeth era infatigable en su persecución del placer, por supuesto, y me arrastró a todos los saraos, bailes y tonterías que pudo encontrar, incluyendo la iglesia dos veces cada domingo, y las reuniones de suscripciones para el nuevo teatro, y varias veces incluso nos reunimos con el coronel Butterworth, el gobernador... «Bueno —pensé yo—, esto será Singapur, pero me moriré si tengo que soportar esta paz por mucho tiempo».*

En una ocasión pregunté a un tipo que me parecía interesante (se puede decir que era un libertino: usaba brillantina) dónde se podían encontrar entretenimientos menos respetables, suponiendo que hubiera alguno, y él se puso un poco rojo y arrastrando los pies dijo:

—En primer lugar, están las procesiones chinas... pero no hay mucha gente que se divierta con ellas, me atrevería a decir. Empiezan en el... ejem... barrio nativo, ya sabe.

—Por Dios —dije yo—, eso es horrible. Quizá podríamos echarles un vistazo un momento... No hace falta que nos quedemos mucho rato.

Él no quería, pero le convencí, y corrimos hacia el paseo, él murmurando que aquello no era adecuado, y qué diría Penélope si se enteraba, él ni se lo imaginaba. Me entró una fiebre de excitación, y palpitaba de emoción cuando llegamos a la vista de la procesión. Veinte chinos golpeando gongs y lanzando humo y silbidos, y media docena de niños vestidos con trajes tártaros con sombrillas, haciendo todos un ruido infernal.

* Frank Marryat, hijo del novelista capitán Marryat, sirvió como oficial naval en las aguas del Extremo Oriente en la década de los cuarenta del siglo XIX, y confirmó la opinión de Flashman sobre la vida pusilánime y pacata de la sociedad de Singapur. «Poca hospitalidad, poca alegría... todo el mundo ansioso por afirmar su posición en la sociedad». Su descripción de la ciudad, su gente, costumbres e instituciones se ajusta exactamente a la de Flashman. (Véase *Borneo and the Indian Archipelago* [1848] de F. S. Marryat, y para una gran riqueza de detalles, *An Anecdotal History of Old Times in Singapore*, de G. B. Buckley).

—¿Esto es todo? —pregunté.

—Sí, es todo —dijo él—. Vamos, vámonos... o nos verá alguien. No está... no está bien, sabe, ser visto en estas exhibiciones de nativos, mi querido Flashman.

—Estoy sorprendido de que las autoridades las permitan —apunté, y él dijo que el *Free Press* estaba muy en contra de aquello, pero las procesiones indias eran incluso peores, con tipos colgando de pértigas y otros que llevaban antorchas, y que incluso había oído rumores de que había faquires que andaban sobre carbones encendidos al otro lado del río.

Aquello me puso en la pista correcta. Había visto la ribera, por supuesto, con su gran hilera de edificios y almacenes comerciales, pero la ciudad de los nativos que estaba más allá, en la orilla occidental, parecía muy destartalada y apenas valía la pena explorarla. Desesperado, me aventuré allí una noche cuando Elspeth estaba en una reunión femenina, y fue como poner el pie en un nuevo mundo.

Más allá de las chozas estaba Chinatown: calles brillantemente iluminadas con linternas, casas de juego y casinos estrepitosos en cada esquina, espectáculos y acróbatas, hindúes que caminaban sobre brasas. Mi amigo de la brillantina tenía razón, chulos que se te acercaban a cada paso ofreciéndote a su hermana que era, por supuesto, tan voluptuosa al menos como la reina Victoria (cómo consiguió nuestra soberana convertirse en norma carnal para todo Oriente durante la mayor parte de la última centuria nunca he sido capaz de entenderlo; quizá ellos imaginaban que todos los verdaderos británicos sentían un apetito lujurioso por ella), y por todas partes suficiente carne para satisfacer a un ejército entero: chicas chinas con caras de muñeca de porcelana en las ventanas; altas y graciosas Kling del Coromandel, cimbreándose al pasar y sonriendo bajo sus largas narices; insolentes busconas malayas que lanzaban risitas y te llamaban desde las puertas, sacándose los pechos para que los inspeccionaras. Era una feria de las vanidades convertida en realidad... pero nada recomendable, por supuesto. La mayoría de estas chicas estaban enfermas de sífilis, y no estaban mal para los marineros borrachos apostados en las verandas, a quienes no les preocupaba que les pegaran cualquier cosa —y posiblemente que los apuñalaran tampoco— pero yo tenía que encontrar algo de mejor calidad. No dudaba de que lo haría, y rápidamente, ahora que ya sabía por dónde empezar, pero por el momento me contentaba con pasear y mirar, apartando a los proxenetas y a las putas más atrevidas, para volver luego al puente sobre el río.

¿Y a quién me encuentro de manos a boca? A Solomon, que volvía tarde de su oficina. Se detuvo en seco al verme.

—Buen Dios —dijo—: no habrá estado en el bazar, ¿verdad? Mi querido amigo, si yo hubiera sabido que quería ver aquello, le habría preparado una escolta... No es el lugar más seguro del mundo, ¿sabe? No es tampoco su estilo, pensaba yo.

Bueno, él lo sabía mejor que yo, pero si quería jugar al inocente, no me importaba. Dije que había sido de lo más interesante, como todas las ciudades, y allí estaba, sano y salvo, ¿no?

—Claro —exclamó él, riendo y cogiéndome del brazo—. Me olvidaba de que habrá visto algo de color local en otras ocasiones. Pero Singapur... bueno, es un lugar sorprendente, incluso para los expertos. Supongo que habrá oído hablar de las bandas de Caras Negras. Son chinos... no tienen nada que ver con los *tongs* o *hues,* que son sociedades secretas que gobiernan más lejos... pero son igualmente villanos asesinos. Han llegado incluso al este del río últimamente, según me han dicho: robos, secuestros, ese tipo de cosas, con las caras tiznadas con hollín. Bueno, un civil blanco desarmado y solo... es una presa fácil para ellos. Si quiere ir por allí otra vez —me dirigió una rápida mirada y la apartó—, hágamelo saber; hay algunos buenos restaurantes en el extremo norte de la ciudad de los indígenas... los chinos ricos van por allí, y es muy elegante. El Templo del Cielo es de los mejores. No hay tahúres ni estafadores ni nada de eso, y el servicio es de primera. Buenas actuaciones, danzas típicas... ese tipo de cosas, ya sabe.

¿Y por qué —me pregunté— estaría ahora ofreciéndoseme Solomon a hacer de proxeneta... porque, curiosamente, de eso se trataba? ¿Quería mantenerme entretenido en el pecado mientras él cortejaba a Elspeth, quizá... o era solo pura cortesía lo de guiarme a los mejores burdeles de la ciudad? Me lo estaba preguntando todavía cuando él siguió:

—Y hablando de chinos ricos, usted y Elspeth no han conocido aún a ninguno, ¿verdad? Pues son los tipos más interesantes de esta colonia. Gente como Whampoa y Tan Tock Seng. Lo arreglaré. Me temo que los he estado descuidando mucho a todos ustedes, pero cuando uno lleva tres años ausente…, hay muchas cosas que hacer, como puede imaginar —sonrió, disculpándose—. Confiéselo… han encontrado nuestras diversiones de Singapur un poco tediosas. La cháchara anticuada de Butterworth… y Logan y Dyce no son precisamente del estilo Hyde Park, ¿verdad? No se preocupe… Procuraré que asistan a una de las fiestas de Whampoa… ¡no se aburrirán, se lo aseguro!

Y no nos aburrimos. Solomon cumplió su palabra. Dos noches después a Elspeth, a mí y al viejo Morrison nos condujeron hasta la propiedad de Whampoa en un coche de cuatro ruedas. Era un lugar soberbio, era más un palacio que una casa, con el jardín resplandeciente de linternas y el anfitrión que nos saludaba ceremoniosamente en la puerta. Era un chino alto y gordo, con la cabeza afeitada y una coleta que le llegaba a los talones, vestido con una túnica de seda negra bordada con flores verdes y rojas… directamente sacado de Aladino, excepto que tenía un vaso de jerez en una mano; nunca lo dejaba, y nunca estaba vacío tampoco.

—Bienvenidos a mi miserable y humilde alojamiento —dijo, inclinándose tanto como le permitió su vientre—. Es lo que dicen los chinos siempre, ¿no es así? Creo que mi casa es espléndida, incluso la mejor de Singapur, pero puedo decir con toda sinceridad que nunca ha alojado a una visitante tan hermosa —esto iba dirigido a Elspeth, que estaba sin habla ante la magnificencia de los paneles lacados, las esbeltas columnas forradas de pan de oro, los ornamentos de jade y las colgaduras de seda con los cuales el alojamiento de Whampoa parecía estar completamente forrado—. Usted se sentará junto a mí durante la cena, encantadora señora de cabellos dorados, y mientras usted se asombra ante el lujo de mi casa, yo halagaré su exquisita belleza. Así ambos nos aseguraremos una encantadora velada, escuchando lo que más nos deleita.

Y lo hizo. La mantuvo extasiada junto a él, que bebía continuamente su jerez, mientras nosotros tomábamos un banquete chino en un comedor que hacía que Versalles pareciera un desván. La comida era atroz, como pasa siempre con la comida china —algunas de las sopas y las nueces con crema no eran del todo malas, sin embargo—, pero las sirvientas eran jóvenes chinas encantadoras con ajustados vestidos de seda, cada uno de un color diferente; incluso los huevos podridos con cobertura de algas y salsa de carroña no parecían tan malos cuando te los ofrecía una chinita encantadora de ojos almendrados que respiraba su perfume encima de ti y se meneaba de la manera más fascinante mientras te cogía la mano con sus dedos de terciopelo para enseñarte cómo se usan los palillos. Al principio no podía sujetarlos; tuvieron que enseñarme dos de ellas, una a cada lado, y Elspeth le dijo a Whampoa que estaba segura de que yo me sentiría mucho más feliz con un cuchillo y un tenedor.

Había pocas personas en la fiesta aparte de nosotros tres y Solomon: Balestier, el cónsul norteamericano, según recuerdo, un alegre hacendado yanqui con un montón de buenas historias que contar, y Catchick Moses,* un pez gordo de la comunidad armenia, que era el judío más decente que he conocido en mi vida, con quien el viejo Morrison estableció un inmediato entendimiento. Los dos empezaron a discutir sobre tasas de interés, y cuando Whampoa se les unió, Balestier dijo que no descansaría hasta que hubiera inventado una historia que empezara así: «Había una vez un chino, un escocés y un judío», lo cual causó gran regocijo. Era la fiesta más animada de todas a las que yo había asistido, sin que faltara una bebida excelente. Después de un rato Whampoa nos pidió silencio y hubo un poco de

* El armenio Catchick Moses y el chino Whampoa son dos de los grandes personajes del Singapur de aquellos años. Catchick era famoso no solo como comerciante, sino también como jugador de billar y por sus excéntricos hábitos de afeitarse con la mano izquierda sin espejo mientras caminaba por la veranda. Contaba unos treinta y dos años cuando Flashman lo conoció; hizo testamento a la edad de setenta y tres años, siete antes de su muerte, siguió el inusual procedimiento de enviárselo a sus hijos, para que pudieran arreglar amigablemente cualquier disputa entre ellos mientras él todavía estaba vivo. Whampoa era el más rico de la comunidad china, famoso por la suntuosidad de sus fiestas y por su lujosa mansión con puertas de marcos ovales y dorados. Su aspecto era como lo describe Flashman, con su túnica de seda negra y su vaso de jerez. (Véase Buckley y Marryat).

teatro, canciones y actuaciones chinas que consistían en una pantomima de lo más bobo, pero con vestidos y máscaras muy bonitos;
después actuaron dos bailarinas chinas, unas gatitas deliciosas que,
ay, iban vestidas de la cabeza a los pies.

Después Whampoa nos llevó a Elspeth y a mí a dar una vuelta
por su asombrosa mansión. Todas las paredes eran pantallas graba-
das de marfil y ébano, que debían de dejar pasar condenadas corrientes de aire, pero eran espléndidas, y las puertas eran todas de
forma oval, con picaportes de jade y marcos de oro. Yo calculo que
aquel lugar debía de valer aproximadamente medio millón. Cuando
acabamos, me regaló un cuchillo con incrustaciones de madreperla
en forma de cimitarra diminuta. Para probar su filo, dejó caer un
finísimo trozo de muselina sobre la hoja y la tela cayó dividida en
dos mitades, cortada por su propio e insignificante peso (nunca lo
he afilado desde entonces y sigue igual, después de sesenta años). A
Elspeth le regaló un pequeño caballo de jade cuya brida y estribos
eran diminutas cadenas de jade, todo ello labrado de un solo blo-
que. ¡Dios sabe cuánto podía valer aquello! Ella salió corriendo para
mostrárselo a los demás, y llamó a Solomon para que lo admirara, y
Whampoa me dijo tranquilamente:

—¿Hace mucho tiempo que conoce al señor Solomon Haslam?

Le contesté que hacía un año más o menos, en Londres, y él
asintió con su gran cabeza calva y volvió hacia mí su cara de Buda.

—Creo que los llevará de crucero por sus plantaciones. Será
interesante... Debo preguntarle dónde están. Me gustaría mucho
también visitarlas algún día.

Le dije que pensaba que estaban en la península, y él asintió
gravemente y bebió un sorbo de jerez.

—Sin duda, lo están. Es un hombre astuto y emprendedor,
creo... hace buenos negocios —la risa de Elspeth resonó desde el comedor, y la gorda y redonda cara de Whampoa se arrugó con una
dulce sonrisa—. Qué afortunado es usted, señor Flashman. Yo tengo,
a mi humilde manera (que no es totalmente humilde, ya me comprende), gusto por las cosas bellas, y especialmente por las mujeres. Ya
han visto —y agitó la mano, con sus uñas asquerosamente largas—
que me rodeo de ellas. Pero cuando he visto a su esposa, Elspeth,

117

he comprendido por qué los viejos cuentistas siempre hacen que sus dioses y diosas sean de piel clara y cabello dorado. Si yo fuera cuarenta años más joven, trataría de quitársela —bebió un poco más de amontillado—, sin éxito, por supuesto. Pero tanta belleza… es peligrosa.

Me miró y no sé por qué sentí un escalofrío de miedo… no de él, sino de lo que estaba diciendo. Antes de que pudiera hablar, sin embargo, Elspeth estaba de vuelta, lanzando exclamaciones de nuevo sobre su regalo y balbuceando sus gracias. Él se quedó de pie sonriéndole, como un benigno dios pagano empapado en jerez.

—Deme las gracias, hermosa niña, volviendo otra vez a mi humilde palacio, porque después, sin su presencia, será verdaderamente humilde —dijo.

Nos reunimos con los demás, y fluyeron las gracias y los cumplidos mientras nos despedíamos de aquel lugar deslumbrante, en el que todo era alegría y felicidad…, pero yo seguía temblando mientras nos íbamos, lo cual era extraño, porque aquella era una noche cálida y fragante.

No puedo explicar por qué, pero después de toda aquella alegría, me fui a la cama de muy mal humor. Al principio lo atribuí a la comida china, y ciertamente hubo algo que me hizo sufrir las más vívidas pesadillas, en las cuales yo jugaba un partido *single-wicket* por las escaleras de la casa de Whampoa, y sus pequeñas chinitas enfundadas en seda me enseñaban cómo sostener el bate. Esa parte del sueño estaba bien, cuando ellas se me acercaban cariñosamente, susurraban y me guiaban las manos, pero mientras tanto yo era consciente de que unas oscuras formas se movían detrás de las pantallas, y cuando Daedalus Tighe me tiraba algo yo tenía que golpearlo, y era una linterna china, y aquello salió dando botes en la oscuridad, estallando en mil chispas, y el viejo Morrison y el duque salieron persiguiéndome en *sarong*, gritando que debía correr por toda la casa para marcar un tanto, a interés compuesto, y yo salía, pasando torpemente junto a las pantallas, detrás de las cuales se escondían horrores sin nombre, y yo intentaba coger a Solomon, que volaba como una sombra ante mí, gritando desde la oscuridad que no había ningún peligro, porque él llevaba diez cañones, y yo podía notar que algo o alguien se acercaba a mí por detrás, y la voz de Elspeth me llamaba cada vez más débil, y yo sabía que si miraba hacia atrás vería algo terrible… Pero allí estaba yo, jadeando en la almohada, con la cara empapada de sudor, y Elspeth roncando pacíficamente junto a mí.

Aquello me intranquilizó, se lo aseguro, porque la última vez que tuve una pesadilla fue en la mazmorra de Gul Shah, dos años antes, y aquel recuerdo no era demasiado feliz. Es algo extraño, por cierto, que normalmente tenga mis peores pesadillas en la cárcel; puedo recordar algunas muy buenas, en la prisión de Fort Raim, en el mar de Aral, donde imaginaba que el viejo Morrison y Rudi Starnberg me pintaban el culo con betún de zapatos, y en el fuerte Gwalior, donde yo, encadenado, bailaba un vals con el capitán Charity Spring dirigiendo la banda, y la más absurda de todas fue en una celda mexicana en tiempo de Juárez, cuando soñaba que estaba cargando los cañones de Balaclava a la cabeza de un escuadrón de esqueletos armados con paletas de albañil, todos cantando: «*Ab, absque, coram, de*», mientras justo delante de mí lord Cardigan navegaba en su yate, me miraba maliciosamente y le arrancaba las ropas a Elspeth. Saben que llevaba una semana entera viviendo a base de judías y chiles.

En cualquier caso, no dormí bien después de la fiesta de Whampoa, y me sentía muy deprimido y malhumorado al día siguiente, como resultado de lo cual Elspeth y yo reñimos; ella lloró y se enfurruñó hasta que Solomon vino a proponer un pícnic al otro lado de la isla. Daríamos la vuelta navegando en el *Sulu Queen*, dijo, y lo pasaríamos estupendamente. Elspeth se animó de pronto, y el viejo Morrison aceptó también, pero yo me excusé, alegando una indisposición. Sabía lo que necesitaba para animarme un poco, y no era precisamente un almuerzo al aire libre en los manglares con ellos. Dejémosles que se muevan un poco y así estaré libre para explorar Chinatown más de cerca, y quizá probar el menú de uno de aquellos establecimientos exclusivos que había mencionado Solomon; el Templo del Cielo era el nombre que permanecía en mi mente. Bueno, a lo mejor ellos tenían pequeñas camareras como las de Whampoa, para enseñarte cómo usar los palillos.

Así que cuando los tres se hubieron ido, Elspeth con la nariz arrugada porque yo no estaba dispuesto a reconciliarme, estuve haraganeando hasta la noche y luego llamé a un palanquín. Mis porteadores corrieron por las calles atestadas, y finalmente, al caer la noche, llegamos a nuestro destino, en lo que parecía ser un agradable distrito residencial en el interior de Chinatown, con grandes casas medio escondidas entre bosquecillos de árboles de los cuales colgaban linternas de papel: todo muy tranquilo y discreto.

El Templo del Cielo era un gran edificio enmarcado por una pequeña colina, enteramente rodeado por árboles y arbustos, con un camino serpenteante que conducía a la veranda frontal, toda luces tenues y suave música y sirvientes chinos de un lado para otro haciendo que los invitados se sintieran como en casa. Había un gran comedor muy fresco, donde tomé una excelente comida europea con una botella y media de champán, y estaba ya en plena forma, listo para la guerra, cuando el camarero jefe hindú se acercó para preguntarme si todo estaba en orden, y si el caballero deseaba algo más. ¿Me gustaría ver alguna actuación, una exhibición de arte chino, un concierto, mis gustos eran más bien musicales o…?

—Todo el maldito lote —dije yo—, porque no pienso volver a casa hasta la mañana, ya sabe lo que quiero decir. Llevo seis meses en el mar, así que reúnamelas a todas, Samba, y rápido.

Él sonrió e inclinó la cabeza a su discreta manera india, dio unas palmadas y en el reservado donde yo estaba sentado entró la criatura más encantadora que imaginar pueda. Era china, con un cabello de un negro azulado enrollado por encima de una cara con una perla en color y perfección, con grandes ojos rasgados y un vestido de seda color carmesí ajustado de una forma que los viajeros ingleses podrían describir como «demasiado generosa para el gusto europeo», pero que, si yo hubiera sido un escultor clásico, me habría hecho abandonar el martillo y el cincel y buscar la carne. Llevaba los brazos desnudos, y los extendió en la más encantadora reverencia, sonriendo con unos dientes perfectos entre unos labios del color del buen oporto.

—Esta es *madame* Sabba —dijo el camarero—. Ella le conducirá, si su excelencia lo permite…

—Lo permito, ya lo creo —asentí yo—. ¿Por dónde se sube al piso de arriba?

Yo imaginaba que aquello era al modo habitual, ya saben, pero madam Sabba, indicándome que debía seguirla, me condujo desde un arco por un largo corredor, mirando hacia atrás para ver si yo la seguía. Y sí que lo hacía, respirando pesadamente, con los ojos en aquella cintura apretada y aquel trasero oscilante; la atrapé en la puerta del fondo, y empezaba a meterle mano cuando me di cuenta de que estábamos en un porche y ella se apartaba de mi apretado abrazo y me indicaba un palanquín que me esperaba al pie de los escalones.

—¿Qué es esto?

—La diversión —dijo ella—, está un poco lejos. Ellos nos llevarán.

—La diversión —repliqué— está aquí mismo —y la agarré, gruñendo, y la apreté contra mí. Por Dios, ella era un bocado verdaderamente apetitoso. Se retorció contra mí fingiendo que quería soltarse, mientras yo frotaba mi nariz contra ella, inhalando su perfume y besuqueando sus labios y su cara.

—Pero yo solo soy su guía —rio, apartando la cara a un lado—. Yo lo llevaré...

—Hasta el lecho más cercano, cariño. Después seguiré a la guía.

—¿Usted me quiere... a mí? —dijo ella, haciéndose la coqueta, mientras yo la contemplaba con lujuria—. Bueno, entonces... no es adecuado aquí. Debemos ir a otro sitio... pero creo que cuando vea lo que se le ofrece, no querrá a Sabba —y metió su lengua en mi boca y luego me empujó hacia el palanquín—. Vamos... nos llevarán rápidamente.

—Si son más de diez metros, será un viaje desperdiciado —dije yo, sobándola mientras subíamos a bordo y apartábamos las cortinas. Yo estaba a punto de estallar, preparado para darle trabajo allí mismo y en aquel momento, pero para mi frustración el palanquín era uno de esos dobles en los que uno se sienta frente al otro, y todo lo que pude hacer fue meterle mano a la delantera en la oscuridad, jurando mientras intentaba desabrocharle el vestido, y estrujando las delicias que estaban debajo de él, mientras ella me besaba y acariciaba, riendo, diciéndome que no fuera impaciente, y los hombres del palanquín corrían, haciéndonos saltar de una forma que hacía imposible emprender ningún trabajo serio. No me importaba adónde nos llevaban, porque con el champán y la pasión yo estaba ausente para todo excepto para la perfumada belleza que me acariciaba en la oscuridad; al final me las arreglé para sacarle un pecho y estaba mordisqueándolo cuando el palanquín se detuvo y madam Sabba gentilmente se liberó.

—Un momento —dijo, y yo podía imaginar cómo se arreglaba el vestido en la oscuridad—. Espere aquí —sus dedos acariciaron suavemente mis labios, hubo un vislumbre de oscuridad cuando ella se deslizó a través de la cortina del palanquín... y luego el silencio.

Esperé, temblando de ansiedad, más o menos durante medio minuto, y saqué la cabeza. Por un momento no pude ver nada en la oscuridad, y luego vi que el palanquín se había detenido en una calle de aspecto vulgar, entre edificios oscuros y cerrados, pero de los hombres del palanquín y de madam Sabba no había ni rastro. Solo sombras, ni una luz en ninguna parte, ni un sonido excepto el débil murmullo de la ciudad muy lejos de allí.

Mi asombro duró quizá dos segundos más, y fue reemplazado por la rabia mientras apartaba la cortina del palanquín y salía a trompicones, maldiciendo. No había tenido tiempo ni de sentir el primer escalofrío debido al miedo cuando vi las negras sombras moviéndose en la oscuridad al final de la calle, deslizándose silenciosamente hacia mí.

No estoy orgulloso de lo que ocurrió inmediatamente después. Por supuesto, yo era muy joven e inconsciente, y mis grandes días de huidas y evasiones estaban todavía por llegar, pero aun así, dada mi experiencia afgana y mi cobardía natural, mi reacción fue inexcusable. En mis años de madurez, no he perdido preciosos segundos en juramentos. Mucho antes incluso de que aparecieran las figuras furtivas, me habría dado cuenta de que la desaparición de madam Sabba presagiaba un peligro mortal, y habría saltado el muro más cercano dirigiéndome hacia lugares más concurridos. Pero entonces, en mi juvenil locura e ignorancia, me quedé allí quieto, con la boca abierta, gritando:

—¿Quién demonios sois y qué queréis? ¿Dónde está la puta, maldita sea?

Entonces hubo carreras de pasos amortiguados, y vi con la velocidad del rayo que me habían llevado a la muerte. Por fin apareció el mejor Flashy, pero cuando ya era demasiado tarde. Un grito, tres zancadas y yo estaba ya saltando la débil valla entre dos casas; por un instante estuve con un pie a cada lado, y vi fugazmente cuatro siluetas negras que venían hacia mí a una espantosa velocidad; algo voló por encima de mi cabeza; me agaché y corrí a lo largo de la avenida que estaba más allá, oyendo los suaves pasos detrás mientras ellos giraban y me seguían. Eché a correr a toda velocidad, aullando sin parar: ¡Socorro! con toda la fuerza de mis pulmones. Doblé luego la esquina y corrí como alma que lleva el diablo por la calle. Fue mi cobardía la que me salvó, nada más. Un héroe no se habría quedado en aquel lugar para luchar, no con todas las probabilidades en contra, pero al menos habría mirado hacia atrás para ver lo cerca que estaban los perseguidores, o incluso se habría parado a considerar por qué camino seguir corriendo. Lo cual habría sido fatal, porque la velocidad a la que se movían ellos era aterradora. Capté un atisbo del que iba en cabeza cuando dimos la vuelta a la esquina: una negra silueta que se movía como una pantera, con algo brillante en la mano... y continué corriendo presa del pánico, de una calle a otra, salvando todos los impedimentos. Gritaba con fuerza y pedía socorro, pero al mismo tiempo iba a la mayor velocidad que podía a cada zancada. Eso es algo que tenéis que recordar vosotros, jóvenes: cuando corráis, *corred* a toda velocidad, sin pensar en nada más; no miréis, ni escuchéis, ni dudéis siquiera por un instante; dejad que el terror siga su curso, porque es el mejor amigo que podéis tener.

Él me llevó en cabeza durante quinientos metros, calculo, a través de calles y avenidas desiertas, vallas, patios y tuberías, y ni un atisbo de ser humano alguno, hasta que doblé una esquina y me encontré encarado a un estrecho callejón que obviamente conducía a una calle más frecuentada, porque en el lejano final había linternas y figuras que se movían, y más allá, contra el cielo nocturno, los mástiles y palos de los barcos bajo unas luces oscilantes.

—¡Socorro! —aullaba yo—. ¡Criminales! ¡Asesinos! ¡Que me matan! ¡Socorro!

Yo iba corriendo por la calle mientras gritaba y, como un idiota, volví la vista atrás: allí estaba, como un ángel exterminador negro apareciendo por la esquina apenas veinte metros por detrás. Seguí corriendo, pero al volver la cabeza había perdido la orientación; de repente se atravesó en mi camino una carretilla vacía, abandonada por algún *coolie* infernalmente descuidado en medio de la calle, y al tratar de evitarla tropecé y caí de bruces con los brazos extendidos. Al momento estaba de pie otra vez, delante de mí alguien gritaba, pero mi perseguidor había acortado la distancia a la mitad, y mientras yo le dirigía otra mirada aterrorizada por encima del hombro, vi su mano echarse atrás por encima de la cabeza, algo brilló y zumbó en el aire, un espantoso dolor me taladró el hombro izquierdo y caí despatarrado en una pila de cajas: la hachuela voladora cayó al suelo junto a mí.

Ahora me tenía cogido. Saltó por encima de la carretilla como un corredor de vallas, aterrizó de pie y mientras yo trataba vanamente de gatear para cubrirme entre las cajas rotas, sacó una segunda hachuela de su cinturón, la sopesó en la mano y apuntó cuidadosamente. Ante mí, en la calle, oía el ruido de carreras y una voz que gritaba, pero era demasiado tarde para mí... todavía puedo ver a aquella horrible figura a la luz de la linterna, la brillante y negra pintura como una máscara sobre su cabeza china lisa como una calavera, el brazo echado hacia atrás para lanzar la hachuela...

—¡Jingo! —exclamó una voz, y al mismo tiempo algo zumbó en el aire por encima de mi cabeza, el hombre de la hachuela lanzó un chillido, su cuerpo giró sobre sí mismo de puntillas y para mi sorpresa vi claramente de perfil un objeto como una corta aguja de hacer media que sobresalía de su mentón. Sus dedos intentaron agarrarlo, y entonces su cuerpo entero pareció derrumbarse bajo su peso, y cayó redondo en la calle. Sin ser consciente de imitarlo, yo hice lo mismo.

Si me desvanecí por el dolor y la conmoción, debió de ser solamente por un momento, porque enseguida fui consciente de que unas fuertes manos me agarraban y una voz inglesa decía: «Ya te lo decía, le han pinchado un poco. Aquí, siéntalo contra la pared». Y había otras voces que se mezclaban asombrosamente:

—¿Cómo está el chino?

—Muerto como mi abuela... Jingo le ha dado de lleno en el buche.

—Por todos los demonios, qué habilidad... ¡Mira, mira aquí, está empezando a moverse!

—Bueno, le ha dado, el veneno está trabajando, aunque esté muerto. ¡Si eso no acaba con todo!

—Confiemos en nuestro pequeño Jingo… Les corta la garganta y los envenena después, solo para divertirse, ¿verdad?

Yo estaba demasiado conmocionado para entender todo aquello, pero una palabra en su absurda conversación sacudió mis desordenados sentidos:

—¡Veneno! —jadeé—. El hacha… ¡envenenada! Oh, Dios mío, voy a morir, llamen a un médico… ya no me siento el brazo…

Y abrí los ojos y vi una escena asombrosa. Frente a mí estaba en cuclillas un nativo de facciones espantosas, que no llevaba otra ropa que un taparrabo y sujetaba una larga cerbatana de bambú. Junto a él se hallaba un tipo corpulento de aspecto árabe, con pantalones blancos y una faja carmesí, un pañuelo verde en torno a su cabeza de halcón y una gran barba roja que caía ondulante hasta la cintura. Había otros dos nativos medio desnudos, dos o tres que eran obviamente marineros con pantalones de dril y gorras, y arrodillado a mi derecha un tipo joven de cabello rubio con un jersey rayado. Era el grupo más abigarrado que había tenido nunca ante mis ojos, pero cuando volví la cabeza para ver quién estaba hurgándome dolorosamente en el hombro herido, me olvidé completamente de los otros… Aquel tipo atraía las miradas.

Tenía cara de niño, esa fue mi primera impresión, a pesar de sus rasgos duros y bronceados, los toques de gris en el oscuro cabello rizado y las largas patillas, los duros rayos de su boca y mandíbula y la cicatriz de sable medio curada que corría desde su ceja derecha hasta la mejilla. Tenía unos cuarenta años, y ciertamente no habían sido años tranquilos, pero los ojos azules eran tan inocentes como los de un niño de diez años y cuando sonreía, como lo estaba haciendo ahora, uno pensaba en manzanas robadas y chinchetas en la silla del maestro.

—¿Veneno? —dijo, rasgando mi manga empapada en sangre—. Ni una pizca. Los hombres de las hachas chinos no lo usan, ¿sabe? Eso es solo para salvajes ignorantes como Jingo, aquí presente… Dile «hola» al caballero, Jingo —y mientras el salvaje de la cerbatana inclinaba la cabeza hacia mí con una espantosa mueca, aquel tipo dejó de maltratar mi hombro y acercándose al cuerpo de mi perseguidor caído, sacó aquella cosa que parecía una aguja de media de su cuello.

—Vea esto —dijo, sujetándola delicadamente, y yo vi que era un dardo delgado de alrededor de treinta centímetros de largo—. Es lo que más le gusta a Jingo… y le ha salvado la vida, ¿verdad, Jingo? Por supuesto, cualquier iban que merezca tal nombre puede darle a un penique a veinte metros; pero Jingo puede hacerlo a cincuenta. Con veneno *radjun* en la punta… No es fatal para los humanos, normalmente, pero tampoco hace falta si el dardo te atraviesa la yugular, ¿verdad? —Él arrojó aquella cosa infernal a un lado y volvió a hurgar en mi herida, canturreando bajito:

Has estado alguna vez en Mobile, en la bahía
Retorciendo algodón por un dólar al día,

y cantando: «Johnny ya se ha ido a Hilo».

El dolor me hizo dar un chillido y él me lo reprochó chasqueando la lengua.

—No jure —dijo—. Eso no hace más que excitarle, y además no irá al cielo cuando muera. De todos modos, chillar no solucionará las cosas… es solo un arañazo, dos puntos y estará fresco como una lechuga.

—¡Estoy en la agonía! —gemí yo—. ¡Me estoy desangrando a chorros!

—No, no es así. De todos modos, un tipo fuerte y saludable como usted no echará de menos un poco de sangre. No sea marica. Cuando me hicieron a mí esto —se tocó la cicatriz—, no dije ni pío. ¿Lo hice acaso, Stuart?

—Sí, lo hiciste —dijo el tipo rubio—. Aullabas como un toro y llamabas a tu mamá.

—Eso es una asquerosa mentira. ¿Verdad, Paitingi?

El árabe de la barba roja escupió.

—A ti te gusta que te hieran —dijo, con un fuerte acento escocés—. ¿Vas a dejar a este tipo aquí tirado toda la noche?

—Deberíamos hacer que Mackenzie le echara un vistazo, J.B. —dijo el tipo rubio—. Tiene un aspecto muy alelado.

—Es la conmoción —dijo mi ángel guardián, que estaba anudando su pañuelo en torno a mi hombro, acompañado por mis quejidos—. Aquí, ahora… ya está. Sí, dejemos que Mac le vea y estará preparado para enfrentarse a veinte tipos con hachas mañana. ¿Verdad, amigo? —Y aquel loco, sonriendo, me hizo un guiño y me dio unas palmaditas en la cabeza—. ¿Por cierto, por qué le iban persiguiendo esos tipos? Era un Cara Negra; normalmente, suelen cazar en grupo.

Entre gemidos, le conté cómo mi palanquín había sido asaltado por cuatro individuos —no expliqué nada de madam Sabba— y él dejó de sonreír y puso cara de asesino.

—¡Cobardes vagabundos, serpientes! —gritó—. No sé en qué demonios está pensando la policía… ¡Si me los dejaran a mí, yo eliminaría a estos sinvergüenzas en quince días, os lo aseguro! —parecía el hombre adecuado para hacerlo—. Todo esto es horrible. Ha tenido suerte de que estuviéramos por aquí. ¿Cree que puede caminar? Venga, Stuart, ayúdalo a levantarse. Así —gritó aquel bruto, mientras ellos me ponían en pie—, se encuentra mejor ahora, ¿verdad?

En cualquier otro momento le habría dicho cuatro cosas, porque no hay nada que deteste más que esos sanos, autosuficientes y musculosos cristianos que siempre están aliviándote de tus problemas cuando lo único que quieres es quejarte. Pero yo estaba demasiado atontado por el dolor del hombro, y además, él y su asombroso grupo de marineros y salvajes ciertamente me habían salvado el pellejo, así que me sentí obligado a darles las gracias como pude. J. B. se rio y dijo que todo era por una buena causa, y gratis, y que me llevarían a casa en un palanquín. Así que mientras algunos salían gritando para encontrar uno, él y los otros me apoyaron contra la pared, y luego se quedaron de pie y discutieron qué hacer con el chino muerto.

Era una conversación notable, a su manera. Alguien sugirió, bastante sensatamente, que debían llevárselo y entregarlo a la policía, pero el tipo rubio, Stuart, dijo que no, que debían dejarlo allí tirado y escribir una carta al *Free Press* quejándose de que hubiera basura en las calles. El árabe, cuyo nombre era Paitingi Ali y cuyo acento escocés yo encontraba increíble, estaba por darle un entierro cristiano, y el pequeño y espantoso nativo, Jingo, parloteando excitado y dando golpes con los pies, aparentemente quería cortarle la cabeza y llevársela a casa.

—No puedes hacer eso —dijo Stuart—. No puedes curtirla hasta que vayamos a Kuching, y se pudriría mucho antes.

—No lo consentiré —dijo J. B., que obviamente era el líder—. Cortar cabezas es una práctica bárbara, y estoy decidido a eliminarla. Pero, sabéis —añadió—, la sugerencia de Jingo, a su manera, merece más consideración que las vuestras... la cabeza es suya, porque él ha matado al tipo. Ah, aquí está Crimble con el palanquín. Vamos, amigo.

Yo me preguntaba, oyéndolos hablar, si la herida me hacía delirar o si había caído entre una partida de lunáticos. Pero estaba demasiado dolorido para preocuparme; los dejé que me colocaran en el palanquín y me eché allí medio inconsciente mientras debatían dónde podían encontrar a Mackenzie —que supuse sería un médico— a aquellas horas de la noche. Nadie parecía saber dónde se encontraría, y alguien recordó que había ido a jugar al ajedrez con Whampoa. Me quedaba el suficiente sentido para recordar el nombre, y gruñí que la mansión de Whampoa me convenía estupendamente: pensar que sus deliciosas chinitas podían hacerme de enfermeras era una idea particularmente consoladora en aquel momento.

—¿Conoce a Whampoa? —dijo J. B.—. Bueno, eso lo arregla todo. Llévalo, Stuart. Por cierto —me dijo, mientras ellos levantaban el palanquín—, mi nombre es Brooke... James Brooke* conocido como J. B. ¿Y usted es el señor...?

* Como Flashman admitió más tarde, el nombre de James Brooke, rajá blanco de Sarawak y famoso aventurero, no significaba nada para él al oírlo por primera vez, lo cual no es sorprendente ya que la fama de aquel notable victoriano no había llegado todavía a su apogeo. Pero Flashman estaba muy impresionado, a pesar de todo, por la personalidad y apariencia de su rescatador, y su descripción concuerda exactamente con el famoso retrato de Brooke que se encuentra en la National Gallery, que capta toda su resolución y energía infatigable, así como un aire romántico que le convertía en el ideal del héroe victoriano. La pintura puede servir como portada para cualquier historia de aventuras para jóvenes del siglo XIX... y a veces lo hizo. Lo único que falta es la herida en la cara que menciona Flashman; Brooke la había recibido en una lucha con los piratas de Sumatra en Murdu el 12 de febrero de 1844, así que tal vez no estaba del todo cicatrizada cuando se conocieron.

Se lo dije, e incluso en mi condición de medio inválido fue una satisfacción ver que los azules ojos se abrían sorprendidos.

—¿No será el tipo de Afganistán…? ¡Vaya, estoy pasmado! ¡Llevo dos años deseando conocerle! Y pensar que si no hubiéramos pasado por allí, usted estaría…

Mi cabeza giraba como un torbellino con el dolor y la fatiga, y no oí nada más. Tengo un recuerdo muy débil de la carrera del palanquín, y las voces de mi escolta cantando:

Has visto al jefe de la plantación,
su mujer es morena y su caballo trotón,
canta: «Johnny ya se ha ido a Hilo, pobretón».

Pero me debí de desmayar, porque lo último que recuerdo es el asfixiante hedor del amoniaco bajo mi nariz, y cuando abrí los ojos vi una luz brillante. Yo me encontraba sentado en una silla en el vestíbulo de Whampoa. Me habían quitado la chaqueta y la camisa, y un tipo robusto de barba negra me estaba haciendo chillar de dolor con un trapo mojado en agua hirviendo aplicado a mi herida… Sin embargo, junto a él estaba una de aquellas bellezas de ojos almendrados, sosteniendo una palangana con agua humeante. Era la única visión agradable en la habitación, ya que mientras yo parpadeaba ante la luz reflejada en toda aquella magnificencia de plata y jade y marfil, vi que las caras que me miraban en círculo estaban solemnes y silenciosas y quietas como estatuas.

Allí estaba el propio Whampoa, en el centro, impasible como siempre con su espléndido traje de seda negra; junto a él, Catchick Moses, con su cabeza brillante con su amable bola y su amable cara judía pálida por la preocupación; Brooke, sin sonreír ahora…, su mandíbula y su boca duras como la piedra y, detrás de él el amable Stuart la viva imagen de la piedad y el horror… ¿qué demonios estarían mirando?, me pregunté, porque vaya, yo tampoco estaba tan enfermo. Entonces Whampoa habló, y comprendí, porque lo que dijo fue lo más terrorífico de aquella noche, y comparado con ello, el dolor de mi herida pareció insignificante. Tuvo que repetirlo dos veces antes de que penetrara en mi mente, y lo único que pude hacer fue quedarme allí sentado, mirándole con horror e incredulidad.

—Su bella esposa, la señora Elspeth... no está. Ese hombre, Solomon Haslam, la ha secuestrado. El *Sulu Queen* ha zarpado de Singapur esta noche, nadie sabe hacia dónde.

[Extracto del diario de la señora Flashman, julio de 1844.]

¡Perdida! ¡Perdida! ¡Perdida! Nunca he estado tan sorprendida en mi vida. En un momento dado, estaba segura con tranquilidad y afecto, entre amigos cariñosos y conocidos, protegida por la devoción de un marido fiel y un padre generoso... al momento siguiente, horriblemente raptada, robada por uno a quien yo había *estimado* y en quien había *confiado* casi más que en cualquier otro caballero que conociera (excepto por supuesto H. y mi querido papá). ¿Volveré a verles alguna vez? ¿Qué terrible destino me espera en el futuro...? ¡Ah, puedo adivinarlo *demasiado bien,* porque he visto la detestable pasión en sus ojos, y no hay ni que pensar en que me haya secuestrado tan *cruelmente* con otro objetivo! Estoy tan afectada por la vergüenza y el terror que creo que perderé la razón... Por si esto ocurriera, ¡debo registrar mi miserable padecimiento mientras me quede algo de *claridad de mente* y pueda sujetar todavía mi temblorosa pluma!

¡Ay dolor!, me separé de mi querido H. con *discordia* y *enfado*... y por un incidente insignificante, porque él tiró la taza de café contra la pared y le dio una patada al criado... que era ni más ni menos lo que aquel bobo se merecía, porque su comportamiento había sido descuidado y familiar, y no se limpiaba las uñas antes de servirnos y yo, como una miserable regañona, le hice reproches a mi amado, y tomé partido por el mal sirviente, así que estuvimos de morros todo el desayuno, y cambiamos solamente unas breves observaciones durante la mayor parte del día, con pucheros y dengues por mi *indigna* parte, y miradas oscuras y exclamaciones de mi querido…, pero ahora veo lo *contenido* que se mostró él con una criatura tan perversa y desagradable como yo.

¡Oh!, qué desgraciada, *indigna* mujer soy, porque con un cruel enfado acompañé a don S., esa víbora, a la excursión que propuso, pensando en castigar a mi querido, paciente, dulce protector… ¡oh, he sido castigada por mi *egoísta y maliciosa* conducta!

Todo fue bien en nuestro pícnic en la costa, aunque yo creo que el champán no tenía gas y me hizo sentir extrañamente adormilada, así que tuve que ir al barco a echarme un rato. Sin pensar en el peligro me dormí, y me desperté para encontrar que habíamos zarpado y don S. estaba en cubierta instruyendo a su gente para ir a toda velocidad.

—¿Dónde está papá —grité yo— y por qué nos estamos alejando de la costa? Mire, don Solomon, el sol se está poniendo, ¡debemos volver!

Su cara estaba pálida, a pesar de su color cálido, y su mirada era salvaje. Con brutal franqueza, aunque en un tono moderado, me dijo que debía resignarme, porque nunca volvería a ver a mi papá.

—¿Qué quiere decir, don Solomon? —grité—. ¡Estamos comprometidos para cenar esta noche con la señora de Alec Middleton!

Fue entonces, con una voz llena de sentimiento que *me conmovió,* tan diferente de su habitual forma controlada de hablar, aunque yo podía notar que estaba luchando por controlar su emoción, cuando me dijo que no podíamos regresar, que él era presa de una pasión devoradora por mí desde el primer momento en que nos conocimos.

—La suerte está echada —declaró—. No puedo vivir sin ti, así que tengo que *hacerte mía,* frente al mundo y frente a tu marido, aunque eso signifique que debo cortar todos mis lazos con la vida civilizada, y tomarte más allá de toda persecución, llevándote a mi propio reino distante, donde, te lo aseguro, gobernarás como reina no solo en mis posesiones, sino también en mi corazón.

—Eso es una locura, don Solomon —exclamé yo—. No me he traído ropa. Además, soy una *mujer casada,* con una posición social.

Él dijo que no me preocupara por eso, y cogiéndome súbitamente en un poderoso abrazo que me quitó la respiración, juró que yo lo amaba también... que se había dado cuenta por unos signos alentadores que había detectado en mí, todo lo cual, por supuesto, era una odiosa invención que su cerebro enfebrecido había confundido con las cortesías comunes y pequeñas bromas que una dama acostumbra conceder a un caballero.

Yo estaba *muy asustada* por la espantosa posición en la que me encontraba, tan inesperadamente, pero no tanto como para perder mi capacidad de análisis cuidadoso. Una vez que le rogué que se arrepintiera de su *locura,* que solo podía conducir a la *vergüenza* para mí y a la ruina para él, incluso habiéndome rebajado hasta el extremo de luchar vanamente en su apretado abrazo, brutalmente fuerte e *inflexible,* pedir socorro en voz alta y darle patadas en las espinillas, me calmé un poco, y fingí desmayarme. Recordé que no hay emergencia que esté por encima de la capacidad de una mujer británica decidida, especialmente si es escocesa, y recobré el coraje al recordar la lección que nos proporcionó nuestro maestro, el señor Buchanan, en la Academia Renfrew para Jóvenes Damas y Caballeros —ah, mi querido hogar, ¿me han apartado para siempre de los escenarios de mi infancia?— de que en los momentos de peligro es de *la mayor importancia* tomar medidas adecuadas y entonces *actuar* con arrojo y rapidez.

Así que me quedé *desmayada* en la presa cruel de mi captor (aunque sin duda quería ser afectuosa) y él relajó su vigilancia, y entonces *me liberé* y corrí hasta la barandilla, intentando arrojarme a merced de las olas, y nadar hasta la costa, porque soy una buena nadadora, y poseo el certificado de Salvamento de Vida de Ahogados de la Sociedad Escocesa Oriental para la Mejora Física, habiendo sido entre las primeras en recibirlo cuando la institución se fundó en 1835, o quizá en 1836, cuando yo era todavía una niña. No estábamos muy lejos de la costa, pero antes de que pudiera lanzarme al mar, confiando en Dios todopoderoso, uno de los espantosos y apestosos nativos de don S. me agarró, y a pesar de mis forcejeos, me llevó abajo, a las órdenes de don S., y estoy confinada en el salón, donde escribo este melancólico relato.

¿Qué voy a hacer? Oh, Harry, Harry, querido Harry, ¡ven y sálvame! Perdona mi conducta inconsciente y caprichosa y rescátame de las garras de este hombre indecente. Creo que está loco... y, sin embargo, tales obsesiones apasionadas no dejan de ser comunes, creo, y no soy insensible a la mirada que he visto asomar en otros de su sexo, que han alabado mis atractivos, así que no puedo pretender que no entiendo las razones de esta horrible y poco galante conducta. Mi temor es que antes de que pueda llegarme la ayuda, su bestialidad pueda sobreponerse a sus sentimientos más refinados... e incluso ahora no puedo concebir que él haya olvidado completamente las buenas maneras, aunque por cuánto tiempo continuará su control, eso no puedo decirlo.

Así que ven *rápido, rápido,* querido mío, porque ¿cómo puedo yo, *débil* e *indefensa* como soy, resistir sin ayuda? Estoy sumida en el terror y la confusión a las nueve de la noche. El tiempo continúa bueno.

[Fin del extracto. Estas son las consecuencias de la conducta atrevida e inmodesta —G. de R.]

—Me culpo a mí mismo —dijo Whampoa bebiendo su jerez—. Está uno haciendo negocios con un hombre muchos años, y si tiene crédito y su mercancía es buena, uno le da al ábaco y deja a un lado las dudas que siente al mirarle a los ojos. —Estaba sentado detrás de su gran escritorio, impasible como un Buda, con una de sus pequeñas sirvientas junto a él con la botella de amontillado—. Sabía que no era de fiar, pero le dejaba hacer, incluso cuando vi cómo miraba a su dama rubia hace dos noches. Aquello me preocupó, pero soy un cobarde, un bobo estúpido y egoísta, así que no hice nada. Usted me reprochará todo esto, señor Flashman, y yo tendré que agachar mi inútil cabeza ante su merecida censura.

Inclinó su cabeza hacia mí mientras le volvían a llenar el vaso, y Catchick Moses estalló:

—No tan estúpido como yo, ¡por el amor de Dios!, y yo soy un hombre de negocios, según dicen. ¿Acaso no vi la semana pasada cómo liquidaba sus bienes, cerraba sus almacenes, vendía sus mercancías a mis representantes y subastaba sus barcazas? —extendió las manos—. ¿A quién le importaba? Era un hombre con dinero en mano, pero, ¿me preocupé yo de saber de dónde procedía o por qué nadie lo conocía hace diez años? Trataba con especias, decían, con seda y con antimonio y Dios sabe con qué más, que tenía plantaciones por la costa y algo más en las islas… ¿Y ahora viene usted y nos dice que nadie ha visto jamás sus posesiones?

—Esa es la información que he recogido en las últimas horas —dijo Whampoa gravemente—. Y consiste en lo siguiente: tiene grandes riquezas, pero nadie sabe de dónde proceden. Es un intermediario de Singapur, pero no está solo en esto. Su nombre vale algo porque hace buenos negocios…

—¡Y ahora nos la ha jugado! —gritó Catchick—. ¡Esto, en Singapur! ¡Ante nuestras propias narices, en la comunidad más respetable de Asia, secuestra a una dama inglesa…! Qué dirá el mundo entero, ¿eh? ¿Dónde quedará nuestra reputación, nuestro buen nombre, si se puede saber? ¡Y se ha ido, el cielo sabe adónde, a bordo de su maldito bergantín! Piratas nos llamarán… ¡ladrones y secuestradores! Te lo digo, Whampoa, esto arruinará los negocios al menos durante cinco años…

—¡En el nombre del cielo, hombre! —bramó Brooke—. ¡Esto puede arruinar a la señora Flashman para siempre!

—¡Oh…! —exclamó Catchick, sujetándose la cabeza con las manos, y vino corriendo hacia mí, me puso la mano en el hombro y me lo apretó—. ¡Pobre amigo mío, perdóneme! —graznó—. ¡Mi pobre amigo!

Era al amanecer, y llevábamos dos horas engrescados en aquella conversación. Al menos ellos; yo me limité a quedarme sentado en silencio, sumido en la más completa conmoción y presa del dolor; Catchick Moses peroraba, y se tiraba de las patillas; Whampoa se insultaba a sí mismo en términos precisos y se bebía cinco litros de manzanilla; Balestier, el cónsul norteamericano, a quien habían mandado llamar, maldecía a Solomon, lo mandaba al infierno y más allá todavía, y dos o tres ciudadanos movían la cabeza alarmados. Brooke se contentaba con escuchar, máxime habiendo enviado a su gente a recoger noticias. También había un goteo constante de chinos de Whampoa que venían a informar, pero añadían poco a lo que ya sabíamos. Era un conocimiento suficiente, duro e increíble.

En su mayor parte procedía del viejo Morrison, que había sido abandonado en la bahía de la isla donde el grupo había hecho pícnic. Se había ido a dormir, decía, repleto de bebida drogada, sin duda, y al despertarse comprobó que el *Sulu Queen* estaba lejos en alta mar, dirigiéndose hacia el este. Esto se lo confirmó el capitán de un clíper norteamericano, un tal Waterman, que había pasado junto al barco mientras entraba en el puerto. Morrison fue recogido por unos pescadores nativos y llegó al muelle después de caer la noche y contó su historia. Ahora toda la comunidad en pleno estaba alborotada. Whampoa se había ocupado personalmente de llegar al fondo del asunto —tenía tentáculos por todas partes, por supuesto— y había enviado a Morrison a dormir al piso de arriba, donde el viejo chivo se hallaba en un estado de postración. Habían informado al gobernador, y el resultado fueron ceños fruncidos, juramentos, puños en alto y mucha venta de sales en las tiendas. Nada había causado una sensación como aquella desde la última tómbola de la Iglesia presbiteriana. Pero, por supuesto, no habían hecho absolutamente nada.

Al principio, todo el mundo decía que aquello era un error; el *Sulu Queen* seguramente estaba de viaje de placer. Pero cuando Catchick y Whampoa lo analizaron, aquello no cuadraba: se descubrió que Solomon, secretamente, había estado vendiendo sus mercancías en Singapur, y cuando este asunto salió a la luz, resultó que nadie sabía ni una palabra acerca de él, y que por lo que parecía estaba intentando liquidarlo todo sin dejar rastro. De ahí las recriminaciones agrias y las voces que bajaban su tono cuando ellos recordaban que yo estaba presente, y las repetidas demandas de lo que debería hacerse a continuación.

Solo Brooke parecía tener algunas ideas, pero no parecían ser de mucha ayuda.

—Rescate —exclamó, con los ojos como ascuas—. Vamos a rescatarla, no lo duden ni por un momento. —Dejó caer una mano en mi hombro sano—. Estoy con usted en esto; todos nosotros lo estamos, y juro por mi alma pecadora que no descansaré hasta que la tenga de vuelta sana y salva, y ese maldito villano haya recibido el castigo que merece. Así que… ¡la encontraremos, aunque tenga que rastrear el océano hasta Australia y volver! Le doy mi palabra.

Los otros gruñeron resueltos, comprensivos y satisfechos de sí mismos. Whampoa hizo una señal a su criada para que le sirviera más licor y dijo con gravedad:

—En realidad, todo el mundo apoya a Su Majestad en esto —dice mucho acerca de mi condición el hecho de que en ningún momento me chocara esa curiosa forma de dirigirse a un marinero inglés con un chaquetón de paño y una gorra de piloto—, pero es difícil ver cómo se puede llevar a cabo una persecución sin tener una información precisa de dónde han ido.

—Dios mío, es verdad —gimió Catchick Moses—. Pueden estar en cualquier parte. Tantos miles de millas, tantas islas, la mitad de ellas sin registrar en los mapas… ¿Dos, cinco, diez mil? ¿Lo sabe alguien acaso? Y esas islas… repletas de piratas, caníbales, cazadores de cabezas… en el nombre de Dios, amigo mío, ese forajido puede retenerla en cualquier sitio. Y no hay barco en el puerto preparado para perseguir a un bergantín a vapor.

—Es un trabajo para la Marina —dijo Balestier—. Nuestros marinos sí… ellos tendrán que perseguir a ese villano, llevarlo a tierra y…

—¡Por Dios bendito! —gritó Catchick, poniéndose en pie de golpe—. ¿Qué está usted diciendo? ¿Qué Marina? ¿Qué marinos? ¿Dónde está Belcher con su escuadrón? ¡A tres mil kilómetros de aquí, persiguiendo a los malditos Lanun en torno a Mindanao! ¿Dónde está su barco de la Marina norteamericana? ¿Lo sabe, Balestier? ¡En algún sitio entre Japón y Nueva Zelanda, quizá! ¿Dónde está el *Wanderer* de Seymour, o Hastings con el *Harlequin…*?

—El *Dido* tiene que llegar de Calcuta en dos o tres días —dijo Balestier—. Keppel conoce estos mares mejor que nadie…

—¿Y eso qué significa? —gruñó Catchick, moviendo las manos y andando de un lado a otro—. ¡Sea sensato! ¡Recapacite! Allá fuera es todo *terra incognita*… ¡como todos nosotros sabemos, como todo el mundo sabe! ¡Y es inmensa! Aunque tuviéramos a la Marina Real inglesa, la norteamericana y la holandesa juntas, incluso todas las flotas del mundo, podrían buscar hasta acabar el siglo sin llegar a la mitad de los lugares donde puede estar escondido ese bribón… En resumidas cuentas, que puede haber ido a cualquier parte. ¿No sabemos, acaso, que su bergantín puede navegar alrededor de todo el mundo si es necesario?

—Creo que no —dijo Whampoa tranquilamente—. Me atrevo a decir que me temo que puedo tener razón… Creo que él no navegará más allá de nuestras Indias.

—Aun así… ¿no le he dicho que hay diez millones de lugares escondidos entre Cochín y Java?

—Y diez millones de ojos que no dejarán de ver un bergantín a vapor, y que nos avisarán dondequiera que eche el ancla —exclamó Brooke—. Vea aquí —y golpeó el mapa que habían desenrollado en el escritorio de Whampoa—. El *Sulu Queen* fue visto por última vez dirigiéndose al este, de acuerdo con Bully Waterman. Muy bien... no dará la vuelta, eso es seguro; Sumatra no le sirve. Y no creo que gire hacia el norte... o sea, que o va a mar abierto o bien a la costa malaya, donde muy pronto tendríamos noticias de él. Al sur... quizá, pero si pasa junto a Karimata nos enteraremos. Así que yo me apuesto la cabeza a que se quedará en el curso que ha tomado... y eso significa Borneo.

—¡Oh...! —gritó Catchick, entre burlón y desesperado—. ¿Nada más y nada menos? Borneo... donde cada río es un nido de piratas, cada bahía un campamento fortificado... y donde incluso usted, J. B., no se aventura muy lejos sin una expedición armada a su espalda. Y cuando lo hace, sabe adónde va... ¡no como ahora, que puede estar persiguiéndoles siempre!

—Yo sabré adónde voy —dijo Brooke—. Y si tengo que perseguirle siempre..., le encontraré, tarde o temprano.

Catchick dirigió una mirada incómoda hacia mí, que estaba sentado en un rincón cuidando mi herida, y le vi tirar de la manga de Brooke y murmurar algo, de lo que entendí solamente las palabras: «... demasiado tarde, entonces». Callaron todos, mientras Brooke escudriñaba su mapa y Whampoa se sentaba en silencio, bebiendo su condenado jerez. Balestier y los demás hablaban en voz baja, y Catchick se dejó caer en una silla, con las manos en los bolsillos, la viva imagen del abatimiento.

Se preguntarán qué estaba pensando yo en medio de aquella agitación, y por qué no tomaba parte como debía un desolado y atormentado marido: gritos de rabia impotente y de dolor, plegarias al cielo, juramentos de venganza y todos los preliminares usuales para la inacción. El hecho era que yo ya tenía suficientes problemas. El hombro me dolía mucho, y como no me había recuperado todavía del terror al que me había enfrentado la noche anterior, no podía darme el gusto de muchas emociones más, ni siquiera por Elspeth, una vez que la primera conmoción de las noticias se fue apagando. Ella se había ido... secuestrada por aquel bellaco mestizo, y los sentimientos que me dominaban se referían más bien a él. Aquel repulsivo, retorcido, mentiroso perro había planeado todo aquello durante meses... Era increíble, pero debía de estar tan enamorado de ella que había decidido robármela, convertirse en un desterrado y un proscrito, traspasar las fronteras de la civilización para siempre, solo por ella. Todo aquello no tenía sentido... ninguna mujer merece eso. Bueno, mientras yo estaba allí sentado, tratando de entenderlo, estaba seguro de que yo no lo habría hecho, ni por Elspeth y medio kilo de té ni por la propia Afrodita y diez mil al año. Pero yo no soy un negro rico y vicioso, por supuesto. Aun así, era absolutamente increíble.

No me malinterpreten. Yo amaba a Elspeth, sin duda alguna; todavía la amo, si amar a alguien es estar acostumbrado a tenerla cerca y echarla de menos si pasa mucho tiempo fuera. Pero hay unos límites, y yo me di cuenta repentinamente de que existían. Por una parte, Elspeth era muy bella, la mejor compañera de cama que había tenido en mi vida, y además una rica heredera; pero, por otra parte, no me había casado con ella voluntariamente, habíamos pasado separados la mayor parte de nuestra vida de casados, y sin sentirlo demasiado, yo no podía, por mi vida, sentir frenesí ni ansiedad por ella en aquel momento. Después de todo, lo peor que podía pasarle *a ella* era que aquel energúmeno quisiera tirársela, si es que no lo había hecho ya mientras yo no miraba... Aquello no era nada nuevo para Elspeth; ya me había tenido a mí, y lo había disfrutado, y yo no había sido su única pareja, de eso estaba seguro. Así que sufrir unos cuantos magreos de Solomon no tenía por qué ser un destino peor que la muerte para ella; si conocía bien a aquella pequeña pelandusca, incluso le haría gracia.

Por lo demás, si él no se cansaba de ella —y considerando los sacrificios que había hecho para obtenerla, presumiblemente intentaría conservarla— probablemente la cuidaría bastante bien; no le faltaba el dinero y sin duda podía mantenerla con todo lujo en algún rincón exótico del mundo. Ella echaría de menos Inglaterra, por supuesto, pero viendo las cosas a largo plazo, sus perspectivas no eran insoportables. Aquello supondría un cambio para ella.

Pero aquel era solo un aspecto de la cuestión, por supuesto... mi punto de vista de ella, lo cual muestra, como he explicado al principio, que no soy tan egoísta después de todo. Lo que me revolvía las tripas furiosamente era la vergüenza y mi orgullo herido. Ella era *mi* mujer, la amada del heroico Flashy, que le había sido robada por un sucio, traidor, lujurioso negro etoniano, que estaría tirándosela por todo el mundo; y ¿qué demonios iba a hacer yo mientras tanto? Él me estaba convirtiendo en cornudo *a mí*, ¡Dios bendito!, como podía haber hecho ya una veintena de veces y —cielos, aquella era una idea estupenda—, ¿quién podía asegurar que Elspeth no se había ido con Solomon voluntariamente? Pero no, aunque fuera una idiota y una coqueta, tenía un poco de sentido común. Por otra parte, sin embargo, yo estaba en una situación condenadamente ridícula, y no podía hacer absolutamente nada. ¡Oh!, habría que ir a la caza de Solomon, sin remedio… En aquellas primeras horas, como ven, yo estaba seguro de que se había ido para siempre. Catchick tenía razón: no teníamos ninguna esperanza de hacer que regresara. ¿Y entonces qué? Tendrían que pasar meses, quizá años de infructuosa búsqueda, para mantener las buenas formas. Unas peripecias caras, condenadamente arriesgadas, y al final yo volvería a casa, y cuando la gente me preguntara por ella les diría: «Ah, fue secuestrada, ¿saben? Allá en Oriente. No, nunca llegamos a descubrir qué le ocurrió». ¡Dios mío!, sería el hazmerreír de todo el país… Flashy, el hombre cuya mujer fue secuestrada por un millonario mestizo… «Amigo íntimo de la familia, también… bueno, ellos *dicen* que fue secuestrada, pero, ¿quién sabe…? Probablemente se cansó del viejo Flash, ¿verdad?, y pensó que le iría bien algún tipo oriental para cambiar ¡ja, ja!».

Rechiné los dientes y maldije el día en que había puesto los ojos en ella, pero por encima de todo, sentí tanto odio por Solomon como no había sentido jamás por ningún otro ser humano. Que él me hubiera hecho aquello *a mí*… no había castigo lo bastante horrible para aquella rata sebosa, pero tenía muy pocas oportunidades de infligírselo, por lo que parecía, al menos de momento. Yo estaba desamparado, mientras aquel asqueroso bastardo había salido corriendo con mi mujer… podía imaginármelo montándola mientras ella fingía modestia virginal, y el mundo se reía a carcajadas de mí, y en mi rabia y desesperación debí de dejar escapar un ahogado gemido, porque Brooke se apartó de su mapa, se acercó a mí, se agachó junto a mi silla rodilla en tierra, cogió mi brazo y exclamó:

—¡Pobre hombre! ¡Lo que debe de estar sufriendo! Tiene que ser insoportable… el pensamiento de su amada en manos de ese cerdo… Puedo hacerme cargo de su angustia —siguió—, porque me imagino lo que sentiría yo si se tratase de mi madre. Debemos confiar en Dios y en nuestros esfuerzos… no tema, la traeremos de vuelta.

Tenía lágrimas en los ojos, y tuvo que apartar la cara a un lado para esconder sus emociones. Le oí murmurar algo acerca de «la damisela cautiva», y «los ojos azules, la blancura del jacinto y el cabello dorado y ondulante» o alguna pomposidad de ese tipo.* Luego, después de apretarme la mano, volvió a su mapa y dijo que si aquel bastardo la había llevado a Borneo, registraría todo ese lugar de punta a punta.

—Es una isla inexplorada del tamaño de Europa —dijo Catchick, quejoso—. Y aun así, se trata solo de una suposición. Si se ha ido hacia el este, también puede estar en las islas Célebes o en las Filipinas.

—Toca madera —dijo Brooke—. Entonces recalará en Borneo… Y ahí está mi área de influencia. Dejemos que asome su nariz por allí y yo lo sabré.

—Pero usted *no* está en Borneo, amigo mío…

—Estaré, sin embargo, una semana después de que llegue aquí el *Dido* de Keppel. Ya conocen el barco… Dieciocho cañones, doscientos casacas azules, ¡y Keppel lo conduciría hasta el Polo Norte y luego de vuelta por una aventura como esta! —Casi estaba resplandeciente de ansiedad—. Él y yo hemos corrido más aventuras de las

* Aunque parece improbable que alguien, aunque sea un emocional victoriano, pudiera hablar con una prosa tan florida, podemos estar seguros de que al menos Brooke lo escribió, casi palabra por palabra. En su diario, por aquella época, consignaba sus emociones al oír que una dama europea había sido hecha prisionera por los piratas de Borneo, que pedían un rescate: «¡Una damisela cautiva! ¿No sugiere esto imágenes de ojos azules y rojizo cabello y blancura de jacinto? Y al final, es posible que en realidad se trate de una gorda y vieja dama holandesa! Pobre criatura, aunque sea vieja, y gorda, y poco agradable, y fea, es una cosa espantosa oír que le espera un destino tan cruel entre los salvajes!». Obviamente, no podía estar pensando en aquel momento en la señora Flashman.

que se puedan contar, Catchick. Una vez que hayamos olfateado al zorro, ya puede correr y esconderse como loco, ¡lo cogeremos! Sí, puede ir hasta la China...

—Una aguja en un pajar —dijo Balestier, y Catchick y los otros se unieron a él, algunos apoyando a Brooke y otros meneando la cabeza; mientras estaban en ello, uno de los chinos de Whampoa se deslizó allí y susurró algo al oído de su amo durante un minuto, y nuestro anfitrión dejó su vaso de jerez y abrió los ojos rasgados un poco más, lo cual para él era el equivalente de dar grandes saltos y gritar: «¡Eureka!». Entonces dio unos golpecitos en la mesa y todos se callaron.

—Si perdonan mi interrupción —dijo Whampoa—, tengo una información que puede ser vital para nosotros y para la seguridad de la bella señora Flashman. —Inclinó su cabeza hacia mí—. Hace un rato he aventurado la humilde opinión de que su raptor no navegaría más allá de las Indias; he desarrollado una teoría a partir de la escasa información que tenía en mi poder. Mis agentes han estado comprobando todo esto en las pocas horas que han pasado desde que tuvo lugar este deplorable atropello. Se refiere a la identidad de ese misterioso don Solomon Haslam, a quien Singapur ha conocido como comerciante y hombre de negocios... ¿desde hace cuánto tiempo?

—Diez años más o menos —dijo Catchick—. Llegó aquí muy joven hacia el año 1835. Whampoa asintió.

—Precisamente eso concuerda con lo que he averiguado. Desde la época en que estableció un almacén aquí, ha visitado nuestro puerto solo ocasionalmente, y ha pasado la mayoría del tiempo... ¿dónde? Nadie lo sabe. Se asumía que estaba en viaje de negocios, o en esas posesiones acerca de las que hablaba vagamente. Y entonces, hace tres años, volvió a Inglaterra, donde había asistido al colegio. Y ahora viene aquí con el señor y la señora Flashman y el señor Morrison.

—Bueno, bueno —exclamó Catchick—. Ya sabemos todo eso. ¿Qué más? —No sabemos nada de su familia, su nacimiento o sus primeros años —dijo Whampoa—. Sabemos que es fabulosamente rico, que nunca toca los licores y sé, por conversaciones que he mantenido con el señor Morrison, que en su bergantín normalmente lleva *sarong* y va con los pies descalzos —se encogió de hombros—. Esos pequeños detalles, ¿qué indican? Que es mestizo, ya lo sabemos; sugiero que todo apunta a que es musulmán, aunque no hay pruebas de que observe los rituales correspondientes a esa fe. Tenemos, pues, un rico musulmán que habla fluidamente malayo...

—Las islas están llenas de ellos —exclamó Brooke—. ¿Adónde quiere ir a parar?

—...que es conocido en estas latitudes desde hace diez años, menos los últimos tres que los pasó en Inglaterra. Y su nombre es Solomon Haslam, nombre al que añade el honorífico español «don».

Estaban todos callados como ratones, escuchando. Whampoa volvió su amarilla cara inexpresiva, examinándolos uno a uno, y dio unos golpecitos en su vaso, que la sirvienta volvió a llenar.

—¿No les sugiere nada todo esto? ¿Ni a usted tampoco, Catchick? ¿Señor Balestier? ¿Majestad? —esto último a Brooke, que meneó la cabeza—. Tampoco a mí —continuó Whampoa— hasta que pensé en su nombre y apareció algo en mi pobre memoria. Otro nombre. Su Majestad conoce, estoy seguro, los nombres de los principales piratas de la costa de Borneo desde hace varios años... ¿Podría recordarnos algunos de ellos?

—¿Piratas? —preguntó Brooke—. ¿No estará sugiriendo...?

—Por favor —insistió Whampoa.

—Bueno... pues veamos... —Brooke frunció el ceño—. Estaban Jaffir, en Fort Linga; Sharif Muller en el Skrang, casi lo arrinconamos en el Rajang el año pasado, y luego está Pangeran Suva, junto a Brunei; Suleiman Usman de Maludu, pero nadie ha oído hablar de él desde hace mucho tiempo; Sharif Sahib de Patusan; Ranu...

Se cortó, porque Catchick Moses había dejado escapar una de sus sorprendentes exclamaciones judías y estaba mirando a Whampoa, que asentía plácidamente.

—Se ha dado cuenta, Catchick. Como yo... Me preguntaba por qué no me di cuenta hace cinco años. Ese nombre —y miró a Brooke, y dio un sorbo a su jerez «Suleiman Usman de Maludu, pero nadie ha oído hablar de él desde hace mucho tiempo» —repitió—. Creo..., en realidad sé que nadie ha oído hablar de él desde hace precisamente tres años. Suleiman Usman... Solomon Haslam —y dejó su copa de jerez.

Durante un momento hubo un silencio sepulcral, y Balestier exclamó:

—¡Pero eso es imposible! Un pirata de la costa... ¿Y usted sugiere que él se estableció aquí, entre nosotros, como comerciante, haciendo negocios, y que iba a piratear mientras tanto? Eso es una completa locura...

—¿Qué mejor tapadera para la piratería? —se preguntó Whampoa—. ¿Qué mejor medio de recoger información?

—Pero maldita sea, ese tipo, Haslam, ¡ha ido a una buena escuela! —gritó Brooke—. ¿No es así?

—Asistió a Eton —afirmó Whampoa gravemente—, pero eso no es en sí mismo incompatible con una posterior vida delictiva.

—¡Pero piénselo! —gritó Catchick—. Si fuera como usted dice, ¿acaso un hombre en su sano juicio adoptaría un alias tan parecido a su propio nombre? ¿No se haría llamar Smith, o Brown, o qué sé yo?

—No necesariamente —dijo Whampoa—. No dudo de que cuando su padre, o quienquiera que fuese, le preparó una educación inglesa, ingresara en la escuela con su verdadero nombre, que bien podría traducirse al inglés como Solomon Haslam. El nombre es una traslación exacta; el apellido, un nombre inglés razonablemente parecido a Usman. Y no es en absoluto imposible que un rico rajá de Borneo envíe a su hijo a una escuela inglesa... Es inusual, sí, pero ha ocurrido sin duda en este caso. Y el hijo, siguiendo luego las huellas de padre, ha practicado la piratería, que sabemos es la profesión de la mitad de la población de las islas. Al mismo tiempo, ha desarrollado una carrera de negocios en Inglaterra y Singapur..., que ahora ha decidido cortar.

—¿Y secuestrar a la mujer de otro hombre para llevársela a su guarida de pirata? —se burló Balestier—. ¡Oh, pero eso está por encima de todo punto razonable!...

—Apenas menos razonable que suponer que don Solomon Haslam, si *no* fuera un pirata, secuestraría a una dama inglesa —dijo Whampoa.

—¡Pero usted está haciendo simples suposiciones! —exclamó Catchick—. Una coincidencia en los nombres...

—Y en las épocas. Solomon Haslam se fue a Inglaterra hace tres años... y Suleiman Usman desapareció al mismo tiempo.

Eso les acalló, y Brooke dijo lentamente:

—Podría ser verdad, pero si lo fuera, ¿qué diferencia habría, después de todo...?

—Alguna, creo. Porque si es verdad, no hay que mirar más lejos de Borneo para buscar el destino del *Sulu Queen*. Maludu está al norte, al otro lado del río Papar, un país inexplorado. Puede ir allí o refugiarse entre sus aliados en el río Seribas o en el Batang Lupar...

—¡Si lo hace, está listo! —exclamó Brooke, excitado—. ¡Puedo atraparlo allí, o en cualquier lugar entre Kuching y Sarikei Point!

Whampoa sorbió un poco más de jerez.

—Puede que no sea tan fácil: Suleiman Usman era un hombre poderoso; su fuerte de Maludu era considerado inexpugnable, y podría congregar si las necesita las grandes flotas piratas del Lanun y Balagnini y Maluku de Gilolo. Usted ha luchado contra los piratas, ya lo sé... pero no contra tantos a la vez.

—Lucharé con todos los piratas desde Luzón a Sumatra en esta guerra —dijo Brooke—. Y los venceré. Y colgaré a Suleiman Usman de la cofa del *Dido* al final.

—Si es que es ese el hombre que busca —dijo Catchick—. Whampoa puede estar equivocado.

—Indudablemente, suelo equivocarme a menudo, en mi pobre ignorancia —dijo Whampoa—. Pero en esto no, según creo. Tengo más pruebas. Nadie entre nosotros, creo, ha visto jamás a Suleiman Usman de Maludu... o conocido a alguien que le hubiera visto, ¿verdad? Sin embargo, mis agentes han sido diligentes esta noche, y ahora puedo proporcionar una breve descripción. De unos treinta años de edad, cerca de dos metros de altura, de recia complexión, facciones corrientes. ¿Es suficiente?

Era suficiente para uno de los que escuchaban. ¿Por qué no? No era más increíble que todo el resto de acontecimientos de aquella espantosa noche; en realidad, parecía confirmarlos, tal como señaló Whampoa.

—Yo sugeriría también —dijo— que no tenemos que buscar otra explicación para el ataque de los Caras Negras al señor Flashman —y todos se volvieron a mirarme—. Dígame, señor, ¿cenó usted en un restaurante antes del ataque? Era el Templo del Cielo, según creo…

—¡Dios mío! —exclamé—. ¡Fue Haslam quien me lo recomendó!

Whampoa se encogió de hombros.

—Aparta al marido y elimina al perseguidor más ardiente. Un asesinato como este es difícil de preparar para un comerciante corriente de Singapur, pero a un pirata, con sus conexiones con la comunidad criminal, le es sencillo.

—¡Esa rata cobarde! —exclamó Brooke—. Bueno, sus rufianes no han tenido suerte, ¿verdad? El perseguidor está listo para la caza, ¿no, Flashman? Nosotros haremos que ese bellaco de Usman o Haslam maldiga el día en que se atrevió a poner los ojos en una mujer inglesa. Lo sacaremos de su escondrijo, y a su malvada tripulación con él. ¡Oh, ya lo veréis!

Yo no pensaba con tanta anticipación, lo confieso, y no conocía a James Brooke en aquel momento sino como un tipo sonriente y loco con gorra de piloto, con un extraño gusto para amigos y seguidores. Si lo hubiera conocido como lo que realmente era, me habría sentido mucho más agitado cuando nuestra discusión acabó finalmente, y los criados y el doctor Mackenzie me acompañaron al piso de arriba de la casa de Whampoa hasta un magnífico dormitorio y me metieron entre sábanas de seda, con el hombro vendado. Apenas me daba cuenta de dónde estaba; mi mente giraba como un torbellino, pero cuando ellos me dejaron y me quedé allí echado mirando los rayos de sol que atravesaban las pantallas —porque afuera ya era pleno día— se abrió paso al fin la súbita y espantosa comprensión de lo que había ocurrido. Elspeth se había ido; estaba en las garras de un pirata negro, que podía llevársela más allá de los mapas europeos a algún horrible fortín donde sería su esclava, donde no la encontraría nunca… ¡Mi bella idiota Elspeth, con su piel cremosa y su cabello dorado y su sonrisa imbécil y su maravilloso cuerpo, perdida para mí, para siempre!

Yo no soy un sentimental, pero de repente noté que las lágrimas corrían por mi rostro, y murmuré su nombre en la oscuridad una y otra vez, solo en mi lecho vacío, donde debería estar ella, toda ternura, calor y pasión…

Justamente en ese momento sonó un golpecito en la puerta y cuando esta se abrió apareció allí Whampoa, inclinándose desde su gran altura en el umbral. Se acercó a mi lecho, con las manos metidas en las mangas, y me miró. Me preguntó si me dolía mucho el hombro. Le dije que sí, que era un tormento.

—Pero no mayor —dijo él— que el tormento de su mente. Ese no puede aliviarlo nada. La pérdida que usted ha sufrido de la más amante de las compañeras es una privación que no puede sino excitar la compasión de cualquier hombre sensible. Sé que nada puede ocupar el lugar de su bella dama dorada, y que pensar en ella debe producirle dolor. Pero como pequeño y pobre consuelo a su dolor de mente y cuerpo, humildemente le ofrezco lo mejor que puede proveer mi pobre morada —dijo algo en chino y a través de la puerta, para mi asombro, se deslizaron dos de sus pequeñas chinitas, una vestida de seda roja y la otra de verde. Se acercaron y se quedaron de pie una a cada lado de la cama, como muñequitas voluptuosas, y empezaron a desabrocharse los vestidos.

—Son Tigresa Blanca y Leche-y-Miel —dijo Whampoa—. Ofrecerle los servicios de una sola de las dos habría parecido una comparación insultante con la magia de su exquisita dama, por lo tanto le mando dos, en la esperanza de que la cantidad pueda compensar ligeramente una calidad a la que ellas no pueden esperar aproximarse. Trivialmente inadecuadas como son, su presencia puede suavizar sus dolores en algún grado infinitesimal. Son muy habilidosas para lo que es habitual aquí, pero si su torpeza e indudable fealdad le resultan ofensivas, puede pegarles para corregirlas y para su placer. Perdone mi presunción al presentárselas.

Inclinó la cabeza, se retiró y la puerta se cerró tras él, mientras los dos vestidos caían al suelo con un suave susurro y unas risitas infantiles sonaban en la oscuridad.

Nunca se debe rechazar la hospitalidad oriental, ¿saben? No está bien, se ofenden; hay que amoldarse a ella y fingir que es exactamente lo que uno quería, le guste o no.

Durante cuatro días estuve confinado en casa de Whampoa con mi hombro herido, recuperándome, y nunca he tenido una convalecencia más deliciosamente desastrosa en mi vida. Habría sido interesante si hubiera tenido tiempo, ver si mi herida se curaba antes de que las solícitas damitas de Whampoa acabaran conmigo con sus atenciones; yo creo que habría expirado ya en el momento en que me pudieron quitar los puntos de sutura. Pero mi confinamiento acabó bruscamente ante la llegada y rápida partida del HMS *Dido*, capitaneado por un tal Keppel, y, quieras que no, tuve que navegar en aquel barco, subir a bordo todavía débil por la pérdida de sangre, agarrado a la pasarela no tanto pará guardar el equilibrio como para evitar verme lanzado al agua por el primer soplo de brisa.

Ya ven, se había dado por sentado que como devoto marido y héroe militar yo estaba ansioso por salir en busca de mi secuestrada esposa y su raptor pirata… Esa es una de las desventajas de la vida en las fronteras del imperio en sus principios, que se espera que uno mismo lleve a cabo su propia venganza y su persecución, con la asistencia que puedan prestar las autoridades. No es mi estilo en absoluto; de dejárselo al viejo Flash, me habría limitado a dirigirme a la comisaría de policía local, denunciar el secuestro de mi esposa, dar mi nombre y dirección y dejar que ellos se las arreglaran. Después de todo, para eso les pagamos, ¿por qué si no tenía yo que entregar siete peniques de impuestos por cada libra?

Se lo dije al viejo Morrison, pensando que era el tipo de razonamiento que le gustaría, pero todo lo que conseguí para mi mal, fueron lágrimas y maldiciones.

—¡Eres un sinvergüenza! —lloriqueó, ya que estaba demasiado debilitado para gritar; parecía a punto de morir, con los ojos hundidos y las mejillas pálidas, pero todavía lleno de rencor contra mí—. Si hubieras estado cumpliendo con tu deber de marido, esto no habría ocurrido nunca. ¡Oh, Dios mío, mi pobre corderita! Mi pequeñina… y tú, ¿dónde estabas tú? Con alguna puta en una casa de mala fama, seguro, mientras…

—¡Nada de eso! —grité yo, indignado—. Estaba en un restaurante chino —ante lo cual él dejó escapar un gran sollozo, enterró la cabeza en la ropa de la cama y aulló por su niñita.

—¡La traerás de vuelta! —graznó finalmente—. ¡La salvarás… tú eres un militar con condecoraciones, y ella es la esposa de tu corazón, eso es! Sí, lo harás... eres un buen chico, Harry... no le fallarás... —y más tonterías nauseabundas por el estilo, mezcladas con maldiciones del momento en que puso el pie fuera de Glasgow. Sin duda aquello era muy patético, y si no hubiera estado tan preocupado por mí mismo y no hubiera despreciado al pequeño cerdo tan sinceramente, lo habría sentido por él.

Lo dejé lamentándose, y salí, reflexionando ominosamente que no había otro remedio... tenía que estar el primero en la brecha cuando se iniciara la persecución. Aquel tipo, Brooke, que —por razones que yo no podía comprender entonces— parecía haber tomado sobre sí la planificación de toda la expedición, obviamente dio por sentado que yo iría, y cuando Keppel llegó y accedió inmediatamente a poner el *Dido* y su tripulación en aquella operación, ya no hubo ninguna posibilidad de echarse atrás.

Brooke se encontraba en un estado de gran impaciencia por salir, y golpeaba el suelo y rechinaba los dientes cuando Keppel dijo que pasarían al menos tres días antes de que pudiéramos hacernos a la mar. Tenía que desembarcar el cargamento de Calcuta, y debía repostar mercancías y tripulantes para la expedición.

—Lucharemos en los ríos, me atrevo a decir —dijo, bostezando. Era un tipo seco, de aspecto interesante, con un llameante cabello rojo y unos ojos soñolientos y divertidos—. Abrirse paso por la selva, emboscadas, esas cosas. Sí, bueno, ya sabemos lo que pasa si nos precipitamos... ¿Recuerda a Belcher, que tuvo que sacar deprisa y corriendo el culo de *Samarang* el año pasado? Tendré que preparar el lastre del *Dido,* por ejemplo, y conseguir un par de lanchas extra.

—¡No puedo esperar tanto! —gritó Brooke—. Debo ir a Kuching para recoger noticias de ese villano de Suleiman y reunir a mis hombres y mis barcos. He oído que han visto al *Harlequin;* iré en

* Henry Keppel (1809-1904) fue uno de los más importantes marinos de guerra del periodo victoriano. Experto en embarcaciones especializadas en guerras en los ríos, era conocido entre los dayaks como «el demonio de pelo rojo», y sirvió con Brooke en numerosos ataques contra los piratas del sur del mar de China. (Véanse sus libros, *Expedition to Borneo of HMS Dido,* 1846, y *A Visit to the Indian Archipelago in HMS* Maeander, 1853). Más adelante se convirtió en almirante de la flota.

él… Hastings me llevará cuando le diga lo espantosamente urgente que es. ¡Debemos atacar a ese villano y liberar a la señora Flashman sin perder un momento!

—Entonces, ¿está seguro de que estará en Borneo? —dijo Keppel.

—¡Tiene que estar allí! —exclamó Brooke—. Ningún barco de los que han pasado por el sur en los últimos dos días los ha visto. Dependiendo de lo que pase, irá hacia Maludu o hacia los ríos.

Todo aquello me sonaba a chino y parecía horriblemente activo y peligroso, pero todo el mundo se sometía al juicio de Brooke, y al día siguiente se embarcó en el *Harlequin*. A causa de mi herida tuve que permanecer en Singapur hasta que zarpase el *Dido*, dos días más tarde, pero tuve que ir al muelle cuando Brooke fue conducido en un bote de remos con su abigarrado grupo a bordo del *Harlequin*. Me dio la mano al partir.

—Para cuando usted alcance Kuching, yo estaré ya listo para izar la bandera y sacar los cañones —exclamó—. ¡Ya lo verá! Y no tema, amigo mío… tendremos a su querida dama de vuelta sana y salva antes de que se dé cuenta. Usted ejercite ese brazo, y entre los dos les daremos a esos perros un poco de su salsa afgana. ¡Bueno, en Sarawak hacemos ese tipo de cosas antes de desayunar! ¿Verdad, Paitingi? ¿Eh, Mackenzie?

Les vi irse, Brooke en la popa con su gorra de piloto informalmente ladeada, riendo y golpeándose la rodilla con impaciencia; el enorme Paitingi a un lado, Mackenzie, con su barba negra y su maletín de médico, y los otros repartidos por todo el bote, con el espantoso y pequeño Jingo con su taparrabos que sujetaba su cerbatana. Aquella era la cuadrilla de lunáticos disfrazados a la que iba a acompañar en lo que parecía ser una espeluznante locura… Era una perspectiva espantosa, y además de mi aprensión, sentí gran resentimiento por la horrible suerte que me iba a arrojar de cabeza a aquellas preocupaciones de nuevo. Maldita sea Elspeth por estúpida, descuidada, caprichosa, coqueta y zorra, y maldito sea Solomon por ser un perro ladrón que no había tenido la decencia de contentarse con mujeres de su propio color asqueroso, y maldito fuera aquel obsequioso Brooke, lunático y sediento de sangre. ¿Quién demonios era él para ir entrometiéndose donde nadie lo había llamado, arrastrándome en sus empresas idiotas? ¿Qué derecho tenía él, y por qué nadie le llevaba la contraria, como si fuera una mezcla de Dios y el duque de Wellington?

Lo averigüé la tarde que zarpó el *Dido,* después de haberme despedido con ternura... gimoteando y llorando con Morrison, digno y generoso con el hospitalario Whampoa, y extáticamente frenético en el último minuto antes de hacer el equipaje con mis dos pequeñas enfermeras. Llegué a bordo casi a gatas, con Stuart, porque él se había quedado rezagado para hacerme compañía y arreglar algunos negocios de Brooke. Mientras estábamos en la barandilla de popa de la corbeta, mirando las islas de Singapur desaparecer en el llameante mar del crepúsculo, hice una observación acerca de su loco comandante... Como saben, yo todavía no tenía ni maldita idea de quién era, y supongo que debí de decirlo, porque Stuart se volvió y me miró de pies a cabeza.

—¿Quién es J. B.? —exclamó—. ¡No lo dirá en serio! ¿Que quién es J. B.? ¿No lo sabe? Bueno, es el hombre más grande de todo Oriente, solo eso. Me está tomando el pelo... Dios mío, ¿cuánto tiempo lleva usted en Singapur?

—No el suficiente, por lo que parece. Todo lo que sé es que él y usted y sus... amigos... me rescataron muy a punto la otra noche, y que desde entonces él se ha hecho cargo muy amablemente de las operaciones para hacer lo mismo con mi esposa.

Él exclamó de nuevo, vehemente, y me informó con entusiasmo.

—J. B.... Su Alteza Real James Brooke... el rey de Sarawak, ese es él. ¡Pensaba que el mundo entero había oído hablar del rajá blanco! Bueno, es la persona más importante de estos lugares desde Raffles... más importante incluso. Es la ley, el profeta, el gran Panjandrum, el *tuan besar.** ¡Todo eso! El azote de todo pirata y malhechor en la costa de Borneo..., el mejor luchador desde Nelson, a fe mía... ¡Él apaciguó Sarawak, que era el nido de rebeldes y cazadores de cabezas más terrible de este lado de Papúa, es su protector, su gobernante, y para los nativos es un santo! Bueno, ellos lo adoran hasta el infinito... y les va bien, porque él es el amigo más sincero, el juez más imparcial, y el más noble y franco de los hombres del mundo entero. ¡Ese es J. B.!

* Gran señor.

—Vaya, me alegro de que estuviera por aquí —dije—. No sabía que tuviéramos una colonia en... ¿Sarawak, ha dicho?

—No la tenemos. No es suelo británico. J. B. gobierna en nombre del sultán de Brunei, pero el reino es suyo, no de la reina Victoria. ¿Cómo lo consiguió? Estuvo navegando por allí hace cuatro años, después de que la maldita Marina lo despidiera del servicio con una pensión. Compró ese bergantín, el *Royalist*, con algún dinero que le había dejado su viejo, y se estableció por su cuenta —rio, sacudiendo la cabeza—. ¡Dios, qué locos estábamos! ¡Éramos diecinueve, en un barco pequeño, y seis cañones de seis libras, y conseguimos un reino solo con eso! J. B. liberó a los nativos de la esclavitud, expulsó a sus opresores, les dio un gobierno como Dios manda... y ahora, con unos pocos barcos, sus leales aborígenes y los que hemos sobrevivido, está luchando a solas para eliminar la piratería de las islas y hacerlas seguras para la gente honrada.*

—Muy loable —respondí—. ¿Pero ese no es un trabajo de la Compañía de las Indias Orientales... o del Ejército?

—¡Dios mío, no podrían ni empezar siquiera! —exclamó—. Apenas hay un escuadrón británico en todas estas extensas aguas... y los piratas se cuentan por decenas y decenas de miles. He visto flotas de quinientos praos y *bankongs* (son sus barcos de guerra) navegando juntos, repletos de hombres armados y cañones, y detrás de ellos centenares de kilómetros de costa ardiendo... ciudades arrasadas, miles de muertos, mujeres vendidas como esclavas, todos los barcos pacíficos asaltados y hundidos... Ya le digo, ¡los piratas del Caribe no eran nada comparados con esto! Dejan un rastro de destrucción y tortura y abominaciones por donde van. Desafían a nuestra marina y a la holandesa, y dominan las islas por el terror... tienen un mer-

* La entusiasta descripción de Stuart de Brooke y sus aventuras es perfectamente fiel en sus detalles (véanse *The Raja of Sarawak,* de Gertrude L. Jacob, 1876, *The Life of Sir James Brooke,* de Spenser St. John, 1879, las propias cartas de Brooke y su diario, y otras fuentes de Borneo citadas en estas notas. También el Apéndice B). El único error se da por parte de Flashman y no tiene demasiada importancia: el nombre de Stuart era en realidad George Steward. Obviamente, Flashman había cometido de nuevo un error en el que ocasionalmente cae en sus memorias, y es confiar en sus oídos y no molestarse en comprobar la ortografía de los nombres propios.

cado de esclavos en Sulú donde se compran y venden diariamente cientos de seres humanos; incluso los reyes y rajás les pagan tributo… cuando no son piratas ellos mismos. Bueno, a J. B. no le gusta eso, y quiere ponerle fin.

—Espere, sin embargo… ¿qué puede hacer él, si hasta la Marina se ve impotente?

—Él es J. B. —dijo Stuart simplemente, con ese aspecto embriagado, orgulloso que se ve en la cara de un niño cuando su padre le arregla un juguete roto—. Por supuesto, consigue que lo ayude la Armada… Bueno, teníamos tres barcos de la Armada en Murdu en febrero, cuando echamos a los ladrones de Sumatra…, pero su fuerza está en los nativos honrados… algunos de ellos fueron piratas una vez, y cazadores de cabezas, como los dayaks del mar, hasta que J. B. los instruyó. Él les da ánimos, amedrenta y halaga a los rajás, reúne noticias de los piratas y cuando ellos menos lo esperan, dirige sus expediciones contra los fuertes y los puertos, lucha contra ellos hasta detenerlos, quema sus barcos y les hace jurar que mantendrán la paz o si no sufrirán las consecuencias. Por eso todo el mundo en Singapur salta cuando él silba… ¿Cuánto tiempo cree que les habría costado a ellos empezar a hacer algo por su esposa?, ¿meses?, ¿años, quizá? Pero J. B. dice: «¡Vamos!» y todos salen corriendo. Y si yo hubiera ido a lo largo de Beach Road esta mañana buscando a gente que jurara que J. B. no podía rescatarla, sana y salva, y destruir a ese cerdo de Suleiman Usman… no encontraría a nadie que apostara, ni a ciento por uno. Lo hará, seguro. Ya lo verá.

—Pero ¿por qué? —dije yo, sin pensarlo, y él frunció el ceño—. Quiero decir —añadí— que apenas me conoce… y nunca ha visto a mi mujer… pero de la forma en que se ha tomado esto uno pensaría que somos… sus parientes más queridos.

—Bueno, esa es su forma de actuar, ya sabe. Cualquier cosa por un amigo, y si hay una dama implicada, por supuesto, eso lo hace aún más urgente para él. Ese J. B. es una especie de caballero andante. Además, a él le gusta usted.

—¿Qué? Ni siquiera me conoce.

—¡No, de verdad! Recuerdo que cuando recibimos noticias de las grandes hazañas que había realizado usted en Kabul, J. B. no habló de otra cosa durante días, leía todos los periódicos, asombrándose de su defensa del fuerte Piper. «¡Ese es mi hombre! —decía—. ¡Por Jingo, lo que daría por tenerle aquí! ¡Echaríamos al último pirata del mar de la China entre los dos!» Bueno, ahora le tiene a usted aquí... no me extrañaría que removiera cielo y tierra para que se quedara con nosotros.

Ya pueden imaginar cómo me afectó aquello. Comprendía, por supuesto, que J. B. era el tipo de hombre adecuado para la tarea que teníamos entre manos: si alguien podía liberar a Elspeth, más o menos sin daños, probablemente era él, ya que parecía ser el mismo tipo de aventurero desesperado y desprendido que había conocido yo en Afganistán, hombres salvajes como Georgie Broadfoot y Sekundar Burnes. El problema con tipos como esos es que son condenadamente peligrosos para tenerlos al lado. Lo ideal hubiera sido conseguir que Brooke fuera al rescate mientras yo permanecía a salvo en la retaguardia, dándole ánimos, pero mi herida se estaba curando demasiado bien, maldita sea, y las perspectivas eran poco tranquilizadoras.

Había una cuestión que todavía me molestaba cuatro días después cuando el *Dido,* a remo, llegó deslizándose por un mar como hierba azul a la desembocadura del río Kuching, y vi por primera vez aquellas brillantes playas doradas lavadas por la espuma, las bajas llanuras verdes de manglares que llegaban hasta el borde del agua entre las pequeñas islas, los acantilados bordeados con palmeras y las montañas de Borneo en la distante neblina del sur.

—¡El paraíso! —exclamó Stuart, respirando aquel aire cálido—. Me importaría un pimiento no volver a ver los acantilados de Dover de nuevo. Mire ahí... medio millón de kilómetros cuadrados de la tierra más hermosa del mundo, sin explorar, salvo este pequeño rincón. La civilización empieza y acaba en Sarawak, ¿sabe? Vaya un día de marcha hacia allá —señaló hacia las montañas— y si todavía vive estará entre cazadores de cabezas que nunca han visto a un hombre blanco. Pero, ¿a que es maravilloso?

Yo no podía decir que lo fuera. El río, mientras lo íbamos remontando lentamente, era bastante ancho, y la tierra verde y fértil, pero tenía ese aspecto humeante que sugiere fiebre, y el aire era caliente y pesado. Pasamos por algunos pueblos, algunos de ellos construidos en parte dentro de las aguas sobre pilotes, con grandes y primitivas casas con tejado de paja; las propias aguas estaban atestadas de canoas y pequeños botes, manejados por hombres bajitos y regordetes, feos y sonrientes como Jingo. Supongo que ninguno de ellos debía de medir más de metro y medio de alto, pero parecían duros como una piedra. Llevaban sencillos taparrabos, aros en torno a las rodillas y turbantes; algunos llevaban también plumas blancas y negras en el pelo. Las mujeres eran más agraciadas que los hombres, aunque no más altas, y decididamente guapas a su manera impúdica y chata; llevaban el pelo largo que les caía por la espalda, unas faldas como única vestimenta y meneaban sus pechos y traseros de una manera que alegraba el corazón. Se acoplan como conejas, por cierto, pero solo con hombres de probado valor. En un país donde el anillo de compromiso habitual es una cabeza humana, esto quiere decir que tienes que ser un verdadero bruto si quieres comerte una rosca.

—Dayaks de mar —dijo Stuart—. El pueblo más bravo y animoso que nunca haya visto. Luchan como tigres, son feroces y crueles, pero también leales. Escúcheles parlotear… es la *lingua franca* de la costa, parte malayo, pero con portugués, francés, holandés e inglés mezclados. *Amiga sua!* —gritó, haciendo señas a uno de los marineros—, eso, según creo, significa «amigo mío», lo cual le da alguna idea.

Sarawak, como había dicho Stuart, podía ser el rincón más civilizado de Borneo, pero según nos acercábamos a Kuching se podía ver que era un estupendo campamento fortificado. Había una gran barrera flotante a través del río, que habían tenido que abrir para que el *Dido* pudiera pasar, y en los bajos riscos a cada lado había emplazados cañones que asomaban entre los terraplenes; había cañones también en las tres extrañas embarcaciones ancladas en el interior de la barrera: eran como galeras, con altas popas y castillos de proa, de dieciocho o veinte metros de largo, y sus grandes remos descansaban en el agua como las patas de algún monstruoso insecto.

—Praos de guerra —exclamó Stuart—. Vaya, aquí está pasando algo… Esos son barcos Lundu. ¡J. B. está reuniendo sus fuerzas para la persecución!

Doblamos un recodo y llegamos a la vista del propio Kuching; no era un lugar demasiado interesante, solo un diseminado poblado de nativos con unos pocos chalés de tipo suizo en las tierras más altas, pero el río estaba repleto de barcos y barcazas de todas clases: al menos una veintena de praos y barcazas, ligeros cúters marineros, lanchas, canoas e incluso un pequeño y elegante barquito de vapor. El bullicio y el ruido eran tremendos, y mientras el *Dido* echaba el ancla en medio de la corriente, estaba rodeado por enjambres de barquitos, de uno de los cuales salió balanceándose a cubierta la enorme figura de Paitingi Alí, que se presentó ante Keppel y luego vino hacia nosotros.

—¡Ah, vaya! —dijo, con aquel asombroso acento que sonaba tan extraño, mezclado con sus ocasionales exclamaciones piadosas musulmanas—. Él tenía razón de nuevo. Alabado sea el Único.

—¿Qué quieres decir? —exclamó Stuart.

—Un barco explorador llegó de Budraddin ayer. Un bergantín a vapor que no puede ser otro que el *Sulu Queen* llegó al Batang Lupar hace cuatro días, y se fue río arriba. Budraddin está mirando hacia el estuario, pero no hay miedo de que salga de nuevo, porque se dice a lo largo de la costa que el gran Suleiman Usman ha vuelto, y ha subido a Fort Linga para unirse a Sharif Sahib. Está allí ahora, y todo lo que tenemos que hacer es ir y cogerle.

—¡Hurra! —exclamó Stuart, dando saltos y agarrándole la mano—. ¡El bueno de J. B.! ¡Dijo que estaría en Borneo, y está en Borneo! —Se volvió hacia mí—. ¿Lo ha oído, Flashman? Eso significa que sabemos dónde está su dama, y ese canalla secuestrador también! J. B. lo adivinó, no se equivocó. ¿Cree ahora que él es el hombre más grande de Oriente?

—¿Me dirás cómo lo hace? —gruñó Paitingi—. Si no supiera que es un protestante convencido, juraría que está aliado con Satanás. Ven, está arriba, en la casa, muy contento consigo mismo, *Bismillah!* Quizá si se lo dices tú en persona se pondrá menos insoportable.

Pero cuando fuimos a tierra a casa de Brooke, que se llamaba «The Grave», el gran hombre apenas se refirió a las importantes noticias de Paitingi... Descubrí más tarde que eso era delicadeza por su parte; no quería molestarme mencionando siquiera la peligrosa situación de Elspeth. En lugar de eso, cuando nos condujeron a aquel gran bungaló sombreado situado en una altura, *dominando* una vista del atestado río y los desembarcaderos, nos hizo sentar y nos ofreció un ponche, y empezó a hablar, vaya sorpresa, de... rosas.

—Voy a hacerlas crecer aquí si tengo tiempo —dijo—. Imaginad aquella elevación en el río debajo de nosotros, cubierta con capullos de rosas inglesas; pensad en los cálidos atardeceres, el crepúsculo que llega, y el perfume llenando la veranda. ¡Ah, si pudiera conseguir manzanas de Norfolk también! Sería perfecto... grandes, rojas y hermosas como las que crecen en la carretera de North Walsham, ¿verdad? Puedes quedarte tus mangos y papayas, Stuart... ¡qué no daría yo por una honrada manzana de toda la vida, ahora mismo! Pero puedo conseguir las rosas algún día —se puso en pie de un salto—. Venga a ver mi jardín, Flashman... ¡le prometo que no verá otro como este en Borneo, a ningún precio!

Así que lo acompañé a dar una vuelta por su propiedad, y me indicó los jazmines, sándalos y todo lo demás, lanzando exclamaciones sobre sus perfumes nocturnos, y súbitamente cogió una paleta y plantó algunas semillas.

—¡Estos malditos jardineros chinos! —exclamó—. Me servirían mejor unos pieles rojas, creo. Pero supongo que es demasiado pedir —exclamó, manejando la paleta—: que un pueblo tan sucio, feo y poco agraciado como los chinos tenga alguna sensibilidad para las flores. Sabe, son trabajadores y alegres, pero no es lo mismo.

Siguió charlando, indicando que su casa estaba cuidadosamente construida sobre pilares de palma para desafiar a los insectos y la humedad, y diciéndome cómo la había diseñado:

—Nos tendieron una maldita escaramuza los cazadores de cabezas Lundu al otro lado del río; tuvimos que lamernos las heridas en un sucio y pequeño villorrio, esperando para volver a atacar. Era por la tarde. No teníamos nada de agua y estábamos bastante agotados, con las provisiones de pólvora en las últimas. —Yo pensé para mí: «Lo que tú necesitas, J. B., muchacho, es un buen sillón y un periódico inglés y un jarrón con rosas en la mesa»—. Parecía una idea espléndida. Entonces decidí construirme una casa donde no faltara de nada, para que dondequiera que estuviese en Borneo, siempre tuviera dónde recogerme —señaló a la casa—. Y aquí está… no falta de nada, salvo las rosas. Las tendré a su debido tiempo.

Era verdad; el gran salón central, con los dormitorios a su alrededor y una abertura hacia la veranda frontal, era a todos los efectos una mezcla de salón y sala de armas, si no fuera porque los muebles eran en su mayor parte de bambú. Había sillones, ejemplares atrasados de *The Times* y del *Post* pulcramente apilados, sofás, mesas pulidas, una alfombra Axminster, flores en jarrones y todo tipo de armas y cuadros en las paredes.

—Si alguna vez quiero olvidarme de guerras, piratas, fiebres y ong-ong-ongs (esta es mi propia palabra para describir todo lo malayo, sabe) me siento y leo que llovió en Bath el año pasado, o que algún tunante fue encarcelado por robar en la Audiencia de Exeter. Incluso los precios de las patatas en Lancashire me sirven… oh, vaya… creía que había guardado eso…

Me había detenido a mirar una miniatura que había encima de la mesa representando a una chica rubia muy delicada, y Brooke saltó hacia ella y la cogió.

Yo creí reconocer aquella cara.

—Vaya —dije—, ¿no es Angie Coutts?

—¿La conoce? —exclamó él, y se puso rojo hasta las orejas, y perdió la compostura por una vez—. Nunca he tenido el honor de conocerla —siguió, de forma apresurada, ahogada—, pero la admiro desde hace tiempo, por sus opiniones inteligentes y su apoyo generoso de las causas nobles —miró la miniatura como una rana contemplativa—. Dígame… ¿ella es… tan… como sugiere el retrato?

—Es muy atractiva, si es eso a lo que se refiere —repuse, porque como todos los hombres adultos de Londres, también yo había admirado a la pequeña Angie, aunque no precisamente por su inteligencia, sino más bien por el hecho de que tenía un tipo formidable, unas tetas como balones de fútbol y dos millones en el banco. Yo mismo le había dado algún tiento amoroso durante el juego de la gallinita ciega en una fiesta en Stratton Street, pero ella simplemente siguió adelante sin mirarme y me dislocó el pulgar. Una mojigata manirrota.*

—Quizá un día de estos, cuando vuelva a Inglaterra, pueda usted presentármela —dijo él, tragando saliva, y escondió su retrato en un cajón.

«Vaya, vaya —pensé yo—, quién lo hubiera pensado: el loco asesino de piratas y amante de las rosas, enamorado del retrato de Angie Coutts... Apuesto a que cada vez que lo contempla, las jovencitas dayak tienen que salir corriendo para ponerse a cubierto».

Seguramente le dije algo por el estilo, con mi habitual buen gusto, aquella misma tarde a Stuart, sin duda acompañando mis palabras con un malicioso codazo a lo Flashy, pero él era tan inocente que simplemente meneó la cabeza y suspiró profundamente.

* Angela Georgina Burdett-Coutts (1814-1906), «la heredera más rica de toda Inglaterra, disfrutaba de una fama... que solo la superaba la de la reina Victoria». Dedicó su vida y la vasta fortuna heredada de su abuelo, el banquero Thomas Coutts, en incontables obras de caridad y buenas causas, patrocinó la construcción de escuelas, casas y hospitales, y proporcionó fondos para proyectos tan diversos como el alivio de la hambruna de Irlanda, becas universitarias, abrevaderos y exploraciones coloniales. Livingstone, Stanley y Brooke se contaban entre los pioneros a quienes ayudó. Fue la primera mujer en alcanzar el título de par por sus servicios públicos, y contaba entre sus amigos a Wellington, Faraday, Disraeli, Gladstone, Daniel Webster y Dickens, que le dedicó su obra *Martin Chuzzlewit.*

La combinación de su belleza, encanto e inmensa fortuna atrajo a innumerables pretendientes, pero ella no pareció sentir inclinación alguna hacia el matrimonio hasta que conoció a Brooke y «se enamoró locamente de él». Según la tradición, fue ella quien le propuso matrimonio a él y fue cortésmente rechazada (véase la nota siguiente), pero siguieron siendo buenos amigos. Se dijo que estuvo dispuesta a obtener el reconocimiento oficial de Sarawak. Finalmente se casó, ya sesentona, con el americano William Ashmead-Bartlett. Está enterrada en la abadía de Westminster. (Véanse *Raja Brooke and Baroness Burdett-Coutts, Letters,* editadas por Owen Rutter, y el *Dictionary of National Biography).* La memoria de Flashman lo ha traicionado en un pequeño detalle: es posible que hubiera conocido a la señorita Coutts, pero no en «Stratton Street», ella no residió allí hasta finales de la década de los cuarenta.

—¿Miss Burdett-Coutts? —dijo—. Pobre J. B. Me ha contado su profunda consideración por ella, aunque es un hombre muy reservado con estas cosas. Me atrevo a decir que hubieran hecho una magnífica pareja, pero no puede ser, por supuesto... aunque él realizase su ambición de conocerla.

—¿Por qué no? Él es un chico muy agradable, del tipo que puede interesar a una romántica como la joven Angie. Sí, yo creo que harían muy buena pareja —aquí salió, como ven la amable vieja celestina que hay en Flash.

—Imposible —dijo Stuart, y se le puso la cara roja y dudó—. Verá, es una cosa muy fuerte. El caso es que J. B. no se puede casar nunca. No lo hará, es imposible.

«Vaya —pensé yo—, no será otro de los de la acera de enfrente, ¿verdad? Nunca lo habría imaginado».

—Nunca lo mencionamos, por supuesto —dijo Stuart, incómodo—, pero usted debería saberlo, por si en la conversación, usted sin querer hiciera alguna referencia que pudiera... herirlo. Fue en Birmania, ¿sabe?, cuando estaba en el ejército. Recibió una herida en combate... que lo incapacita. Se dijo que había sido una bala en el pulmón, pero de hecho... no lo fue.

—¡Dios mío!, ¿no querrá decir —exclamé yo, francamente pasmado —que le dispararon en el pito?

—Olvidémoslo ya —repuso él, pero puedo asegurarles que no pude dejar de pensar en ello durante el resto de la noche. Pobre rajá blanco... Quiero decir que yo soy un tipo bastante curtido, pero hay algunas tragedias que realmente rompen el corazón. Loco por esa deliciosa pequeña saltarina de Angie Coutts, gobernante de un país repleto de jugosos ejemplares oscuritos deseando que él ejercitara sus derechos de señor, y allí estaba él con el mango roto. Realmente era conmovedor. Pero bueno, si J. B. era el primer hombre en rescatar a Elspeth, al menos ella estaría a salvo.*

* La verdad acerca de la herida de Brooke en Birmania está lejos de resultar clara. Todo lo que podemos decir con certeza es que la recibió durante su servicio en el ejército bengalí en la campaña de Assam (1823-1825) al frente de una unidad de la caballería del país y recibió un disparo mientras cargaban contra una empalizada. Sus principales biógrafos, Gertrude Jacob

Era una idea estupenda, porque aquella misma tarde en The Grove mantuvimos un consejo en el cual Brooke anunció su plan de operaciones. Siguió la cena más formal a la que he asistido nunca... pero así era Brooke: antes, mientras tomábamos unas copas en la veranda él reía y bromeaba, jugando a pídola con Stuart y Crimble e incluso con el hosco Paitingi, y apostó a que podía saltar por encima de todos, uno detrás de otro, con un vaso en una mano y sin derramar ni una gota. Pero cuando sonó la campana, todo el mundo se quedó quieto y desfiló silenciosamente hacia el salón.

Todavía puedo verlo. Brooke a la cabecera de la mesa en su sillón, muy tieso, con el cuello blanco, negro pañuelo al cuello cuidadosamente anudado, chaqueta negra y puños rizados, la bronceada cara impaciente y grave por una vez, y lo único fuera de lugar sus desordenados rizos negros: nunca podía conseguir que se mantuvieran bien peinados. A un lado tenía a Keppel, con el uniforme completo: levita, charreteras y su mejor corbata negra, con un aspecto

y Spenser St. John, dicen que lo hirieron en el pulmón; de acuerdo con la señora Jacob, no le extrajeron la bala hasta un año después, y fue conservada en un recipiente de cristal por la madre de Brooke. Por otra parte, Owen Rutter cita a John Dill Ross, cuyo padre conocía bien a Brooke, como una autoridad para la historia de que la herida fue en los genitales. Si esto es cierto, concuerda con el supuesto rechazo de Brooke de la señorita Burdett-Coutts, y con el hecho de que él nunca se casara.

Es posible también, por supuesto, que Jacob y St. John no conocieran la verdadera naturaleza de la herida de Brooke (aunque parece improbable en el caso de St. John, que era amigo íntimo de Brooke y secretario suyo en Sarawak), o que simplemente fueran delicados. Hay notas en sus biografías que pueden admitir diversas interpretaciones: St. John, por ejemplo, dice que durante la convalecencia de su herida, Brooke estaba «absorto en pensamientos melancólicos, y a menudo deseaba estar solo», pero esto no es necesariamente significativo... Cualquier hombre joven con una herida que hubiera terminado con su carrera militar podía sentirse abatido. Tanto Jacob como St. John, por otra parte, refieren que Brooke estuvo enamorado y brevemente comprometido (con la hija de un predicador de Bath) después de su herida, y St. John añade que «a partir de entonces él pareció haber renunciado a los halagos femeninos». Sería peligroso extraer conclusiones de tan problemáticas pruebas, o de lo que se conoce del carácter y la conducta de Brooke; Flashman, naturalmente, estaba dispuesto a creer lo peor.

soñoliento y solemne; Stuart y yo con los pantalones más limpios que pudimos conseguir; Charlie Wade, el lugarteniente de Keppel; Paitingi Alí, muy guapo con una blusa de cuadros escoceses oscuros guarnecida de oro y una gran faja carmesí, y Crimble, otro lugarteniente de Brooke, que llevaba levita y chaleco de fantasía. Había un camarero malayo detrás de cada silla, y en el rincón, silencioso pero sin perder detalle, con su cara maliciosa, estaba Jingo. Incluso él había cambiado su taparrabos por un *sarong* plateado, llevaba unas plumas en el cabello que decoraban los dardos de su *sumpitan,*[*] que estaba bien visible, apoyado contra la pared. Nunca lo vi sin él, o sin el pequeño carcaj de bambú para sus horribles dardos.

No recuerdo gran cosa de la cena, excepto que la comida era buena y el vino execrable, que la conversación consistió en una interminable perorata de Brooke, y como suele ocurrir con los hombres de acción, su charla tenía todas las cualidades necesarias para un completo y total aburrimiento.

—No habrá ningún misionero en Borneo si puedo evitarlo —recuerdo que dijo—, porque solo hay dos clases de misioneros: malos y norteamericanos. Los malos meten a la fuerza la cristiandad por las gargantas de los nativos y les dicen que sus dioses son falsos…

—Que lo son —dijo Keppel tranquilamente.

—Por supuesto, pero un caballero no debe decirles eso —contestó Brooke—. Los yanquis, en cambio, sí que lo hacen bien: se dedican a la medicina y la educación, y no hablan de religión ni de política. No tratan a los nativos como seres inferiores… Ahí es donde nos equivocamos en la India —dijo, señalándome con el dedo, como si yo hubiera diseñado la política británica—. Hemos hecho que fueran conscientes de su inferioridad, lo cual es una gran locura. Después de todo, si uno tiene un hermano más joven y más débil, lo *anima* a pensar que puede correr tan rápidamente como uno o saltar igual de lejos sin hacer una competición, ¿verdad? Él *sabe* que no puede, pero eso no importa. De la misma manera, los nativos *saben* que son inferiores, pero te querrán mucho más si piensan que tú no eres consciente de ello.

—Bueno, puedes tener razón —dijo Charlie Wade, que era irlandés—, pero por todos los demonios, no veo cómo puedes esperar

* Cerbatana.

162

nunca que crezcan, a ese ritmo, o que alcancen algún respeto por sí mismos.

—No puedes —dijo Brooke con brusquedad—. Ningún asiático está preparado para gobernar, de ningún modo.

—¿Y los europeos sí? —preguntó Paitingi, resoplando.

—Solo para gobernar a los asiáticos —replicó Brooke—. Una copa de vino para usted, Flashman. Pero te diré esto, Paitingi… solo puedes gobernar a los asiáticos viviendo entre ellos. No puedes gobernarlos desde Londres, París o Lisboa…

—¿Ah no?, ¿y desde Dundee? —preguntó Paitingi, acariciándose la roja barba, y cuando las carcajadas se hubieron apagado, Brooke exclamó:

—¡Pero si tú, viejo pagano, nunca has estado más cerca de Dundee que de Port Said! Observe —me dijo a mí— que en el viejo Paitingi tiene la última floración de una mezcla de este y oeste… un padre árabe-malayo y una madre de Caledonia. ¡Ah!, el cruel destino de los mestizos, ha perdido cincuenta años tratando de reconciliar el Kirk con el Corán.

—No son tan diferentes —apostilló Paitingi— y al menos los dos son muy superiores al Libro de las Plegarias.

Me hacía gracia ver la forma en que discutían, como solo lo hacen los amigos muy íntimos. Brooke obviamente tenía un inmenso respeto por Paitingi Alí; sin embargo, ahora que la charla había tocado el tema de la religión, empezó a predicar de nuevo con una interminable disertación acerca de cómo había escrito recientemente un documento contra el artículo 90 de los «Versículos de Oxford», que no sé qué puede ser eso, y que duró hasta el final de la cena. Entonces, con la debida solemnidad, propuso un brindis por la reina, que se hizo sentados y borrachos, a la moda de la Marina, y mientras el resto de nosotros hablaba y fumaba, Brooke dirigió una pequeña ceremonia particular que, supongo, explicaba mejor que cualquier otra cosa la autoridad que tenía él con sus súbditos nativos.

Durante toda la comida había venido pasando una cosa muy curiosa. Mientras los platos y el vino llegaban con la debida ceremonia y nosotros les íbamos haciendo los honores, noté que de vez en cuando un malayo, dayak o mestizo entraba en la habitación, tocaba la mano de Brooke al pasar junto a su silla y luego se ponía en cuclillas pegado a la pared, al lado de Jingo. Nadie les hacía el menor caso; parecían ser gentes de todas clases, desde un tipo muy pobre casi desnudo hasta un malayo bien vestido con *sarong* dorado y gorro; todos iban bien armados. Supe más tarde que era un gran insulto presentarse ante el Rajá Blanco sin los «cris», que son esos extraños cuchillos de hoja ondulada de aquella gente.

De todos modos, mientras el resto de nosotros nos emborrachábamos, Brooke volvió su silla, llamó a cada solicitante por turno y habló con ellos tranquilamente en malayo. Uno tras otro fueron a postrarse ante él, exponiéndole sus casos o contándole sus historias, mientras él escuchaba, inclinándose hacia adelante con los codos en las rodillas, asintiendo atentamente. Luego dictaba sentencia tranquilamente, y ellos le tocaban de nuevo las manos y se iban, como si el resto de nosotros no hubiéramos estado allí siquiera. Cuando le pregunté más tarde a Stuart por aquello, me dijo: «Oh, así es cómo J. B. gobierna Sarawak. Sencillo, ¿verdad?».[*]

Cuando el último nativo se marchó, Brooke se quedó sentado pensativo durante un par de minutos y luego se inclinó sobre la mesa.

[*] Fuera cual fuese la opinión que Brooke le mereciera a Flashman, este ha relatado con toda honestidad el ambiente que rodeaba al rajá blanco y su tertulia. La descripción de los muebles y la vida diaria de The Grove, las cenas formales, la recepción de peticionarios, incluso su interés por la jardinería, su gusto por los sillones confortables y los periódicos de casa, y su excéntrico hábito de jugar a pídola se confirman a través de otras fuentes. Mucho más importante es que prácticamente todas las opiniones que él expresó en presencia de Flashman, a través de su narración, se encuentran en otros lugares de los propios escritos de Brooke. Su visión de los pueblos nativos, la piratería, el futuro de Borneo, los misioneros, el desarrollo colonial, la religión y la ética, los honores y las condecoraciones, las ambiciones personales y los gustos privados… toda la filosofía de este hombre notable, de hecho, está contenida extensamente en sus diarios y cartas, y su conversación tal como fue registrada por Flashman lo refleja adecuadamente, incluso con idénticas palabras. El estilo de su charla parece ser que fue como el de sus escritos, brillante, confiado, animado y altamente obstinado (véanse los escritos de Brooke tal como aparecen citados en St. John, Jacob *et al*).

—No hay canciones esta noche —dijo—. Negocios. Veamos el mapa, Crimble —nos apiñamos alrededor, las lámparas encendidas reflejaban su luz en el círculo de caras bronceadas por el sol bajo la espiral de humo del cigarro, y Brooke daba golpecitos en la mesa. Sentí cómo se me tensaban los músculos del vientre.

—Sabemos lo que hay que hacer, caballeros —exclamó—, y añadiré que la tarea es tal que enciende una chispa en el corazón de cada uno de nosotros. Una encantadora y gentil dama, la amada esposa de uno de nosotros, está en manos de un pirata sanguinario; hay que salvarla y destruirlo a él. Gracias a Dios, sabemos dónde está la presa, a menos de cien kilómetros de donde estamos nosotros, en el Batang Lupar, el mayor escondite de ladrones de estas islas, salvo el propio Mindanao. Mirad —su dedo apuñalaba el mapa—, primero, Sharif Jaffir y su flota esclavista, en Fort Linga; más allá, la gran fortaleza de Sharif Sahib en Patusan; más allá todavía, en Undup, el hueso más duro de roer… la fortaleza de los piratas Skrang bajo Sharif Muller. ¿Hubo acaso alguna vez una colección más selecta de villanos en río alguno? Añadamos a ellos ahora al diablo más diablo de todos, Suleiman Usman, que ha secuestrado a la señora Flashman de una manera cobarde. Ella es la clave de su vil plan, caballeros, porque sabe que nosotros no la dejaremos en sus garras ni una hora más de lo imprescindible —le dio a mi hombro un viril apretón; todo el mundo tuvo mucho cuidado de evitar mis ojos—. Él se da cuenta de que la caballerosidad no nos permitirá esperar. Usted lo conoce, Flashman, ¿no es así como razonará su mente intrigante?

Yo no lo dudaba, y así lo dije.

—Ha ganado una fortuna en la ciudad, y juega al *single-wicket* de forma condenadamente sucia —añadí, y Brooke asintió comprensivamente.

—Él sabe que no me atreveré a retrasarlo, aunque esto signifique ir tras él únicamente con la pequeña fuerza que tengo aquí: cincuenta praos y dos mil hombres, un tercio de los cuales debo dejarlos en la guarnición de Kuching. Aun así, Usman sabe que tardaré al menos una semana en prepararme, una semana durante la cual él puede reunir sus praos y sus salvajes, tomarnos el número y preparar sus emboscadas a lo largo del Lupar, confiando en que nosotros caigamos en ellas medio armados y mal preparados...

—¡Detente, antes de que empiece a desear estar de su parte! —murmuró Wade, y Brooke rio a su manera presuntuosa, y se echó hacia atrás los negros rizos.

—¡Bueno, él nos borrará del mapa hasta el último hombre! —gritó—. Ese es su maldito plan. Eso —y él nos sonrió complaciente a todos nosotros— es lo que piensa Suleiman Usman.

Paitingi suspiró.

—Pero, por supuesto, está equivocado ese pobre ignorante —dijo con fuerte sarcasmo—. Nos dirás por qué.

—¡Puedes apostar la banca contra cualquier bobada a que está equivocado! —exclamó Brooke, con la cara encendida de fuerza y excitación—. Nos espera dentro de una semana... ¡y nos tendrá allí dentro de dos días! Nos espera con dos tercios de nuestras fuerzas... bueno, ¡pues las verá todas! Pienso reunir todos los hombres y armas del Kuching y dejarlo indefenso. ¡Lo arriesgaré todo en esta jugada! —Nos miró rebosando de alegría y radiante de confianza—. Sorpresa, señores... ¡esa es la cuestión! ¡Vaya a coger a ese cobarde mientras duerme la siesta antes de que tienda sus infernales redes! ¿Qué decís?

Yo sé lo que tenía que haber dicho, si hubiera hablado entonces. Nunca había oído cosas tan absurdas en toda mi vida, y tampoco los demás, por lo que parecía. Paitingi resopló.

—¡Estás loco! No funcionará.

—Ya lo sé, amigo —sonrió Brooke—. Pero, ¿qué hacemos si no?

—¡Tú mismo lo has dicho! Hay un centenar de kilómetros río arriba entre el mar y la ensenada de Skrang, todos repletos de piratas metro a metro, tratantes de esclavos, *nata-hutan** y cazadores de cabezas a miles, toda la corriente atestada de praos de guerra y *bankongs,* ¡por no decir nada de los fuertes! ¿Sorpresa, dices? ¡Por Eblis, yo sé quién será el sorprendido! Hemos luchado un poco en el río, pero esto... —Hizo un gesto con su gran mano roja—. Sin una expedición bien preparada y con fuerza... es una locura, una fatalidad.

* «Demonios del bosque», es decir, los que usan el *sumpitan.*

166

—Tiene razón, J. B. —dijo Keppel—. De todos modos, incluso fuerzas menores que pudiéramos reunir no estarían listas en menos de dos días.

—Sí, pueden. En uno, si es necesario.

—Bueno, aun así, puedes dejar Fort Linga indefenso, pero cuando lo sepan estarán esperándote río arriba.

—¡No a la velocidad que me muevo! —exclamó Brooke—. ¡El mensajero que lleve las noticias desde Linga a Patusan nos tendrá pisándole los talones! ¡Nos los llevaremos a todos por delante, todo el camino hacia el Skrang si es necesario!

—¿Pero y el Kuching? —protestó Stuart—. Los Balagnini o esos condenados Lanun pueden arrasarlo mientras nos hemos ido.

—¡Nunca! —Brooke estaba exultante—. ¡Nunca sabrán que está desprotegido! Y supón que lo hicieran, solo tenemos que empezar de nuevo, ¿verdad? Hablas de las probabilidades contra nosotros en el Lupar. ¿Eran mejores acaso en Seribas o en Murdu? ¿Eran mejores cuando tú y yo, George, tomamos todo Sarawak con seis cañones y un yate de placer estropeado? ¡Se lo repito, caballeros, puedo tener este asunto resuelto en quince días! ¿Dudan de mí acaso? ¿He fallado alguna vez?, ¿fallaré ahora, cuando hay una pobre y débil criatura que debe ser rescatada y yo, un británico, oigo sus súplicas?, ¿cuando tengo los valientes corazones y las buenas quillas necesarios para conseguirlo, y aplastar a ese enjambre de avispas, antes de que puedan enviar sus malditos mensajes? ¿Qué? ¡Se lo repito, todos los barcos de la reina y todos los hombres de la reina no podrían tener una oportunidad semejante,* y yo quiero y voy a aprovecharla!

Nunca había visto una cosa igual, aunque lo he visto más veces de las que puedo contar a partir de entonces. Un hombre loco como una regadera y borracho de orgullo, arrastrando a gente sensata en contra de su voluntad y de su juicio. El chino Gordon podía hacerlo, y Yakub Beg el Kirguiz; también podían J. E. B. Stuart y aquel todopoderoso maníaco de George Custer. Él y Brooke podían haber formado un club. Puedo verle todavía; erguido, con la cabeza echada hacia atrás, los ojos relampagueantes, como un actor de los malos

---

* Brooke había escrito estas palabras textualmente en su diario solo unos pocos días antes.

declamando el parlamento de Agincourt a una multitud de patanes en un teatrillo ambulante, en alguna aldea remota. No creo que los convenciera, a Stuart y Crimble quizá, pero no a Keppel ni a los otros; ciertamente no a Paitingi. Pero no podían resistírsele, a él o a la fuerza que emanaba de él. Iba a conseguir lo que quería, y ellos lo sabían. Se quedaron silenciosos; Keppel, creo, estaba molesto. Entonces Paitingi dijo:

—Bueno. Querrás que me haga cargo de los barcos espías, supongo.

Aquello decidió la cuestión, e inmediatamente Brooke se tranquilizó, y empezaron a discutir ardientemente modos y maneras, mientras yo allí sentado contemplaba todo el horror de la cosa y me preguntaba cómo escabullirme. Estaba claro que iban derechos a la catástrofe, arrastrándome a mí con ellos, y no se podía hacer nada al respecto. Di vueltas en mi mente a una docena de planes, desde fingir locura hasta huir simplemente; por fin, cuando todos menos Brooke salieron corriendo para empezar los preparativos que iban a llevar a cabo por la noche y al día siguiente, hice un débil intento de disuadirlo de su estúpida propuesta.

—Quizá —sugerí tímidamente— sea posible pagar un rescate por Elspeth; he oído que tales cosas se hacen entre los piratas orientales, y el viejo Morrison es tan rico que le encantaría…

—¿Qué? —exclamó Brooke, con la frente nublada—. ¿Tratar con semejantes bellacos? ¡Nunca! No contemplaré tales… ¡Ah, ya comprendo lo que pasa! —De repente se volvió todo compasión, y puso una mano en mi brazo—. Usted teme por la seguridad de su amada, cuando llegue la batalla. No debe temer nada, amigo mío; ella no sufrirá ningún daño.

Estaba más allá de mi alcance cómo podía él garantizarlo, pero entonces me lo explicó, y le di mi palabra de que creía lo que me estaba diciendo. Me hizo sentar en mi silla y me sirvió un vaso de licor.

—Es bastante natural, Flashman, que usted crea que los motivos de esos piratas son del tipo más oscuro… en lo que se refiere a su mujer. En realidad, por lo que he oído de la gracia y encanto de su persona, son tales que bien podrían excitar…, sí, podrían despertar… bueno, una pasión indigna… en una persona indigna, sí

—dudó un poco y tomó un sorbo de su vaso, preguntándose cómo abordar la posibilidad de que ella fuera violada sin causarme una angustia innecesaria. Al final, estalló—: ¡No lo hará! Quiero decir que no puedo creer que abusen de ella, de ninguna forma, ya me entiende. Confío en que ella sea solo una prenda en un juego que ha sido planeado con astucia maquiavélica, usándola como cebo para destruirme. Ese —dijo aquel lunático engreído cabeza de serrín— es el verdadero propósito, porque él y los de su calaña no pueden tener seguridad mientras yo viva. Sus designios no van principalmente contra ella, de eso estoy seguro. Por una cuestión, y es que él ya está casado, ¿sabe? ¡Oh, sí, he recogido mucha información en los días pasados!, y es verdad, hace cinco años tomó como esposa a la hija del sultán de Sulú, y aunque los musulmanes no son monógamos, por supuesto —continuó gravemente—, no hay razones para creer que su unión no sea... feliz —dio un paseíto por la habitación, mientras yo abría la boca, sin habla—. Así que estoy seguro de que su querida esposa está perfectamente a salvo de cualquier... posibilidad. Cualquier posibilidad... —movió su copa, salpicando licor por todas partes— de alguna cosa horrible, ya sabe.

Bueno, eso fue lo que dijo, y yo hecho polvo. No podía dar crédito a mis oídos. Por un momento, me pregunté si el hecho de haber perdido su músculo del amor le habría afectado también al cerebro; entonces me di cuenta de que, a su manera incomparablemente estúpida, me decía todas aquellas bobadas para tranquilizarme. Posiblemente él pensaba que yo estaba tan alterado que podría creerme cualquier cosa, como por ejemplo que un tipo que ya tiene una mujer nunca pensaría en seducir a otra. Quizá incluso él mismo lo creyera.

—Se la devolveremos... —buscaba una palabra adecuada, y encontró una—: inmaculada, puede confiar en ello. En realidad, estoy seguro de que su preservación debe ser la primera preocupación de ese hombre, ya que debe saber las terroríficas repercusiones que tendría el hecho de que le ocurriera a ella el más mínimo daño, o en la violencia de la batalla o... de cualquier otra forma. Y después de todo —dijo, al parecer bastante impresionado con la idea—, puede ser un pirata, pero ha sido educado como un caballero inglés. No puedo creer que sea absolutamente insensible a cualquier rastro de honor. Aunque se haya convertido en otra cosa, y déjeme llenarle el vaso, amigo mío, debemos recordar que hubo un tiempo en el que fue... uno de nosotros. Creo que usted puede consolarse con ese pensamiento, ¿verdad?

[Extracto del diario de la señora Flashman. Agosto de 1844.]

Ahora estoy más allá de toda esperanza, y *completamente desolada* en mi cautividad, como el prisionero de Chillon, solo que él estaba en una mazmorra y yo estoy en un vapor; ¡lo cual, estoy segura, es *mil veces* peor, porque al menos en un calabozo uno está tranquilo, y no es consciente de que lo están llevando fuera del alcance de los queridos amigos! Una semana he estado *en cautividad*... ¡y parece todo un año! Solo puedo lamentarme por mi *perdido amor,* y esperar con terror lo que el destino me tenga reservado a manos de mi *implacable secuestrador.* Me tiemblan las rodillas ante este pensamiento y me falla el corazón... ¡cuán envidiable parece la suerte del prisionero de Chillon (ver más arriba), porque no había tal temor pendiendo sobre su cautividad, y al menos tenía ratones con los que jugar, dejando que le rozasen las manos con sus rugosas naricillas con *simpatía!* Aunque a decir verdad no me gustan los ratones, pero tampoco me gustan los odiosos nativos que me traen la comida, que no puedo comer de ninguna manera, aunque los últimos días han añadido algunos frutos exquisitos a mi dieta, cuando llegamos a la vista de tierra, como vi desde mi portilla. ¿Será esta *extraña* y *hostil* costa tropical el escenario de mi cautividad? ¿Seré vendida en territorio indio? ¡Oh, querido padre y *amable, noble,* generoso H., os he perdido para siempre!

Pero tal pérdida no es peor que la ansiedad que *estraga* mi cerebro. Desde el primer y *espantoso* día de mi secuestro no he visto a don S., lo cual al principio supuse que era porque él era presa de tal vergüenza y remordimientos que no podía mirarme a los ojos. Yo me lo imaginaba sin descanso en la proa, atormentado por su conciencia, mordiéndose las uñas y ajeno a las peticiones de órdenes de sus marineros, mientras el barco surcaba las olas descuidado. Oh, ¡cómo se merecía él esos tormentos! Y sin embargo es *extremadamente extraño,* después de sus apasionadas protestas, que él se contuviera durante *siete días enteros* de verme a mí, el objeto de su locura. ¡No lo entendía, porque no creo que sintiera remordimientos en absoluto, y los asuntos del barco no debían ocuparle todo el tiempo, seguramente! ¿Por qué, entonces, no ha venido el cruel miserable a contemplar a su indefensa presa, y burlarse de su *triste estado?* Porque mi vestido de tafetán blanco está ya bastante estropeado, y hace un *calor tan opresivo* en mi cabina que por fuerza he tenido que descartarlo a favor de uno de esos vestidos nativos llamados *sarongas,* que me ha suministrado la *furtiva* chinita que me cuida, una criatura amarillenta y que no habla ni una palabra de inglés, pero no tan torpe como algunas que he conocido. Tengo un *saronga* de seda roja que es, creo, el más apropiado, y otro azul con bordados en oro, bastante bonito, pero por supuesto son muy *sencillos* y *ligeros,* y no convendrían en absoluto para un vestido europeo, excepto para un *déshabillé.* Pero a esto me he visto reducida, y el tacón de mi zapato izquierdo se rompió, así que he tenido que abandonarlos los dos, y no tengo artículos de *toilette* adecuados, y mi cabello es un *auténtico* espanto. ¡Don S. es un bruto y una bestia, primero por secuestrarme, y luego por ser tan insensible como para *desatenderme* en estas condiciones penosas!

Post Meridiem P. M.

¡*Él* ha venido al fin, y estoy muy *alterada!* Mientras estaba reparando lo mejor que podía los *estragos* ligeros desórdenes en mi aspecto que mi cruel *confinamiento* ha traído consigo, y viendo cómo podía mi *saronga* (la roja) caer con unos pliegues más elegantes, porque es una *norma excelen-*

te que en todas las circunstancias una dama debe sacar el mejor partido posible de cada situación y luchar para presentar una apariencia serena, me di cuenta de su presencia súbitamente. Ante mi incipiente protesta, él replicó con un insinuante cumplido acerca de lo bien que me sentaba el *saronga,* y con una mirada de tan *ardiente deseo* que eché de menos inmediatamente mi pobre vestido de tafetán estropeado, temiendo que el deshonesto ardor de verme con el traje nativo pudiera excitarle. A mis inmediatas e insistentes demandas de que debía llevarme a casa inmediatamente, y mis recriminaciones por su *escandaloso trato* y su forma de *descuidarme,* ¡él replicó con la mayor calma y odiosas solicitaciones de mi comodidad! Yo repliqué con helado desdén: «¡Devuélvame al instante a mi familia y quédese con sus tediosas comodidades!». Él recibió este desaire con *bastante descaro,* y dijo que yo debía abandonar para siempre esas esperanzas.

—¿Cómo? —exclamé yo—, ¿me negará incluso la ropa adecuada y los necesarios artículos de tocador, y un cambio de ropa de cama cada día, y una adecuada variedad de la dieta, en lugar de cerdo asado, del cual estoy *absolutamente harta,* y un adecuado aireamiento y limpieza de mi habitación?

—No, no —protestó él—, esas cosas las tendrá, y cualquier otra cosa que desee, pero en cuanto a volver con su familia, eso no puede ser, ¡porque *la suerte está echada!*

—¡Eso ya lo veremos, amigo! —grité yo, disimulando el terror que sus modales torvos e implacables inspiraban en mi pecho estremecido, y haciéndole frente de forma osada, ante lo cual, para mi asombro, él cayó de rodillas y tomando mi mano (pero con todo el respeto del mundo) habló de una manera tan conmovedora y solícita, protestando de su adoración y jurando que cuando yo fuera su amada me convertiría en una auténtica reina, y mi deseo más ínfimo sería instantáneamente obedecido, por lo que no pude evitar sentirme conmovida. Viendo que me ablandaba, habló seriamente de la calidez y la camaradería que habíamos compartido los dos, ante lo cual, desdeñando mi propia flaqueza, se me saltaron las lágrimas.

—¿Por qué, oh, por qué, don S., ha tenido usted que estropearlo todo con esta conducta *irreflexiva* y *descortés,* después de un crucero tan encantador? —exclamé—. ¡Esto es de lo más ofensivo por su parte!

—¡No podía soportar la tortura de verla poseída por otro! —gritó él.

Yo pregunté:

—¿*Qué, por quién,* qué quiere decir, don S.?

—¡Su marido! —exclamó él—, pero, por todos los demonios, ¡ya no será su marido nunca más! —y levantándose de repente, gritó que mi espíritu era tan incomparable como mi belleza, que alabó en términos que *no puedo* forzarme a *repetir,* aunque me atrevería a decir que el cumplido fue intencionadamente amable, y añadió con orgullo que él *me ganaría,* a cualquier precio. A pesar de mis luchas y mis reproches, y *débiles gritos* de auxilio que yo sabía no podía estar próximo, él me sujetó repetidamente al *asalto* de sus *caricias* en mis labios, tan fervientemente que *me desvanecí* en un misericordioso desmayo de entre cinco y diez minutos, después del cual, por la intervención del cielo, uno de sus marineros lo llamó al puente, dejándome, con repetidos votos de fidelidad, en un estado de *perturbada debilidad.* No hay *todavía* signo de persecución por H., lo cual yo había esperado tan ardientemente. Me veo, pues, olvidada de aquellos a quienes más amo, ¿no hay en verdad *ninguna esperanza?* ¿Estoy condenada a ser arrastrada para siempre, o don S. se arrepentirá de la inmoderada estimación que he despertado en él… vaya, por mi simple aspecto exterior, que lo condujo a su *desmesurada locura?* Yo ruego que sea así, y a cada hora lamento —no, maldigo— esa perfección de formas y rasgos de la cual una vez estuve tan orgullosa. Ah, ¿por qué no podía haber nacido *segura* y *fea* como mi querida hermana Agnes, o nuestra Mary, que incluso es menos favorecida, aunque sus rasgos no están del todo mal, o…*

¡Oh, mis tres dulces hermanitas, que estáis lejos de mi esperanza y en mi recuerdo! ¡Si pudierais conocer mi aflicción y compadecerme! ¿Pero *dónde estará* H.? Don S. me ha enviado un gran ramo de flores a mi cabina, capullos silvestres, bonitos, pero muy *chillones*.

[¡Final del extracto, increíble por su desvergüenza, hipocresía y presunción *injustificadas!* —G. de R.]

---

* Aquí se han borrado completamente un par de líneas en el manuscrito, sin duda para eliminar alguna referencia poco halagüeña a la tercera hermana de lady Flashman, Grizel de Rothschild, que preparó este diario para su edición.

Bajamos por el río Kuching con la marea de la tarde siguiente. Formábamos un gran convoy de barcos mal mezclados navegando silenciosamente entre las barreras abiertas, y bajando entre orillas oscuras y abigarradas en el crepúsculo hacia mar abierto. Cómo había conseguido aquello Brooke, lo ignoro. Creo que se puede leer en su diario, y en el de Keppel, cómo armaron y avituallaron y reunieron su destartalada flota de guerra de cerca de ochenta barcos, cargados con las más increíbles tripulaciones de piratas, salvajes y lunáticos, y los lanzaron al mar de la China como una condenada regata; no recuerdo todo eso con demasiada claridad, porque durante toda una noche y un día estuve en los muelles del Kuching, un verdadero manicomio en el cual, siendo nuevo en el asunto, no desempeñé un papel demasiado útil.

Tengo mis habituales recuerdos inconexos de todo aquello, sin embargo. Recuerdo los largos praos de guerra con sus elevadas quillas y bosque de remos, remolcados uno tras otro a través de la barrera por sudorosos y chillones timoneles malayos, y los aliados nativos del rajá subiendo a bordo: una horda medio desnuda de dayaks, algunos con faldas y *sarongs,* otros con taparrabos y polainas, algunos con turbantes, y otros con plumas en el pelo, pero todos chillando, haciendo muecas y más feos que un pecado, cargados con sus malignos *sumpitanes* y flechas, sus *cris* y sus lanzas, todos preparados para la batalla.

Luego estaban los espadachines malayos que llenaban los sampanes: villanos de cara plana con fusiles y terribles cuchillos *kampilan* de hoja recta en sus cinturones; los marineros británicos con sus guardapolvos de cáñamo y pantalones y sombreros de paja, sus caras rojas haciendo muecas y sudando mientras cargaban el *Dido,* cantando «Whisky, Johnny», halando y pateando el suelo; los silenciosos cañoneros chinos cuya tarea era poner los pequeños cañones en las proas de los sampanes y las chalupas y almacenar los barriles de pólvora y de mechas; los esbeltos piratas linga de piel olivácea que manejaban los barcos exploradores de Paitingi: asombrosas embarcaciones estas, exactamente como piraguas de carreras universitarias, esbeltas agujas frágiles con treinta remos que podían deslizarse por el agua tan rápidos como pueda correr un hombre. Pasaban deprisa entre los otros barcos, los largos, majestuosos praos, el *Dido,* los cúters y lanchas y canoas, el largo balandro *Jolly Bachelor,* que era el propio buque insignia de Brooke, y la joya de nuestra flota, el vapor de paletas de las Indias Orientales *Phlegethon,* con su maciza rueda y su plataforma, y su chimenea arrojando humo. Todos llenaban el río, en una gran confusión de remos, cordajes y trastos, y por encima de todo resonaba el constante coro de maldiciones y órdenes en media docena de lenguas. Parecía como un pícnic de barqueros que se hubieran vuelto locos.

La variedad de armas era la pesadilla de un armador: junto a las que ya he mencionado, había arcos y flechas, todos los tipos imaginables de espadas, hachas y lanzas, modernos rifles; revólveres de seis cañones, pistolas de arzón, de percutor, trabucos de chispa chinos fantásticamente grabados, cañones navales de seis libras, cohetes de Congreve con sus disparadores montados en los castillos de proa de tres de los praos. «Que Dios ayude a quienquiera que se ponga en el camino de esa colección», pensé yo, observando especialmente una buena comparación en la costa: un oficial naval británico con su frac y sombrero impermeable probando el calibre de un par de modernos cañones Manton, y sus casacas azules afilando sus sables con empuñadura de latón con una piedra de afilar, y a un metro de ellos una parloteante banda de dayaks empapando sus dardos *langa* en una caldera burbujeante del horrible blanco veneno *radjun.*

—Veamos cómo tira tu pistola de juguete, Johnny —gritaba uno de los marineros, y balanceaban un corcho de champán en una cuerda como blanco, a veinte metros de distancia; uno de los pequeños brutos sonrientes deslizó un dardo en su *sumpitan,* se lo acercó a la boca y en un parpadeo allá iba el corcho, rebotando en la cuerda, traspasado por la aguja de treinta centímetros de largo.

—¡Demonios! —exclamaba el casaca azul, con reverencia—. ¡No apuntes esa maldita cosa hacia mi espalda!, ¿quieres? —y los otros jaleaban al dayak, y le ofrecían cambiarle por sus artilleros.

Así que ya pueden ver el tipo de flota que James Brooke hizo a la mar desde Kuching la mañana del 5 de agosto de 1844, y si, como yo, han sacudido ustedes la cabeza con desesperación ante la heterogénea mezcolanza que se reunía junto a los muelles, habrían retenido la respiración, incrédulos, si hubieran visto cómo todos ellos se deslizaban en silencioso y disciplinado orden hacia el mar de la China en el amanecer que empezaba a despuntar. Nunca lo olvidaré: el agua de un color púrpura oscuro, rizada por la brisa de la mañana; la enmarañada costa de color verde a un cable de distancia por la derecha; los primeros y cegadores rayos de plata convirtiendo el mar en un derretido lago por delante de nuestras proas mientras la flota se dirigía hacia el este.

Primero fueron los barcos exploradores, diez de ellos en línea a un kilómetro de distancia, pareciendo volar por encima de la superficie del mar, dirigidos por las delgadas antenas de sus remos; luego los praos, en doble columna, con sus velas desplegadas y los grandes remos azotando el agua, con los sampanes y canoas más pequeños detrás; el *Dido* y el *Jolly Bachelor* con las velas desplegadas y, por último, pastoreando el rebaño, el vapor *Phlegethon,* con su gran rueda golpeando pesadamente en el chorro, Brooke pavoneándose bajo su toldilla, como un monarca vigilante, y haciendo discursos al admirado Flashy. No es que yo buscara su compañía, pero como de todos modos tenía que ir, había pensado que sería más seguro pegarme a él como una lapa, en el barco más grande; mi instinto me decía que si alguien volvía a casa con los pies por delante no sería él, y sus raciones probablemente serían mejores. Así que le hice la pelota con mi mejor estilo, y él me aburrió hasta lo indecible a cambio.

—¡Hay algo mejor que inspeccionar los adornos de los estribos en la Guardia Montada! —gritaba alegremente, haciendo un gesto ceremonioso con una mano a nuestra flota, que llenaba el mar iluminado por el sol—. Qué más podría pedir un hombre, ¿eh? Una sólida cubierta bajo los pies, la vieja bandera sobre la cabeza, compañeros valientes a los lados y un duro enemigo ante nosotros. ¡Esto es vida, amigo! —me pareció más probable que era la muerte, pero por supuesto me limité a sonreír y a estar de acuerdo en que así fuera—. y una buena causa por la que luchar —siguió—. Castigar a los malos, defender Sarawak y rescatar a su dama, por supuesto. Sí, esta será una costa más agradable y más limpia cuando hayamos acabado con esto.

Le pregunté si eso quería decir que iba a dedicar su vida a perseguir a los piratas, y él se puso muy solemne, mirando al mar con el viento despeinándole.

—Podría ser muy bien el trabajo de toda una vida —dijo—. Ya sabe, lo que nuestra gente en casa no entiende es que un pirata aquí no es un criminal, en el sentido que nosotros le damos; la piratería es la profesión de las islas, su modo de vida, igual que el comercio o la venta para los ingleses. Así que no es cuestión de erradicar a unos pocos malhechores, sino de cambiar la mentalidad de toda una nación, y dirigirlos hacia objetivos honrados y pacíficos —rio y sacudió la cabeza—. No será fácil... ¿sabe lo que me dijo una vez uno de ellos? (y era un cabecilla inteligente y que había viajado). Me dijo: «Sé que Vuestro sistema británico es bueno, *tuan besar,* he visto Singapur y vuestros soldados y comerciantes y grandes barcos. Pero yo fui educado para saquear, y me río cuando pienso que he despojado a una pacífica tribu hasta de sus cacharros de cocina». Ahora, ¿qué haría usted con un tipo como ese?

—Colgarlo —dijo Wade, que estaba sentado en el puente con el pequeño Charlie Johnson, uno de los hombres de Brooke,* jugando al *main chatter*—.† Era Makota, ¿verdad?

—Sí, Makota —dijo Brooke—, y era el mejor de ellos. Uno de los amigos y aliados más fieles que he tenido en mi vida... hasta que

* Charles Johnson (1829-1917) era sobrino de Brooke, y se convirtió en el segundo rajá blanco a la muerte de su tío en 1868. Tomó el sobrenombre de Brooke, reinó durante casi cincuenta años, extendió las fronteras de Sarawak y se ganó una alta reputación como hombre luchador y gobernador justo. A pesar de su procedencia, era un colonialista con una visión inusualmente clara, que predijo a principios de este siglo el final del imperio y la ascendencia de nuevos poderes orientales como China y Rusia.
† Ajedrez malayo, una variante interesante del juego en la que el rey puede hacer el mismo movimiento que los caballos cuando le dan jaque.

desertó para unirse a los esclavistas Sadong. Ahora él proporciona trabajadores y concubinas a los príncipes de la costa que se supone que son nuestros aliados, pero que en secreto tratan con los piratas por miedo y por provecho. Contra este tipo de cosas tenemos que luchar, aparte de los propios piratas.

—¿Por qué hace esto? —le pregunté, porque a pesar de lo que me había contado Stuart, quería oírselo a él mismo; yo siempre sospecho de esos cruzados contra los bucaneros, ¿saben?—. Quiero decir que tiene Sarawak; ¿eso no le mantiene ya bastante ocupado?

—Es un deber —dijo, como uno podría decir que hace bastante calor para esta época del año—. Supongo que empezó con Sarawak, que al principio me pareció como un niño huérfano, que protegí con dudas y perplejidad, pero que ha recompensado mis desvelos. Yo he liberado a su gente y su comercio, les he dado un código de leyes, he fomentado la industria y la inmigración china, he aplicado solo unos mínimos impuestos y los he protegido de los piratas. Oh, sí, podría ganar una fortuna con todo esto, pero me contento con poco… Como ve, solo hay dos opciones: o soy un hombre de valía, o un simple aventurero que busca el enriquecimiento, y Dios me perdone si nunca he sido esto último. Pero me siento bien recompensado —dijo—, por todas las cosas buenas que administro para mi satisfacción.

«Es una lástima que no puedas ponerle música y cantarlo como si fuera un himno», pensé yo. Al viejo Arnold le habría encantado. Pero todo lo que dije fue que aquel era indudablemente el trabajo del Señor, y que era una verdadera vergüenza que no estuviera reconocido; valía al menos un nombramiento como caballero, diría yo.

—¿Títulos? —exclamó él, sonriendo—. Son como las ropas caras, los halagos de los subordinados y la sopa de tortuga… todo de ligero e igual valor. No, no, soy demasiado tranquilo para ser un héroe. Todo lo que deseo es el bien de Borneo y su gente… Ya he señalado lo que puede hacerse aquí, pero es nuestro gobierno el que debe decidir qué medios, si es que hay alguno, deben poner a mi disposición para extender y desarrollar mi trabajo —sus ojos adoptaron aquel brillo que se ve en los predicadores de campaña y los contables de algunas empresas—. Solo he tocado la superficie aquí… Quiero abrir el interior de esta asombrosa tierra, explotarla para beneficio de su gente, corregir el carácter nativo, mejorar su suerte. Pero ya sabe que nuestros políticos… no se preocupan por los asuntos extranjeros, y son muy precavidos conmigo, ¿sabe?

Volvió a reír.

—Sospechan que estoy haciendo algún trabajo para mi propio beneficio. ¿Qué puedo decirles? Ellos no conocen el país, y las únicas visitas que recibo son breves y oficiales. Bueno, ¿de qué puede enterarse un almirante en una semana? Si sirviera para algo habría inventado un proyecto, nombrado un comité de dirección y celebrado reuniones públicas. «Borneo, Sociedad Limitada», ¿verdad? ¡Eso sí que les habría interesado! Pero sería una equivocación, y solo habría convencido al gobierno de que soy un filibustero: Barba Negra con camisa limpia. No, no, no funcionaría —suspiró—. Y sin embargo, qué orgulloso estaría, algún día, de ver Sarawak y todo Borneo bajo la bandera británica, por su bien, no por el nuestro. Quizá nunca ocurra, y eso es una lástima… pero mientras tanto, tengo una deuda con Sarawak y su gente. Soy su único protector, y si me dejo la vida en el empeño, habré muerto por una causa noble.

Bueno, en mi vida he visto gente complacida de sí misma, y yo mismo he actuado también bastante en esa línea, cuando la ocasión lo requería, pero J. B. ciertamente nos ganaba a todos. Quiero decir que, a diferencia de los hipócritas más arnoldianos, creo que él realmente creía en lo que decía; por lo que yo podía ver, al menos, estaba lo bastante loco para vivir de acuerdo con ello, lo cual cuadra con mi conclusión de que estaba mal de la cabeza. Cuando uno recuerda que excitó la ira de Gladstone…,* eso dice mucho a favor de un tipo, ¿verdad? Pero hasta el momento yo lo consideraba simplemente un presumido más, un mentiroso, un cantante de salmos dedicado a la plegaria y al propio provecho, pero entonces él siguió y lo estropeó todo echándose a reír diciendo:

* W. E. Gladstone fue uno de los políticos liberales que presionaron para que se presentaran cargos contra Brooke por sus acciones crueles, ilegales y excesivas contra los piratas de Borneo. St. John comenta desabridamente: «Las simpatías de James Brooke estaban con las víctimas; Gladstone, con los piratas». (Véase el artículo de Gladstone en «Piratería en Borneo y las operaciones de 1849»).

—¿Sabe?, si no es una buena causa, ¡al menos es de lo más divertido! ¡No sé si hubiera disfrutado ni la mitad de la protección y mejora de Sarawak si no implicara luchar contra esos vagabundos piratas y cazadores de cabezas! Es una suerte para mí que el deber se combine con el placer. Quizá no sea tan diferente de Makota y el resto de estos villanos después de todo. Ellos vagabundean por el placer y el saqueo, y yo me muevo por justicia y deber. Es interesante, ¿no le parece? Creerá que estoy loco —poco sabía la razón que tenía—, pero a veces creo que bellacos como Sharif Sahib y Suleiman Usman y los lobos de mar de Balagnini son los mejores amigos que he tenido. Quizá nuestros parlamentarios radicales tengan razón, y yo sea un pirata de corazón.

—Bueno, la verdad es que pareces uno de ellos, J. B. —dijo Wade, levantándose del tablero—. Jaque mate... He ganado, Charlie. —Fue a la barandilla y señaló, riendo, a los dayaks y malayos que estaban reunidos en la plataforma del prao frente a nosotros—. No tienen exactamente el mismo aspecto que una reunión de la escuela dominical, ¿verdad, Flashman? ¡Son piratas, al fin y al cabo!

—Flashman no ha visto todavía piratas de verdad —dijo Brooke—. Ya apreciará la diferencia.

Lo hice, en efecto, y antes de que acabara el día. Navegamos rápidamente a lo largo de la costa todo el día, con la brisa cálida, mientras el sol se deslizaba y caía como una rosa de color rojo fuego delante de nosotros, y con el aire más fresco de la tarde llegamos al fin al amplio estuario del Batang Lupar. Estaba a unos kilómetros de distancia, y entre las pequeñas islas de selvas impenetrables de su costa occidental fuimos a meternos en el camino de unos escuálidos marineros en sus sampanes maltratados por la intemperie: *orang laut*, los llamaban los malayos, «gitanos del mar», los vagabundos de la costa, que estaban siempre huyendo de un recaudador de impuestos a otro, recogiendo todo lo que podían.

Paitingi trajo a su cabecilla, un salvaje sucio y embarrado, al *Phlegethon* en un barco explorador, y cuando Brooke habló con él me hizo seña de que le siguiera a la embarcación de Paitingi, diciendo que yo debía experimentar la «sensación» de un barco explorador antes de que entráramos en el propio río. No me hacía mucha gracia cómo sonaba aquello, pero tomé asiento tras él en la proa, donde las bordas se alzaban rectas a los dos lados, y uno tenía que colocar los pies con delicadeza por miedo a atravesar limpiamente el ligero casco. Paitingi se agachó detrás de mí y el vigía Linga se puso a horcajadas por encima de mí, un pie en cada borda.

—No me gusta esto en absoluto —dijo Brooke—. Estos *bajoos* dicen que hay poblados ardiendo hacia el Rajang, y que no es natural, cuando los malos se están reuniendo arriba en el Lupar, preparándose para nosotros. Echaremos un vistazo. ¡Vamos!

El airoso barco explorador salió disparado como un dardo, temblando de forma alarmante bajo mis pies, con los treinta remeros empujándonos silenciosamente hacia adelante. Pasamos a través de las pequeñas islas, Brooke mirando hacia la costa lejana, que se desvanecía en el oscuro punto de confluencia. Había una ligera neblina que se descolgaba detrás de nosotros, ocultando nuestra flota, y un gran banco de niebla se iba extendiendo lenta, fantasmalmente, desde el mar, por encima del agua aceitosa. Había una calma mortal, y el aire espeso nos ponía la carne de gallina. Brooke controlaba nuestro paso, y nos deslizábamos bajo el refugio de una ribera de manglares, donde las frondas rezumaban una espectral humedad. Vi la cabeza de Brooke que se volvía de un lado a otro y Paitingi se puso tieso detrás de mí.

—¡*Bismillah*, J. B.! —susurró—. ¡Escucha!

Brooke asintió y yo agucé los oídos, mirando temeroso por encima del agua límpida a la capa de niebla que se arrastraba hacia nosotros. Entonces oí algo: al principio pensé que era mi corazón, pero gradualmente se fue convirtiendo en un regular y vibrante golpeteo que surgía débilmente de la niebla y se hacía cada vez más fuerte. Era melodioso pero horrible, un tamborileo profundo y metálico que erizaba los pelos de mi nuca. Paitingi susurró detrás de mí:

—Tambores de guerra. Quieto, ¡ni siquiera respire!

Brooke hizo un gesto de silencio, y nos escondimos entre las frondas del manglar, esperando sin aliento, mientras aquel infernal sonido crecía hasta convertirse en un lento trueno, y me pareció que detrás de él podía oír también un ruido deslizante, como de una cosa muy grande que pasaba rápidamente. Tenía la boca seca y miré hacia la niebla, esperando ver algo horrible, y súbitamente apareció encima de nosotros, como un tren que se precipita sobre uno desde un túnel, una enorme forma escarlata surgiendo de la niebla. Solo pude echarle un vistazo mientras pasaba, pero está grabada en mi memoria la imagen de aquel largo y brillante casco rojo con su castillo de proa imponente y severo; la plataforma por encima de sus baluartes repleta de hombres: caras amarillas y planas con pañuelos anudados en la frente, cabellos lacios flotando por encima de sus camisas sin mangas; el brillo de las espadas y puntas de lanza, la espantosa línea de esferas blancas que colgaban como una horrible cenefa de proa a popa a través de la plataforma... eran calaveras, cientos de ellas; los grandes remos agitando el agua; las mortecinas antorchas en la popa, los largos gallardetes de seda en la obra muerta retorciéndose en el neblinoso aire como serpientes de colores; la figura de un gigante medio desnudo marcando el compás de los remos en un enorme gong de bronce... y se fue tan rápidamente como había venido, con el sonido retumbando en la niebla mientras se dirigía al Batang Lupar.*

* Una excelente descripción de un prao pirata de mar. Estos barcos, de más de veinte metros de largo, pesadamente armados con cañones y llevando cientos de hombres, eran el azote de las Indias Orientales hasta bien entrado el siglo XIX. Navegando a veces en flotas de cientos desde los grandes nidos de piratas de las Filipinas y el norte de Borneo, hacían presas en alta mar y en ciudades costeras también, en busca de esclavos y botín, y desafiaban las fuerzas navales de Gran Bretaña y Holanda.

Aunque la piratería era general en las islas, las principales asociaciones eran los Balagnini, subvencionados por los príncipes de Borneo a cambio de esclavos y tesoros; los errantes Maluku de Halmahera en las Malucas; los dayaks marinos de los ríos Seribas y Skrang que estaban especializados en cortar cabezas; y los más temidos de todos, los piratas Lanun o Illanun, «los piratas del lago», de Mindanao, cuyos praos podían hacer travesías de tres años y que operaban en el gran mercado de esclavos de Sulú. Aunque la mayoría de los jefes piratas eran de las islas, algunos de ellos, como el amigo de Flashman, Sahib Suleiman Usman, eran árabes mestizos... Usman se tenía por especialmente detestable porque no tenía escrúpulos en reducir a sus propios compañeros árabes a la esclavitud, pero era extremadamente poderoso como jefe de una fuerte confederación de piratas del norte de

El sudor estaba empezando a empaparme mientras esperábamos, y dos praos más como el primero emergieron y desaparecieron en su estela; entonces Brooke miró más allá de mí y de Paitingi.

—Esto es fastidioso —dijo—. Creo que los dos primeros son Lanun, y el tercero Maluku. ¿Qué crees tú?

—Piratas de la laguna de Mindanao —asintió Paitingi—, pero ¿qué demonios están haciendo aquí? —escupió en el agua—. Este es el final de nuestra expedición, J. B., hay mil hombres en cada uno de esos malditos barcos, más de lo que podemos abarcar nosotros, y…

—… y van a unirse a Usman —dijo Brooke. Silbó suavemente para sí, rascándose la cabeza a través del gorro de piloto—. Te diré una cosa, Paitingi… él se lo está tomando en serio, ¿me equivoco?

—Ajá, entonces, paguémosle con la misma moneda. Si volvemos al Kuching por la mañana, podemos colocarnos en posición de defensa, al menos, porque, por las barbas del profeta, vamos a tener un enjambre tal zumbándonos junto a las orejas…

—Nosotros no —dijo Brooke—. Ellos —sus dientes aparecían blancos en la oscuridad creciente; él estaba temblando de excitación—. ¿Sabes qué, amigo? Creo que es justo lo que necesitábamos… ¡ahora ya sé lo que nos espera! ¡Ahora lo he visto con toda claridad… solo había que mirar!

—Ajá, si volvemos a casa a toda marcha…

—¡Nada de volver a casa! —dijo Brooke—. ¡Vamos a atacar esta noche! ¡Venga, adelante!

Por un momento pensé que Paitingi iba a volcar el barco; explotó en un torrente de incredulidad y desaliento, y un montón de recriminaciones sobre los espíritus malignos del Viejo Testamento escocés y los cien nombres de Alá volaron por encima de mi cabeza. Brooke se limitó a reír, agitándose con impaciencia, y Paitingi estaba todavía maldiciendo y discutiendo cuando nuestro barco explorador alcanzó al *Phlegethon* de nuevo. Unas órdenes rápidas trajeron a los comandantes desde los otros barcos, y Brooke, que parecía estar bajo

Borneo, y también a través de su matrimonio con la hija del sultán de Sulú. (Véase Brooke, Marryat, Keppel, Mundy y F. J. Morehead, *History of Malaya*, vol. II).

los efectos de alguna droga estimulante, sostuvo una conferencia en la plataforma a la luz de un solitario farol de seguridad.

—Es el momento, ¡lo intuyo! —dijo—. Esos tres praos de la laguna irán hacia Linga, han estado asesinando y saqueando por la costa todo el día, y no irán más lejos esta noche. Los encontraremos amarrados en Linga mañana al amanecer. Keppel, toma los praos con los cohetes, quema a esos piratas en su fondeadero, desembarca a los casacas azules para asaltar el fuerte y obstruye el río Linga para detener a cualquiera que venga. Encontrarás un poco de lucha con la gente de Jaffir, o mucho me equivoco.

»Mientras tanto, el resto de nosotros seguiremos río arriba, hacia Patusan. Allí es donde encontraremos a los verdaderos ladrones; atacaremos tan pronto como los barcos de Keppel nos hayan alcanzado.

—¿No dejará a nadie en Linga? —preguntó Keppel—. Supongamos que llegan más praos de Mindanao…

—No lo harán —replicó Brooke, confiadamente—. ¡Y si lo hacen, volveremos sobre nuestros pasos y los machacaremos de vuelta a Sulú! —su risa mandó escalofríos a mi espina dorsal—. ¡Venga, Keppel, quiero que esos tres praos sean destruidos completamente, y cada uno de sus tripulantes muertos o puestos en fuga! Empujadlos a la jungla; si tienen esclavos o cautivos, se los llevarán con ellos. Paitingi, tomarás el mando en Linga con un barco explorador. No necesitamos más mientras el río esté todavía vacío. Y ahora, ¿qué hora es?

Debió de ser mi entrenamiento en el ejército, o mi experiencia en Afganistán, donde nadie se atrevía siquiera a orinar sin una aprobación de los superiores; el caso es que ese estilo desenfadado y caótico me asombraba. Íbamos a correr río arriba en la oscuridad, después de ver aquellos tres horrores que habían surgido de la niebla —temblaba ante el recuerdo de las malignas caras amarillas y su espantosa cenefa de calaveras— cortarles el paso y enfrentarnos a cualquier otra horda de asesinos que pudieran estar esperándonos en aquel fuerte de Linga. Aquel hombre estaba loco, ebrio de entusiasmo con sus infantiles ideas de muerte o gloria. ¿Por qué demonios Keppel y los otros tipos cuerdos no le paraban los pies o le echaban por encima de la borda, antes de que nos perdiera a todos? Pero allí estábamos, ajustando los relojes, apenas esbozando alguna pregunta, sugiriendo improvisaciones de una manera informal que me ponía los pelos de punta, y nadie insinuó siquiera la necesidad de una orden por escrito. Brooke reía y daba palmaditas a Keppel en la espalda mientras se dirigía a su chalupa.

—Y ahora ten cuidado, Paitingi —gritó animadamente—, no salgas huyendo por tu cuenta. En cuanto esos praos estén bien iluminados, quiero ver tu vieja y fea cara de vuelta al *Phlegethon*, ¿me oyes? ¡Cuida de él, Stuart! Es un pobre hombre, pero estoy acostumbrado a él.

El barco explorador desapareció en la oscuridad, y oímos el crujido de las chalupas al dispersarse. Brooke se frotó las manos y me dirigió un guiño.

—Ha llegado el día y la hora —dijo—. Charlie Johnson, mándale mis saludos al ingeniero, y dile que quiero más vapor. ¡Tomaremos el fuerte Linga para nuestro *chota hazri!*

Sonaba como los balbuceos de un loco en aquel momento, pero cuando lo recuerdo, me parece bastante razonable… porque como se trataba de J. B., siempre acababa saliéndose con la suya. Pasó toda la noche en la timonera del *Phlegethon*, examinando mapas y bebiendo licor de Batavia, dirigiendo órdenes a Johnson o a Crimble de vez en cuando, y mientras nosotros nos revolvíamos en la oscuridad, los barcos espías venían lanzados desde la neblina y luego se alejaban de nuevo con mensajes para la flota que se extendía a nuestras espaldas; uno de ellos iba escurriéndose aquí y allá entre el *Phlegethon* y los praos de cohetes, que estaban en alguna parte delante de nosotros. No puedo ni imaginar cómo demonios mantuvieron el orden, porque cada barco tenía solo una linterna que iluminaba débilmente a su popa, y la niebla parecía muy espesa en rededor. No había señales, en aquella viscosa oscuridad, de las orillas del río, a más de un kilómetro a cada lado de nosotros, y ningún ruido excepto el regular golpeteo de los motores del *Phlegethon;* la noche era algo fría pero a la vez hacía bochorno, y yo me senté agazapado en insomne aprensión protegido por la timonera, sacando todo el consuelo que podía del conocimiento de que el *Phlegethon* se vería libre a la mañana siguiente.

* Té del desayuno.

Sin embargo, tuvo un asiento de primera fila. A la llegada del alba rosada y pálida, corríamos a toda máquina por el aceitoso río, a apenas un kilómetro de la orilla cubierta de vegetación a estribor, y no se veía nada frente a nosotros excepto un barco explorador, remoloneando por todo el lecho del río. Cuando mirábamos hacia allí, sonó un ruido distante de fusiles procedente de delante, y en el barco explorador brilló una luz azul entre la neblina, apenas visible contra el pálido cielo gris.

—¡Keppel está ahí! —gritó Brooke—. ¡A toda máquina, Charlie! —e inmediatamente después de estas palabras llegó una atronadora explosión que pareció enviar un gran temblor a través del agua turbulenta.

El *Phlegethon* pasó junto al barco explorador, y mientras rodeábamos el recodo, contemplé una visión que no olvidaré nunca. A un kilómetro y medio de distancia, en la costa de la derecha, había un gran claro, con un gran poblado indígena extendiéndose hasta la orilla, y detrás de él, en la franja de la vegetación, un fuerte con empalizada en una ligera elevación, con una bandera verde ondeando sobre sus muros. Había remolinos de humo, de fogatas tempranas, que se elevaban por encima del pueblo, pero abajo, en el propio lecho del río, se elevaba un gran manto de hollín desde el resplandeciente prao de guerra rojo que reconocí como uno de los que había visto la tarde anterior. Llamas anaranjadas crepitaban sobre su alta quilla. Más allá se encontraban los otros dos praos, ligados a la orilla y balanceándose suavemente en la corriente.

Los praos de Keppel se dirigían hacia allí, hacia adelante, como barcos fantasmas flotando en la niebla matinal que remolineaba por encima de la superficie del río. Un humo blanco serpenteaba desde el propio prao de Keppel, y ahora el prao de detrás se balanceó y tembló mientras el fuego parpadeaba en su puente principal, y los rastros blancos de los cohetes Congreve salían velozmente de su costado. Se veían los cohetes ondulando en el aire antes de estallar de lleno en los costados de los barcos anclados. Unas bolas de fuego anaranjadas explotaban en torrentes de humo, y escombros, remos rotos y chispas volaban por el aire. Luego, segundos más tarde, por encima del agua repercutieron las atronadoras explosiones.

Había figuras humanas pululando como hormigas en los barcos piratas atacados, tirándose al río o trepando por la costa; otra salva de cohetes salió sobre el agua humeante, y cuando el humo de las explosiones se aclaró, pudimos ver que los tres blancos estaban ardiendo furiosamente, el más cercano, un pecio llameante, hundiéndose ya en los bajíos. Desde cada una de las embarcaciones de Keppel una chalupa se dirigía hacia la costa, e incluso sin catalejo podía vislumbrar las camisas de cáñamo y los sombreros de paja de nuestros marineros. Mientras los barcos seguían más allá de los pecios llameantes y tocaban la costa, los cohetes de Keppel empezaron a volar con una elevación mayor, hacia el fuerte con empalizadas, pero a aquella distancia los cohetes ondulaban y caían por todas partes, la mayoría de ellos zambulléndose en algún lugar de la selva. Brooke me alargó su catalejo.

—Eso le costará al sultán de Sulú un penique o dos —dijo—. Se lo pensará dos veces antes de mandar a sus coleccionistas de calaveras por aquí de nuevo.

Vi desembarcar a nuestros marineros a través del catalejo: allí estaba la robusta figura de Wade dirigiéndolos a paso rápido atravesando el pueblo hacia el fuerte, los sables brillaban a la luz del amanecer. Detrás, los tripulantes de los barcos estaban sacando los cañones a la costa, manejándolos sobre trineos con ruedas y empujándolos hacia adelante para utilizarlos en el ataque al fuerte. Otros arrastraban escalas de bambú, y desde uno de los barcos desembarcaba un grupo de arqueros malayos con proyectiles de fuego. Yo estaba empezando a tener claro que a su estilo desordenado, Brooke —o quien fuese— conocía su oficio; llevaban el equipo adecuado y se movían con precisión. Los praos de Keppel habían rodeado el recodo y llegaron a la vista de la ciudad en el preciso momento en que había bastante luz para disparar, un poco más tarde y su acercamiento habría sido detectado, y los piratas habrían estado al acecho.

—Me pregunto si Sharif Jaffir se habrá despertado ya, ¿eh? —Brooke daba grandes zancadas por la plataforma, sonriendo como un colegial—. ¿Qué te apuestas, Charlie, a que está huyendo del fuerte ahora mismo, corriendo hacia la selva? Podemos dejárselo a Keppel ahora, creo, ¡y a toda máquina!

Mientras mirábamos, el resto de nuestra flota había pasado y estaba corriendo río arriba, los remos funcionaban a toda marcha y las velas cuadradas de los praos estaban preparadas para recoger la ligera brisa marina. Un barco explorador corría hacia nosotros desde el prao de Keppel, la gruesa figura de Paitingi en la proa; más allá, el pueblo estaba medio escondido entre el humo de los praos piratas, que ardían a la orilla del agua, y los cohetes disparaban de nuevo, esta vez contra los praos más pequeños que estaban reunidos más arriba, cerca de la boca del río Linga. Yo miré hasta que me dolieron los ojos, y antes de que el *Phlegethon* rodeara el siguiente recodo, a un poco más de dos kilómetros corriente arriba, se elevaron unos vítores desde los barcos que nos rodeaban. Yo volví mi catalejo y vi que la bandera verde del fuerte lejano estaba siendo arriada, y la Union Jack estaba ocupando su lugar.

«Bueno —pensé—, si es así de fácil no necesitamos sudar mucho; con un poco de suerte tendrás una travesía tranquila, Flash, amigo mío…», y en aquel preciso momento Brooke apareció a mi lado.

—¿Un trabajo aburrido para usted? —dijo—. No se impaciente, querido amigo, finalmente podrá entrar en acción, ¡cuando lleguemos a Patusan! Allí habrá diversión de la buena, ya lo verá —y solo para darme una idea, me llevó abajo y me dio a elegir entre unos cuantos revólveres de Jersey con cañones tan largos como mi pierna—.* Y un sable, por supuesto —añadió—. Se sentiría desnudo sin él.

Poco sabía él que yo podía sentirme desnudo con una armadura puesta y dentro de un acorazado que fuese atacado por una cantinera furiosa. Pero uno tiene que mostrar voluntad, así que acepté sus armas con el ceño fruncido e intenté lanzar un par de estocadas con el sable como exhibición, murmurando profesionalmente y rogando a Dios no tener nunca la oportunidad de usar aquello. Él asintió, y luego puso una mano en mi hombro.

—¡Así me gusta! —dijo—. Pero, Flashman, sé que usted siente que debe desquitarse por muchas cosas, y que el pensamiento de esa

---

* «Jersey» debe de referirse seguramente a «New Jersey», donde se fabricó el revólver calibre 40 de cinco disparos y que se cargaba por el cañón. Era conocido como Colt Paterson entre 1836 y 1842. Algunas de estas pistolas tenían cañones de un pie de largo.

querida y dulce criatura suya... bueno, puedo ver en su cara la rabia que le invade... y no le culpo. Pero, ¿sabe una cosa? Cuando voy a entrar en combate, intento recordar que nuestro Salvador, cuando expulsó a los mercaderes del templo, sintió remordimientos por haber sucumbido a tal provocación, ¿verdad? Así que trato de contener mi ira y atemperar la justicia con la misericordia. No es una mala mezcla, ¿verdad? Dios lo bendiga, amigo —y allá fue, sin duda para echar otro vistazo exultante a los praos ardiendo.

Él me desconcertaba, pero entonces me pasaba lo mismo con muchos buenos cristianos, probablemente porque soy bastante malo yo mismo, y como no tengo demasiada conciencia, no estoy en posición de juzgar a los que parecen tenerla tan acomodaticia... y es que me importaba un pimiento a cuántos piratas había tostado él antes de lanzarme su discursito moralizante. Tal como resultó luego, no habían sido muchos. Cuando Keppel llegó hasta nosotros, informó de que el fuerte había caído sin un disparo, y Sharif Jaffir había huido por la selva con la mayoría de los piratas Lanun tras él; los que quedaban se habían rendido cuando vieron sus barcos destruidos y el tamaño de nuestra flota.

Así que habían hecho un buen trabajo, y lo que más le gustaba a Brooke era que Keppel se había llevado a trescientas mujeres que los Lanuns tenían como esclavas; las visitó en el prao de Keppel, dándoles palmaditas en la cabeza y prometiéndoles que pronto estarían a salvo en casa de nuevo. Yo habría consolado a algunas de ellas con más calidez, por mi parte —aquellos piratas Lanun tenían buen gusto— pero por supuesto no se podía pensar en eso con un eunuco como líder.

Después echó un vistazo a los piratas y esclavistas que habían sido hechos prisioneros, y ordenó la ejecución inmediata de dos de ellos. Uno era el renegado Makota, creo. Él y Brooke conversaron gravemente durante unos cinco minutos, mientras el pequeño villano regordete sonreía y movía los pies desnudos, con un aire tímido. De acuerdo con Stuart, estaba confesando las indescriptibles torturas a las que él y su compañero habían sometido a algunas de las mujeres prisioneras la noche anterior. La partida de Keppel había encontrado las espantosas pruebas en el pueblo. Finalmente, cuando Brooke le dijo que su carrera había terminado, aquel horrible tipo asintió alegremente, batió palmas y gritó: «Salaam, tuan besar». Entonces Jingo deslizó un mosquitero y una cuerda por encima de su cabeza y ¡fiu!, un rápido tirón y Makota ya iba de camino hacia los felices campos de los cazadores de cabezas.*

El otro condenado empezó a patalear y armar un espantoso revuelo al ver aquello, exclamando: «¡*Cris, cris!*» y mirando la cuerda y el mosquitero como si fueran el propio diablo. No estoy seguro de cuál era su objeción al estrangulamiento, pero ellos le siguieron la corriente, llevándolo a la costa para evitar el escándalo. Miré desde la barandilla; se quedó de pie, muy tieso, con su cara de sapo impasible, mientras Jingo sacaba su *cris*, apuntaba delicadamente bajo la clavícula del lado izquierdo y empujaba con fuerza. El tipo ni siquiera pestañeó.

—Un asunto lamentable —dijo Brooke—, pero ante tales atrocidades, encuentro difícil permanecer sereno.

Después de esto, todos fuimos de nuevo a bordo del *Skylark*, con destino a Patusan, que estaba a más de treinta kilómetros corriente arriba.

—Se quedarán allí y lucharán, donde se estrecha el río —observó Keppel—. Doscientos praos, diría yo, y sus hombres de la selva nos acribillarán con sus cerbatanas desde los árboles.

—Eso no importa —replicó Brooke—. Hay que quemar las barreras y luego salir corriendo y embarcar, cuerpo a cuerpo. Son los fuertes lo que cuenta… cinco de ellos, y puede estar seguro de que habrá mil hombres en cada uno. Debemos hacerlos salir con cohetes y cañones y luego cargar, al viejo estilo. Ese será tu turno, Charles, como de costumbre —le dijo a Wade, y para mi horror, añadió—: llevaremos a Flashman con nosotros. Hará uso de sus talentos especiales, ¿verdad? —y me sonrió como si fuera mi cumpleaños.

—¡No podría ser mejor! —gritó Wade, dándome una palmada en la espalda—. Seguro que tendremos un poco de jaleo, amigo.

* Sin duda Flashman se equivoca. Si fueron ejecutados algunos piratas en Linga —y no hay pruebas que lo demuestren, aunque los métodos de ejecución que describe Flashman eran comunes entre los dayaks—, Makota no podía estar entre ellos, porque estaba con los piratas en Patusan al día siguiente.

Mejor que Afganistán, y usted podrá participar. ¡Apuesto a que nunca ha visto un montón de praos apretujados en el Khyber Pass ni ha obligado a los Paythans a que le echen troncos de árbol encima! Pero, demonios, mientras pueda nadar, correr, escalar un muro de bambú y mantener la espada en funcionamiento, enseguida le cogerá el tranquillo. ¡Como Trafalgar y Waterloo en uno, con una pelea en un pub de Silver Street por añadidura!

Todos ellos gritaron de placer ante estas deliciosas perspectivas, y Stuart dijo:

—¿Recuerdas Seribas el año pasado, cuando tiraron los troncos detrás de nosotros? ¡Por todos los demonios, aquella sí que fue una buena! ¡Nuestros ibans tuvieron que hacerles bajar de los árboles con *sumpitans!*

—Buster Anderson recibió un tiro en una pierna cuando abordaba el *bankong* aquel que se estaba hundiendo —gritó Wade—, y Buster tuvo que nadar para alcanzar la orilla, con los piratas a un lado y los cocodrilos al otro… Y llegó a la costa, rebozado en barro y sangre, gritando: «¿Alguien ha visto mi bolsa de tabaco? ¡Tiene mis iniciales!».

Rieron de nuevo a carcajadas, y dijeron que Buster era un tipo curioso, y Wade recordó cómo fue metiéndose entre los combatientes en plena batalla, haciendo proezas buscando su petaca.

—¡Y lo mejor de todo —farfulló— era que Buster no fumaba! Aquello los divirtió inmensamente, por supuesto, y Keppel preguntó dónde estaba el viejo Buster.

—Ah, lo perdimos en Murdu —dijo Brooke—. En la misma fiesta donde conseguí esto —y se tocó la cicatriz y un buen golpe en el bíceps—. Un Balagnini saltó sobre él mientras enrollaba el cable de popa. La pistola de Buster falló. Era el tipo más condenadamente descuidado que se pueda imaginar con las armas de fuego, ¿sabe?, y el Balagnini cortó la cabeza del viejo amigo casi del todo con su *parang*. Mal asunto.

Todos sacudieron la cabeza y asintieron diciendo que era una maldita lástima, pero se animaron finalmente cuando alguien recordó que Jack Penty había respondido al Balagnini con un bonito revés poco después, y de aquello pasaron a rememorar felices recuerdos similares de antiguos amigos y enemigos, la mayoría de ellos muertos en las circunstancias más horribles. Justo el tipo de cosas que me gusta oír antes de desayunar, pero, saben, como supe después por Brooke, en realidad estaban tratando de levantarme el ánimo.

—Perdone su frivolidad —dijo— es con buena intención. Charlie Wade ve que usted está bastante decaído, preocupado por su dama, y trata de divertirlo con su charla acerca de batallas pasadas y heroicas acciones por venir. Bueno, cuando los caballos de guerra oyen las trompetas, no piensan en nada más, ¿verdad? Si usted simplemente se dedica a pensar en lo que hay que hacer… y yo sé que está ansioso por meterse en ello, se sentirá mucho mejor —él murmuró algo más acerca de que mi corazón sería lo bastante tierno para sufrir, pero lo bastante duro para no romperse, y salió para ver si todavía estábamos encaminados en la dirección correcta.

Por entonces yo estaba ya preparado para salir corriendo, pero esos son los inconvenientes de estar embarcado. Uno solo puede correr en círculos. La tierra no estaba lejos, por supuesto, si hubiera podido alcanzarla a través de un agua que sin duda estaba repleta de cocodrilos y estuviera dispuesto a vagar por una selva inexplorada llena de cazadores de cabezas. Y la perspectiva se hacía peor a medida que pasaba aquel día febril y bochornoso. El río serpenteaba y se hacía más estrecho, hasta que apenas hubo unos pocos metros de lentas aguas a cada lado de los barcos, y una sólida pared de selva que nos rodeaba. Cada vez que un pájaro chillaba en la espesura yo casi sufría un ataque, y nos atormentaban nubes de mosquitos que añadían su zumbido incesante a la monótona vibración de los motores del *Phlegethon* y el rítmico susurro de los remos de los praos.

Lo peor de todo era el olor repugnante. Cuanto más avanzábamos, más nos adentrábamos en la selva, y más insoportable se hacía aquella atmósfera putrefacta, almizclada, sofocante en su humeante intensidad. Me sugería pesadillas de cadáveres pudriéndose en espantosos pantanos… El sudor que me empapaba casi se convirtió en hielo cuando vi aquel hostil muro de espesa vegetación que parecía ocultar espantosas caras en sus sombras, e imaginé horrores al acecho en sus profundidades, esperando.

Si el día era malo, la noche era diez veces peor. La oscuridad nos sorprendió todavía a unos kilómetros de Patusan, y la niebla llegó con la oscuridad; cuando lanzamos el ancla en mitad de la corriente; no había nada que ver salvo blancos espectros pálidos yendo y viniendo en la emponzoñada oscuridad. Con las máquinas paradas uno podía oír el agua gorgoteando, fangosa, superponiéndose el sonido incluso al diabólico coro de gritos y chillidos que provenían de la oscuridad... para mí la selva era algo nuevo, y no conocía el pasmoso coro de ruidos que la puebla por la noche. Me quedé en el puente cerca de diez minutos, y en ese tiempo vi al menos media docena de praos cargados de calaveras y repletos de salvajes que empezaban a emerger de las sombras, que luego se disolvían en las propias sombras. Después decidí que yo también podía acostarme, lo cual hice sumergiéndome en las profundidades de aquella sofocante tina de hierro. Encontré un agujero en el rincón de la sala de máquinas y me agazapé allí con mi Colt en la mano, escuchando los malignos susurros de los cazadores de cabezas congregándose al otro lado de la plancha de un centímetro de grosor.

¡Apenas diez días antes estaba en aquel restaurante de Singapur, atracándome con la mejor comida y bebida y poniendo un ojo lascivo en madame Sabba! Ahora, por culpa de la estupidez de Elspeth, yo estaba al borde de la muerte, o algo peor. Pensé que si salía de aquello, me divorciaría de aquella perra, eso estaba claro. Había sido un imbécil por casarme con ella, y acariciando esta idea debí de quedarme adormilado, porque podía verla en aquel campo soleado junto al río, con el cabello dorado extendido sobre la hierba, las mejillas húmedas y rosadas por el éxtasis de nuestro primer encuentro, sonriéndome. Aquel encantador cuerpo blanco... y entonces como una sombra negra llegó el recuerdo del espantoso destino de las mujeres cautivas en Linga... aquellos mismos salvajes bestiales tenían a Elspeth a su merced... en aquel mismo momento podía estar violándola algún asqueroso forajido o sufriendo indecibles agonías. Me desperté, jadeando, empapado, junto al frío hierro.

—¡No te harán daño, nenita! —gemía yo en la oscuridad—. ¡No lo harán! ¡Yo... yo...!

¿Qué iba a hacer yo? ¿Correr a rescatarla, como Juan Sin Miedo, contra los demonios humanos que había visto en el prao pirata? No me atrevía, era una cuestión que ni siquiera me habría planteado a

194

mí mismo, normalmente, porque la gran ventaja de una cobardía constante y real como la mía, ya saben, era que siempre había sido capaz de darla por sentado sin lamentaciones o escrúpulos de conciencia. Me había sido útil, y yo nunca había desperdiciado un solo pensamiento dedicándolo a Hudson, al viejo Iqbal o a cualquier otro de los honorables muertos que me habían servido de apoyo para mi seguridad. Pero Elspeth… Y en aquel apestoso cuarto de calderas me obsesioné con el terrible dilema: supón que fuera mi piel o la de ella… ¿podría yo darme la vuelta? No lo sabía, pero juzgando por los precedentes, podía adivinarlo, y por una vez la alternativa al sufrimiento y la muerte era tan horrible como la propia muerte. Incluso me pregunté si había un límite para mi pánico, y aquel era un pensamiento tan espantoso que, unido a los terrores que tenía ante mí, me obligó a rezar, diciendo cosas del estilo de «Oh, Señor, perdona todos los espantosos pecados que he cometido, y los pocos que ciertamente cometeré si salgo de esta, o más bien no les concedas importancia, Padre Santo, y derrama toda tu gracia sobre Elspeth y sobre mí, y sálvanos a los dos… pero si hay que elegir entre uno de nosotros, por el amor de Dios, no me dejes la decisión a mí. Y cualquiera que sea tu voluntad, no me dejes sufrir mutilación o tormento, y si eso la salva a ella, puedes incluso matarme de repente para que no me dé cuenta. No, espera, algo mejor aún, toma a Brooke, ese bastardo lo está pidiendo a gritos y adora la palma del martirio, y será un orgullo para tu legión de santos. Pero sálvanos a Elspeth y a mí, de todos modos, porque no veo ninguna ventaja a que ella se salve si yo estoy muerto».

Todo aquello era desperdiciar la devoción, si quieren, porque Elspeth estaba presumiblemente metidita en el lecho de Solomon a bordo del *Sulu Queen* y condenadamente más segura de lo que estaba yo, pero no hay nada como el temor a una muerte violenta para arruinar la razón y la lógica. Me atrevo a decir que si Sócrates hubiera estado en el Batang Lupar aquella noche, quizá hubiera podido poner en orden mis pensamientos, pero no habría tenido muchas oportunidades; se habría encontrado con un Colt en la mano y empujado por encima de la borda con instrucciones de atacar como una furia, buscar una mujer rubia en apuros y darme un grito cuando la costa estuviera despejada. Pero como no tenía otro consejo que el mío propio, me fui a dormir.

[Extracto del diario de la señora Flashman, agosto de 1844.]

Una noche *extremadamente* incómoda (un calor opresivo) plagada de insectos. El ruido de los nativos no se puede *soportar.* ¿Por qué tienen que golpear sus *gongs* después de anochecer? No dudo de que deben de tener algún propósito religioso, *y* si es así, es exasperante en grado sumo. Desespero de dormir, incluso en traje de Eva, tan intenso es el calor y la *opresión* del aire; con dificultades puedo escribir estas pocas líneas; el papel está *bastante húmedo* y se emborrona lastimosamente.

No hay señales de don S. desde esta mañana, cuando se me permitió salir brevemente al puente para tomar el aire y hacer ejercicio. Casi me olvidé de mi *lamentable* condición por el interés de lo que vi, de lo cual he tomado unos breves apuntes, y unos pocos modestos dibujos. Los colores de las flores de la selva son de lo más exquisito, pero palidecen hasta desaparecer ante la extravagancia de los propios nativos. Tan espléndidas y bárbaras galeras, adornadas con gallardetes y banderolas como corsarios de antaño, gobernadas por oscuras tripulaciones, la mayor parte de apariencia repulsiva, pero otras bastante imponentes. Mientras yo estaba en la proa, una galera de aquellas se ha deslizado por la corriente, empujada por los remos manejados por oscuros argonautas, y en la popa del barco iba alguien que era claramente su jefe, un joven bárbaro alto y elegantemente formado, vestido con un *sarong* de oro brillante, con muchos ornamentos en sus brazos y piernas desnudos... realmente tenía un porte muy noble y era bastante guapo para ser nativo, e inclinaba su cabeza hacia mí y me sonreía *alegremente,* con mucho respeto y una dignidad natural. No era totalmente amarillo, sino de piel bastante pálida, como me imaginaría a un dios azteca. Su nombre, tal como descubrí por discreta indagación a don S., es Seriff Sajib, y supongo por este título que es al menos un juez de paz.

Creo que podría haber venido a bordo de nuestro barco, pero don S. le habló desde la pasarela, lo cual confieso fue una decepción, porque parecía un personaje de bastante *gentileza*, si uno puede usar esa palabra para un infiel, y podía haber tenido tiempo para dibujarlo, y tratar de captar al menos una parte de esa salvaje nobleza de su aspecto.

Sin embargo, no he pasado mi tiempo en *ociosas contemplaciones*, sino que, recordando lo que lord Fitzroy Somerset me dijo en el Baile de la Guardia, he hecho cuidadoso recuento del armamento que he visto, y de la disposición de las fuerzas del enemigo, que he anotado *separadamente*, tanto el número de cañones largos como el de barcos o galeras. Parece haber *gran número* de esta gente, por tierra y agua, lo cual me llena de espanto. ¿Cómo puedo *esperar* ser liberada? Pero no debo malgastar mi pluma en estas u otras vanas quejas.

Una ocurrencia divertida, que *no* debería registrar, lo sé. Soy una hija tristemente ingrata. Entre los animales y pájaros (de los más *bellos* plumajes) que he visto había un mono muy risible en uno de los barcos nativos, donde adivino que es una mascota, un animal de lo más asombroso, porque nunca he visto nada más humano, casi tan alto como un hombre y cubierto con un abrigo de cabello rojo bastante tupido. Tenía una expresión muy melancólica, pero también un *atractivo* brillo en sus ojos y el aspecto de un viejecito malhumorado, y me encantó, y sus captores, viendo mi interés, lo hicieron actuar de la forma *más divertida*, porque sabía imitar a la perfección, e incluso intentó encender un fuego tal como lo hacían ellos, poniendo juntas unas ramitas. Pobre bicho, ¡no se encendían solas, *como él esperaba que lo hicieran!* Estaba bastante abatido e irritado, y cuando chilló con descontento y esparció las ramitas con ira ¡vi que era la viva imagen de mi querido papá, incluso en la forma en que bizqueaba los ojos! Casi esperaba que se expresara con un rotundo: «¡Que se los lleve el diablo!». Qué fantasía más disparatada, ver un parecido entre aquel bruto y el padre de una… ¡pero es que era *exactamente* como papá cuando le da una de sus rabietas! Pero todo esto despertó unos recuerdos tan vivos en mí que no pude mirar durante mucho rato.

Así que de nuevo a mi prisión, y mis presentimientos, que aparto de mí resueltamente. Estoy viva, y por lo tanto espero… *¡y no me dejaré abatir!* Don S. continúa atento, aunque le veo poco; me ha dicho que el nombre de aquel mono es Hombre de la Selva. Cierro este día con una plegaria a mi misericordioso Padre en los cielos… ¡oh, que me mande pronto a mi H.!

[Fin del extracto… ¡y de una maliciosa difamación de un buen y honrado padre que, cualesquiera que sean sus faltas, se merecía un trato más amable por parte de una niña desagradecida a quien consintió demasiado! —G. de R.]

Volví a Patusan hace pocos años y aquello está increíblemente cambiado. Ahora, más allá del recodo del río, hay un soñoliento y cálido pueblecito de cabañas y chozas de bambú, rodeado por los enormes árboles de la selva, sesteando a la luz del sol; pollos que escarban en el suelo, mujeres que cocinan y como única actividad algún niño que se cae y llora. Por más vueltas que di a su alrededor y aunque lo miré desde todos los ángulos imaginables, no podía hacer corresponder aquello en mi imaginación con las puntiagudas empalizadas a lo largo de las orillas, los cinco poderosos fuertes de madera bordeando el gran claro. La selva debe de haber avanzado desde entonces, e incluso el río ha cambiado: es ancho y plácido ahora, cuando yo recuerdo que era estrecho y caudaloso. Todo estaba más cercano y encerrado; incluso el cielo parece mucho más lejano ahora, y hay una gran paz donde hubo un pandemónium de humo y cañonazos y maderas rotas y agua ensangrentada.

Estaban esperándonos cuando bordeamos el recodo todos en fila, de lado a lado, el *Phlegethon* a la cabeza y los praos con cohetes, y nuestros barcos de exploración escondidos subrepticiamente esperando para atacar. Aunque había amanecido ya del todo, no se podía ver el agua en absoluto; había una capa de niebla a un metro de su superficie, impidiendo no solo la vista, sino también el sonido, de modo que incluso la rueda del *Phlegethon* producía solo un ruido ahogado al golpear en el agua, y el salpicar de los remos era un sordo y continuo gorgoteo mientras atravesábamos la niebla.

Había una gran barrera de troncos visible por encima de la neblina, a cincuenta metros de nosotros, y más allá de esta, en una visión que podía helarle a uno la sangre, de lado a lado, una hilera de grandes praos de guerra, atestados de hombres armados, gallardetes colgados de sus mástiles e hileras de calaveras balanceándose. Cuando llegamos a su vista, de cada cubierta se elevó un espantoso aullido, los gongs de guerra empezaron a resonar y aquella horda demoníaca sacudió los puños y blandió sus armas. Se inició también el escándalo desde las empalizadas en la orilla derecha, y los fuertes de madera que había detrás. Entonces los cañones del fuerte y los cañones de proa de los praos empezaron a vomitar humo, y el aire se espesó con los ensordecedores disparos que silbaban por encima de nuestras cabezas y lanzaban chorros de agua desde la neblinosa superficie, o acertaban de lleno en el maderamen de nuestras embarcaciones. Los praos con cohetes dispararon como respuesta, y enseguida el aire tranquilo se vio cruzado por los rastros humeantes de vapor, y los piratas en línea de batalla se vieron sacudidos por el golpeteo de los cañones Congreve, las explosiones que destrozaban sus puentes, estallidos de llamas y humo y hombres que caían desde la obra muerta. Luego su cañón volvió a retumbar, convirtiendo el estrecho río en un infierno de ruido y destrucción.

—¡Fuera los barcos de exploración! —aulló Brooke desde la barandilla del *Phlegethon*, y desde su escondite salieron rápidamente media docena de barcos de Paitingi, dirigiéndose hacia la barrera, solo los remeros visibles por encima de la niebla, así que las tripulaciones no eran sino una hilera de cabezas y hombros abriéndose paso a través de aquella manta de algodón. Más allá de la barrera, el agua neblinosa estaba repleta de canoas enemigas, sus fusiles disparando a nuestros barcos exploradores. Vi cabezas desaparecer aquí y allá cuando los disparos daban en el blanco, pero los barcos espía avanzaban con ímpetu, y ahora los piratas estaban acercándose al propio dique, trepando a los grandes troncos, con espadas y *parangs* en la mano, para impedir que hicieran pie nuestros hombres. Y por encima de ambos lados continuaba el gran duelo de cañones entre nuestros praos y los suyos, con un estrépito infernal de explosiones y madera volando por los aires, puntuado por gritos de hombres heridos y órdenes estridentes.

No se podían oír ni siquiera los propios pensamientos, pero en estos casos es mejor no pensar, de todos modos. Yo estaba pegado a Brooke, con todos los nervios en tensión para mantener su cuerpo entre el mío y el fuego enemigo sin que resultase demasiado obvio.

Ahora estaba dirigiendo el fuego de nuestros fusileros desde la proa del *Phlegethon,* para cubrir a los hombres de los barcos exploradores, que luchaban con furia para apartar a los piratas de la barrera y así cortar las grandes ligaduras y deshacer la barrera flotante, y dar paso a nuestros barcos. Me lancé hacia abajo, gritando tonterías, entre dos hombres con escopetas, tomé una yo mismo y la cargué con gran ostentación. Brooke iba de hombre a hombre, señalando posibles blancos.

—Aquel del pañuelo amarillo. ¡Deprisa, ahora! ¡Dale! El tipo grande con la lanza. El malayo detrás de Paitingi… Allí, ahora, el gordo en la popa de aquella canoa. ¡Disparad, chicos! Están retrocediendo… ¡Vamos, Stuart, dadle a las hachas en esos cables! ¡Adelante, Flashman, vamos!

Me dio una palmada en la espalda cuando yo acababa de esconderme la mar de bien detrás de los sacos de arena del lastre, y por fuerza tuve que precipitarme tras él por encima de la borda del *Phlegethon* hacia el *Jolly Bachelor,* que se balanceaba, repleto de hombres del *Dido.* Oí un disparo rebotar en las paletas del *Phlegethon* por encima de mi cabeza y caí a cuatro patas en la chalupa; unas manos me levantaron, y un marinero barbudo me sonrió y gritó: «¡Aquí estamos, señor! ¡Dos veces la vuelta al faro por un penique!». Yo me lancé detrás de Brooke, pasando a trompicones por encima de los hombres que maldecían y vitoreaban agachados en el puente, y me coloqué detrás de él junto al cañón de proa, desde donde trataba de hacerse oír por encima del estruendo y señalaba hacia delante.

Nos dirigíamos hacia la barrera, bajo un dosel de humo de cohetes, y los disparos estaban dispersando ya la niebla, y solo se podía ver el agua aceitosa, llena de maderas rotas e incluso algún que otro cuerpo, rodando desmadejado. En la barrera había un cuerpo a cuerpo entre las canoas piratas y los tripulantes de nuestros barcos exploradores, una refriega de tajos, reveses, brillantes *parangs* que acuchillaban y lanzas clavadas, con disparos de fusil a bocajarro por encima de los troncos. Vi a Paitingi de pie en la barrera, lanzándose hacia adelante con un remo roto; a Stuart, defendiéndose de un pirata desnudo con su machete, escudándose de dos chinos que balanceaban sus hachas en los grandes cables de roten que aseguraban la barrera. En aquel momento los cables se partieron y los troncos rodaron, mandando a amigos y enemigos de cabeza al agua. En el *Jolly Bachelor* resonó un gran alarido de triunfo y nos dirigimos hacia el hueco, entre el humo, mientras en nuestra proa se alzó una luz azul para señalar los praos.

Pasaron cinco minutos frenéticos mientras ciábamos por el espacio entre los lados rotos de la barrera, Brooke y la tripulación que manejaba el cañón de proa echando metralla ante nosotros y el resto disparando a cualquier cosa que pareciera una forma hostil, o en la propia barrera o en las canoas que había más allá. Yo usé mi Colt con precaución, agachado debajo del baluarte, y me mantuve tan bien escondido entre la multitud de marineros como me fue posible. Surgió una canoa del humo, con un gran demonio amarillo con casaca acolchada y un casco con púas en la parte delantera, blandiendo una lanza con púas, tomé puntería y le disparé dos veces. Fallé, pero mi tercer disparo le dio de lleno cuando se preparaba para trepar por nuestra barandilla, y cayó al agua.

—¡Bravo, Flashman! —gritó Brooke—. ¡Aquí, venga a mi lado! —Y allí estaba yo de nuevo, con la cara roja de pánico, cayendo junto a él mientras se inclinaba por encima de la borda y ayudaba a sacar a Stuart del agua. Él se había echado a nadar desde la barrera rota, y estaba jadeando en el puente, empapado, con un hilo de sangre que corría desde su manga izquierda.

—¡Listos todos! —rugió Brooke—. ¡Preparados, remeros! ¿Están todos los mosquetes a punto? ¡Bien, preparados! ¡Esperemos a los praos!

Más allá de la maraña de restos y canoas desfondadas, más allá de los nadadores que luchaban y los cuerpos flotantes, los dos finales de la barrera estaban ahora a unos cincuenta metros de separación, y derivaban lentamente detrás de nosotros en la corriente. Los barcos exploradores habían hecho su trabajo, y nuestros praos se estaban moviendo hacia adelante al impulso de sus remos, dispuestos en línea, media docena a cada lado, mientras los praos de los cohetes, más atrás, todavía cañoneaban la línea pirata, quizá a dos cables de longitud por delante. Tres o cuatro de ellos ardían furiosamente, y una gran columna de humo negro surgía río abajo hacia nosotros, pero su línea era sólida todavía, y sus cañones de proa disparaban insistentemente, enviando nubes de agua en torno a nuestros praos y batiendo su obra muerta. Entre ellos y nosotros nuestras canoas se retiraban, se escabullían en busca de la seguridad de la embarcación más grande. Brooke meneó la cabeza en señal de afirmación, con satisfacción.

—¡Muy bien, estupendo! —gritó, y de pie en la proa, agitó su sombrero—. Ahora, vosotros, amigos, ¡vamos a ponerlos en su sitio! Dos luces azules allí. ¡Señalad el avance! Machetes y armas pequeñas. ¡Todo el mundo al ataque!

Los casacas azules chillaron y patalearon, y mientras se alzaban las luces azules el griterío se extendió por nuestras líneas, y a cada lado los praos se dirigieron hacia adelante, con los cañones de proa retumbando, los fusiles que disparaban desde las plataformas, los tripulantes apiñados hacia adelante en las proas. Mientras nuestra línea se estabilizaba, el fuego de artillería aumentó de nuevo *in crescendo*. Los disparos silbaban por encima de nosotros, agachados, y de repente hubo un ruido estruendoso, un coro de gritos, y yo me encontré de pronto empapado de sangre, mirando con horror dos piernas y medio cuerpo que se agitaban débilmente en el puente frente a mí, donde un instante antes un marinero estaba metiendo balas en el cañón. Me senté de golpe, manoteando en aquel caos horrible, y Brooke me puso de pie de nuevo, chillando para preguntarme si estaba bien, y yo le contesté también gritando que el callo del dedo gordo del pie me dolía horrores… Dios sabe por qué dice uno esas cosas, pero él lanzó una risotada salvaje y me empujó hacia adelante, hacia la barandilla de proa. Me agaché, temblando y a punto de vomitar, paralizado de miedo, pero, ¿quién lo habría reconocido entonces?

De repente, los cañonazos cesaron y durante unos segundos hubo un silencio en el cual se podía oír el agua chapoteando bajo el tajamar del *Jolly Bachelor* mientras iba deslizándose hacia adelante. Entonces la fusilería estalló de nuevo, nuestros tiradores apostados en los praos vertían su fuego a las líneas piratas, y los piratas nos devolvían andanada por andanada. Gracias a Dios, el *Jolly Bachelor* era demasiado bajo y estaba demasiado cerca para que pudieran alcanzarnos con los cañones, pero mientras navegábamos hacia ellos, el agua hervía a los dos lados con sus disparos de fusilería, y detrás de mí oí gritos y juramentos de hombres heridos. Nuestra línea entera estaba cargando, los praos en los flancos, el *Jolly Bachelor* en el centro, hacia los barcos exploradores. Estaban a apenas cincuenta metros y yo miraba con horror el más cercano, justo delante, cuya plataforma se proyectaba por encima de sus parapetos atestados de caras salvajes y brillantes, aceros empuñados y cañones humeantes...

—¡Nos harán pedazos! Nos iremos a pique... ¡Dios mío! —grité, pero nadie me oía en aquella barahúnda infernal. Un marinero que tenía junto a mí gritó y se puso de pie, arrancándose un dardo de *sumpitan* del brazo; mientras yo me ponía a cubierta detrás de la barandilla, otro se quedó colgado en un cable a un palmo de mi cara; Brooke se inclinó por encima, sonriendo, lo agarró, lo lanzó a lo lejos y luego hizo algo increíble. No di crédito a mis ojos y apenas puedo creerlo ahora, pero es cierto.

Se quedó de pie, en la proa, completamente erguido, con un pie en la barandilla, se quitó el sombrero y cruzó los brazos, mirando directamente hacia arriba a aquella masa de muerte aullante y gesticulante que nos lanzaba nubes de disparos, aceros y flechas envenenadas. Sonreía con serenidad, y parecía estar diciendo algo.

—¡Agáchate, loco estúpido! —grité, pero él no me oyó, y me di cuenta de que en realidad no estaba hablando... estaba cantando. Por encima del estrépito de los mosquetes, el silbido y el ruido sordo de aquellos horribles dardos, los gritos y los alaridos, se podía oír:

Ánimo, muchachos, vamos
Vamos hacia la gloria
Que quede en la memoria
Este año prodigioso

Ahora se volvía, cogido a un estay con una mano para guardar el equilibrio, marcando el compás con el otro puño, la cara iluminada por la risa, animándonos a cantar. De la multitud de detrás vino con estrépito:

Nuestros barcos tienen corazón de roble
Buenos marineros son nuestros hombres
Siempre vigilantes,
seguid, chicos, adelante
¡A luchar y a ganar, una y otra vez!

El *Jolly Bachelor* se estremecía en el agua al rozar la plataforma del prao pirata, y unas figuras aullantes que daban mandobles cayeron entre nosotros. Yo estaba tirado en el puente, alguien me pisoteaba la cabeza, y me levanté para encontrarme frente a una cara contraída, amarilla y que no paraba de aullar; tuve una visión instantánea de un pendiente de jade grabado en forma de media luna y un turbante escarlata, y al momento él había desaparecido por encima de la borda con un alfanje metido hasta la empuñadura en el estómago. Le disparé mientras caía, resbalé en la sangre del puente y fui a parar contra los imbornales, mirando a mi alrededor con pánico. La cubierta era una verdadera barahúnda, llena de casacas azules que luchaban contra un pirata, lo mataban y lanzaban el cuerpo por encima de la borda. El prao que habíamos abordado estaba ahora detrás de nosotros, y Brooke chillaba:

—¡Venga, remeros! ¡Empujad con ganas! ¡Esa es nuestra presa, chicos! ¡Adelante!

Apuntaba hacia la orilla derecha, donde la empalizada, alcanzada por el fuego de cohetes, estaba caída, convertida en una ruina humeante; más allá, en otro de los fuertes cuya empalizada ardía hecha ascuas, se veían unas figuras que se diseminaban y unos pocos valientes que trataban de extinguir las llamas. Detrás de nosotros había una increíble carnicería, nuestros praos y los piratas entrelazados en una sangrienta lucha cuerpo a cuerpo, y a través de los agujeros pasaban nuestras chalupas, siguiendo la estela del *Jolly Bachelor*, que iba cargado de malayos con espadas y dayaks.

El agua estaba sembrada de humeantes despojos y formas que luchaban; los hombres caían de las plataformas y nuestros barcos los recogían cuando eran amigos, o los remataban y los arrojaban a la sangrienta corriente si eran piratas. El humo de los praos ardiendo subía serpenteando en una gran nube por encima de aquella escena infernal. Recordé aquellas palabras sobre «una sombra de muerte en torno a los barcos» y alguien me sacudió el brazo, era Brooke que me gritaba, apuntando en la costa cercana la brecha humeante en la empalizada.

—¡Tome ese fuerte! —chillaba—. ¡Dirija a los casacas azules! ¡Cargue, me oye, no se cubra, no se detenga! ¡Solo ábrase paso con el machete! ¡Cuidado con mujeres, niños y prisioneros! ¡Atáquelos, Flashy! ¡Buena suerte!

Pregunté con mucho tacto si estaba completamente loco, pero para entonces él ya se encontraba a diez metros de distancia, metiéndose por entre los bajíos mientras nuestro barco se acercaba a la orilla inclinada. Subió por la costa, haciendo señales a las otras chalupas para que se acercaran a él; ellos iban girando a su señal y allí estaba yo, con el revólver en la mano temblorosa, mirando horrorizado por encima de las proas las ruinas carbonizadas de la empalizada, y más allá, a sus buenos cien metros de tierra apisonada, ya salpicada con víctimas de cañón y más allá todavía, a la ardiente barrera del muro exterior del fuerte. Dios sabe cuántos demonios armados estaban esperándonos listos para dispararnos con sus fusiles y luego desgarrarnos en la lucha cuerpo a cuerpo... si es que llegábamos a eso. Miré a mi alrededor al *Jolly Bachelor*, repleto de marineros vociferantes, sombreros de paja, caras barbudas, guardapolvos blancos, ojos brillantes, machetes listos, esperando la orden. Y la orden, sin duda alguna, tenía que darla el viejo Flash.

Bueno, se diga lo que se diga de mí, conozco mi deber, y si hubo algo que me enseñó Afganistán fue el arte del liderazgo. En un momento había cogido un machete, lo enarbolaba en el aire y me había vuelto hacia la enloquecida tripulación que me seguía.

—¡Eh, chicos! —grité—. ¡Vamos, pues! ¿Quién será el primero detrás de mí en ese fuerte de ahí? —Salté a la orilla, agité el machete de nuevo y aullé—: ¡Seguidme!

Salieron corriendo del barco pisándome los talones, gritando y dando vítores, blandiendo las armas, y mientras yo gritaba: «¡Adelante! ¡Adelante! *¡Rule Britannia!*» ellos corrían en tumulto hacia la costa, dispersando los carbones de la empalizada. Yo avancé con ellos, por supuesto, haciendo pausas solo para animar a los de la retaguardia con gritos viriles, hasta que calculé que había un montón delante de mí; entonces corrí en persecución de la vanguardia, no dirigiéndola desde atrás, exactamente. Más bien desde la mitad, que es el lugar más seguro para colocarse a menos que se enfrente uno con artillería civilizada.

Cargamos a través del espacio abierto, aullando como lobos; mientras corríamos, vi que en nuestro flanco derecho Brooke estaba dirigiendo a los malayos armados contra otro fuerte. Llevaban esos espantosos *kampilans* con mechones de pelo en la empuñadura, y detrás de ellos vino desde los barcos una segunda oleada de ibanes medio desnudos, que empuñaban sus lanzas *sumpitan* y chillaban: «¡Dayak! ¡Dayak!» mientras corrían. Pero ninguno de ellos alcanzaba la velocidad y la furia de mis marineros, que estaban ahora casi encima de la llameante empalizada del fuerte; mientras la alcanzaban, por pura suerte, cayó hacia adentro con una gran exhalación de chispas y humo, y mientras la mayoría trepaba sobre los restos humeantes, pude ver lo listo que había sido al no ponerme en cabeza de la carga. Allí, en una irregular doble línea, estaba una tropa de fusileros piratas presentando sus piezas. Partió su andanada, dio a uno o dos de los nuestros que iban delante y luego el resto se echó sobre ellos, con los alfanjes en alto, el viejo Flash llegó metiendo mucho ruido al punto donde había más de nuestros chicos.

Me pareció que podía obtener los mejores resultados enfrentándome al enemigo con mi Colt, y esto me dio la oportunidad de ver algo que vale la pena, con la condición de que uno pueda encontrar un refugio seguro: el terrible mandoble de hombro a hombro de los casacas azules británicos. Yo diría que la Armada lleva enseñando estas cosas desde los tiempos de Blake, y el señor Gilbert, que nunca lo vio, se ríe mucho ahora de todo eso, pero yo lo he visto, y sé ahora por qué hemos dominado los océanos durante siglos. Debía de haber un centenar de piratas contra nuestra primera línea de veinte, pero los marineros se limitaron a cargar en una sólida cuña, con los machetes levantados para dar un revés. Luego un paso y un mandoble, luego clavar, paso, mandoble y luego clavar, paso-mandoble-clavar, y aquella línea pirata se fundió y cayó en una confusa mezcolanza de caras y hombros cortados, a través de la cual los marineros pasaron rugiendo. Aquellos piratas que aún estaban de pie se volvieron con el rabo entre las piernas y casi se arrojaron a las puertas del fuerte, y nuestros chicos les persiguieron y maldijeron por ser unos marineros cobardes… Aquello hizo que me sintiera muy orgulloso de ser británico, se lo aseguro.

Yo estaba bastante cerca de la vanguardia, por entonces, chillando órdenes y dando un mandoble a algún herido que estuviera mirando en otra dirección. Los defensores, obviamente, esperaban que sus fusileros nos mantuvieran fuera de las puertas, pero estábamos dentro antes de que se dieran cuenta. Había una partida de piratas tratando de colocar un cañón para dispararnos en la entrada; uno de ellos cogió un lanzafuegos, pero antes de que pudiera tocarlo, media docena de cuchillos se clavaron en su cuerpo, y él cayó despatarrado encima del cañón mientras los otros se volvían y salían corriendo. Estábamos dentro, y todo lo que quedaba por hacer era perseguir y aniquilar a todos los piratas para que el lugar fuera nuestro.

Esto no presentó ninguna dificultad, ya que no había ninguno, por la sencilla razón de que aquellos malditos cobardes se habían esfumado todos por el camino de atrás, y estaban escabulléndose para dar la vuelta y sorprendernos por detrás en la puerta. En aquel momento yo no sabía todo aquello, por supuesto; estaba demasiado ocupado enviando partidas armadas al mando de pequeños oficiales para conquistar el interior, que no se parecía a ningún otro fuerte que yo hubiera visto. De hecho, era el palacio y cuartel general de bambú de Sharif Sahib, un gran laberinto de casas, algunas de ellas incluso de tres pisos, con escaleras exteriores, pasadizos que las unían, verandas y pasajes con pantallas por todas partes. Acabábamos de empezar el saqueo y habíamos descubierto el guardarropa privado de Sharif —una asombrosa colección que incluía ropa tan variada como turbantes de tela dorada, tiaras enjoyadas, chisteras y trajes occidentales— cuando estalló un verdadero infierno junto a la puerta principal, y hubo un movimiento general en aquella dirección. General, pero no particular. Mientras los marineros leales corrían hacia allí en busca de más sangre, me deslicé sigilosamente desde el guardarropa de Sharif Sahib en la dirección opuesta. No sabía adónde conduciría aquello, pero al menos me apartaba del fuego… ya había visto bastante sangre y horror por un día, y corrí por un puente de bambú hacia la casa de al lado, que parecía estar desierta. Allí había un largo pasadizo, con puertas a un lado, y yo dudaba de cuál sería el escondite más seguro cuando una de ellas se abrió y salió de allí el hombre más grande que había visto en toda mi vida.

Medía al menos dos metros de alto, y era tan feo como grande: una gorda cara redonda y amarilla incrustada entre unos enormes hombros, con un gorro ornamentado en la cima, unos ojos saltones y una gran espada agarrada con sus manos rechonchas. Gritó al verme, retrocedió en el pasadizo con una carrera extraña, torpe, y entonces agitó su espada por encima de la cabeza, chillando como una válvula de vapor, perdió el equilibrio y desapareció con gran estrépito, cayendo escaleras abajo. Por el sonido que hizo, debió de llevarse consigo dos pisos, pero yo no me quedé allí esperando a que saliera alguno más como él, así que entré por la puerta más cercana y me quedé estupefacto, incapaz de creer lo que veían mis ojos. Estaba en una gran habitación llena de mujeres.

Cerré los ojos y los volví a abrir, preguntándome si estaba soñando o si sufriría alucinaciones después de aquel terrible día. Pero aquello seguía allí, como una escena sacada de las *Noches árabes* de Burton, el libro ilustrado que solo se puede conseguir en el continente. Colgaduras de seda, sofás, alfombras, cojines, un intenso perfume que venía en oleadas, y las damas, en buen número, todas hermosas, según comprobé, y evidentemente orgullosas de ello, porque no había ropa suficiente en todo el grupo como para cubrir un solo cuerpo dignamente. Unos cuantos *sarongs,* jirones de seda, brazaletes, pantalones de satén, un turbante o dos, pero nada que pudiera ocultar aquellos miembros espléndidos, aquellas caderas bien formadas, aquellas nalgas rollizas, aquellas tetas respingonas. Me limité a mirar, incrédulo, y desviar mis ojos de los cuerpos a las caras: todos los tonos desde el café y beige hasta el miel y el blanco, y todas hermosas; labios rojos temblorosos oscuros ojos pintados con *kohl* abiertos de par en par con terror.

Me pregunté por un momento en la batalla si me habrían matado y luego transportado a algún paraíso delicioso celestial o terreno y yo no podía dejar escapar una oportunidad como aquella, y mi pensamiento debió de reflejarse en mi expresión, porque toda la encantadora reunión gritó al unísono, y se dio la vuelta para huir. Quiero decir, que no hay que culparlas, porque ver a Flashy mirando lascivamente desde la puerta, cubierto de sangre y mugre, con la pistola en una mano y el machete ensangrentado en la otra no es lo mismo que si aparece el vicario para tomar el té. Ellas corrieron en desorden, cayendo en los cojines, tropezando unas con otras, dirigiéndose hacia las otras puertas de la habitación, y me pareció una cuestión de simple sentido común agarrar a la que tenía más cerca, una muchachita voluptuosa cuya única vestimenta consistía en un collar y unos pantalones de gasa; quizá fue mi mano o su tobillo o su henchido pecho lo que la hizo perder el equilibrio; el caso es que cayó ya dentro de una alcoba encortinada y por una estrecha escalera que bajaba, trastabillando y chillando, con Flashy persiguiéndola de cerca. Se quedó apoyada contra una pared con una pantalla al final, yo la agarré gozosamente, y en aquel momento recobré el sentido de mi verdadera posición al escuchar un ruido que apartó todos los pensamientos carnales de mi mente: una ensordecedora andanada de fusilería estalló en la calle al otro lado de la delgada pared de la casa, hubo un resonar de acero, un parloteo de voces nativas —piratas, seguramente— y en la distancia una voz inglesa dando órdenes de ponerse a cubierto.

Parecía una idea muy sensata; yo apreté a la chica que se retorcía contra el suelo, blandí mi pistola y le susurré que se callara. Ella se quedó temblando en mi presa, con la cara aterrorizada… una carita encantadora por cierto, entre china, india y malaya, probablemente, con grandes ojos llenos de lágrimas, una breve naricita, labios gordezuelos… Por Dios bendito, estaba muy bien hecha; más por instinto que por propia voluntad me encontré acariciándola, y ella temblaba bajo mis manos, pero tuvo el suficiente sentido común como para mantener la boca cerrada.

Agucé el oído, temeroso; los piratas se estaban moviendo al otro lado de la delgada pared, y súbitamente empezaron a disparar de nuevo, chillando, maldiciendo, gritando agónicamente. Se oyó el ruido de pies que corrían y disparos que silbaban horriblemente cerca… Yo le tapé a ella la boca con la mano y la estreché fuerte, temeroso de que pudiera chillar y atraer a algún salvaje que atravesaría la fina pared y me haría picadillo. Nos quedamos allí quietos, en la sofocante oscuridad al pie de la escalera, con el ruido de la batalla resonando a menos de dos metros de allí, y una vez, durante un segundo en que se calmó el tumulto, oí los gritos y quejas en algún lugar por encima de mi cabeza… Las otras muchachas de la academia de señoritas de Patusan esperando ser violadas y asesinadas, presumiblemente. Me encontré susurrando histéricamente en su oído: «¡Tranquila, tranquila, por el amor de Dios!» y para mi asombro, ella gimoteó con lágrimas en los ojos como respuesta: *«¡Amiga sua, amiga sua!»* acariciando mi sudorosa cara con su mano, con una mirada de aterrorizada súplica en los ojos… incluso trataba de sonreír, también, una mueca patética, e intentaba llevar sus temblorosos labios a los míos, haciendo pequeños ruiditos de queja.

Bueno, a menudo he visto a algunas mujeres en las garras del terror, pero no podía explicarme aquel frenesí de pasión... hasta que me di cuenta de que mi temblor era de una naturaleza curiosamente rítmica, de que tenía una teta temblorosa en una mano y un rollizo muslo en la otra, que la parte inferior de nuestras ropas parecía haber desaparecido de forma misteriosa y mis tripas se estaban convulsionando con una sensación muy diferente al miedo. Estaba tan sorprendido que casi perdí el ritmo. Nunca me habría imaginado que pudiera montar a una hembra sin darme cuenta de que lo estaba haciendo, pero allí estábamos, dándole como el rey Hal en su luna de miel, después de todo lo que me había pasado aquel día, y con la batalla, el crimen y la muerte repentina desatados en torno a nosotros. Esto indica que en una crisis siempre prevalece nuestro instinto mejor. Algunos se ponen a rezar, otros llaman a la reina y a la patria, pero aquí había uno, estoy orgulloso de decirlo, que fornicaba instintivamente en las garras de la muerte, farfullando con espanto y atolondrada lujuria, pero dando lo mejor de sí mismo, porque cuando uno se da cuenta de que aquel puede ser su último polvo, procura hacerlo lo mejor posible y, ¿saben?, puede ser verdad que el amor perfecto disipe todo el miedo, tal como el doctor Arnold solía decir; al menos dudo de que aquel asunto hubiera podido ir mejor, porque en el último momento de éxtasis mi compañera quedó completamente desmayada, y eso es lo máximo que uno puede hacer por ellas.

Fuera todavía estaban dale que te pego, pero después de un rato la acción pareció calmarse, y cuando por fin oí a lo lejos los inequívocos gritos ingleses de ánimo, juzgué que ya era seguro aventurarse fuera de nuevo. Mi chica ya había vuelto en sí, y estaba allí tirada desmadejada y llorando, demasiado asustada para moverse; tuve que darle con la parte plana de mi espada en las nalgas para mandarla escaleras arriba, y después de un vistazo precavido, salí a escape.

Por entonces ya había acabado todo. Mis casacas azules, que no parecían haberme echado de menos, habían rechazado el ataque pirata, y estaban muy ocupados vaciando el fuerte de sus objetos de valor antes de quemarlo. Brooke estaba decidido a destruir comple-

211

tamente los nidos de los piratas. Les dije que durante la lucha había oído gritos de mujeres en uno de los edificios, y que las pobres criaturas debían ser tratadas con toda consideración. Me mostré muy severo al respecto, pero cuando fueron a mirar, al parecer todo el rebaño había huido a la selva; allí no había ni un alma, así que salí para encontrar a Brooke e informarle.*

Fuera del fuerte era una pesadilla. El espacio abierto hasta el río estaba cubierto de cadáveres enemigos, la mayoría de ellos sin cabeza, porque los victoriosos dayaks habían estado muy ocupados con su espantoso trabajo de recolectar trofeos, y el propio río era un revoltijo de despojos humeantes. Los praos piratas habían sido quemados en la batalla o habían huido río arriba. Menos de la cuarta parte pudieron escapar, la mayor parte de sus tripulantes habían sido asesinados o expulsados hacia la selva, y se habían reunido gran número de heridos y prisioneros en uno de los fuertes capturados. Habíamos tomado cinco fuertes, y dos de ellos estaban ya ardiendo. Cuando llegó la noche a Patusan, parecía de día por la luz anaranjada de los edificios en llamas. El calor era tan intenso que por un tiempo tuvimos que retirarnos a los barcos, pero durante la noche los trabajos habían concluido: se encerró y alimentó a los prisioneros, atendimos a nuestros propios heridos, se evaluó y embarcó el botín de los fuertes y reparamos nuestros barcos, llenamos de nuevo las bodegas, sacamos nuevas armas y municiones, contamos los muertos y toda aquella espantosa confusión se convirtió por fin en algo parecido al orden.

* El asalto a Patusan, en el que se incendiaron cinco fuertes piratas, tuvo lugar el 7 de agosto. Es comprensible que la narración de Flashman no dé mucha importancia a la parte que tuvieron Wade y Keppel, o a la sobresaliente valentía de los leales dayaks y malayos. La lucha en el río era más confusa que otras, y él, obviamente, estaba demasiado ocupado con su propia participación en ella. En algunos detalles es exacto: el marinero Ellis fue asesinado en el *Jolly Bachelor* mientras cargaba el cañón de proa, por ejemplo, y otros relatos también refieren el saqueo de los cuarteles generales de Sharif Sahib (donde se halló su «curioso y extenso guardarropa») y el hecho de que su harén escapase ileso de la batalla. Está claro que los otros reporteros no consultaron a Flashman en este último punto, o si lo hicieron; él se mostró prudente.

Yo había visto ya las consecuencias de una batalla cincuenta veces y volví a verlas una vez más, y es infernal, pero a pesar de los estragos y del agotamiento siempre hay un pensamiento que te anima: sigo aquí. Enfermo, dolorido y agotado, quizá, pero al menos sano y salvo, con un lugar donde descansar. Y con un buen polvo a cambio, aunque algo azaroso. El único inconveniente era que allí no había ni rastro del *Sulu Queen,* así que todo aquel horrible asunto tendría que empezar de nuevo, cosa que no quería ni imaginar.

Le dije algo así a Brooke, con la débil esperanza de hacerle abandonar. Por supuesto, me mostré angustiado, desgarrado entre el amor de Elspeth y la preocupación por lo mucho que había costado ya su rescate.

—Esto no está bien, rajá —dije, con aspecto piadosamente preocupado—. No puedo pedir este tipo de… sacrificio de usted y su gente. Dios sabe cuántas vidas se perderán… cuántos nobles compañeros… No, no lo aceptaré. Ella es mi mujer, y… bueno, me corresponde a mí, ya lo sabe…

Mi hipocresía era espantosa; insinuar que yo haría el trabajo por mi cuenta, de una forma sin especificar, cuando en realidad, si hubiera tenido la oportunidad, habría corrido hacia Singapur en aquel momento, habría ofrecido una recompensa y me habría sentado a esperar, alejado del peligro. De todo lo cual podía deducirse que el día pasado entre los piratas de Borneo había disipado casi por completo la locura que me había asaltado temporalmente en el cuarto de calderas la noche anterior. Pero yo perdía el tiempo, por supuesto; él se limitó a agarrar mi mano con lágrimas en los ojos y exclamó:

—¿De verdad cree que hay un solo hombre entre nosotros que le vaya a fallar ahora? ¡La recuperaremos a toda costa! Además —y rechinó los dientes—, todavía tenemos que erradicar a esos malvados piratas… ¡hemos ganado una batalla decisiva, gracias a hombres valientes como usted, pero debemos darles el golpe de gracia! Así que ya ve, estoy decidido a seguir adelante, aunque su amada no estuviera en sus asquerosas manos —agarró mi hombro—. Usted es un hombre blanco, Flashman, y yo sé que seguiría adelante solo si tuviera que hacerlo; bueno, puede contar con J. B. para todo, así que, ¡allá vamos! —eso era lo que yo me temía.

Estuvimos otros dos días en Patusan, esperando noticias de los espías de Brooke y encendiendo las piras funerarias de los dayaks a favor del viento en la orilla del río. Entonces nos llegaron noticias de que el *Sulu Queen* había sido avistado a treinta kilómetros corriente arriba, con una fuerza de praos enemigos, pero cuando nos dirigimos allí el día 10, los pájaros habían volado hasta el fuerte de Sharif Muller en el río Dundup, así que durante dos días más tuvimos que perseguirlos, atormentados por el insoportable calor y los mosquitos. La corriente iba cada vez más rápida y nosotros nos dejábamos arrastrar por ella. Tuvimos que dejar atrás al *Phlegethon* por culpa de la corriente y los troncos y ramas en el agua, a los cuales los piratas habían añadido trampas de troncos y redes de ratán sumergidas para obstaculizar nuestros remos. A cada momento había que parar y sumergirnos para despejar el camino, cortar las trepadoras y luego salir, empapados de sudor y agua grasosa, jadeando para respirar, los ojos volviéndose todo el tiempo hacia aquel muro de verdor humeante que nos rodeaba a cada lado, esperando el silbido de un dardo de *sumpitan* que de repente saliera de la selva para darle a un remero o quedarse vibrando en las bordas. Beith, el cirujano de Keppel, iba constantemente arriba y abajo de la flota sacando la pus y materia de los miembros y cauterizando heridas; afortunadamente, rara vez eran fatales, pero yo calculé que sufríamos una baja cada media hora.

No habría sido demasiado malo si yo hubiera tenido todavía las láminas de acero del *Phlegethon* para esconderme detrás, pero había sido asignado al barco explorador de Paitingi, que estaba a menudo en cabeza; solo por la noche volvía a bordo del *Jolly Bachelor* con Brooke, y no era demasiado cómodo: tenía que dormir acurrucado a los pies de su escalerilla después de haber esparcido por cubierta unas tachuelas para prevenir los ataques nocturnos, sudando en la oscuridad, sucio y desaliñado, escuchando los chirriantes ruidos de la selva y el ocasional golpeteo distante de un gong de guerra: dum, dum, dum, que surgía de la neblinosa oscuridad.

—Dale al gong, Muller —decía Brooke—, iremos a tocarte una bonita melodía finalmente, y si no, espera y verás. Tendremos un poco de diversión entonces, ¿eh, Flashy?

Para él, supongo que lo que ocurrió al tercer día en el Undup *fue* divertido: un ataque al amanecer al fuerte de Muller, que era un gran castillo de bambú con empalizada en una empinada colina. Los praos con cohetes lo machacaron, y también a los restos de la flota pirata en su fondeadero, y entonces los hombres del *Dido* y los dayaks llenaron la costa como hormigas y estos bailaron la última danza guerrera en el embarcadero antes del ataque, brincando, agitando sus *sumpitans* y gritando: «¡Dayak!». «Son así», me dijo Paitingi mientras mirábamos desde el barco explorador, «tan pronto gritan como luchan», y me pareció terrible. El pobre Charlie Wade murió al asaltar el fuerte; después me dijeron que le habían disparado mientras ponía a un niño malayo a cubierto, lo cual muestra adónde te conduce la caridad cristiana.

Yo solo participé en la lucha, sin embargo, cuando un prao se liberó del fondeadero pirata y se dirigió río arriba, con los remos a toda pastilla y el gong resonando sin parar. Paitingi bailaba arriba y abajo, rugiendo en escocés y árabe que podía ver la bandera personal de Muller en él, así que nuestro barco lo siguió. El prao se fue a pique, alcanzado por un cohete, pero Muller, un villano bastante obstinado con coraza acolchada y turbante negro, subió a un sampán. Le dimos alcance, disparando esporádicamente, y yo sentía horror al pensar en el abordaje cuando el tipo, amablemente, saltó por encima de la borda con su gente y se alejó nadando. Le perdimos al borde de la selva, y Paitingi se tiraba de la barba, maldiciendo como solo un árabe puede hacerlo.

—¡Vuelve y lucha, hijo de una perra malaya! —gritó, sacudiendo el puño—. *¡Istagfurallah!* ¿Así es como prueban su coraje los piratas? ¡Sí, corre a la selva, chulo de Port-Said! ¡Por los Siete Héroes, le daré tu cabeza a mis Lingas, carroña incircuncisa! ¡Porras! ¡Maldita sea su abuela!, ¡es un cobarde, eso es lo que es!

Por entonces tomaron el fuerte* y lo dejamos ardiendo y con los muertos sin enterrar, porque un prisionero nos había dicho que nuestra presa principal, Suleiman Usman, con el *Sulu Queen* —y

---

* El fuerte de Sharif Muller (o Mullah) fue tomado el 14 de agosto, y fue destruida una gran fuerza de praos piratas. La muerte del teniente Wade y la huida de Muller tuvieron lugar tal como describe Flashman.

presumiblemente mi errante mujer en él— se había refugiado arriba, en el río Skrang, con un grupo de praos. Así que otra vez bajamos el Undup, mucho más rápidamente de lo que habíamos subido, hacia la corriente principal, donde el *Phlegethon* se había quedado protegiendo la confluencia.

—Puedes correr ahora todo lo que quieras, Usman, hijo mío —decía Brooke—. El Skrang es navegable durante unos cuantos kilómetros como mucho; si lleva al *Sulu Queen* a alguna distancia hacia arriba, embarrancará. Tiene que quedarse y luchar. Sigue teniendo más hombres y más quillas que nosotros, y mientras nosotros hemos estado persiguiendo a Muller, ha tenido tiempo para prepararse. Debe de saber que estamos bastante cansados y mermados.

Aquello era bien cierto. Las caras en torno a la mesa de la pequeña cámara de oficiales del *Phlegethon* estaban hinchadas y con ojeras de fatiga. Keppel, el pulcro oficial naval de hacía una semana, parecía ahora un espantapájaros con sus mejillas sin afeitar y su pelo alborotado, la chaqueta de su uniforme rota y desgarrada y las charreteras quemadas. Charlie Johnson, con el brazo en cabestrillo manchado de sangre, daba cabezadas como un títere; incluso Stuart, normalmente un tipo muy animado, estaba sentado allí exhausto, con la cabeza entre las manos y su revólver a medio limpiar en la mesa ante él. Todavía puedo verlo, con la pequeña baqueta de latón que sobresale del cañón, y una gran mariposa nocturna negra posada en el punto de mira, frotándose las antenas. Solo Brooke estaba tan ofensivamente jovial como siempre, recién afeitado y alerta, aunque tenía los ojos completamente rojos. Nos miró a todos uno a uno y yo adiviné que estaba pensando que no podríamos seguirle durante mucho tiempo más.

—Sin embargo —dijo, sonriendo con aire astuto—, no ha sido tan terrible después de todo, ¿verdad? Calculo que hemos gastado la energía de tres días todos los que estamos aquí… y yo la de cuatro. Os diré lo que vamos a hacer. —Apoyó los codos en la mesa—. Voy a dar una fiesta mañana por la noche… Todos vestidos de gala, por supuesto, antes de la que va a ser nuestra última lucha contra esos forajidos…

—¡*Bismillah*! Me gustaría creer eso —dijo Paitingi.

—Bueno, la última de *esta* expedición, de todos modos —exclamó Brooke—. Tiene que serlo... o los echamos o acaban con nosotros... pero *eso* no va a ocurrir, no después de la zurra que les hemos dado. Tengo una docena de botellas de champán allá abajo, y las abriremos para brindar por nuestro éxito, ¿eh?

—¿No sería mejor guardarlas para después? —dijo Keppel, pero entonces Stuart levantó la cabeza y la sacudió, sonriendo con desgana.

—Quizá no todos estemos aquí. De este modo, estamos seguros de compartirlo de antemano, es lo que dijiste la noche antes de que atacáramos a los Lingas con el viejo *Royalist,* ¿no es verdad, J. B.? ¿Recuerdas?, los diecinueve, hace cinco años. «No se puede beber después de la muerte». Pues bueno... no quedamos muchos de los diecinueve.

—Sin embargo, tenemos muchos nuevos compañeros —dijo Brooke rápidamente—, y van a cantar ahora, como hicimos nosotros en aquella ocasión, y hemos seguido haciendo desde entonces —le dio un empujón a la cabeza de Charlie Johnson que no paraba de subir y bajar—. ¡Despierta, Charlie! ¡Hay que cantar si quieres tu cena de mañana! ¡Vamos o te meteré una esponja mojada por la espalda! ¡Canta, chico, canta! ¡George te dirigirá!

Johnson parpadeó, pero Brooke empezó a cantar «Salud para el rey, y paz duradera» dando golpes en la mesa, y Charlie empezó, graznando, con las palabras:

Bebamos ahora que tenemos aliento
que no se puede beber una vez muerto

Y siguió solo hasta el final, con los ojos saltones como un búho, mientras Brooke golpeaba la mesa y gritaba: «Buen chico, Charlie, dales una buena». Los otros parecían avergonzados, pero Brooke se dirigió a Keppel, alentándole para que cantase. Keppel no quería al principio, y se quedó allí sentado con un aspecto fastidiado y avergonzado, pero Brooke siguió insistiendo, lleno de entusiasmo, y ¿qué otra cosa podía hacer el pobre tipo? Así que cantó «Las damas españolas» —cantaba bien, debo decirlo, con voz de bajo— y para entonces hasta el más cansado de nosotros estaba sonriendo y uniéndose al coro, Brooke dando ánimos, marcando el compás y mirándonos como un halcón. Él mismo cantó «La Aretusa», e incluso persuadió a Paitingi, que nos cantó un salmo, ante lo cual Charlie rio histéricamente, pero Keppel se unió a él como un trueno, y entonces Brooke me miró, me hizo un gesto y me encontré cantando: «Bebe, cachorro, bebe», y ellos golpearon con los pies y siguieron el compás hasta hacer temblar la cabina.

Era una situación vergonzosa... tan forzada y falsa que resultaba desagradable, aquel alegre lunático animando a sus hombres y haciéndoles cantar; todo el mundo odiaba aquello. Pero cantaban, como habrán observado, y yo con ellos, y al final Brooke saltó y gritó:

—¡Bueno, no está tan mal! Ya tenemos un buen coro. Los barcos exploradores irán delante mañana a las cinco de la mañana en punto, y luego irá la chalupa del *Dido,* los dos cúters, la falúa, el *Jolly Bachelor,* luego los barcos pequeños. La cena a las siete, en punto. ¡Buenas noches, caballeros!

Salió y nos dejó mirándonos boquiabiertos como tontos unos a otros. Entonces Keppel meneó la cabeza, sonrió, suspiró, y nos dispersamos, sintiéndonos bastante estúpidos, diría yo. Yo me preguntaba por qué aguantaban a Brooke y sus bufonadas de colegial, absolutamente patéticas. ¿Por qué le seguían la corriente? Porque de eso se trataba. No era miedo, ni amor, ni siquiera respeto; sospecho que ellos sentían que de algún modo habría sido una mezquindad desengañarle, así que le consentían todas las locuras, ya fuera cargar contra un prao pirata con un esquife o cantar salmodias cuando deberían estar curándose las heridas o arrastrándose a algún lugar para sumergirse en un sueño reparador. Sí, ellos le seguían la corriente... solo Dios sabe por qué. Aunque, por muy loco y peligroso que fuera, debo decir que era difícil negarle algo, cualquier cosa.

Aquella misma noche, más tarde, yo lo hice, aunque admito que no en su propia cara. Yo estaba acurrucado bajo la escalerilla del *Jolly Bachelor* cuando los piratas llegaron deslizándose sigilosamente en la niebla en sampanes y trataron de tomarnos por sorpresa. Estaban en el puente asesinando a nuestros vigías antes de que nos diéramos cuenta, y si no hubiera sido porque la cubierta estaba sembrada de tachuelas para que se pincharan los pies desnudos, habría sido el fin del barco y de todo el mundo a bordo incluyéndome a mí. Pero en cambio hubo una condenada trifulca en la oscuridad, Brooke chilló para que todo el mundo se levantara... y yo me hundí aún más, intentando cubrirme y sujetando con fuerza mi pistola, hasta que los piratas fueron eliminados, y entonces me escabullí rápidamente y salí tropezando aquí y allá, lanzando miradas feroces y fingiendo que había estado allí todo el tiempo. Hice un poco de trabajo pesado ayudando a tirar piratas muertos por la borda, y luego nos quedamos despiertos hasta que llegó la luz del día, pero no nos volvieron a molestar.

Al día siguiente empezó a llover con ganas y subimos por el Skrang bajo una perfecta lámina de agua que reducía la visibilidad casi del todo y formaba agujeros en el río como fuego graneado. Todo el día nos movimos lentamente en la oscuridad, y el río se fue estrechando hasta quedar reducido a doscientos metros de ancho, y no vimos ni un maldito enemigo. Me senté en el barco explorador de Paitingi, empapado, reducido al grado más bajo de la desesperación, achicando agua constantemente hasta que todo mi cuerpo gritaba de dolor. Al anochecer estaba desfallecido, y entonces anclamos, y maldita sea mi estampa si no tuvimos que afeitarnos y lavarnos y sacar trajes limpios para la fiesta de Brooke en el *Jolly Bachelor*. Recordando aquello, no puedo imaginar por qué lo soporté. No intento comprender tampoco las mentes de los demás. Todos ellos se vistieron lo mejor que pudieron, empapados de humedad, y yo no podía llevarles la contraria, ¿verdad? Nos reunimos en la cabina del *Jolly Bachelor*, chorreando, y allí estaba la mesa puesta para la cena, con plata, cristalería y todo, Brooke con su frac azul con botones de latón, dándonos la bienvenida como un maldito gobernador general, tomando vino con Keppel, señalándonos nuestros asientos y frunciendo el ceño porque la sopa de tortuga estaba fría.

«No puedo creer que esto esté ocurriendo de verdad —pensaba yo—; todo es una terrible pesadilla, y Stuart no está sentado frente a mí con su levita negra y su corbata de cordón atada con un nudo de fantasía, y no es champán real lo que estoy bebiendo a la luz de unos humeantes candiles, todo el mundo reunido en torno a la mesa en la pequeña cabina, y no están escuchando sin respirar mientras yo les cuento lo de coger a Alfred Mynn con la pierna delante en Lord's. No hay piratas, realmente, y no estamos brindando a kilómetros de distancia de cualquier apestosa bahía de Borneo, mientras fuera resuenan los truenos y caen chuzos de punta por la escalera, y Brooke pasa unos cigarros mientras el asistente malayo pone el oporto en la mesa». No podía creer que en torno a nosotros hubiera una flota de sampanes y barcos espía, cargados con dayaks y casacas azules y otros salvajes surtidos, y que al día siguiente estaríamos reviviendo el horror de Patusan de nuevo. Era todo demasiado extraño, confuso e irreal, y aunque debí de haber liquidado por mi cuenta una botella de buen champán y unas copas de oporto, me levanté de aquella mesa tan sobrio como cuando me senté.

Sin embargo, fue bastante real, la mañana de aquel último día espantoso en el río Skrang. El tiempo se había despejado milagrosamente antes de amanecer, y la estrecha franja de agua marrón y aceitosa que había frente a nosotros brillaba a la luz del sol entre sus verdes muros de vegetación. Hacía un calor infernal, y por una vez la selva, comparativamente, estaba silenciosa, pero había una excitación en la flota que se podía notar batiendo en olas a través del aire bochornoso y sofocante; no era solo el hecho de que Brooke hubiera predicho que esa podía ser la última batalla, creo que también nos dábamos cuenta de que si no llegábamos a alguna conclusión con los piratas que se escondían en algún lugar ante nosotros, nuestra expedición se detendría por puro agotamiento, y no podríamos hacer nada salvo volver de nuevo río abajo. Esto alimentaba una especie de salvaje desesperación en los demás. Stuart ardía de impaciencia mientras se dejaba caer junto a mí en el barco explorador de Paitingi, sacando su pistola y metiéndola en su cinturón y luego haciendo lo mismo una y otra vez. Incluso Paitingi, en la proa, estaba tenso como cuerda de violín, contestando bruscamente a los Lingas y retorciéndose la roja barba. Mi propio estado pueden imaginárselo ustedes mismos.

Nuestro héroe, por supuesto, estaba como siempre en plena forma. Estaba situado en la proa del *Jolly Bachelor* mientras nuestro barco explorador se alejaba a toda vela, con el sombrero de paja en la cabeza, dando órdenes y bromeando hasta ponerte enfermo.

—Están ahí, amigo —le gritaba a Paitingi—. Está bien, no puedes olerlos, pero yo sí. Nos encontraremos con ellos por la tarde, probablemente antes. Así que mantén una buena vigilancia, y no te alejes a más de un tiro de pistola del segundo barco, ¿me oyes?

—¡Ajá! —dijo Paitingi—. No me gusta esto, J. B. Está muy tranquilo. Supón que ellos están en los laterales... dispersos y escondidos.

—El *Sulu Queen* no puede esconderse —replicó Brooke—. Tiene que mantenerse en la corriente principal, y el río pierde profundidad enseguida. Es nuestra presa, piénsalo, tómala y cortaremos la cabeza de la serpiente. Toma un mango —le tiró el fruto a Paitingi—. No pienses en los laterales; en cuanto veas el bergantín, pon una luz azul y mantén tu posición. Nosotros haremos el resto.

Paitingi murmuró algo acerca de emboscadas en el agua, y Brooke rio y le dijo que dejara de graznar.

—¿Recuerdas al primer tipo contra el que luchaste? —gritó—. Bueno, ¿qué es un montón de piratas comparado con él? Ve, viejo amigo... y buena suerte.

Saludó con la mano mientras pasábamos los remos adentrándonos en la corriente y hacia el primer recodo, con los otros barcos alineados en nuestra estela y la chalupa del *Dido* y el *Jolly Bachelor* conduciendo a las embarcaciones más pesadas detrás. Le pregunté a Stuart qué había querido decir Brooke con eso del primer tipo contra el que había luchado Paitingi, y él se rio.

—Era Napoleón. ¿No lo sabía? Paitingi estaba con el ejército turco en la batalla de las Pirámides.* ¿Verdad, viejo?

—¡Ajá! —gruñó Paitingi—. Y fuimos bien derrotados, para mi desgracia. Pero te digo una cosa, Stuart, me sentía mejor aquel día

* La batalla de las Pirámides, librada el 21 de julio de 1798, fue una de las victorias más completas de Napoleón. Venció y capturó a un ejército egipcio-turco de más de 20 000 hombres bajo el circasiano Murad Bey. St. John nos cuenta que uno de los hombres de Brooke había tomado parte en aquella batalla, del lado turco, pero se refiere a él simplemente como «un viejo malayo»; Flashman es la única fuente que sugiere que aquel anónimo veterano era Paitingi Alí. Es posible, si es verdad que Paitingi tenía ya unos sesenta años cuando Flashman le conoció.

que ahora —se agitó en la proa, apoyándose en los cañones para mirar río arriba—. Hay algo raro, lo noto. Escucha.

Aguzamos los oídos por encima del silbido de los remos, pero excepto los gritos de los pájaros en la selva y el zumbido de las nubes de insectos en la costa, no se oía nada. El río estaba vacío, y por lo que parecía, la selva que lo rodeaba también.

—No oigo nada extraño —dijo Stuart.

—Precisamente por eso —replicó Paitingi—. No se oyen gongs de guerra… y sin embargo hemos venido oyéndolos cada día durante toda la semana pasada. ¿Qué pasa ahora?

—No sé. Pero, ¿no será buena señal? —Pregúntamelo esta noche —respondió Paitingi—. Espero poder contestarte entonces.

Su intranquilidad se me contagió como la peste, porque yo sabía que él tenía mejor olfato que ningún otro guerrero que haya conocido nunca, y cuando un tipo así empieza a impacientarse, hay que tener cuidado. Tuve vívidos recuerdos del sargento Hudson olisqueando el peligro en el yermo del camino de Jallalabad. Por Dios, tuvo razón, a pesar de todas las señales, y allí estaba Paitingi con la misma historia, inclinando la cabeza, frunciendo el ceño, poniéndose de pie de vez en cuando para escrutar el verde impenetrable, mirando al cielo, tirándose de las patillas… Aquello acababa con mis nervios, y con los de Stuart también, aunque no había ni una señal de peligro mientras nos deslizábamos lentamente corriente arriba por el río silencioso bajo la brillante luz del sol, kilómetro tras kilómetro, por recodos y tramos rectos, y siempre la misma corriente marrón igualmente vacía en toda la distancia que abarcaba la vista. El aire estaba tranquilo; el ruido de un cocodrilo al deslizarse con su pesado chapoteo en un banco de arena nos hizo dar un salto y buscar nuestras pistolas; luego un pájaro lanzó un graznido en la otra orilla, y volvimos a empezar, un sudor frío en aquella humeante soledad… No conozco ningún lugar donde uno se sienta tan desnudo y expuesto como en un desierto río de la selva, con aquella vasta y hostil extensión de vegetación todo alrededor. Como Lord's, pero sin pabellón hacia el que correr.

Paitingi aguantó aquello durante un par de horas y luego perdió la paciencia. Había estado usando el catalejo para examinar las bocas de las pequeñas ensenadas laterales que pasábamos de vez en cuando, oscuros, silenciosos túneles en la vegetación; entonces miró ceñudamente al segundo barco explorador, a cien metros detrás de nosotros, y gritó una orden a los remeros para que aceleraran el ritmo. El barco salió disparado hacia adelante, temblando debajo de nosotros; Stuart miró hacia atrás ansiosamente al espacio que se iba agrandando.

—J. B. ha dicho que no más lejos de un disparo de pistola —dijo, y Paitingi se volvió hacia él.

—¡Si seguimos las órdenes de J. B., caeremos en la trampa con toda la flota completa! Y además, ¿dónde está él ahora? ¿Crees que sabe manejar un barco explorador mejor que yo?

—Pero teníamos que mantenernos igual hasta que diéramos con el *Sulu Queen*...

—¡Que el demonio se lleve al *Sulu Queen*! Está escondido en una de esas ensenadas, aunque J. B. quiera creer otra cosa. No están delante de nosotros, te lo digo. ¡Están a un lado! ¡Siéntese, maldita sea! —me dijo—. ¡Stuart! Pasa la orden... Los remeros estarán listos para ciar a mi señal. ¡Mantén el ritmo! ¡Les ganaremos medio kilómetro de agua para maniobrar, si tenemos suerte! ¡Adelante... y esperad mis órdenes!

Yo no podía entender nada de todo aquello, pero eran noticias completamente espantosas. Por lo que él decía, ya habíamos caído en la trampa, y la selva estaba llena de diablos escondidos esperando para atacarnos, y él se dirigía hacia adelante para hacer saltar la emboscada antes de que el resto de nuestros barcos se metiera en ella del todo. Me senté, muerto de miedo, mirando hacia aquel silencioso muro de hojas, las corrientes que serpenteaban en torno al recodo que se aproximaba, la ancha espalda de Paitingi mientras él se agachaba en la proa. El río se había estrechado notablemente en el último kilómetro, hasta una anchura de apenas cien pasos más o menos; las orillas estaban tan cerca que imaginé que podía ver a través de los árboles más cercanos, a las oscuras sombras que había más allá. ¿Había alguna cosa que se movía allí, se oía alguna espantosa presencia? El barco explorador casi volaba bordeando el recodo, y detrás de nosotros el río estaba vacío durante medio kilómetro, estábamos solos, muy adelante.

—¡Ahora! —rugió Paitingi, cayendo de rodillas y agarrándose a la borda, y mientras los remeros ciaban, el barco explorador giró sobre sí mismo, y su proa se levantó claramente del agua de modo que tuvimos que agarrarnos como desesperados para evitar ser arrojados fuera. Durante un espantoso e inacabable instante colgó suspendido en un ángulo, con el agua a sus buenos dos metros por debajo de mi codo izquierdo, luego volvió a caer de golpe como si quisiera sumergirse hasta el fondo, onduló, el agua pasó por encima de sus costados y ya estábamos al revés y corriendo río abajo, y Paitingi nos chillaba que achicáramos por lo que más quisiéramos.

El agua nos cubría hasta la altura del tobillo mientras yo la achicaba con el sombrero, tirándola por la borda; los remeros jadeaban como máquinas oxidadas, la corriente nos ayudaba a deslizarnos a una marcha escalofriante, y entonces resonó un grito de Paitingi, levanté la vista y miré, y vi algo que me heló la sangre en mi asiento.

A un centenar de metros por delante de nosotros, río abajo, algo se movía desde la maraña de la orilla: una balsa, empujada con una pértiga lentamente en el fondo de la corriente, repleta de hombres. En el mismo momento sonó un ruido desgarrador desde la selva en la orilla opuesta; la selva parecía moverse lentamente hacia fuera, y entonces se separó un gran árbol, una masa de verde enmarañado, que cayó con estrépito y con un poderoso chapoteo hasta bloquear un tercio de la corriente por babor. Desde la selva del otro lado llegó el súbito estruendo de los gongs de guerra; detrás de la primera balsa, otra estaba colocándose ya. Surgían pequeñas canoas como dedos negros de las orillas de delante, cada una cargada de indígenas. Donde un momento antes el río estaba silencioso y vacío ahora vomitaba una horda de embarcaciones piratas, lanzando sus gritos de guerra, sus barcos llenos de aceros, crueles caras, interceptándonos, acercándose hacia nosotros como un enjambre. Había otros en las orillas, arqueros y lanzadores de cerbatanas; los dardos silbaron en dirección a nosotros.

—Allí, ¿lo veis? —rugió Paitingi—. ¿Dónde está vuestro inteligente J. B. ahora, Stuart? ¡El *Sulu Queen*, dice él! Sí, bueno, él ha elegido buenas aguas en las que moverse… ¡Muchas gracias! Estos hijos de Eblis querían atrapar una flota y han conseguido una de barcos exploradores. —Y se puso de pie, desafiante, riendo a carcajadas—. ¡Dirígete hacia el hueco, timonel! ¡Adelante, adelante! ¡A la carga!

Hay momentos en la vida que se resisten a la descripción. En mis malos momentos parece haber ocurrido al menos una vez por semana, y tengo dificultades para distinguirlos. Los últimos minutos en Balaclava, el momento en que los galeses se abatieron en Little Hand Rock y los zulúes llegaron saltando sobre nuestra posición, la rotura de la puerta del fuerte Piper, la carrera desesperada por Reno's Bluff con los bravos sioux corriendo entre la turbulenta y aniquilada multitud del Séptimo de Custer... En todos estos casos eché a correr, sabiendo que iba a morir y poco dispuesto ante la perspectiva. Pero en el barco explorador de Paitingi era imposible, así que, deprimido, estuve a punto de rendirme. Observé aquellas caras malignas, planas, mirándonos detrás de sus brillantes puntas de lanza y *kampilans,* y decidí que no estaban abiertos al diálogo; no había nada que hacer salvo sentarse y disparar sin descanso... y entonces noté un dolor ardiente en el lado izquierdo de las costillas y miré hacia abajo asombrado para ver un dardo de *sumpitan* en mi costado. Era amarillo, con un pequeño penacho negro de algodón en la punta, y lo agarré, gimoteando, hasta que Stuart me alcanzó y lo arrancó de golpe, con considerables molestias por mi parte. Chillé, me retorcí y caí por encima de la borda.

Imagino que fue aquello lo que me salvó, aunque que me parta un rayo si sé cómo. Eché un vistazo al relato oficial de los hechos antes de escribir esto, y evidentemente el historiador tuvo una dificultad similar para creer que alguien de nuestra pequeña fiesta acuática sobreviviera, porque asegura convencido que todos los hombres de la tripulación de Paitingi fueron asesinados. Asegura que habían avanzado demasiado, que fueron interceptados por una súbita emboscada de balsas y praos, y cuando la flota de Brooke llegó al rescate, demasiado tarde, Paitingi y sus seguidores habían muerto todos... Se relata gráficamente cómo se unieron veinte barcos en una sangrienta mezcolanza, miles de piratas chillando en la orilla, la corriente teñida de color escarlata, cuerpos descabezados, despojos y embarcaciones volcadas y a la deriva por la corriente, pero ni una sola palabra acerca del pobre Flashy medio muerto, tiñendo el agua con su preciosa sangre y escupiendo: «¡Esperad, malditos bastardos, me estoy hundiendo!». Es bastante doloroso ser ignorado de esa manera, aunque me alegré bastante de aquello en su momento, cuando vi el cariz que estaban tomando las cosas.

Fue, me he dado cuenta más tarde, cuestión de pura casualidad que toda la flota de Brooke no fuera arrasada; en realidad, si no hubiera sido por la carrera desesperada de Paitingi hacia adelante, los piratas habrían cogido a toda la expedición junta, pero tal como fue, Brooke tuvo tiempo para poner en línea sus barcos y dirigirlos en orden. Fue una cosa horrible, sin embargo. Keppel confesó más adelante que cuando vio la horda que estaba esperándole, «por un momento no supe qué partido tomar». Allí había un tipo que iba por el agua corriente abajo con un agujero en el vientre y pidiendo socorro, que compartía exactamente sus sentimientos. Yo veía la acción desde el otro lado, por así decirlo, pero me parecía tan confusa e interesante como a Keppel. Estaba muy ocupado, por supuesto, sujetándome las tripas heridas con una mano y agarrado a una tabla con la otra, tratando de evitar ser arrastrado por barcos llenos de personas mal dispuestas con espadas, pero mientras salía a flote por décima vez, vi los últimos segundos del barco explorador de Paitingi que se estrellaba contra el enemigo, y cómo su cañón de proa explotaba y abría una sangrienta brecha a través de la tripulación de una balsa.

Luego los piratas pasaron por encima de ellos; vi a Stuart, erizado como un alfiletero con dardos de *sumpitan,* que caía en el agua, un Linga que se abría paso con su *kampilan* girando en un brillante círculo en torno a su cabeza; otro en el agua, apuñalando fieramente a los enemigos que tenía encima; el timonel, a gatas en la balsa, cortado literalmente en pedazos por una multitud aullante de piratas; Paitingi, un gigante rojo y resplandeciente, sin turbante, rugiendo: *«Allah-il-Allah!»* con un pirata levantado en sus grandes brazos… y luego solo el casco del barco explorador, vuelto del revés, en el agua tumultuosa y sangrienta, los barcos piratas que se apartaban de allí y daban la vuelta para encontrarse con el enemigo que se ocultaba corriente abajo. No tuve tiempo para ver nada más. El agua rugía en mis oídos, podía sentir que mis fuerzas desaparecían a través de la herida torturadora de mi costado, mis dedos se soltaban de su presa en el pecio, el cielo y las copas de los árboles giraban lentamente por encima de mi cabeza y a través de la superficie del agua algo —¿un barco? ¿Una balsa?— se acercaba a mí entre un clamor de voces. El aire y el agua estaban llenos de los sonidos de gongs de guerra, y entonces me vi sacudido por un violento golpe en la cabeza, algo rozó dolorosamente contra mi cuerpo, empujándome hacia abajo, me atraganté con el agua, mis oídos me zumbaban, los pulmones me reventaban… Y entonces, como el viejo Wild Bill habría dicho: «Sí, chicos… ¡me ahogué!».*

* Como Flashman, otros participantes en la batalla del río Skrang pensaban que fue la más fiera y sangrienta de todos los encuentros librados por las fuerzas de Brooke en su paso por el Batang Lupar. Seiscientos piratas en seis praos atacaron el barco explorador de Paitingi, destrozando a su tripulación de diecisiete hombres. El relato de Keppel, citado por Flashman, testifica la fiereza de la lucha en la vía fluvial, obstruida por una masa de barcos que habían zozobrado y cuerpos partidos por la mitad mientras flotaban corriente abajo. Finalmente, Brooke y Keppel pudieron conducir su falúa a través del agujero, seguidos por un barco con cohetes. Además de la tripulación de Paitingi, la expedición perdió a otros veintinueve hombres, con cincuenta y seis heridos en la batalla.

Aunque Flashman no estaba en situación de apreciarlo, esta acción marcó el final de la operación en el Batang Lupar. Como la corriente en su contra era demasiado fuerte, la flota de Brooke volvió a Patusan, después de haber destruido o dispersado efectivamente a los piratas a lo largo del río en aquella campaña de quince días. La mayoría del crédito, indudablemente, pertenecía a Keppel, cuyo papel de líder Flashman tiende a desestimar; por lo demás, su relato de la expedición es completamente fiel y ajustado a la verdad, aunque, como de costumbre, se trata de una visión muy subjetiva, y aunque resulta fiable en las fechas, nombres de personas, lugares y barcos y en la conducción general de las operaciones, no hay manera de verificar sus recuerdos más personales. Al parecer magnificó la acción en Fort Linga —en la cual según su propio relato no tomó parte—, pero no hay razón para suponer que el retrato que pinta de la lucha en los ríos de Borneo, o de la situación de los piratas a lo largo de la costa sea exagerada en ningún aspecto. (Véase Keppel, Jacob, St. John, Marryat y *Narrative of Events in Borneo and Celebes* de sir George Mundy, 1848).

Por un momento creí que estaba de vuelta en Jalalabad, en aquel delicioso despertar después de la batalla. Mi cuerpo descansaba en un suave lecho, las sábanas y una fresca brisa me rozaban la barbilla; abrí los ojos y vi que venía de un ojo de buey que estaba frente a mí. Pero aquello no podía ser; no hay ojos de buey en el país de Khyber... luché con mi memoria, y una figura bloqueó la luz, una alta figura con un *sarong* verde y una camisa sin mangas, con un *cris* en su cinto, manoseando su pendiente mientras me miraba, su robusta cara bronceada dura como una piedra.

—Podía haber muerto —dijo don Solomon Haslam.

Fue este el despertar que necesita un inválido, por supuesto, pero aquello devolvió a mi mente la pesadilla del ahogamiento, las humeantes aguas del Skrang, el barco explorador volcado, el dardo en mi costado —yo era consciente de un sordo dolor en mis costillas, y de estar vendado—. Pero ¿dónde demonios estaba? En el *Sulu Queen,* seguro, pero incluso en aquel momento tan confuso me di cuenta de que su movimiento era lento, un balanceo fijo, no había ruidos de selva y entraba por la ventanilla un aire salobre. Traté de hablar, y mi voz era un graznido reseco.

—¿Qué... qué estoy haciendo aquí?

—Sobrevivir —dijo él—. Por el momento. —Y entonces, para mi asombro, acercó su cara a la mía y gruñó—: Pero usted no podía morirse decentemente, ¿verdad? ¡Ah, no, usted no! Cientos de hombres perecieron en ese río... ¡pero usted sobrevivió! Todos los hombres de Paitingi. Buenos hombres. Ungas que lucharon hasta el final..., el propio Paitingi, que valía por mil. ¡Todos perdidos! ¡Pero usted no, usted chapoteaba en el agua donde lo encontraron mis hombres! Debieron dejarlo que se ahogara. Debería haber... ¡bah!

—Se dio la vuelta, con rabia. Bueno, no esperaba que se sintiera

228

encantado de verme, pero incluso en mi estado de confusión tanta pasión me pareció fuera de lugar. ¿Estaba delirando yo? Pero no, no me encontraba mal, y cuando traté de incorporarme en los cojines vi que podía hacerlo sin demasiado malestar; uno no puede hablar con vehemencia cuando está echado, ¿comprenden? Cien preguntas y miedos se mezclaban en mi mente, pero la primera fue:

—¿Cuánto tiempo llevo aquí?

—Dos semanas. —Me miró con desprecio—. Y si se pregunta dónde, el *Sulu Queen* está aproximadamente a diez grados al sur y setenta al este, dirigiéndose al oeste-sudoeste —luego añadió amargamente—: ¿Qué demonios iba a hacer yo, una vez que esos locos lo sacaron del agua? ¿Dejarle morir de gangrena, que es eso lo que se merece? ¡Esa es la única cosa que no puedo hacer!

Como me sentía medio atontado por el prolongado espacio de tiempo que estuve inconsciente, no podía entender gran cosa de lo que me decía. La última vez que lo vi éramos buenos amigos, pero desde entonces él había tratado de asesinarme, había secuestrado a mi mujer y resultó ser el pirata por antonomasia de Oriente, lo cual arrojaba una luz muy diferente sobre las cosas. Traté de aclarar mis confusos pensamientos, pero no pude. De todos modos, obviamente él estaba de un humor de mil diablos porque se sentía obligado, Dios sabe por qué, a no dejarme perecer por el veneno de la cerbatana. Era difícil saber qué decir, así que me callé.

—Puede imaginar por qué está usted vivo —dijo—. Es por ella... Porque usted era su marido.

Con la velocidad del rayo cruzó por mi mente un pensamiento: él quería decirme que ella había muerto; luego mi mente llegó a la conclusión de que él me la había quitado, y había hecho cosas feas con ella, y ante el pensamiento de mi pequeña Elspeth violada por aquel vil pirata negro, aquel malhechor oriental, mi confusión y discreción desaparecieron y se transformaron en pura rabia.

—¡Bastardo, mentiroso! ¡Yo *soy* su marido! ¡Ella es mi mujer! Usted la ha raptado, asqueroso pirata, y...

—¿Raptada? ¡Querrá decir salvada! —Sus ojos echaban chispas—. La rescaté de un hombre. No, de un bruto que no merecía siquiera besar sus pies. ¡Oh, no, no es secuestrar quitarle una perla a un cerdo, que la mancilla con cada contacto, que la trata como una simple concubina, que la traiciona...

—¡Eso es mentira! Yo...

—¿Acaso no lo vi yo con mis propios ojos copulando con aquella zorra en mi propia librería?

—Salón...

—... Con la zorra de Lade, sí. ¿No es acaso su nombre una contraseña en Londres para la disipación y el vicio, para todo tipo de libertinaje y depravación?

—¡No de todo tipo! Yo nunca...

—Un libertino, un mentiroso, un bravucón y un chulo. De eso rescaté a esa dulce y valiente mujer. La saqué del infierno de vida que llevaba con usted...

—¡Está loco! —grazné yo—. ¡Ella nunca dijo que fuera un infierno! Ella me ama, maldito sea, y yo la amo a ella...

Su mano me cruzó la cara y me echó atrás en la almohada, y yo tuve el suficiente sentido común para quedarme allí quieto, porque él ofrecía una visión terrible, temblando de furia, con la boca torcida.

—¿Qué sabe usted del amor? —gritó—. ¡Como vuelva a pronunciar esa palabra haré que le cosan los labios con un escorpión dentro de la boca!

Bueno, cuando puso las cosas de esa manera, vi que era inútil discutir. Me quedé echado temblando, mientras él se dominaba a sí mismo y seguía, más tranquilamente:

—El amor no es para animales como usted. El amor es lo que sentí, por primera vez en mi vida, aquella tarde en Lord's, cuando la vi. Supe entonces, tan seguro como sé que hay un solo Dios, que nunca habría otra mujer, que la adoraría para siempre, para toda la vida, una vida que sería muerte sin ella. Sí, entonces supe... lo que era el amor.

Dejó escapar un suspiro. Estaba temblando. «Demonios —pensé yo—, es un maníaco... se lo cree de verdad». Respiró fuerte durante un minuto por lo menos, y luego siguió, como un poeta que ha tomado opio:

—Ella llenó mi vida a partir de aquel momento; no hubo nada más. Pero era un amor puro. Ella habría sido sagrada para mí si hubiera estado casada con un marido que la mereciera realmente. Pero cuando comprendí la verdad, que se hallaba prisionera de un bruto de la peor calaña —me dirigió una mirada desdeñosa—, me pregunté por qué mi vida y la de ella (que es infinitamente más preciosa) debían verse arruinadas por una estúpida convención que, después de todo, no significa nada para mí. Oh, yo era un caballero, educado a la inglesa, en una escuela inglesa... pero también era un príncipe de la casa de Magandanu, descendiente del propio Profeta, y era un pirata, como nos llaman ustedes los occidentales. ¿Por qué tenía que respetar *sus* costumbres, cuando podía ofrecerle a ella un destino tan superior a la vida que llevaba con usted como las estrellas están por encima del barro?, ¿por qué tenía que dudar? ¡Podía hacer de ella una reina, en lugar de la esclava de un tipejo borracho y licencioso que solo había accedido a casarse con ella a punta de pistola!

—¡Eso no es justo! Ella estuvo muy contenta de atraparme, y si esa piojosa sabandija de Morrison dice otra cosa... ¡No me pegue! ¡Estoy herido!

—¡Ella no se queja nunca, ni una palabra, ni un gesto! Su lealtad, como todo lo que hace referencia a ella, es perfecta... ¡Incluso para un gusano como usted! Pero yo lo sabía, y decidí salvarla para un amor que la mereciera. Así que trabajé cuidadosamente, pacientemente, por nuestros intereses. Era una tortura imponerse, sobre aquella dulce inocencia, pero sabía que a su tiempo ella me bendeciría por usar tales subterfugios. Estaba dispuesto a sacrificarlo todo: millones, ¿qué son para mí? Yo, que era mitad del este, mitad del oeste, estaba preparado para colocarme fuera de la ley, más allá de la civilización, por ella. Yo le daría una ley, un trono, una fortuna... y un amor verdadero. Porque todavía tengo mi reino del este, y ella lo compartirá conmigo.

«Bueno, y no me querrás como embajador británico», pensé, pero me quedé calladito, con mucho tacto. Él paseaba por la cabina, con aire de mando, mientras seguía soltando todas aquellas estupideces.

—Así que la cogí y luché por ella ¡frente a ese loco vicioso de Brooke! Ah, sí, no dejará de venir a Borneo, con su fingida piedad y sus promesas, ¡él, que es el pirata más sangriento de todos nosotros! No hay duda de que ha conseguido un buen pretexto con lo de rescatarla, para poder venir y asaltarnos y quemarnos, y asesinar a nuestra gente. —Ahora hablaba como un verdadero loco, moviendo las manos—. ¿A él qué le importa cómo vivimos nosotros? ¿Qué privilegio tiene él para meterse con nosotros y nuestra forma de actuar? ¡Me habría comido cruda toda su flota en el Skrang si no hubiera sido por Paitingi! Así fue, yo lo hice meterse en las ensenadas y volví río abajo, con este único barco. Él piensa que ha acabado con Suleiman Usman, ¿verdad? ¡Que venga a Maludu cuando yo vuelva allí!

Dio unos pasos más, murmurando algo contra Brooke, y luego volvió a mí.

—Pero él no importa. No me importa ahora. Usted sí. Usted está aquí, y es inoportuno. —Hizo una pausa, en consideración a mí—. Sí, debería haber muerto.

Yo le pedí a Dios que dejara de insistir en este asunto, pues ya me imaginaba adónde podía ir a parar. Ya no era don Solomon de Brook Street, no sé si lo habrán notado, era un aborigen cruel que iba saqueando por ahí en barcos festoneados con calaveras, y yo un marido inoportuno, con eso está dicho todo. Además, estaba claro que aquel tipo tenía más tornillos sueltos que un zapador borracho. Todas esas locuras acerca de la adoración a Elspeth, no ser capaz de vivir sin ella, hacer de ella una reina. ¡Bueno! Habría sido risible si no hubiera sido verdad; después de todo, cuando un hombre secuestra a una mujer casada y emprende una guerra por ella, es que no se trata de un capricho pasajero.

Pero una cosa estaba clara: su cortejo no había prosperado; de lo contrario, yo habría saltado por encima de la borda hacía mucho tiempo; con un saco de piedras atado a mis tobillos. ¿Por qué demonios no la había conquistado él en Londres y se la había tirado hasta cansarse, y nos habríamos ahorrado todo esto? Pero allí estábamos, en una situación cuya delicadeza me ponía la carne de gallina. Lo pensé, respiré hondo y traté de hablar sin demostrar miedo.

—Bueno, ahora, don Solomon, tomo nota de lo que ha dicho, y... estoy contento de que hayamos tenido esta conversación, ¿sabe?, y que me haya dicho... lo que piensa. Sí, lo ha puesto muy claro, y aunque no puedo sino deplorar lo que ha hecho, bueno, entiendo sus sentimientos, como lo harían muchos hombres sensibles; y yo lo soy, créame, y veo que está usted profundamente afectado por... por mi mujer, y sé lo que es eso, por supuesto. Quiero decir, que ella es una criatura deliciosa, estamos de acuerdo, claro que sí. —Y yo asentía, mientras él me miraba con asombro, no lo culpo—. Pero creo que se ha equivocado usted; nosotros somos una pareja muy unida. Elspeth, la señora Flashman, y yo, pregúnteselo a cualquiera… ni una discusión… absolutamente felices…

—¿Y esa zorra de Lade? —replicó él—. ¿Esa es su devoción?

—¡Pero mi querido amigo! Un simple accidente. Quiero decir que ni me había fijado en ella… eran puros celos al ver a mi esposa halagada por sus atenciones… Un hombre de su porte, quiero decir, de exquisitos modales, encantador, tremendamente rico… No, no, quiero decir, me encontré bastante fuera de juego, y la señora Lade, bueno… el calor del momento…, usted sabe cómo puede dejarse llevar uno…

Faltó poco para que me asesinara en la misma cama, considerando las estupideces que estaba diciendo; pero a veces funciona, bobadas con un toque de sinceridad, cuando uno está metido en un caso sin esperanzas. En aquel caso no funcionó; él se dirigió hacia la cama, me cogió por el hombro y echó hacia atrás el puño.

—¡Mentiroso del demonio! —gritó—. ¿Cree que puede confundirme con sus falsedades?

—¡No! —aullé yo—. Yo amo a Elspeth, y ella me ama a mí, y usted lo sabe! ¡Ella no lo quiere a usted! —Ahora sí que había acertado, me di cuenta, así que continué rugiendo—: ¡Por eso deseaba usted que yo hubiera muerto… porque sabe que si me hace daño, su última esperanza de ganarla habrá desaparecido! ¡No, soy un inválido… mi herida…!

Sus dedos apretaban mi hombro como un demonio; de repente, me soltó y se puso tieso, con una fea sonrisa.

—¡Así que contaba usted con eso! Miserable sapo, ella ni siquiera sabe que usted está aquí. ¡Ah, ahora se pone pálido!

—¡No lo creo! Si eso fuera verdad, ya me habría matado. ¡Lo intentó en Singapur, maldito sea, con sus asquerosos matones negros!

Me miró.

—No sé de qué me está hablando —y parecía sincero, maldito sea—. No espero que lo entienda, Flashman, pero la razón de que todavía esté vivo es que soy un hombre de honor. Cuando la lleve a

hasta su trono (que lo haré) será con las manos limpias, no mancha-
das con la sangre de su marido, aunque sea la de un marido como
usted.

Aquello era lo bastante tranquilizador como para apartar mis
inmediatos temores; incluso me recobré lo suficiente como para
aventurar un cauteloso sarcasmo.

—Hablar es barato, Solomon. Honor, dice usted, pero no dice
nada de robar esposas o de hacer trampas en el críquet... ¡Oh, sí,
romper el *wicket* de un tipo cuando lo ha dejado tirado en el suelo!
Si usted fuera un hombre de honor —lo tanteé—, dejaría a Elspeth
que eligiera por sí misma. ¡Pero no se atreve porque usted sabe que
ella está loca por mí, con todos mis defectos!

Él se quedó inmóvil, mirándome sin expresión en el rostro, manoseando su pendiente de nuevo. Luego, después de un rato, asintió
lentamente.

—Sí —dijo tranquilo—. Teníamos que llegar a esto, ¿verdad?
Muy bien.

Dejó la puerta abierta y dio una orden, mirándome extrañamente mientras esperábamos. Sonaron unos pasos... Yo sentí que
mi corazón empezaba a latir incontrolablemente mientras me sentaba en la cama; Dios sabe por qué, pero me sentía aturdido de
repente. Entonces entró ella por la puerta, y por un momento pensé
que era otra persona: era como una ninfa oriental, con un ajustado
sarong de seda roja, su piel bronceada con el tono dorado de la miel,
aunque Elspeth era blanca como la leche. Su rubio cabello estaba
aclarado casi hasta el blanco por el sol. Entonces vi esos magníficos
ojos azules, redondos por el asombro, como sus labios, y oí un sollozo que procedía de mi propia boca: «¡Elspeth!».

Ella dio un gritito y se tambaleó en la puerta, se puso la mano
ante los ojos. Luego corrió a mis brazos gritando: «¡Harry! ¡Oh, Harry!», se tiró sobre mí, con su boca contra la mía, cogiendo mi cabeza
con unas manos frenéticas, sollozando histéricamente, y yo me olvidé
de Solomon y del dolor de mi herida y del miedo y del peligro mientras apretaba aquella amada suavidad contra mi cuerpo y la besaba y
la besaba hasta que ella súbitamente se quedó sin sentido y se deslizó
de mis brazos cayendo al suelo desmayada. Fue solo entonces, mien-

tras me incorporaba, agarrándome el costado vendado, cuando me di cuenta de que la puerta estaba cerrada y Solomon se había ido.

Traté de alzarla hasta la cama, pero todavía estaba débil como un gatito debido a mi herida y mi confinamiento, y no podía manejarla. Así que tuve que contentarme con acariciarla hasta que sus ojos se abrieron, y ella se pegó a mí, murmurando mi nombre, y después de balbucir dando gracias al destino durante unos minutos e intercambiar noticias, por así decirlo, nos dimos la bienvenida en serio... y en medio de aquella confusión mientras yo me preguntaba si se me iba a volver a abrir la herida, ella de repente liberó su boca de la mía y exclamó:

—Harry... ¿qué significa la señora Leo Lade para ti?

—¿Eh? —exclamé yo—. ¿Qué? ¿Qué quieres decir? ¿Quién? Quiero decir...

—¡Lo sabes muy bien! La... compañera del duque, a quien prestaste tanta atención. ¿Qué hay entre vosotros?

—¡Buen Dios! En un momento como este... Elspeth, querida, ¿qué tiene que ver ahora la señora Lade?

—Eso es lo que yo te pregunto. No, déjalo. Don Solomon me ha dicho o más bien me insinuó que había alguna relación entre vosotros. ¿Es verdad?

No lo creerían... Allí estaba ella, en un barco pirata, después de ser raptada, llevada por la fuerza a lo largo de todo Oriente, con una guerra por medio, emboscadas y malditos cazadores de cabezas, reunida con su esposo perdido durante mucho tiempo, y cuando él le estaba probando su inmortal amor con grave riesgo para su salud, esa celosa sesos de mosquito salía con una historia absurda. Increíble y muy poco halagador. Pero yo era capaz de enfrentarme a la situación.

—¡Solomon! —exclamé yo—. ¡Esa víbora! ¡Ha estado tratando de envenenar tu mente contra mí con sus mentiras? ¡Tenía que haberlo adivinado! No contento con secuestrarte, ese villano me difama ante ti. ¿No lo ves? No se detendrá ante nada para apartarte de mí.

—¡Oh! —Ella frunció el ceño. ¡Dios, era tan encantadora! Tan encantadora aunque medio tonta—. ¿Quieres decir que él? Oh, ¿cómo ha podido ser tan vil? Oh, Harry —y empezó a llorar, con todo su cuerpo temblando de una manera que me ponía a cien—, todo lo demás podía soportarlo: el miedo, la vergüenza y… y todo, pero el pensamiento de que tú pudieras haberme sido infiel, como sugirió él… ¡Ah, eso me habría roto el corazón! ¡Dime que no es verdad, amor mío!

—¡Por supuesto que no! Dios mío, ¡esa fofa pintarrajeada de Lade! ¿Cómo has podido pensar eso? Yo desprecio a esa mujer. Y ¿cómo podría mirar a esa, o a cualquier otra, cuando tengo mi propia perfecta y angelical Afrodita? —intenté un par de cautelosos apretones mientras veía la sospecha desaparecer de sus ojos, pero como el ataque es la mejor forma de defensa, de repente me detuve, frunciendo el ceño—. ¡Ese monstruo de Solomon! No se detendrá ante nada. ¡Oh, queridísima, creí volverme loco estas semanas pasadas! el pensamiento de que tú estabas en sus garras… —tragué saliva con viril sufrimiento—. Dime, en tu experiencia penosa ¿acaso él… quiero decir… bueno… lo hizo ese bellaco?

Ella estaba sonrojada con mis atenciones, pero al oír esto se puso de color escarlata, y se quejó débilmente, con esos ojos inocentes llenos de lágrimas:

—Oh, ¿cómo puedes preguntármelo? ¿Estaría yo acaso viva ahora si… si…? ¡Oh, Harry, no puedo creer que seas tú, quien por fin has venido a salvarme! ¡Oh, amor mío!

Bueno, así quedaba todo aclarado —todo lo que puede quedar con Elspeth; nunca he sido capaz de leer esos ojos infantiles y esos labios gordezuelos, así que al demonio con todo—, y la señora Lade eliminada, al menos hasta que hubimos acabado el negocio que teníamos entre manos y nos quedamos charlando en la oscuridad creciente de la cabina. Naturalmente, la historia de Elspeth llegó a raudales, en una corriente de excitación, y yo escuchaba con la mente muy confusa, dado mi estado debilitado, la conmoción de nuestro reencuentro y la ansiedad de nuestra situación. De repente, cuando estaba describiendo la alimentación que había recibido durante su cautividad, ella dijo:

—Harry… ¿estás *seguro* de que no has cabalgado a la señora Lade?

Me cogió tan de sorpresa que tuvo que repetírmelo.

—¿Eh? Pero criatura, ¿qué quieres decir?

—¿La has montado?

No sé cómo conservo aún mi lucidez, hablando con esta mujer durante sesenta años. Por supuesto, en aquella época solo llevábamos casados cinco años, y yo no me había sumergido todavía en las más hondas profundidades de su excentricidad. Solo pude carraspear y exclamar:

—¡No, ya te he dicho que no! ¿Y de dónde demonios has sacado...? ¡No se deben usar expresiones semejantes!

—¿Por qué? Tú las usas... te oí, en casa de lady Chalmers, cuando estabas hablando con Jack Speedicut, y ambos estabais hablando de Lottie Cavendish, y comentabais qué podía ver su marido en una criatura tan necia como aquella, y tú dijiste que suponías que era buena para montarla. Supongo que no debí escuchar.

—¡Claro que no! Yo no pude haber dicho una cosa semejante. Y de todos modos, se supone que las damas no deben entender de tales... tales palabras vulgares.

—Las damas a las que se monta sí que deben entenderlas.

—¡No son damas!

—¿Por qué no? Lottie Cavendish sí que lo es. Y yo también, y tú me lo has hecho montones de veces. —Suspiró y se acercó más, Dios nos ayude.

—Bueno, pues no... no he hecho tal cosa con la señora Lade, y ya está.

—Me alegro mucho —dijo ella, y enseguida se quedó dormida.

Les he contado todo esto en parte porque es lo que recuerdo de aquella reunión, y también para que comprendan lo muy atolondrada e inaguantable que era Elspeth... y lo es todavía. Le falta algo; siempre ha sido así, y eso hace que sea absolutamente impredecible. (El cielo sabe con qué idiotez saldrá en su lecho de muerte, pero me apuesto lo que quieran a que no tiene nada que ver con la muerte. Solo espero no estar todavía en la tierra para oírlo). Había pasado por una prueba que podía haber hecho perder el juicio a muchas mujeres —de entrada no es que ella tuviera mucho— pero ahora estaba de nuevo conmigo, segura al parecer, y sin embargo no tenía idea del peligro en el que nos encontrábamos. Cuando los malayos de Solomon se la llevaron a su cuarto aquella primera noche, ella estaba más preocupada por el bronceado que había cogido, y si aquello estropearía su piel, que por lo que Solomon pudiera tenernos reservado. ¿Qué se puede hacer con una mujer como esa?

Saben, me había quitado un enorme peso de encima verla y saber que no había sufrido ningún daño físico. Al menos su cautividad no la había cambiado... Es decir, si ella hubiera llorado y se hubiera quejado de sus sufrimientos, o se hubiera sentado allí, conmocionada, o se hubiera sentido aterrorizada por su situación, como una mujer normal. Entonces no habría sido Elspeth, y de alguna manera eso podría haber sido peor que cualquier otra cosa.

Durante los dos días siguientes estuve confinado en mi cabina, y no vi alma viviente salvo al camarero chino que me traía la comida, y que estaba sordo a todas mis demandas y preguntas. No sabía lo que estaba ocurriendo, o adónde íbamos; sabía por lo que Solomon había dicho que estábamos al sur del océano Índico, y el sol me confirmaba que íbamos hacia el oeste, pero aquello era todo. ¿Qué pretendía Solomon? Lo único que se me ocurría era que no parecía dispuesto a matarme, gracias a Dios, al menos ahora que Elspeth me había visto, porque eso arruinaría cualquier esperanza que tuviera de ganársela. Y ese era el meollo de la cuestión.

Ya ven, aunque su conducta era muy alocada, cuanto más pensaba yo en ella más le creía: aquel indeseable estaba realmente loco por ella, y no solo para llevarla a bordo y huir, sino por puro romanticismo, como Shelley o alguno de esos tipos. ¡Asombroso! Bueno, yo también la amo, siempre la he amado, pero no hasta el punto de jugarme la comida.

Pero Solomon llevaba aquello hasta el extremo de la obsesión, dispuesto a secuestrar y matar y abandonar la civilización por ella. Él creía que, a pesar de su conducta de corsario bárbaro, podría cortejarla y ganársela a su debido tiempo. Pero luego la vio correr a mis brazos, sollozando, y se dio cuenta de que no había nada que hacer; tuvo que ser un golpe terrible. Probablemente lo consumía su pasión desde entonces, y se había dado cuenta de que se había puesto fuera de la ley y arriesgado a sufrir la horca para nada. Pero ¿qué iba a hacer ahora? A menos que nos asesinara a los dos —lo que parecía

poco probable, por muy pirata y encallecido etoniano que fuera—,
me pareció que no tenía más elección que dejarnos libres y discul-
parse, y salir corriendo, atormentado por la aflicción, para unirse a
la legión extranjera o convertirse en monje o en ciudadano norteamericano. Bueno, casi había tirado la toalla al dejarnos a Elspeth y a
mí pasar unas horas juntos y solos; nunca habría hecho aquello si no
hubiera abandonado toda esperanza respecto a ella, ¿verdad?

Sin embargo, no se daba prisa por repetir su generosidad. Al
tercer día, un pequeño doctor chino me visitó con el camarero, pero
no sabía ni palabra de inglés, y se dedicó a examinar la herida de
sumpitan de mi costado —que estaba bastante curada, y apenas me
dolía— mientras permanecía sordo a mis peticiones de ver a Solomon. Al final, perdí la paciencia y me dirigí hacia la puerta, rugiendo para que me hicieran caso, pero aparecieron dos de los tripulantes
malayos, todo músculos abultados y malas caras, y me indicaron
que si yo no contenía mi lengua ellos lo harían por mí. Así que lo
hice, hasta que se fueron, momento que aproveché para golpear la
puerta con mis botas, aullando el nombre de Elspeth y llamando a
Solomon todas las cosas feas que se me ocurrieron, abandonado a mi
insolencia natural, ya que me figuré que estaba bastante seguro. Por
Dios, qué joven e inocente era, ¿verdad?

La respuesta fue nula, y los helados dedos del miedo se pasearon
por mi espalda. Durante los dos días anteriores, con el vientre todavía
vendado, me había parecido bastante natural estar en la cabina, pero
ahora que el doctor me había visitado ya y parecía satisfecho, ¿por
qué no me dejaban salir, o por qué, al menos, no venía Solomon
a verme? ¿Por qué no me dejaban ver a Elspeth? ¿Por qué no me
dejaban hacer ejercicio? Era absurdo que me mantuvieran encerrado
allí, si él iba a dejarnos ir…, si es que realmente pensaba dejarnos
marchar. De repente, me asaltó la idea de que aquello era una pura
suposición mía, probablemente alentada por mi delicioso reencuentro con Elspeth, que había sido como el paraíso después de tantas
semanas de peligro y terror. ¿Y si estuviera equivocado?

No conozco a nadie que desespere tan rápidamente como yo
—suelo tener motivos para hacerlo—, así que las horas siguientes me
sumieron en la desesperación. No sabía qué pensar o creer, mis mie-

dos aumentaban a marchas forzadas, y a la mañana siguiente ya era yo mismo, totalmente aterrorizado. Incluso atribuía significados siniestros al hecho de que aquella cabina en la que estaba yo se encontrara en la parte delantera del barco, con las máquinas que me separaban de los ostentosos aposentos donde estarían Elspeth... y Solomon. Dios, ¿estaría violándola él, ahora que sabía que nunca podría seducirla? ¿Estaría negociando mi vida con ella, amenazándola con arrojarme a los tiburones si no se le entregaba? Sí, era eso, seguro —eso es lo que habría hecho yo en su lugar—, y me tiraba de los pelos al pensar que probablemente ella lo desafiaría. Siempre estaba leyendo malas novelas en las cuales las heroínas orgullosas se ponían tiesas y señalaban hacia la puerta gritando: «¡Usted, malvado, hombre siniestro, mi marido moriría antes que ser el precio de mi deshonor!». ¿Lo haría? «Ríndete, estúpida, si eso es todo lo que quiere él», murmuré; ¿qué significa uno más o menos? Soy un marido encantador, ¿verdad? Bueno, ¿por qué no? El honor está muy bien, pero lo que importa es la vida. Además, yo hubiera hecho lo mismo para salvar a Elspeth, si alguna mujer lujuriosa me hubiera amenazado *a mí*. Pero ellas nunca lo hacen.

Con tan felices pensamientos pasé los días siguientes, consumido por la tortura de la incertidumbre. No estoy seguro de cuántos días fueron, pero juraría que cerca de una semana. En todo aquel tiempo nadie se acercó a mí excepto el camarero con un matón malayo para que le guardara las espaldas. Yo estaba solo, hora tras hora, noche tras noche, en aquella habitación diminuta, alternando entre la desesperación y unos escalofríos de pánico. Sin saber nada. Aquello era lo peor; ni siquiera sabía de qué tenía miedo, y a finales de aquella semana estaba preparado para cualquier cosa, con tal de que acabara con mi sufrimiento. Es un estado de ánimo muy peligroso, lo sé, ahora que soy viejo y tengo experiencia. Entonces no me daba cuenta de que las cosas siempre pueden ir a peor.

Fue entonces cuando vi un barco norteamericano, por casualidad, mientras paseaba por delante de mi ojo de buey. Estaba quizá a casi dos millas de distancia, un esbelto clíper negro con la bandera de las barras y estrellas en su asta; el sol de la mañana brillaba como la plata en sus gavias mientras les zafaban los rizos y se agitaban en el viento. Pues bien; yo no soy marinero, pero había visto un montón de veces la maniobra de un barco para alejarse de puerto. Dios, ¿estábamos cerca de algún puerto civilizado, por donde pasan grandes barcos? Grité con todas mis fuerzas, pero por supuesto estaban demasiado lejos para oírme, y busqué febrilmente unas cerillas para encender fuego, cualquier cosa para atraer la atención de los yanquis y que vinieran a rescatarme. Pero por supuesto, no pude encontrar nada; casi me rompí el cuello tratando de mirar por el ojo de buey en busca de tierra, pero allí no había nada sino olas azules, y los yanquis desaparecieron por el horizonte hacia el este.

Todo el día estuve inquieto, preocupado, y, a media mañana, vi una pequeña embarcación de los nativos desde mi ojo de buey, y una baja línea de costa verde a lo lejos. Gradualmente apareció una playa ante mi vista y unas pocas chozas, luego casas de madera con empinados tejados. Ninguna bandera, nada que no fueran negros con taparrabos. No, allí había un uniforme, un inconfundible uniforme de la Armada, negro con galones dorados, y un sombrero de tres picos en un grupo cerca de un pequeño muelle. Y allí estaba el chirrido del cable del *Sulu Queen*... estábamos anclando a una milla de tierra. No importa, aquello era bastante cerca para mí. Estaba febril debido a la excitación mientras trataba de imaginar dónde podíamos estar. Nos habíamos dirigido hacia el oeste, por el sur del océano Índico, y allí había un pequeño puerto, pero lo bastante importante para que tocara un clíper yanqui. No podía ser El Cabo, no era aquella la línea de costa que recordaba. ¿Port Natal? No creo que hubiéramos ido tan al oeste. Traté de recordar el mapa de la parte este de África. ¡Por supuesto, Mauricio! El uniforme de la Armada, los negros, el pequeño barquito de aspecto árabe... todo coincidía. Y Mauricio era suelo británico.

Temblaba al considerar este hecho. ¿En qué demonios estaba pensando Solomon, yendo hacia Mauricio? Madera y agua... Probablemente no había tenido ninguna otra oportunidad desde el Skrang. Conmigo bien encerrado, y Elspeth probablemente de igual manera, ¿qué tenía que temer? Pero era mi oportunidad... No habría otra como aquella. Podía nadar esa distancia fácilmente. La cerradura de mi puerta chirrió en aquel momento.

Hay fracciones de segundo en las que uno no puede hacer planes. Miré al camarero que dejaba mi bandeja y sin tomar una decisión consciente, me volví lentamente hacia la puerta donde el matón malayo estaba quieto, le hice una señal e indiqué, frunciendo el ceño, el rincón de la cabina. Avanzó un paso, mirando adonde yo señalaba... y al instante su aparato reproductor estaba medio incrustado en su propio torso, impulsado por mi bota derecha, él volaba a través de la cabina, gritando, y Flashy estaba fuera a todo correr... ¿Hacia dónde? Había una escalerilla, que pasé de largo instintivamente, sin dejar de correr por un corto pasadizo, con el camarero chino gritando a mi espalda. Doblé la esquina. Había allí un trozo de cubierta abierto, los malayos estaban enrollando cable, y puertas de acero abiertas de par en par hacia el sol y el mar. Mientras pasaba entre los sorprendidos malayos, apartándolos, eché un vistazo a un barquito que había entre nosotros y la costa, un distante espigón y unas palmeras, y sin más pasé a través de aquellas puertas como una flecha, y me zambullí, golpeando el agua con un fuerte chapoteo. Subí a la superficie, y luego nadé como un loco hacia adelante, luchando por mi vida hacia tierra.

Calculo que me costó unos diez segundos salir desde mi cabina hasta el agua, y otros tantos antes de estar junto a los pilares del muelle. Llegué medio inconsciente por el cansancio de mi esfuerzo, y tuve que trepar a la madera resbaladiza, cuando unos negros curiosos con pequeños barcos se acercaron para mirarme, charlando como cotorras. Miré hacia atrás, al *Sulu Queen*, y allí estaba, balanceándose pacíficamente, con unos pocos barcos nativos en torno a él. Luego miré hacia tierra: allí estaba la playa y un poblado de buen tamaño tras ella, con un gran edificio del que sobresalía una terraza y un poste —era una rara bandera de aspecto extraño, con rayas y un escudo—, de alguna compañía de navegación, quizá. Me aupé con dificultad por los postes, encontré una escala, subí y me quedé echado jadeando, empapado, en el muelle de madera, consciente de que se estaba formando un corro a mi alrededor. Eran todos negros, con taparrabos o túnicas blancas; algunos con aspecto bastante árabe, por sus narices y cabello. Pero allí estaba el uniforme de la Armada, que venía hacia mí, y la multitud retrocedió. Traté de levantarme, pero no pude, y los pantalones del marino se detuvieron ante mí, y su propietario se inclinó. Traté de controlar mis jadeos.

—Soy... un oficial británico... —resollé yo—. Escapado de... aquel barco... pirata... —Levanté la cabeza y las palabras murieron en mis labios.

El tipo que se inclinaba hacia mí llevaba un uniforme de la marina completo, incluso con sombrero y charreteras, la faja verde tenía un aspecto extraño, sin embargo. Pero eso no era nada. Su cara, que medio cubría el tricornio, era negra como el carbón.

Lo miré y él me devolvió la mirada. Dijo algo en una lengua que no entendí, así que meneé la cabeza y repetí que era un oficial del ejército. ¿Dónde estaba el comandante? Se alzó de hombros, mostró sus dientes amarillos en una mueca y dijo algo, y la multitud rio.

—¡Maldita sea su estampa! —grité, luchando por levantarme—. ¿Qué demonios está pasando aquí? ¿Dónde está el capitán de puerto? Soy un oficial del ejército británico, el capitán Flashman, y... —estaba golpeándole con un dedo en el pecho y, para mi asombro, apartó mi mano airadamente a un lado y exclamó algo en su jerga infiel, en mi propia cara. Retrocedí, asombrado ante la desfachatez de aquel bruto, y hubo una conmoción detrás; miré y vi un barquito que se abría paso desde el mar hacia el final del muelle, y Solomon en persona que saltaba de su proa y corría hacia nosotros por las tablas, una figura maciza con su blusa y *sarong,* con una cara feroz.

«Bueno, querido —pensé yo—, aquí recibirás tu merecido, una vez que esta gente se dé cuenta de que eres un maldito pirata», y levanté una mano para denunciarlo a mi negro con charreteras. Pero antes de que pudiera salir una palabra, Solomon me había cogido por el hombro y me hizo dar la vuelta.

—¡Loco del demonio! —gritó—. ¿Qué ha hecho usted?

Pueden estar seguros de que se lo dije, un poco incoherentemente, pero se lo dije; a voz en grito, llamando la atención del negro hacia el hecho de que él era el notorio pirata y malhechor Suleiman Usman, entregado a sus manos, y si no le importaba, que los arrestaran a él y su barco y nos devolvieran la libertad a mí y a mi mujer.

—¡Y a usted ya pueden colgarlo hasta que lo picoteen los cuervos, perro secuestrador! —informé a Solomon—. Está acabado.

—En el nombre de Dios, ¿dónde cree que estamos? —su voz era estridente.

—En Mauricio, ¿no es así?

—¿Mauricio? —repentinamente me llevó a un lado—. ¡Estúpido, esto es Tamatave… Madagascar! Bueno, aquello me sorprendió, lo admito. Explicaba lo del negro de uniforme, supongo, pero no creía que supusiera una gran diferencia. Estaba diciéndolo cuando el negro dio un paso hacia adelante y se dirigió a Solomon, con gesto autoritario, y para mi sorpresa él se encogió de hombros, disculpándose, como si hubiera sido un oficial blanco, y replicó en francés. Pero fue su tono abyecto tanto como su lenguaje lo que me sorprendió.

—Perdón, excelencia… un error de lo más desafortunado. Este hombre es de mi tripulación… un poco borracho, ¿sabe? Con su permiso, me lo llevaré…

—¡Chorradas! —rugí yo—. ¡No me va a llevar a ninguna parte, moreno mentiroso! —Me volví hacia el negro—. Usted habla francés, ¿verdad? Bueno, yo también, y no soy de la tripulación de este hombre. Es un maldito pirata que nos ha secuestrado a mí y a mi mujer…

—¡Cállese, idiota! —exclamó Solomon en inglés, echándome a un lado—. ¡Nos va a perder! Déjemelo a mí —y empezó a hablar al negro de nuevo, en francés, pero el otro lo hizo callar con un gesto de la mano.

—Silencio —dijo, como si fuera un maldito duque—. El comandante se acerca.

Se acercaba una fila de soldados que venían desde el final del muelle por la parte de tierra, negros con taparrabos blancos y cartucheras, con fusiles al hombro. Detrás de ellos, llevada por unos *coolies* en un coche abierto, llegó una figura increíble. Es solemnemente cierto. Era negro como el betún, y llevaba un turbante en la cabeza, una camisa floreada blanca y roja y una falda escocesa del 42.º de los Highlanders. Llevaba sandalias en los pies, un sable en la cintura, guantes blancos y una sombrilla en la mano. «Me he vuelto loco —pensé yo—; ha sido el esfuerzo, o el sol. Esto no puede ser real».

Solomon estaba susurrando urgentemente en mi oído.

—¡No diga ni una palabra! Su única oportunidad es fingir que es uno de mi tripulación…

—¿Está usted loco? —pregunté yo—. Después de todo lo que ha hecho, usted...

—¡Por favor! —y a menos que mis oídos me estuvieran engañando, me estaba suplicando—. Usted no lo entiende... No quiero hacerle daño... los dejaré libres a los dos en Mauricio, si puedo llegar allí a salvo. Se lo juro...

—¡Me lo jura! ¿Imagina por un momento que voy a creerlo? La voz del negro, hablando un áspero francés, cortó su réplica.

—Usted —me señalaba a mí—. Dice que es un prisionero de ese barco y que es inglés. ¿Es eso cierto?

Miré al comandante, que se inclinaba hacia adelante desde su coche con aquel ridículo traje de carnaval, su gran cabeza de ébano inclinada a un lado, los ojos inyectados en sangre que no cesaban de mirarme. Asentí con la cabeza en respuesta a la pregunta del oficial y el comandante cogió un mango pelado de uno de sus esbirros y empezó a embutírselo en la boca. El jugo chorreaba por su mano enguantada y por encima de su ridícula falda. Escupió el hueso, se limpió la mano en la camisa y dijo en un cuidadoso francés, con un graznido:

—¿Y su esposa, dice, es también prisionera de este hombre?

—Perdón, excelencia —se adelantó Solomon—. Es un gran malentendido, como he tratado de explicar. Este hombre es de mi tripulación, y está cubierto por mi salvoconducto y licencia comercial de su majestad. Le pido que me permita...

—Él lo niega —gruñó el comandante. Se aclaró la garganta y escupió abundantemente, dando a uno de los soldados en la pierna—. Nadó hasta la costa. Y es inglés. —Se encogió de hombros—. Náufrago.

—Oh, Dios mío... —murmuró Solomon, humedeciéndose los labios. El comandante levantó un dedo del tamaño de un pepino negro, apuntando a Solomon.

—Está claro que no está cubierto por su salvoconducto. Ni tampoco su mujer. Esa licencia, señor Suleiman, no lo excluye de la ley malgache, como usted debería saber. Solo como favor especial puede escapar usted de la *fanompoana*... ¿Cómo la llaman ustedes?, ¿servidumbre? —Hizo un gesto hacia mí—. En su caso, no hay duda.

—¿De qué demonios está hablando? —le dije a Solomon—. ¿Dónde está el cónsul británico? Ya he tenido bastante...

—¡No existe tal cónsul, idiota! —Solomon se estaba retorciendo violentamente las manos; de repente era un hombre gordo y asustado—. Excelencia, le imploro que haga una excepción… Este hombre no es un náufrago… Puedo jurar que no intentaba hacer ningún daño a los dominios de su majestad…

—No causará ninguno, desde luego —dijo el comandante, y dirigió unas rápidas palabras al oficial—. Está perdido —una frase cuyo significado se me escapó en aquel momento. Los *coolies* levantaron el coche y echaron a andar, el oficial ladró una orden y una fila de soldados trotaron y nos pasaron, su líder aulló a uno de los marineros que llevó su barco al muelle.

—¡No… espere! —La cara de Solomon estaba contorsionada por la angustia—. ¡Es usted un imbécil! —me chilló, y siguió primero al comandante, llamándolo, y luego corrió por el muelle detrás de la fila de soldados. El oficial negro rio, me señaló y lanzó una orden a dos de sus hombres. Entonces me cogieron por los brazos y empezaron a sacarme del muelle y yo reaccioné, rugí y luché, gritándole a Solomon, amenazándolos por poner sus sucias manos en un inglés. Me removí violentamente hasta que una culata de fusil me dejó tirado medio inconsciente en las tablas. Me arrastraron y uno de ellos, con aquella gran cara negra echándome encima su aliento apestoso, me colocó unos grilletes en las muñecas; cogieron la cadena y me levantaron arrastrándome por la calle, mientras los negros me miraban con curiosidad y los niños corrían a nuestro lado, chillando y riendo.

Y así fue como me convertí en cautivo en Madagascar.

Como saben —o quizá no lo sepan, pero si son inteligentes lo habrán adivinado— soy un hombre veraz, al menos en lo que concierne a estas memorias. No tengo por qué mentir, yo que mentí con tanta insistencia (y tanto éxito) a lo largo de toda mi vida. Pero de vez en cuando, mientras escribo, siento que tengo que recordarles a ustedes, y a mí mismo, que lo que les estoy contando son los hechos reales y verdaderos. Hay cosas que desafían la credulidad, es cierto, y Madagascar era una de ellas. Así que solo diré que si en algún momento dudan de lo que sigue, o piensan que el viejo Flash está exagerando, vayan a una biblioteca y consulten las memorias de mi vieja y querida amiga Ida Pfeiffer, la de las botas con elásticos, o las de los señores Ellis y Oliver, o las cartas de mis compañeros cautivos, Laborde de Bombay y Jake Heppick, el capitán mercante norteamericano, o de Hastie el misionero.[*]

Entonces se darán cuenta de que las increíbles cosas que les cuento de esa infernal isla, que parecen de Gulliver, son la simple y pura verdad. No se podrían inventar.

Ahora no les aburriré describiendo la conmoción y el horror que sentí, al principio, cuando me di cuenta de que había escapado de la sartén de Solomon para caer en las brasas de algo infinitamente peor. Simplemente describiré lo que vi y padecí, tan sencillamente como pueda.

Mis primeros pensamientos, cuando me llevaron encadenado a un asfixiante almacén en Tamatave, eran que aquello debía de ser algún mal sueño del cual me despertaría pronto. Mi mente volvió a Elspeth; por lo que había pasado en el muelle, me había parecido que habían ido y la habían arrastraron por la costa. Con qué destino, solo podía imaginarlo. Como ven, yo estaba completamente atontado y fuera de mí; una vez que me desahogué maldiciéndome e insultándome a mí mismo como de costumbre, traté de recordar lo que Solomon me había contado de Madagascar en el viaje de ida, que no había sido mucho, y que según recordé estaba lejos de ser

* Madagascar era tan hostil a los extranjeros que existen pocos testimonios autorizados durante la primera mitad del siglo pasado, y los de Flashman son los principales en inglés. Ellos confirman prácticamente todos los detalles que él da acerca de esa asombrosa isla y su espantosa gobernante, Ranavalona I. James Hastie (1786-1826) era soldado, no misionero; fue tutor de dos príncipes malgaches y agente británico en la isla en el tiempo en que los europeos todavía eran tolerados allí. Su diario se encuentra en el Public Record Office. *Three Visits to Madagascar* (1858), *Madagascar Revisited* (1867) y *The Martyr Church of Madagascar* (1870) de W. Ellis son fuentes valiosas para conocer el reino de Ranavalona y antecedentes sobre la isla y su gente, como en *Madagascar*, 1886, de S. P. Oliver. Véase también *Madagascar and its People, 1865*, de L. McLeod. Pero no hay nadie comparable a la indomable y entretenida Ida Pfeiffer, aquella gran turista cuyos *Last Travels* contienen un tesoro de detalles informativos recogidos de primera mano.

tranquilizador. Salvaje y todo lo que se diga es poco, había dicho; extrañas costumbres y supersticiones: la mitad de la población en la esclavitud, una monstruosa reina que imitaba las modas europeas y celebraba ejecuciones rituales a miles, un odio feroz a todos los extranjeros. Bueno, mi presente experiencia lo confirmaba, de acuerdo. Pero ¿podía ser tan espantoso como Solomon lo había pintado? No le había creído ni la mitad, pero cuando pensaba en aquel espantoso comandante negro con su falsa falda escocesa y su sombrilla...

Afortunadamente para mi inmediata paz de espíritu yo no sabía una de las peores cosas de Madagascar, que era que una vez entrabas allí, podías olvidar toda esperanza de rescate. Incluso los países más primitivos, en los días de mi juventud, eran al menos abordables, pero no este; su capital, Antananarivo (Antan, para ustedes), podía estar muy bien en la luna. No había auxilio posible del exterior, ni siquiera comunicación; ni pensar en que los ingleses o los franceses o los yanquis mandaran una cañonera, o tuvieran siquiera representaciones diplomáticas. Ya ven, nadie sabía apenas nada de Madagascar. Aparte de unos pocos piratas como Kidd y Avery en los viejos tiempos, y un puñado de misioneros británicos y franceses —que fueron pronto expulsados o masacrados— nadie había visitado aquel lugar excepto algunos comerciantes armados y preparados como Solomon, y ellos se movían de forma exageradamente cautelosa, y hacían sus negocios desde sus propios barcos, fuera de la costa. Tuvimos un tratado con un temprano rey malgache, mandándole armas con la condición de que aboliera el comercio de esclavos, pero cuando la reina Ranavalona llegó al trono (asesinando a todos sus parientes) en 1828, cortó todo el tráfico con el mundo exterior, prohibió el cristianismo y torturó a los conversos hasta la muerte, revivió la esclavitud a gran escala y se dispuso a exterminar a todas las tribus excepto la suya propia. Estaba loca, por supuesto, y se comportaba como Mesalina y Atila, rey de los hunos, que si la hubieran visto habrían escrito una carta de protesta a *The Times*.

Para darles una idea del tipo de manicomio sangriento que era el país, les diré que había asesinado ya a *la mitad* de sus súbditos, digamos un millón o así, y firmado decretos que preveían un muro en torno a toda la isla para mantener fuera a los extranjeros (solo habría tenido que tener cinco mil kilómetros de largo), cuatro pares gigantes de tijeras instaladas en las cercanías de la capital, para cortar a los invasores en dos, y la construcción de unas planchas de hierro macizo donde rebotarían los cañonazos de los europeos y los hundirían. Excéntrico, ¿verdad? Por supuesto, yo no sabía nada de todo aquello cuando desembarqué; empecé a averiguarlo, con dolor, cuando me sacaron del calabozo a la mañana siguiente, todavía (en mi inocencia) protestando y pidiendo ver a mi abogado.

El oficial de habla francesa había desaparecido, así que todo lo que conseguían mis súplicas eran puñetazos y patadas. No había comido ni bebido desde hacía horas, pero me dieron un apestoso revoltillo de pescado, judías y arroz, y una hoja para comer usándola como cuchara. Me lo tragué como pude con la ayuda de una asquerosa agua de arroz de color marrón, y, a pesar de mis objeciones, yo y un grupo de otros desgraciados, todos negros, por supuesto, fuimos conducidos en manada a través de la ciudad, hacia el interior.

Tamatave no es más que un poblado. Tiene un fuerte y unos pocos centenares de casas de madera, algunas bastante grandes, con los típicos tejados de vertientes pronunciadas. A primera vista parece bastante inofensiva, como la gente: son negros, pero no demasiado, diría yo, quizá con un toque de malayos o polinesios, bien formados, de aspecto agradable, perezosos y estúpidos. La gente que vi al principio eran campesinos de la clase más baja, esclavos y campesinos, y tanto hombres como mujeres llevaban sencillos taparrabos o *sarongs*, pero ocasionalmente encontramos a otros más ricos, a quienes llevaban en silla de mano. Ningún malgache rico o aristócrata caminaría ni cien metros, y hay una multitud de esclavos, porteadores y correos que los llevan. Los nobles llevaban *Zambas*, trajes parecidos a las togas romanas, aunque en el propio Antan sus ropas eran a veces de la mayor extravagancia y fantasía, como la del comandante. Eso es lo más extraordinario acerca de Madagascar: está lleno de parodias de lo europeo mal entendido, y eso que sus trajes y cultura nativos ya son bastante raros.

Por ejemplo, tienen sus mercados a una cierta distancia de sus pueblos y ciudades, nadie sabe por qué. Odian a las cabras y los cerdos, y dejan a los niños pequeños en la calle para ver si su nacimiento ha sido «afortunado» o no;* son los únicos, creo yo, en el mundo entero que no tienen ningún tipo de religión organizada —no hay sacerdotes, ni santuarios ni templos— pero adoran a un árbol o una piedra si les apetece, o a unos dioses domésticos llamados *sampy*, o amuletos, como el famoso ídolo Rakelimalaza, que consiste en tres pequeños trozos de madera sucia envueltos en seda... Yo lo vi. Aunque son supersticiosos por encima de todo lo imaginable, hasta el extremo de despreciar las cosas que más valoran para apartar a los malos espíritus celosos, y creer que cuando un hombre se está muriendo hay que llenarle la boca de comida en el último momento. Esto debe de ser porque son glotones asombrosos, y borrachos sin cura posible. Pero como en tantas de sus prácticas, a veces tienes la sensación de que simplemente están decididos a ser diferentes del resto del mundo.

Me di cuenta de que los soldados que escoltaban nuestra cuerda de presos eran de un tipo diferente del resto de la gente: tipos altos, de cabeza estrecha, de andares rítmicos, dando órdenes en una mezcla de palabras inglesas y francesas. Eran unos brutos que nos golpeaban si nos retrasábamos, y trataban al pueblo como si fueran basura. Supe después que eran de la tribu de la reina, los hovas, que antes habían sido los parias de la isla, pero ahora dominaban por razón de su astucia y crueldad.

He soportado algunas jornadas horribles en mi vida (de Kabul al Khyber, de Crimea a Oriente Medio, por ejemplo), pero no puedo traer a mi mente nada peor que la de marzo de Tamatave a Antan. Fueron doscientos veinticinco kilómetros, y nos costó ocho días con ampollas en los pies y rozaduras de las cadenas, caminando sin parar, primero por un desierto cubierto de matorrales, luego a través de campo abierto, los campesinos se detenían en su trabajo para mirarnos con indiferencia, luego a través de zonas boscosas, y las grandes montañas del interior se acercaban lentamente. Pasamos por pueblos y granjas con muros de tapial, pero por la noche nuestros captores nos dejaban que nos echáramos a dormir cuando nos deteníamos; no llevaban comida, pero tomaban lo que querían de los habitantes de los pueblos, que no protestaban, y nosotros,

* Curiosamente, esta costumbre bárbara fue abolida por la reina Ranavalona. Se dice que fue su único acto humanitario.

los prisioneros, nos quedábamos con las migajas. Nos empapaba la lluvia, el sol nos quemaba espantosamente, nos comían vivos los mosquitos, nos castigaban con golpes y latigazos…, pero lo peor de todo era la ignorancia. Yo no sabía dónde estaba, adónde iba, qué le había ocurrido a Elspeth, ni siquiera lo que decían a mi alrededor. No podía hacer nada sino dejarme conducir, como un animal, dolorido y desesperado. Después del primer día o así, yo ya no podía pensar; lo único que me importaba era la supervivencia.

Para empeorar las cosas, no había ningún camino por el que viajar. Oh, no, los malgaches no tenían ninguno, por miedo a que lo usaran los invasores. ¿Qué les parece esa lógica perversa? La única excepción era cuando la reina viajaba a cualquier sitio, en cuyo caso construían un camino ante ella metro a metro, veinte mil esclavos cavando con picos y piedras, y un gran ejército detrás, con la corte. Además, cada noche *construían* una ciudad, con paredes y todo, y luego la dejaban vacía al día siguiente.

Tuvimos el privilegio de ver aquello cuando alcanzamos la meseta a medio camino de nuestro viaje. La primera cosa que noté fue que había cuerpos muertos desperdigados por todo el lugar, y luego grupos de nativos exhaustos y quejumbrosos a lo largo de nuestra marcha. Eran los constructores de caminos; no habían previsto comida para ellos, así que simplemente caían y morían como moscas. Aquella era la caza anual del búfalo de la reina, y *diez mil* esclavos perecieron en ella, en el curso de una semana. El hedor era indescriptible, especialmente a lo largo del camino —que cortaba perversamente nuestra línea de marcha— donde yacían en hileras hombres, mujeres y niños. Algunos de ellos se incorporaban cuando pasábamos y se arrastraban hacia nosotros, suplicando comida; los hovas simplemente les daban una patada.

Para añadir más horrores aún, pasamos ocasionalmente ante algunos patíbulos en los cuales había víctimas colgadas o crucificadas, o simplemente atadas hasta morir. Una abominación que nunca olvidaré: cinco esqueletos temblequeantes atados por el cuello a una rueda de hierro. Los habían metido allí y luego los habían soltado, deambulando juntos, hasta que se murieran de hambre o se rompieran el cuello unos a otros.

La procesión de la reina había pasado hacía mucho rato, por el áspero surco del camino, excavado con rocas, que corría recto a través de la selva y las montañas. Ella llevaba consigo doce mil soldados, lo supe después, y como el ejército malgache no tenía ningún sistema para proporcionarles comida, habían arrasado toda la zona, así que además de los esclavos, miles de campesinos se morían de hambre también.

Pueden ustedes preguntarse por qué soportaban ellos todo aquello. Bueno, no siempre lo hacían. A lo largo de los años, tribus y comunidades enteras habían huido escapando de la tiranía de la reina en número de muchos miles. Las selvas estaban llenas de aquellas gentes, que vivían como bandidos. Ella enviaba expediciones regulares para exterminarlos, y contra las tribus que no eran hovas. Oí decir que los asesinatos de fugitivos, criminales y los que simplemente disgustaban a su majestad suponían de veinte a treinta mil personas cada año, y me lo creo. Mucho mejor, por supuesto, que el maligno gobierno colonial de los europeos, así nos lo harían creer los liberales. Dios, qué no habría dado yo para ver a Gladstone y a ese chulo de Asquith en el camino de Tamatave cuando empezaban; habrían aprendido todo lo que necesitaban saber acerca del «gobierno ilustrado de la población indígena». Ahora ya es demasiado tarde. No se puede hacer nada salvo contratar a unos pocos matones para que rompan los cristales del Reform Club. Pero ya me da igual.

Mientras tanto, yo tampoco podía derrochar demasiada compasión; deplorable era mi propio caso mientras nos acercábamos a Antan después de más de una semana de caminata sin parar. Llevaba la camisa y los pantalones hechos harapos, mis zapatos habían desaparecido, estaba sin afeitar y sucio; pero, curiosamente, después de haberme hundido hasta el desaliento, estaba empezando a animarme un poco. No estaba muerto, y no me iban a llevar por todo aquel camino para matarme. Incluso sentí una cierta irresponsabilidad despreocupada, probablemente por el hambre. Levantaba de nuevo la cabeza, y mis recuerdos del final de la marcha son bastante claros.

Pasamos junto a un lago, y los guardianes nos hicieron gritar y cantar mientras pasábamos por allí; después supe que era para aplacar el fantasma de una princesa disoluta enterrada allí cerca... La realeza femenina disoluta es la característica más importante de Madagascar, evidentemente. Cruzamos un río caudaloso, el Mangoro, y humeantes géiseres que burbujeaban en pozas de barro hirviendo, antes de llegar a una llanura de hierba, y más allá, en una gran colina, llegamos a la vista de Antananarivo.

Me quitó el aliento. Por supuesto, yo ni siquiera sabía exactamente qué era aquello, pero no se parecía a nada que uno hubiese podido esperar en un país de negros primitivos. Allí estaba aquella gran ciudad llena de casas de madera, quizá de tres kilómetros de largo, amurallada y fortificada, dominada por una colina en la cima de la cual había un enorme palacio de madera de cuatro pisos de alto, con otro edificio a un costado que parecía estar hecho de espejos, porque brillaba y resplandecía como una lente a la luz del sol.

Miré hasta quedarme casi ciego, pero no pude averiguar qué era aquello... Había otras maravillas al alcance de la mano, porque mientras nos aproximábamos a la ciudad a través de la llanura que estaba salpicada con chozas y repleta de gente del pueblo, yo pensaba que debía de estar soñando. En la distancia se oía tocar una banda militar, horriblemente mal interpretada, ¡pero no había duda de que la melodía era «La luna temprana de mayo»! Había un regimiento con todos los pertrechos: casacas rojas, morriones, armas al hombro, bayonetas y todos los hombres tan negros como Satán. Me quedé pasmado, casi con la boca abierta. Ellos pasaron en columnas, sacando pecho y marcando el paso bastante bien... A su cabeza, Dios me ayude, media docena de oficiales a caballo, vestidos como árabes y turcos.

Yo estaba ya más allá de todo asombro. Y cuando pasaron un par de coches, forrados de terciopelo, que llevaban a mujeres negras con vestidos estilo Imperio y sombreros de plumas, ni siquiera les eché un segundo vistazo. Ellas y el resto de la multitud se dirigían hacia la parte frontal de la ciudad, y nuestros guardias nos condujeron hacia allí, así que rodeamos la muralla hasta que llegamos finalmente a un gran anfiteatro natural excavado en el suelo, dominado por un gran acantilado... Ambohipotsy, lo llamaban, y no había lugar más siniestro en toda la tierra.

Debía de haber cerca de un cuarto de millón de personas atestando los taludes de aquel gran hueco por debajo del acantilado.

Ciertamente más de las que nunca había visto en congregación alguna. Esa gran marea humana negra miraba hacia abajo, a los pies del acantilado; nuestros guardias nos llevaron cerca y señalaron, haciendo muecas, y mirando hacia abajo vi que en el espacio vacío habían cavado unos pozos largos y estrechos, y en los pozos montones de seres humanos, atados a unas estacas. Encima de cada pozo estaban fijadas unas grandes calderas, sobre un fuego rugiente, entonces sonó un gong. La multitud calló y un grupo de negros inclinaron la primera caldera, lentamente, lentamente, mientras los pobres diablos de los pozos chillaban y se retorcían; el agua hirviendo saltó por encima del borde de la caldera, primero en un chorro pequeño, luego en una cascada hirviente, cayendo en el pozo con una horrible nube de vapor siseante que empañó la vista. Cuando se aclaró, vi, horrorizado, que solo habían llenado el pozo a la altura de la cintura… las víctimas se cocían vivas centímetro a centímetro, mientras los espectadores aullaban y lanzaban vítores con un estruendo que resonaba a través de aquel espantoso anfiteatro de la muerte. Había seis pozos; los llenaron uno por uno.

Aquel era el plato fuerte, ya se habrán dado cuenta. Después aparecieron unas figuras en la cima del acantilado, que estaba a cien metros por encima, y los condenados más afortunados fueron arrojados desde allí, la multitud lanzaba un gran alarido cuando cada cuerpo salía volando y retorciéndose, y un poderoso rugido cuando golpeaba la tierra de abajo. Aplaudían con especial entusiasmo si uno aterrizaba en los pozos de agua, que estaban todavía humeando con las retorcidas figuras colgando de sus estacas. No se limitaban a tirar a los condenados por el acantilado, por cierto, antes los suspendían de unas cuerdas, para que la multitud tuviera una buena vista, y luego las cortaban para que cayeran.

No haré ningún comentario, porque mientras contemplaba aquel horrible espectáculo me parecía oír la voz de mi pequeño amigo de Newgate: «Interesante, ¿verdad?» y ver de nuevo a la multitud aullando, mirando con entusiasmo desde el Magpie y el Stump. Eran muy parecidos, supongo, como sus hermanos paganos. Y si ustedes me dicen indignados que ser colgado es algo muy diferente que ser hervido vivo, o quemado, azotado, golpeado, cortado en pedazos, empalado y enterrado vivo, todo lo cual vi hacer en Ambohipotsy, observaré solamente que si esos espectáculos se ofrecieran en Inglaterra se agotarían las entradas, al menos para las primeras exhibiciones.

Sin embargo, si la relación de tales atrocidades les da náuseas,* solo puedo decir que juro que digo la verdad de lo que vi, y cualquier náusea que puedan sufrir no es nada comparada con la congoja del pobre Flashy mientras lo empujaban fuera de la escena de la ejecución —juro que nos detuvimos allí únicamente porque nuestros guardias no querían perdérselo— y lo conducían a través de una de las macizas puertas hacia la propia ciudad de Antan. Su nombre, por cierto, significa «Ciudad de las mil ciudades» y era tan impresionante vista de cerca como de lejos. Calles vacías y limpias con hermosos edificios de madera alineados, algunos de ellos de tres pisos de alto (toda edificación debía ser de madera, por ley) y hambriento y temblando de miedo como estaba, no pude sino maravillarme del aire de riqueza que se respiraba en todo aquel lugar.

Quioscos bien provistos, sombreadas avenidas, gente bien vestida que se dirigía presurosa a sus negocios, coches ricamente grabados y pintados que corrían por las calles y llevaban a los favorecidos por la fortuna, algunos con traje medio europeo, otros con espléndidos *sarongs* y *lambas* de seda de colores. Todo aquello no cuadraba. Por una parte, los horrores que acababa de presenciar, y por otra parte esa ciudad agradable, alegre, de aspecto civilizado, mientras el capitán Harry Flashman y sus amigos eran conducidos a patadas y latigazos por en medio, y nadie nos dedicaba más que una mirada casual. Ah, sí… cada edificio tenía un pararrayos europeo.

* El de Flashman es posiblemente el único relato de un testigo presencial de las espantosas crueldades y varios medios de ejecución practicados en Madagascar en aquella época, pero otras autoridades aportan pruebas detalladas que lo apoyan, y no hay duda de que atrocidades como las que él describe tuvieron lugar y formaron parte de la política de la reina. Ida Pfeiffer, después de confirmar las cifras de Flashman de decenas de miles de personas ejecutadas, masacradas y obligadas a realizar trabajos forzados cada año, resume: «Si el gobierno de esta mujer dura mucho más, Madagascar se verá despoblado… Sangre —y siempre sangre— es la máxima de la reina Ranavalona, y un día le parece desperdiciado a esta maligna mujer si no puede firmar al menos media docena de condenas a muerte».

Nos encerraron en un almacén aireado, razonablemente limpio, donde pasamos la noche, nos quitaron los grilletes y nos dieron nuestra primera comida decente desde hacía una semana: un estofado de cordero muy especiado, pan y queso y más aguachirle de arroz infecto. Nosotros lo devoramos como lobos: una docena de negros de cabeza lanuda resollaban sobre sus escudillas y un caballero inglés comía con refinamiento... Pero si aquello hizo algo a favor de mi dolorido y sucio cuerpo, no hizo nada por mi espíritu... Aquella pesadilla de existencia parecía durar desde siempre, y yo estaba loco, desesperado, más allá de todo lo razonable. Pero tenía que confiar en algo: hubo un tiempo en el que jugué al críquet, y le lancé una pelota a Félix; estuve en Rugby, en la Guardia Montada y en el palacio de Buckingham; tenía una dirección en Mayfair; había cenado en White's —como invitado, de verdad— y paseado por Pall Mall. No era un alma perdida en un mundo negro y loco, era Harry Flashman, exhúsar del Undécimo, cuatro medallas y el agradecimiento del Parlamento, aunque inmerecidas. Yo *tenía* que mantener la esperanza. Seguramente, en la ciudad que había visto, debía de haber alguna persona civilizada de autoridad que hablase francés o inglés, a la cual poder exponer mi caso y recibir el tratamiento que se me debía como oficial y ciudadano británico. Después de todo, aquellos no eran *auténticos* salvajes, puesto que tenían calles y edificios... Se deshacían de los criminales de una forma un poco colorista, sin duda, y aquello no me consolaba demasiado, pero ninguna sociedad es perfecta. Tenía que hablar con alguien.

El problema era... ¿con quién? Cuando nos sacaron a la mañana siguiente, nos pusieron a cargo de una pareja de vigilantes negros, que no hablaban sino su propia jerga; ellos nos empujaron por una estrecha avenida y salimos a una plaza llena de gente en la cual había una larga plataforma, con barandillas a un lado y guardias en todos los rincones, para mantener apartada a la gente. Parecía como un mitin público; había un par de oficiales negros en la plataforma, y dos más sentados en una pequeña mesa delante. Nos empujaron para que subiéramos un tramo de escalones hacia la plataforma y nos pusiéramos de pie en fila. Yo estaba todavía parpadeando por la luz del sol, preguntándome qué podía significar aquello, cuando miré hacia la gente… negros con *lambas* y túnicas en su mayor parte, unos pocos oficiales con uniformes de opereta, un montón de coches con ricos malgaches sentados bajo unas sombrillas a rayas. Examiné las caras de los oficiales atentamente: es posible que hablaran francés, y yo iba a gritar un saludo para atraer su atención cuando una cara delante de la multitud atrajo mis ojos como un imán, y me dio un salto el corazón.

Era un hombre alto, de anchos hombros pero delgado, con una camisa clara bordada bajo una casaca azul de paño, y con un pañuelo de seda atado a modo de corbata; él y su vecino, un corpulento negro resplandeciente con *sarong* y tricornio, estaban tomando rapé según la moda local, el tipo delgado aceptaba un pellizco de la caja del otro en la mano y lo tragaba con un rápido toque de la lengua (tiene un gusto asqueroso, puedo asegurárselo). Hizo una mueca y alzó los ojos; se encontraron con los míos y me miraron… Eran unos ojos azul claro, en una cara bronceada bajo un mechón de cabello grisáceo. Pero no había duda alguna de ello: era un hombre blanco.

—¡Usted! —rugí—. ¡Usted, señor! *Monsieur! Parlez vous français? Anglais?* ¿Hindi? ¿Latín? ¿Griego, quizá? ¡Escúcheme… tengo que hablarle!

Uno de los guardias venía hacia mí para empujarme, pero el hombre delgado se abrió paso entre la multitud, para mi inexpresable alivio, y una palabra suya a los oficiales permitió que se aproximara a la plataforma. Me miró, frunciendo el ceño, mientras yo me arrodillaba para estar más cerca de él.

—*Français?* —dijo.

—Soy inglés… ¡un prisionero, de un barco que llegó a Tamatave! En el nombre del cielo, ¿cómo puedo salir de esto? ¡Nadie me escucha, me han arrastrado por todo el maldito país durante varias semanas! Tengo que…

—Tranquilo, tranquilo —dijo él, y sus palabras inglesas casi me hicieron sollozar. Y luego—: sonría, *monsieur*. Sonría… ¿cuál es la palabra…? Ría, si puede… pero hable tranquilamente. Es por su propio bien. Ahora, ¿quién es usted?

No lo entendía, pero forcé una mueca más que sonrisa y le dije quién era, lo que había ocurrido y mi total ignorancia de por qué me habían llevado allí. Me escuchó con interés, con aquellos vivaces ojos clavados en mi rostro, haciéndome señas de que hablara bajo cuando mi voz se alzaba, lo cual, como pueden imaginar, tendía a pasar. Todo el tiempo él evitaba directamente mirar a mis guardias o a los oficiales, pero los estaba acechando. Cuando acabé, él se tocó la corbata, asintiendo, como si le hubiera estado contando la última broma de Punch, y sonriendo apaciblemente.

—Pues bien —dijo él—. Ahora espere, y no me interrumpa. Si mi inglés no es perfecto, usaré el francés, pero prefiero no usarlo. Diga lo que diga, no muestre asombro, ¿de acuerdo? Sonría, por favor. Soy Jean Laborde, pertenecí a la caballería del emperador. Llevo aquí trece años, soy ciudadano. ¿No conoce usted Madagascar?

Yo meneé la cabeza, y él inclinó la cabeza hacia atrás y se echó a reír suavemente, para beneficio de los que miraban.

—Ellos detestan a todos los europeos, especialmente a los ingleses. Como usted ha desembarcado sin permiso, lo tratan como a un *naufragé...*, ¿Cómo lo llaman ustedes... abandonado? ¿Naufragado? Por su ley, por favor sonría, *monsieur,* sonría mucho... Todas las personas así deben ser esclavos. Este es un mercado de esclavos. Lo han convertido en esclavo... para siempre.

La sonriente cara bronceada con los ojos azules pareció desvanecerse frente a mí; tuve que sujetarme al borde de la plataforma. Laborde estaba hablando otra vez, rápidamente, y la sonrisa había desaparecido.

—No diga nada. Espere. Espere. No se rinda. Haré averiguaciones. Lo veré otra vez. No desespere. Ahora, amigo mío... perdóneme.

Y después de decir las últimas palabras, repentinamente gritó algo en lo que me pareció malgache, haciendo gestos furiosos. Las cabezas se volvieron, mis guardas vinieron y me sujetaron el hombro, y Laborde me golpeó de lleno en la cara con su mano abierta.

—*Scélérat!* —gritó—. *Canaille!* —giró furioso sobre sus talones y se fue entre la sonriente multitud, mientras el guardia me daba patadas para que me pusiera de pie y me empujaba para atrás. Traté de llamar a Laborde, pero se me había hecho un nudo en la garganta, anegado en mis propias lágrimas. Entonces uno de los oficiales colocó una especie de púlpito, gritó algo, la charla de la multitud se apagó, el primero del rebaño fue empujado hacia adelante y empezó la subasta.

Nadie que no haya estado de pie en el tablado de subastas puede entender realmente el horror de la esclavitud. Ser empujado en público, ante una multitud de maliciosos negros, esperando tu turno, que tus compañeros de fatigas sean vendidos uno a uno al mejor postor, y tú allí como un animal en un corral, sin dignidad, sin hombría e incluso sin humanidad. Ah, eso es espantoso. Pero aún es peor cuando nadie te compra.

No podía creerlo... ¡ni siquiera una puja! Imagínenselo: «Aquí está Flashy, caballero, joven y en plena forma, sin dueños anteriores, garantizado contra viento y marea, sin pulgas ni garrapatas, altamente recomendado por superiores y damas de calidad, bien parecido cuando está afeitado, habla como un libro, ¡y un fenómeno cabalgando! ¿Quién da cien? ¿Cincuenta? ¿Veinte? ¡Vamos, vamos, caballeros, el pelo de su cabeza vale ya más que eso! ¡He oído diez? ¿Cinco, entonces? ¿Tres? ¿Por una ganga como esta que puede durar muchos años? ¿He oído uno? ¿Ni siquiera por un tipo que ganó a Felix, Pilch y Mynn en tres lanzamientos? ¡Oh, Ikey, vuélvelo a poner en el estante, y di a los tratantes que vengan y lo recojan!».

Yo estaba completamente humillado, especialmente al ver que la puja de mis compañeros negros iba tan rápida como la brisa de la mañana. La idea de ser comprado por uno de aquellos desagradables malgaches era asquerosa y, sin embargo, no podía sino sentirme decepcionado cuando me devolvieron al almacén solo, como caballo perdedor que nadie ha querido. Era de noche antes de que averiguara la razón..., porque la noche me trajo a Laborde, después de sobornar a guardias y oficiales, con sopa, un poco de agua, una navaja y las suficientes malas noticias para toda una vida.

—Es muy sencillo —dijo, apenas deslizó una moneda en la mano del centinela y nos quedamos encerrados solos. Hablaba francés, cosa que temía hacer en público por los espías—. No tenía tiempo de decírselo. Los otros esclavos han sido vendidos por deudas o delitos. Usted, como náufrago, es propiedad de la corona; su exhibición en la subasta era una simple formalidad, pero nadie se atrevía a pujar. Usted pertenece a la reina. Como yo cuando naufragué hace años.

—Pero… ¡pero usted no es un esclavo! ¿No puede irse?

—Nadie se va —dijo él, y comprendí muchas cosas de las que me habían contado antes: la monstruosa tiranía de la reina Ranavalona, su odio a los extranjeros causa de que Madagascar estuviera apartada del mundo, la diabólica práctica de la «pérdida» que es su palabra para esclavizar a todos los extranjeros.

—Durante cinco años serví a esa terrible mujer —concluyó Laborde—. Yo soy ingeniero. Habrá visto mis pararrayos en las casas. También soy diestro en la fabricación de armas, y fundo cañones para ella. Mi recompensa fue la libertad —rio brevemente—, pero no libertad para irme. Nunca podré escapar. Ni usted tampoco, a menos que… —él se calló, y se apresuró—. Pero tome algo, amigo mío. Lávese y aféitese al menos, mientras me cuenta sus desgracias. Tenemos poco tiempo —miró hacia la puerta—. Estamos a salvo de los guardias por el momento, pero la seguridad dura poco en Madagascar.

Así que le conté toda mi historia, mientras me lavaba y afeitaba a la vacilante luz de su linterna, y me limpiaba la suciedad de los harapos con los que estaba vestido. Mientras hablaba le miré detenidamente. Era más joven de lo que yo había pensado, de unos cincuenta años, y casi tan alto como yo, un tipo atractivo, de aspecto agradable, rápido y activo, pero también nervioso como un gato; siempre estaba acechando los ruidos del exterior, y cuando hablaba lo hacía en susurros entrecortados.

—Preguntaré acerca de su mujer —dijo cuando terminé de hablar—. Es casi seguro que la han traído a la costa. No pierden la oportunidad de esclavizar a cualquier extranjero. Conozco a ese hombre, Solomon… comercia con cañones y bienes europeos, a cambio de especias malgaches, bálsamo y goma. Lo toleran, pero se verá impotente para proteger a su esposa. Averiguaré dónde está ella, y… ya veremos. Puede llevar mucho tiempo, ¿sabe?; es peligroso. Es tan suspicaz esta gente… Corro un gran riesgo viniendo a verlo a usted, incluso.

—¿Entonces por qué lo hace? —dije yo, porque me siento inclinado a no fiarme de los regalos ofrecidos con peligro para el que los da; para él yo no significaba nada, después de todo. Murmuró cuatro vulgaridades sobre la amistad a un compañero europeo y la camaradería de los militares, pero no me engañó. La amabilidad podía ser uno de sus motivos, pero había otros sin duda, que él no me contaba, o yo me equivocaba mucho. Sin embargo, podía esperar.

—¿Qué harán ahora conmigo? —pregunté, y él me miró de hito en hito, y luego miró hacia un lado, incómodo.

—Si a la reina le gusta usted, puede que le dé una posición de favor como hizo conmigo —dudó—. Por esa razón lo he ayudado a ponerse presentable, porque usted es muy alto y… atractivo. Como es usted soldado, y la gran pasión de ella es el ejército, es posible que lo emplee en su instrucción, ejercicios, maniobras, ese tipo de cosas. Ya ha visto a sus soldados, así que es consciente de que han sido entrenados con métodos europeos. Hubo aquí un director de banda británico, hace muchos años, bajo los antiguos convenios, pero ahora tales gangas caídas del cielo son raras. Sí. —Me dirigió aquella extraña y cautelosa mirada de nuevo y dijo—: su futuro puede estar asegurado, pero le ruego, si valora su vida, que tenga cuidado. Ella está loca, ¿sabe? Si la ofende lo más mínimo, de la manera que sea, incluso si ella lo sospecha o llega a saber que yo, un extranjero, he hablado con usted, eso podría ser suficiente… Por eso le he golpeado en público hoy…

Parecía completamente aterrorizado, aunque me di cuenta de que no era un hombre que se asustara con facilidad.

—Si usted le disgusta tendrá *corvée* perpetua, trabajos forzados. Quizá hasta vaya a parar a los pozos, que ya vio ayer —sacudió la cabeza—. ¡Oh, amigo mío, usted ni siquiera ha empezado a entender! *Eso* ocurre aquí cada día. La Roma de Nerón, comparada con esto, no era nada.

261

—¡Pero en el nombre del cielo! ¿No se puede hacer nada? ¿Por qué no la destronan? ¿Ha tratado usted de escapar, al menos?

—Ya lo irá viendo —dijo él—. Y por favor, no pregunte esas cosas... Ni siquiera las piense. Todavía no —parecía estar a punto de decir algo más, pero decidió no hacerlo—. Hablaré de usted al príncipe Rakota. Es su hijo, y tan ángel como demonio es su madre. Lo ayudará si puede. Es joven y muy amable. Si él pudiera... ¡pero bueno! Y ahora, ¿qué más puedo decirle? La reina habla un poco de francés, algunos de sus cortesanos y consejeros también, así que cuando se encuentre conmigo después, que lo hará, recuérdelo. Si tiene algo secreto que decirme, hable en inglés, pero no demasiado o sospecharán de usted. ¿Qué más? Cuando se acerque a la reina, adelante y retire el pie derecho primero; diríjase a ella en francés como «Dios», *«mon Dieu»*, ¿entiende? O como «gran gloria» o «gran lago que suministra toda el agua». Debe hacerle un regalo, mejor, dos regalos... Siempre deben presentarse de dos en dos. Tenga, le he traído esto —y me entregó dos monedas de plata—. Son dólares mexicanos. Si en su presencia ve un diente de jabalí grabado con un trozo de cinta roja atado (puede estar en una mesa o en cualquier parte) caiga postrado ante él.

Yo lo miraba boquiabierto, y golpeó en el suelo con los pies, como hacen los franceses, con impaciencia:

—*Tiene* que hacer esto... ¡a ella le gustan! Ese colmillo es Rafantanka, su fetiche personal, tan sagrado como ella misma. Pero por encima de todo, sea lo que sea lo que le ordene, hágalo inmediatamente, sin dudarlo un solo instante. No demuestre sorpresa ante nada. Si menciona el número seis o el ocho, está acabado. Nunca, en su vida, diga que una cosa es «tan grande como el palacio». ¿Qué más? —se dio una palmada en la frente—. ¡Ah, tantas cosas! ¡Pero créame, en este manicomio, son importantes! Significan la diferencia entre la vida y una horrible muerte.

—¡Dios mío! —dije yo, sentándome desfalleciendo, y él me dio unos golpecitos en el hombro.

—Vamos, amigo mío. Le digo todas estas cosas para prepararlo, para que usted tenga una oportunidad de sobrevivir. Ahora tengo que irme. Trate de recordar lo que le he dicho. Mientras tanto, averiguaré lo que pueda de su mujer… ¡pero por el amor de Dios, no mencione su existencia a ningún otro ser viviente! Eso sería fatal para ambos. Y no pierda la esperanza. —Me miró y durante un segundo la aprensión desapareció de su cara; era un tipo duro, firme cuando quería—. Lo he asustado… bueno, es que hay muchas cosas que temer aquí, y quería que estuviera en guardia en lo posible —me dio una palmada en el brazo—. *Bien. Dieu vous garde.*

Se dirigió a la puerta, llamando bajito al guardia, pero incluso mientras este abría volvió otra vez, sigilosamente, susurrando.

—Otra cosa, cuando se acerque a la reina, recuerde lamerle los pies, como debe hacer un esclavo. Esto dirá mucho en su favor. Pero no lo haga si están empolvados de rosa. Es veneno —hizo una pausa—. O pensándolo mejor, si están *bastante* empolvados, chúpelos bien. Ciertamente, será el camino más rápido hacia la muerte. *A bientôt!*

¿Se extrañarían de que estuviera como loco? Aquello no podía ser cierto. ¿Dónde estaba, lo que había oído, lo que me esperaba? Pero lo era, y lo sabía, y por eso caí de rodillas, balbuciendo, y recé como un metodista borracho, por si hubiera un Dios después de todo, porque si Él no podía ayudarme, nadie más podía. Me sentí mucho peor por aquello; probablemente Arnold tenía razón y las plegarias insinceras son como blasfemias. Así que en lugar de rezar lancé un par de buenas maldiciones, pero aquello tampoco sirvió de nada. Fuera cual fuese el camino que intentara seguir para tranquilizar mi mente, todavía no estaba preparado para encontrarme con la realeza.

Pero al menos no me mantuvieron en suspense. Al romper el día me sacaron, una fila de soldados al mando de un oficial al cual traté

* La valoración que hizo Flashman de Laborde era acertada; el francés era un soldado de fortuna duro y lleno de recursos que en su tiempo había sido soldado de caballería, había trabajado en un vapor en Bombay y (de acuerdo con algunas fuentes) había sido tratante de esclavos. Naufragó en Madagascar en 1831, fue hecho esclavo, comprado por la reina y se convirtió en favorito. Posteriormente lo liberaron y se casó con una joven malgache, pero lo retuvieron en Madagascar mientras servía a la reina como ingeniero y fundidor de cañones. Se convirtió en una figura influyente en la corte, y fue muy activo en la promoción de los intereses franceses en la isla.

de sugerir que si yo iba a ser presentado, por así decirlo, sería mejor que me cambiase de ropa. Mi camisa estaba reducida a un jirón, y mis pantalones no eran más que un taparrabos astroso con una sola pernera. Pero él se limitó a sonreír despectivamente ante mi lenguaje de signos, me golpeó fuerte con el bastón y me hizo subir la colina a través de las calles hasta el gran palacio de Antan, que vi por vez primera.

No hubiera imaginado nunca que nada pudiera distraer mi atención en un momento como aquel, pero el palacio lo consiguió. ¿Cómo puedo describir el efecto que me produjo, si no es diciendo que es el edificio de madera más grande del mundo? Desde su elevado tejado de vertientes pronunciadas hasta el suelo hay cuarenta metros, y en medio una gran extensión de arcos, balcones y galerías, todo como un *palazzo* veneciano hecho de la madera más intrincadamente grabada y coloreada, con sus macizos pilares formados cada uno por un solo tronco de más de treinta metros de largo. El mayor de todos, me dijeron, tuvieron que levantarlo cinco mil hombres, y lo trajeron desde una distancia de ochenta kilómetros. En conjunto, quince mil personas murieron al construir aquel lugar, pero supongo que eso es una minucia para un contratista malgache que trabaja para la realeza.

Pero más sorprendente todavía es el palacio más pequeño que hay junto al grande. Está enteramente cubierto de diminutas campanas de plata, de modo que cuando el sol lo toca, ni siquiera se puede mirar hacia él, por el cegador destello que produce. Cuando cambia la brisa, lo hace también el volumen de ese perpetuo tintineo de millones de lenguas de plata; es indescriptiblemente bello de ver y oír, como un cuento de hadas, y sin embargo albergaba a la gorgona más cruel de la tierra, porque allí es donde tenía Ranavalona sus apartamentos privados.

Tuve poco tiempo para maravillarme, antes de que nos introdujéramos en el gran vestíbulo del propio palacio principal, con su techo muy abovedado como la nave de una catedral. Estaba atestado de cortesanos adornados con una variedad tan fantástica de ropas que parecía como un baile de disfraces cuyos invitados fuesen todos negros. Había crinolinas y *saris, sarongs* y trajes de ceremonia, muselinas y tafetanes de todos los estilos y colores. Recuerdo a una mujer larguirucha con un vestido de seda blanco y una peluca empolvada en la cabeza a lo María Antonieta, hablando con otra que parecía estar enteramente cubierta de cuentas de cristal. El contraste y la confusión eran asombrosos: mantillas y taparrabos, pies desnudos y zapatos de tacón, largos guantes y tocados de plumas bárbaros. Podría haber sido exótico, pero se daba el desafortunado hecho de que las mujeres malgaches son feas como demonios en su mayoría, con tendencia a resultar rechonchas y aplastadas, como campesinas rusas negras, para que se hagan una idea. Bueno, vi algún culo gracioso tapado por un *sari* aquí y allá, y unos cuantos pares de tetas rollizas sobresaliendo de bajos corpiños, y pensé para mí: «Aquí hay poca cosa que merezca prestarle un poco de atención». Atención de la que ellas probablemente se habrían alegrado, porque nunca había visto una colección de tipos más desgarbada y enana que sus hombres. Es curioso que la nobleza masculina la formen unos ejemplares mucho peores que los hombres comunes; la mezcla de sangres, sospecho. Iban tan fantásticamente vestidos como las mujeres, con el habitual batiburrillo de uniformes, pantalones por la rodilla, zapatos con hebilla e incluso algún sombrero de copa añadido.

Había una orquesta de negros tocando abominablemente en algún lugar, y toda la multitud charlaba como cotorras, como hacen siempre los malgaches, haciendo inclinaciones de cabeza, reverencias, lanzando miradas maliciosas y coqueteando como la caricatura más grotesca de la sociedad educada. No podía evitar pensar en los monos que había visto en el circo en mi niñez, vestidos con ropas humanas. Un hombre blanco en harapos no llamaba la atención allí en medio, y nadie me dirigió más que una mirada mientras yo subía por una escalera, a lo largo de un corto pasadizo y en una pequeña antesala. Allí, para mi asombro, me dejaron solo, cerraron la puerta y eso fue todo.

«Tranquilo, Flashy», pensé yo. ¿Qué era aquello? Examiné la habitación, bastante inocente, repleta de muebles indígenas artísticamente grabados, grandes jarrones con cañas, adornos finos de marfil y ébano, y en las paredes algunas pinturas que representaban negros de uniforme que yo jamás habría colgado en mi casa. Me quedé escuchando y a través de una amplia ventana interior cubierta con una cortina de muselina oí el murmullo y la música del gran vestíbulo; me puse de pie sobre una mesa para ver por encima del alféizar y a través de la muselina la asamblea de abajo. Mi ventana estaba en un rincón, y desde allí una amplia galería se abría al final del vestíbulo, muy por encima de la multitud. Había una docena de guardias hovas con *sarong* y casco alineados a lo largo de la barandilla de la galería.

En algún lugar interior en el palacio sonó una campana, e inmediatamente la charla y la música cesaron, toda la multitud de abajo se volvió a mirar hacia la galería. Sonó el quejido de lo que parecía como una trompeta, y una figura apareció en la galería directamente por debajo de mí, un negro fornido con un tocado de metal dorado y una piel de leopardo en los riñones, con unos brazos macizos y musculosos extendidos ante él y que llevaba una esbelta lanza de plata de ceremonias.* La crema de la sociedad malgache que estaba allí reunida le dio un buen aplauso, y mientras él se hacía a un lado, cuatro muchachas con *saris* floreados aparecieron con una especie de tienda de tres paredes de seda coloreada, pero sin techo.

Entonces, con el acompañamiento de címbalos y una baja y sonora cantilena que hizo que se me erizaran los pelos del cuerpo, llegaron un par de viejos con ropas negras ribeteadas de plata, balanceando unos pequeños paquetes al final de unas cuerdas, pero sin darse mucha importancia. Se quedaron a un lado, y con un súbito grito estruendoso de la multitud de «¡Manjaka! ¡Manjaka!» salieron cuatro chicas más, con un palio de color púrpura con cuatro esbeltas pértigas de marfil. Debajo caminaba una figura majestuosa envuelta en un manto de seda escarlata, pero no podía verle la cara en absoluto, porque estaba escondida bajo un alto sombrero dorado de paja, atado bajo la barbilla con un pañuelo. «Así que esta es la jefa», pensé yo, y a pesar del calor, me encontré tiritando.

Caminaba lentamente desde el fondo de la galería y la multitud de aduladores estalló, aplaudiendo y chillando y extendiendo las manos. Ella se detuvo, las chicas que llevaban la tienda de seda la colocaron a su alrededor, protegiéndola de los ojos curiosos menos

* Esta lanza se denominaba «La que odia la mentira».

de los dos que estaban mirándola asombrados e insospechados desde arriba. Esperé, sin aliento, y dos chicas más se le acercaron y le quitaron el manto de los hombros. Y allí estaba, completamente desnuda cubierta únicamente por aquel ridículo sombrero.

Incluso desde arriba y a través de una pantalla de muselina no había duda de que era una hembra, y no necesitaba corsés para salir airosa del examen. Se quedó quieta, como una estatua de ébano, mientras las dos sirvientas la lavaban con unas palanganas de agua. Algún vulgar patán gruñó lascivamente, y al darme cuenta de que era yo, me eché hacia atrás con súbita ansiedad temiendo que me hubieran oído. La rociaron cuidadosamente, mientras la miraba con envidia, y luego sujetaron el manto de nuevo en torno a sus hombros. La pantalla desapareció y ella tomó lo que parecía un cuerno incrustado de ébano de uno de sus ayudantes y dio unos pasos hacia adelante para salpicar a la multitud. Ellos gritaron entusiasmados, y luego se retiró entre aplausos, y me aparté de mi ventana pensando, por Dios, nunca hemos visto a nuestra pequeña Vicky desde la galería de Buck House haciendo esto…, pero vaya, ella no está tan bien equipada como esta.

Lo que yo había visto, si quieren saberlo, era la parte pública de la ceremonia anual del Baño de la reina. Los procedimientos privados eran menos formales, aunque conviene que sepan que solo puedo hablar con autoridad de 1844, o como se conoce sin duda en los círculos de la corte malgache, el año de Flashy.

El procedimiento es simple. Su majestad se retira a sus aposentos de recepciones en el Palacio de Plata, que es una cámara asombrosa que contiene un sofá dorado, ornamentos de oro y plata en profusión, un enorme y lujoso lecho, un piano con «Selecciones de Scarlatti» en el atril y a un lado una bañera empotrada en el suelo revestida de madreperla; también hay cuadros de las victorias de Napoleón en las paredes, entre cortinas de seda. Allí concluye la ceremonia recibiendo el homenaje de varios oficiales, que salen arrastrándose hacia atrás, y, con algunas de sus doncellas todavía esperando, vuelve su atención hacia el último tema de la agenda, el extranjero náufrago que le han llevado para su inspección, y allí estoy yo de pie con el estómago encogido entre dos macizos guardias hovas. Una de sus doncellas empuja al pobre idiota hacia adelante, los guardias se retiran y yo trato de no temblar, tomo aliento, la miro y deseo no haber venido nunca.

Ella llevaba todavía el sombrero alto, y el pañuelo enmarcaba sus facciones que no eran ni bellas ni feas. Podía tener cualquier edad, entre cuarenta y cincuenta años, la cara más bien redonda, con una nariz recta y pequeña, unas cejas finas y una boca de piñón, de gruesos labios; su piel era negra como el carbón y rolliza.*

Entonces me encontré con sus ojos, y me recorrió una súbita corriente helada de terror y me di cuenta de que todo lo que había oído era verdad, y los horrores que iba a presenciar no necesitaron más explicación. Sus ojos eran pequeños y brillantes como los de una serpiente, no parpadeaban y había en ellos una terrorífica profundidad de crueldad y malicia; sentí repulsión física al mirarlos y, gracias a Dios, tuve el sentido común de dar un paso hacia delante, con el pie derecho por delante, y mostrar los dos dólares mexicanos en mi palma abierta.

Ella ni siquiera los miró, al cabo de un momento una de sus chicas se adelantó y los tomó. Di un paso hacia atrás, el pie derecho primero, y esperé. Los ojos no apartaban nunca su mirada repelente, y eso me ayudó, porque no podía soportarlos más. Dejé caer la mirada, tratando febrilmente de recordar lo que me había dicho Laborde... Oh, demonios, ¿estaba esperando ella que le lamiera sus infernales pies? Miré hacia abajo; estaban escondidos bajo el manto escarlata; no podía ponerme a buscarlos por allí. Me quedé de pie, en silencio

* Los pocos europeos que conocieron a la reina Ranavalona cara a cara y vivieron para escribir sus impresiones sobre ella confirman lo que dice Flashman de su apariencia, aunque la mayoría la vieron mucho más tarde que él. Ellis, dando una descripción muy cercana a la de Flashman, añade que «la cabeza y la cara son pequeñas, compactas y bien proporcionadas; su expresión, agradable, aunque a veces indica una gran firmeza». Ida Pfeiffer, que posiblemente no la vio de cerca, observó que era «de constitución fuerte y robusta, bastante siniestra». Tanto ella como el señor Ellis al parecer pensaban que la reina era de más edad de la que probablemente tenía; no hay pruebas fiables de su fecha de nacimiento, y aunque la *Nouvelle Biographie Générale* la asigna «en torno a 1800», lo cual significaría que tenía cuarenta y cuatro años cuando Flashman la conoció, parece más probable que tuviera algo más de cincuenta.

y con el corazón saliéndoseme por la boca, notando que la seda de su manto estaba húmeda. Por supuesto, no la habían secado, y ella no llevaba absolutamente nada debajo... Cielos, aquello se pegaba a sus miembros de una manera muy atractiva. Mi visión desde lo alto había sido velada, por supuesto, y yo no me había dado cuenta de lo extraordinariamente dotado que estaba aquel real personaje. Seguí la bruñida línea escarlata de su pierna y de su cadera redondeada, noté la suave curva de la cintura y el estómago, los pechos llenos, delineados en seda. ¡Dios mío, ella estaba húmeda! ¡Al diablo con ella!

Una de las doncellas lanzó una risita, instantáneamente sofocada, y para mi vergüenza me di cuenta de que mis pantalones indecentemente rotos y harapientos eran incapaces de ocultar mi instintiva admiración por los matronales encantos de su majestad... ¡Oh, Dios mío! Ustedes pensarán que el espantoso terror y mi situación peligrosa habrían hecho imposible una reacción lujuriosa, pero el amor lo puede todo, ¿saben?, y yo no podía hacer absolutamente nada. Cerré los ojos y traté de pensar en hielo picado y vinagre, pero aquello no resultó... No me atrevía a darle la espalda a la realeza... ¿Lo había notado ella? Por todos los demonios, no estaba ciega. Aquello era *lèse-majesté* del tipo más flagrante, a menos que se lo tomara como un cumplido, que es lo que era, se lo aseguro, y no una deliberada falta de respeto, ni mucho menos...

Le dirigí otra mirada, la cara colorada. Aquellos malditos ojos estaban todavía clavados en los míos; y lenta, inexorablemente, su mirada se dirigió hacia abajo. Su expresión no cambió lo más mínimo, pero ella se removió en su sofá, lo cual no hizo nada por apagar mi ardor, y sin apartar la mirada, murmuró una instrucción gutural a sus doncellas. Ellas salieron obedientemente, mientras yo esperaba temblando. De repente se puso de pie, se quitó el manto de seda y se quedó allí erguida, desnuda, deslumbrante; tragué saliva y me pregunté si sería correcto hacer algún ligero avance... cogerle una teta, por ejemplo... Tendría que cogerla con las dos manos... Mejor no; dejemos que la realeza tome la iniciativa.

Así que allí me quedé completamente quieto durante un minuto entero, mientras aquellos malditos, fríos ojos, me inspeccionaban; entonces ella se adelantó y acercó su cara a la mía; me husmeó cautelosamente como un animal y frotó suavemente su nariz aquí y allá por mis mejillas y mis labios. «El aperitivo —pensé yo—, un tirón y mis pantalones serán un trapo en el suelo». Me agarré a sus nalgas y la besé de lleno en la boca... ella forcejeó y se soltó, escupiendo y tocándose la lengua, con los ojos relampagueantes, y me cruzó la cara con la mano. Yo estaba demasiado sorprendido para evitar el golpe; me dio en el oído, tuve una visión de aquellos pozos de agua hirviendo y la furia murió en sus ojos, para ser reemplazada por una mirada asombrada. (No tenía ni idea de que el beso era desconocido en Madagascar; ellos se frotan la nariz, como la gente de los mares del Sur). Puso su cara junto a la mía de nuevo, tocando mis labios precavidamente con los suyos; su boca sabía a anís. Me lamió vacilante, así que yo froté mi nariz contra la suya un momento, y luego la besé en toda regla, y esta vez ella entró en el espíritu de la cosa como una buena chica.

Entonces me cogió de la mano y me condujo por la habitación hacia un baño, se desató el pañuelo y el sombrero y los tiró a un lado, revelando un largo cabello tieso atado muy tirante, y unos pesados pendientes de plata que colgaban hasta sus hombros. Se metió en la bañera, que era lo bastante profunda como para nadar, y me empujó a seguirla, lo cual hice, ardiendo por dentro. Pero ella nadó y jugó en el agua de una manera muy provocativa, persiguiéndome y frotándome con la nariz y besándonos, pero ni una sonrisa ni una palabra ni el menor suavizamiento de esos ojos de basilisco. De repente ella me atrapó entre sus largas piernas y allá fuimos, rodando y sumergiéndonos como condenados, un momento en la superficie y el siguiente a un metro por debajo. Ella debía de tener unos pulmones como fuelles, porque podía aguantar debajo un tiempo que para mí era una agonía, moviéndose como un delfín lujurioso, y luego saliendo a la superficie para coger aire y abajo de nuevo para realizar más extáticos movimientos en el fondo. Bueno, aquello era nuevo, y altamente estimulante; la única vez que he completado el acto carnal mientras hacía la voltereta con la nariz llena de agua fue en el baño de Ranavalona. Después me sujeté al borde, jadeando, mientras ella nadaba perezosamente de arriba abajo, volviendo aquellos feos, relampagueantes ojos hacia mí de vez en cuando, con aquella cara como de piedra.

Pero lo más sorprendente estaba aún por llegar. Cuando ella salió del baño y yo la seguí obediente, se dirigió hacia el lecho y se echó en él, contemplándome sombríamente mientras yo me quedaba allí de pie, dudando, preguntándome qué hacer. Quiero decir que normalmente uno suele darle a la chica un cachete en el trasero como felicitación, pide un refresco y mantiene una agradable charla, pero no podía imaginar qué estilo era el de ella. Se quedó allí quieta, desnuda, toda negra y brillante, mirándome mientras yo trataba de tiritar de una forma indiferente, y gruñó algo en malgache y señaló hacia el piano. Le expliqué, humildemente, que no sabía tocar; ella me miró un poco más y tres segundos más tarde yo estaba en el taburete del piano, con mi húmedo trasero posado incómodo en el asiento, tocando «Bebe, cachorro, bebe», con un dedo. La audiencia no empezó a tirarme cosas, así que me aventuré con la otra mitad de mi repertorio: «Dios salve a la reina», pero un gruñido me mandó rápidamente de vuelta a «Bebe, cachorro, bebe» una vez más. La toqué durante diez minutos, consciente de la implacable mirada en mi nuca, y, a modo de variación, empecé a cantar la letra. Oí crujir el lecho, y desistí; otro gruñido y yo estaba cantando vigorosamente de nuevo, y el Palacio de Plata de Antananarivo resonó con los ecos de:

Allí está el zorro
con su madriguera entre las rocas,
y seguimos su rastro
y aquí están los perros
con la nariz en el suelo
y nosotros gritamos, felices, ¡hurra!

Y el estribillo, con vigor es una cancioncilla muy animada, como probablemente saben; y yo la canté a pleno pulmón hasta quedarme ronco. Cuando pensaba que mi voz iba a romperse, ella vino silenciosamente a mi lado, mirando inexpresivamente mi cara y luego las teclas; «qué demonios, de perdidos al río», pensé yo. Así que mientras seguía golpeando las teclas con una mano la atraje al taburete con la otra, apretándola con lujuria y aullando: «Creció y se convirtió en un perro grande, vamos a pasarnos la botella», y después de un momento impasible mirando, ella empezó a acompañarme de la manera más desconcertante. Esta vez, sin embargo, fuimos al lecho para el asunto serio, y sufrí una buena conmoción, ya que cuando esperaba que ella asumiera la posición supina, de repente me cogió en vilo (mido un metro ochenta y peso más de ochenta kilos), me tiró en la cama y empezó a galopar encima de mí con brutal abandono, gruñendo y rezongando e incluso aporreándome como un gorila rijoso, pero comprendí que ella disfrutaba. No es que sonriera o que diera suspiros femeninos, pero al final acarició su nariz contra la mía y gruñó una palabra malgache en mi oído varias veces: «Zanahary… zanahary…», que después descubrí que era un cumplido.

Así fue mi primer encuentro con la reina Ranavalona de Madagascar, la mujer más horrible que he conocido en mi vida, sin paliativos. Desgraciadamente, no fue en absoluto el último, porque aunque nunca dejó de mirarme con aquella mirada fija de gorgona, me tomó un cariño inextinguible. Posiblemente fue mi habilidad al piano,[†] porque normalmente ella cambiaba de amante como quien cambia de camisa, y yo estaba en un temor constante en las semanas que siguieron de que se cansara de mí, como lo había hecho con Laborde y con otros cientos más. Él simplemente había sido apartado, pero a menudo sus amantes desechados eran sujetos al espantoso tormento de la prueba *tanguin,* y enviados a los pozos, o desmembrados, o cosidos en pellejos de búfalo de los que solo sobresalía la cabeza, y entonces los colgaban hasta pudrirse.

No, complacer a la reina no era un negocio fácil, y para empeorar las cosas, ella era una amante brutalmente absorbente. No quiero decir con esto que disfrutara infligiendo dolores a sus hombres, como la querida Lola con su cepillo del pelo, o la traviesa señora Mandeville de Misisipi, que llevaba botas de montar con espuelas en la cama, o la tía Sara, la loca fustigadora de las estepas… Vaya,

* Sobrenatural, divino; (coloquial) maravilloso.
† El virtuosismo de Flashman al teclado era o muy excéntrico o menos memorable de lo que él imaginaba, porque años más tarde, cuando invitaron a Ida Pfeiffer a tocar el piano de palacio, ella entendió que Ranavalona decía que «nunca había visto a nadie tocar con las manos». La señora Pfeiffer encontró el piano tristemente desafinado.

he conocido a algunas palomitas en mis tiempos, ¿verdad? No, Ranavalona era simplemente un animal, tosco e insaciable, y quedabas dolorido después durante días. Sufrí una fisura en una costilla, un dedo roto, y Dios sabe cuántos tirones y dislocaciones en mis seis meses de semental titular, lo cual les da alguna idea.

Pero ya he contado bastante; solo cabe decir que mi iniciación fue afortunada y fui acogido entre los miembros de su corte como un esclavo extranjero que podría ser útil no solo como amante, sino también, en vista de mi experiencia de soldado, como oficial y consejero militar. No hubo ninguna duda en las mentes de los oficiales de la corte que me asignaron a mis deberes, ni la más remota sospecha de que yo pudiera dudar, o deseara que me enviaran a casa, o que me considerara otra cosa que afortunado de verme tan honrado por ellos. Yo había ido a Madagascar y allí estaría hasta que muriera, eso estaba claro. Era su filosofía nacional; Madagascar era el mundo, era perfecto, y no podía haber mayor traición que pensar de otra manera.

Tuve una vaga idea de aquello la misma tarde, cuando fui despedido de la real presencia, considerablemente agotado y tembloroso, y me condujeron a una entrevista con el secretario privado de la reina. Este resultó ser un alegre y menudo negro regordete con un chaqué azul con botones de latón y pantalones de cuadros, que me sonrió cálidamente desde las profundidades de un enorme cuello blanco y me asombró gritando:

—¡Señor Flashman, qué gran placer verle! Yo ser el señor Fankanonikaka, secretario muy personal y especial de Su Majestad. La reina Ranavalona, la gran nube que da sombra al mundo, ¿estoy en lo cierto? No, ni la mitad, ya lo creo... —se frotó las pequeñas garras negras, riendo ante mi aspecto sorprendido, y siguió—: Cómo hablo yo inglés tan perfecto, eso asombrará a usted, yo ser educado en Londres, en Highgate School, Highgate, en el año de Cristo de 1565, siete años reinado de la Buena Reina Bess. Por favor, sentarse aquí exactamente, y atenderme a mí. Soy un buen compañero —y me indicó una silla.

Estaba aprendiendo a aceptar cualquier cosa de aquel extraordinario país, y... ¿por qué no? En mis tiempos he visto a un alumno de Oxford dirigir un barco de esclavos, a un profesor de griego conducir mulas en la diligencia de Sacramento, y a un galés con sombrero de copa dirigir un impi zulú... Ver a un negro educado en Londres actuando como secretario* de la reina de Madagascar no era demasiado extraño al lado de esas cosas. Pero oír hablar en inglés, aunque fuera con aquel lenguaje algo sorprendente, me cogió tan desprevenido que casi cometí la indiscreción de preguntar cómo demonios podía escapar de aquel manicomio, y eso podía haber sido fatal en un país donde una palabra equivocada a menudo significa la muerte por tortura. Afortunadamente, recordé la advertencia de Laborde a tiempo, y pregunté cautelosamente cómo conocía mi nombre.

—¡Ja, ja! Nosotros lo sabemos todo, no trampas o engaños, por favor —gritó él, con su redonda cara brillante como el betún—. Usted venido desde el barco de Suleiman Usman, nosotros hablando con él quizá, averiguando mucho —inclinó la cabeza, examinándome con sus diminutos ojos—. Usted decirme ahora de la vida personal de usted, de dónde es, qué oficio; por así decir, mi viejo camarada.

Así lo hice. Que era inglés, oficial del ejército, y cómo había caído en las manos de Usman. De nuevo, recordando a Laborde, no mencioné a Elspeth, aunque estaba consumido por la ansiedad sobre qué le hubiera podido pasar. Él asintió cortésmente y luego dijo:

—¿Venido a Madagascar, conoce alguien aquí, cierto?

Le aseguré que estaba equivocado, levantó un dedo y me dijo: «Monsieur Laborde».

—¿Quién es? —dije yo, haciéndome el inocente, y él sonrió y exclamó:

—Monsieur Laborde hablarle en el mercado de esclavos, golpeado un golpe en la cara, pero luego usted venido tranquilo, con dólares para dar a la reina, afeitado, curioso, ¿no? —lanzó una risita y movió una mano—. Pero no importa, ya que ser buen compañero, Laborde viejo amigo y europeo, buen camarada. Oh, sí, mucho estrechar de manos y hola, viejo amigo. Yo entiendo, buen compañero también, como Highgate, y no importa, porque a la reina, que viva mil años, usted le gusta. ¡Qué felices serán! ¡Mucho dale que te pego y felices polvos! —gritó aquel cantamañanas, haciendo gestos obscenos—.

* A pesar de sus sospechas de los europeos y sus procedimientos, la reina de hecho tenía un secretario educado a la inglesa.

Mucho placer, hurra. Quizá usted esclavo cinco años, seis, gusta a la reina —sus ojos giraron ardientemente—, quizá dar niño pequeño con polvos, ¿eh? De todos modos, cinco años y usted no estar perdido, no más, libre, casado con elegante dama, y será una gran persona como yo, o como otros. Todos gustando a la reina —él sonrió felizmente; tenía mi futuro en sus manos, al parecer—. Pero ahora usted esclavo, ¡perdido! —añadió gravemente—. Debe trabajar duro, no solo meter y sacar. Los soldados deben trabajar, lo necesitan mucho, mantener mejor ejército del mundo, limpio y pulido, maldita sea, sin errores. A usted le gusta, en Madagascar, ser un buen coronel, quizá sargento mayor, gritar a los soldados, izquierda-derecha-izquierda-derecha, cogerlos, a la mierda todos esos Guardias Montadas, a toda marcha, buen estilo. Yo en Highgate, mucho tiempo, ver los cañones de Hyde Park, cuando era un niño, en el colegio —la sonrisa desapareció de su rostro, y pareció abatido—. El pequeño negrito veía soldados, grandes cañones, caballos, tarará, tarará y a galopar —suspiró y se frotó los ojos—. En Londres. ¿Todavía llover tanto? Mucha pastelería, fútbol, buenos tiempos —suspiró—. Yo hablaré con reina usted ser un gran soldado, conoce los últimos trucos, mantener el ejército muy bonito como Héctor y Lisandro, a todo trapo, ¿eh? Sí, hablar con reina.

Se podría decir que así fue como me uní al ejército malgache, y si el señor Fankanonikaka era un maldito agente de reclutamiento, era también inusualmente eficiente. Antes de que cayera la noche yo estaba acuartelado, con el simple rango de sargento general, que sospecho era una invención del propio Fankanonikaka, y no del todo inadecuado, tal como resultó luego. Me dieron dos habitaciones en la parte trasera del palacio principal, con un ordenanza que hablaba un poco de francés —y me espiaba día y noche—, y allí me senté y lloré, con la cabeza dándome vueltas, tratando de pensar qué hacer a continuación.

Pero ¿qué podía hacer yo en aquel nido de intrigas y terror, donde mi vida dependía del capricho de una déspota diabólica que estaba indudablemente loca, y era caprichosa, peligrosa y diabólicamente cruel? (Se parecía a mi primera niñera de alguna manera, excepto en que su idea del baño para el pequeño Harry era un poco diferente). Solo podía esperar, desesperadamente, a Laborde, y rezar para que tuviera alguna noticia de Elspeth, y me trajera alguna esperanza de huida de aquel espantoso aprieto. Yo estaba buscando la salida para aquellas desdichadas perspectivas, cuando quién aparece allí sino él en persona. Me sentí asombrado, contento y aterrorizado todo en el espacio de dos latidos de corazón; él estaba sonriente, pero pálido, y respiraba pesadamente, como un hombre que acaba de tener un sobresalto horrible y ha sobrevivido a él, lo cual era cierto.

—Acabo de ver a la reina —dijo. Y hablaba en francés, muy alto—. Mi querido amigo, debo felicitarle. Le ha gustado usted mucho, como yo esperaba. Cuando me llamó, lo confieso —rio con elaborada indiferencia— pensé que había algún malentendido acerca de mi visita a usted la última noche… que le habían informado y ella había sacado falsas conclusiones…

—Frankinosécuántos lo sabía todo —dije yo—. Me lo contó. Por el amor de Dios, ¿hay alguna noticia?

Él me cortó con una mueca y un movimiento de cabeza que señalaba hacia la puerta.

—Creo que he sido llamado a audiencia a sugerencia del secretario de Su Majestad —dijo él—. Estaba muy impresionado por sus cualidades, y deseaba que yo, como leal sirviente de la reina, añadiera mis recomendaciones a las suyas propias. Le dije lo que pude, que usted era un distinguido oficial del ejército británico, que no se puede comparar, por supuesto, con el glorioso ejército de Madagascar, y que estaba lleno de celo por servirla con su capacidad militar —me hizo un guiño ostentoso, moviendo la cabeza, y capté el asunto.

—¡Por supuesto! —exclamé, elevando la voz—. Es mi más querida ambición. Lo ha sido durante años. No sé cuántas veces el duque de Wellington me dijo: «Flash, viejo amigo, no serás un buen soldado hasta que no hayas pasado un tiempo con los malgaches. Si Boney hubiera tenido un batallón de ellos en Waterloo, Dios mío, lo hubiéramos pasado mal». Y estoy fuera de mí de alegría con el pensamiento de servir a una reina de tal gracia, magnanimidad y belleza sin par —si algún espía estaba tomando notas para el beneficio de aquella horrible perra negra, yo bien podía lisonjearla hasta la exageración—. De buena gana pondría mi vida a sus pies —había una oportunidad bastante buena de que aquello ocurriera, también, si teníamos muchos galopes como el de aquella tarde.

Laborde pareció satisfecho, y se lanzó a arrebatos acerca de mi buena suerte, y lo afortunado que era por tener una gobernante tan benévola. No podía decir suficientes cosas buenas de ella, y por supuesto me uní a él, ardiendo de impaciencia por oír las noticias que pudiera tener de Elspeth. Él sabía lo que estaba haciendo, sin embargo, porque mientras hablaba jugaba nerviosamente con una calabaza que había en la mesa, y cuando apartó su mano, había un papel debajo del recipiente. Esperé cinco minutos después de que él se fuera por si había ojos acechando, lo cogí y lo leí subrepticiamente mientras me echaba en la cama.

«Ella está sana y salva en casa del príncipe Rakota, el hijo de la reina», leí. «La ha comprado. No tema nada. Solo tiene dieciséis años y es virtuoso. La verá cuando haya seguridad. Mientras tanto, no diga *nada,* si valora la vida de ella y la suya propia. Destruya este mensaje inmediatamente».

Así que me comí aquella maldita cosa, especulando febrilmente con el pensamiento de que Elspeth se encontraba indefensa en manos de un príncipe negro que probablemente había estado cubriendo a todas las mujeres que tenía a su alcance desde que tenía ocho años. Virtuoso, ¿eh? ¿Como su querida mamá? Si era tan jodidamente ejemplar, ¿para qué la había comprado, para que le planchara la ropa? Laborde tenía que estar loco… Bueno, cuando yo tenía dieciséis años, sé lo que hubiera hecho si hubiera visto a Elspeth en el escaparate de una tienda con una etiqueta de precio pegada. Era demasiado horrible para pensar en ello, así que me fui a dormir en lugar de hacerlo. Después de todo, fuera lo que fuese lo que estaba ocurriéndole a Elspeth, yo había tenido un día agotador.

[Extracto del diario de la señora Flashman, octubre de 1844.]

Madagascar es una isla muy singular e interesante, y me considero muy *afortunada* por haber sido tan amablemente recibida aquí… lo cual *se debe enteramente* a la sagacidad y energía del querido H., que de alguna manera planeó de lo más inteligentemente la huida a la costa del barco de don

S. e hizo los arreglos para nuestra excursión y recepción. ¡Oh, qué liberación tan *feliz!* No sé cómo lo ha conseguido, porque no he visto a mi bravo héroe desde que desembarcamos, pero mi amor y mi admiración por él no conocen límites, tal como lo dejaré bien claro cuando de nuevo tenga la dicha de verme envuelta entre sus brazos.

Ahora estoy residiendo en el palacio del príncipe Rakota, en la capital (cuyo nombre extranjero no puedo intentar reproducir, pero suena como si repicara una campanita), me trajeron aquí ayer después de un viaje con muchos sobresaltos y aventuras. Me llevaron a la costa desde el barco de don S. unos caballeros negros, así debo llamarlos, porque son personas importantes, y realmente todo el mundo es negro aquí. Don S. protestó de la manera más violenta y se puso *bastante alterado,* así que los soldados negros tuvieron que sujetarle… pero yo no me conmoví demasiado, porque sus inconveniencias últimamente habían sido muy marcadas, y su conducta muy *brusca,* y estaba ya realmente harta de él. Se ha comportado de forma *odiosa,* porque a pesar de sus protestas de devoción hacia mí, me ha puesto en una *situación muy incómoda,* de manera egoísta… y también a mi querido H., que incluso recibió un horrible rasguño en su persona.

No diré más de don S. excepto que siento mucho que un caballero tan refinado y agradable haya demostrado ser tan inadecuado de conducta, y que ha sido una gran decepción para mí. Pero mientras me alegro de haberme librado de él, estaba un poco incómoda con nuestros anfitriones negros, el jefe de los cuales no me gusta en absoluto, es tan zafio y espontáneo, y me miraba de una forma tan horrible, *familiar,* e incluso se olvidó de sí mismo de tal modo que me *tocó* el cabello, gruñendo a sus amigos en su lengua (aunque habla un francés tolerable, por lo que oí), así que me dirigí a él en esa lengua y le dije: «Su conducta con una dama no es conveniente, señor, especialmente en uno que lleva el tartán del 42.º, y además estoy segura de que no tiene derecho a ello, porque mi tío Dougal estaba en el 93.º y nunca oí hablar de que una persona de su color estuviera destinada en la Brigada Highland, ni en Glasgow ni en ningún otro sitio. Pero si estoy equivocada, me disculparé. Tengo mucho hambre, ¿y *dónde* está mi marido?».

Todo esto fue recibido con un descortés silencio, ellos me colocaron en un coche o palanquín y me llevaron tierra adentro, aunque me opuse enérgicamente y hablé de forma bastante *dura,* pero sin resultado. Estaba con *tal preocupación* por no tener ni una sola noticia de mi querido H. y por no saber adónde me llevaban, y la gente que pasábamos no paraba de mirarme, lo cual era desagradable, aunque ellos parecían estar asombrados, y yo decidí que era eso, que *nunca habían visto a una dama de cabello rubio y de mi aspecto antes,* ya que eran primitivos. Pero yo llevé aquella insolencia con dignidad y reserva, y golpeé a uno de ellos con la correa del coche, después de lo cual mantuvieron una distancia más respetuosa. Para ayudar a ahuyentar mis miedos, me dediqué a la tranquila contemplación de las maravillas que vi por el camino, el escenario estaba más allá de toda descripción, las flores eran de brillantes colores, y la vida animal de una variedad y un interés sin límites, especialmente una pequeña bestia encantadora llamada el aye-aye, que es medio mono, medio rata, con los ojos más divertidos y pensativos… y supongo que por eso le llaman aye-aye, y no lo matan. Sus monerías son divertidas.

Sin embargo, escribiré más tarde sobre las atracciones de este singular país, cuando la musa descriptiva venga a visitarme. Igualmente sucederá con la gran ciudad de Madagascar, y mi presentación a Su Alteza el príncipe Rakota por un residente francés, M. La Board, que está en términos de intimidad con el Príncipe. Por él supe que el querido H. había estado ocupado en asuntos militares de importancia para un personaje que era nada menos que Su Majestad la reina de Madagascar… y yo imagino que mi amado, con astucia, les ofreció sus servicios a cambio de ser recibidos aquí. Ellos, naturalmente, estarán ansiosos de contar entre ellos a tan distinguido oficial, lo que sin duda explica la precipitación con la cual se alejó desde la costa, sin ni siquiera verme… lo cual me causó un poco de *malestar*, aunque estoy segura de que él sabe lo que hace. No lo entiendo bien, pero M. La Board me explicó la naturaleza *delicada* del trabajo, y desde entonces él y el Príncipe insisten en que nada debe *perjudicarlo*, yo me resigno con buen humor y *compostura* a esperar y ver, como debe hacer una buena esposa, y solo espero que mi héroe pronto esté libre de sus deberes para venir a visitarme.

Estoy muy cómoda en el delicioso palacio del Príncipe, y recibo todo tipo de consideraciones y amabilidades. El Príncipe es *solo un chiquillo*, pero habla un buen francés con vacilaciones encantadoras, y es todo amabilidad. Es muy negro, alto y guapo, sonríe fácilmente y me gusta pensar que está más que un poco *ilusionado* conmigo, pero es tan joven e infantil que una expresión de admiración que pudiera ser tomada como *un poco* atrevida en una persona más madura, puede ser excusada en él como una galantería *natural* de la juventud. Es un poco tímido, y tiene una expresión ansiosa. Me gustaría tener un guardarropa adecuado, porque tengo algunas esperanzas de que, cuando vuelva mi querido H., me lleve a visitar a la reina, que parece por todo lo que he oído ser una persona notable y tenida en gran estima. Sin embargo, si me veo tan honrada, tendré que conformarme con lo que tengo, y confiar en mi *buena cuna* y apariencia para representar adecuadamente a mi país entre esta gente, porque tal como nuestro amado bardo ha dicho, el rango no es sino el troquel de una guinea,* y estoy segura de que una dama inglesa puede moverse sin sentirse avergonzada en cualquier tipo de sociedad, especialmente si tiene gracia suficiente y el aspecto adecuado para ello.

[Fin del extracto… ¡conque «buena cuna»! ¿Y de dónde la sacó usted, señorita? ¡De Paisley, como todas las demás! —G. de R.]

---

* Se refiere al poeta escocés Robert Burns (1759-1796), que en su poema «For a'that» de 1795 escribió: «The rank is but the guinea stamp / the man's the gowd for a'that». *(N. de la T.)*

Por experiencia sé que por extraña y desesperada que parezca la situación en que te encuentres, acabas llevando los negocios que tienes entre manos como si fueran la cosa más natural del mundo. Por azares del destino yo me he visto como mayordomo indio, como príncipe coronado, como capataz de esclavos en los campos de algodón, como propietario de un garito de juego y Dios sabe cuántas cosas más, ocupaciones todas ellas de las cuales me habría apartado un kilómetro si hubiera podido. Pero no podía, así que procuré sacarles el máximo partido, y antes de darme cuenta estaba preocupándome por cosas como la mejor manera de pulir la plata, los procedimientos de la corte, cómo recoger la cosecha en noviembre o si el crupier de *blackjack* pedía aumento de sueldo, olvidándome de que el mundo real al cual pertenecía por derecho propio estaba ahí fuera, en algún sitio. Autodefensa, supongo... pero eso te mantiene sano cuando lo normal sería acabar metido en la locura y en la desesperación.

Así que cuando me llevaron al ejército de Madagascar para que lo instruyese y entrenase, simplemente cerré mi mente a los horrores de mi situación y me puse a ello como Federico el Grande con una avispa en los pantalones. Cuando miro hacia atrás, me parece que aquello me introdujo en uno de los períodos más oscuros de mi vida, en una época tan confusa que tengo dificultades para situar los acontecimientos en aquellas primeras semanas en su orden adecuado, o incluso entenderlos debidamente. Sabía tan poco entonces de aquel lugar, y ese poco era tan extraño y horrible, que mi mente se encontraba en un estado de aturdimiento. Solo gradualmente llegué a tener una visión clara de aquel país de salvajes, que simulaba una cierta civilización, con su gente y sus costumbres sorprendentes, entender mi propia y peculiar situación en él y empezar a tratar de planear una huida. Al principio no fue sino un espantoso torbellino, en el cual yo solo podía hacer lo que tenía que hacer, pero lo describiré lo mejor que pueda para que ustedes puedan irlo conociendo como yo lo hice, y comprendan los antecedentes de los asombrosos acontecimientos que siguieron.

Yo tenía, pues, que reformar e instruir al ejército, y si ustedes piensan que ese es un trabajo de responsabilidad y poco común para un esclavo recién llegado, recuerden que aquel ejército seguía el modelo europeo, pero que no había visto a un instructor blanco desde hacía años. Había otra buena razón para mi nombramiento, pero no la averigüé hasta mucho más tarde. De todos modos, allí estaba yo, y me atrevería a decir que aquel trabajo era lo más parecido a un placer que se pudiera encontrar en aquel lugar. Porque eran soldados de primera, y en cuanto los vi, al pasar revista a los regimientos en una gran llanura en la parte exterior de la ciudad, pensé para mí: «Bueno, hijo, esto sí que es perfección. Son buenos, pero no hay como pasar diez horas al día azuzando a sus oficiales para que sean todavía mejores». Y eso fue lo que hice.

Fankanonikaka me dijo que tenía carta blanca; vino conmigo para mi primera revista, y los cinco regimientos acuartelados en Antan y la guardia del palacio desfilaron bajo mi ojo crítico.

—Cómo cambiar la guardia, derecha, izquierda, bumbum, ¡qué bien! —gritaba—. Ser los mejores soldados del mundo, ni la mitad, ¿eh? Media vuelta a la derecha, cubrirse, juntos, ¡ha-ha! —Sonrió a los generales y coroneles de opereta que estaban allí de pie con nosotros y resopló con orgullo mientras ellos miraban sus batallones.

—¿Le está gustando, sargento general Flashman?

Me limité a gruñir, hice que se detuvieran y me metí entre las filas, buscando el primer fallo que pudiera encontrar. Había una cara negra mal afeitada, así que pataleé, juré y me puse furioso como si hubiera perdido una batalla, mientras los oficiales me miraban y temblaban; el pequeño Fankanonikaka estaba a punto de estallar en lágrimas.

—¿Soldados? —aullé yo—. ¡Miren a este bruto desaliñado, pisándose la maldita barba! ¿Se ha afeitado hoy? ¿Se ha afeitado alguna vez, acaso? ¡Firmes, sucios bastardos, o voy a mandar azotar a un hombre de cada dos! ¿Vais a presentaros ante mí con las barbillas como el culo de un mono? ¡Ya os enseñaré yo, hijos míos! ¡Oh, sí, vaya a tomar nota de esto! Señor Fankanonikaka, pensaba que me había hablado de un *ejército*... ¿No se referiría a esta cuadrilla de mugrientos, supongo?

Por supuesto, aquello desencadenó un escándalo. Los generales se quedaron con la boca abierta, protestaron y tropezaron con sus sables, mientras yo iba incordiando a derecha e izquierda: botones mal cosidos, cuero sin lustrar, todo lo que podía encontrar. Pero no les dejé tocar al soldado ofensor, ¡ah, no! Degradé al responsable de su batallón en el acto, ordené que arrestaran a su coronel y sacrifiqué a los oficiales; así es como se los mantiene a raya. Y cuando acabé de gritar, formé al grupo, oficiales y todo, y desfilaron marcando el paso dando vueltas a la plaza durante tres largas horas, y, cuando estaban ya a punto de desfallecer, hice que se quedaran firmes durante cuarenta minutos, mientras yo pasaba entre ellos, husmeando y gruñendo, con Fankanonikaka y los oficiales trotando desolados a mis talones. Tuve mucho cuidado de dirigir una palabra de alabanza aquí y allá, y saqué al tipo mal afeitado, le di un sopapo, le dije que no lo volviera a hacer nunca, le pellizqué la oreja y le dije que tenía grandes esperanzas puestas en él. (Hablan de disciplina: llamad al viejo Flash y os enseñaré cosas que no se aprenden en Sandhurst).

Después de esto, todo fue coser y cantar. Se dieron cuenta de que estaban en las garras de un implacable amante de la disciplina, y se volvieron locos perfeccionando su instrucción y sus giros, con sus oficiales presionándoles hasta que se caían; mientras tanto Flashy andaba a su alrededor mirando o se sentaba en su oficina pidiendo listas y relaciones de todo lo que existe bajo el sol. Con mi buen oído para los idiomas, aprendí un poco de malgache, pero en su mayor parte transmitía mis órdenes en francés, que entendían los oficiales mejor educados. Me labré una reputación temible a base de fijarme en trivialidades, y le puse mi sello por medio del azote público a un coronel —porque uno de sus hombres llegó tarde a la revista— al principio de las grandes revistas quincenales a las que asistía la reina y la corte. Aquello impresionó a los oficiales, entretuvo a las tropas y encantó a Su Majestad, si el brillo en sus ojos significaba algo. Estaba sentada como un ídolo negro la mayor parte del tiempo, con su *sari* rojo y su corona de oro bajo la sombrilla a rayas para las ceremonias, pero tan pronto como empezaron los azotes, noté que su mano se crispaba a cada golpe, y cuando el pobre infeliz empezó a chillar, ella gruñó de satisfacción. Es una gran ventaja saber cómo funciona el corazón de una mujer.

Sin embargo, tuve mucho cuidado con mis métodos disciplinarios. Pronto tuve una idea de cuáles eran los oficiales importantes e influyentes, y les hice la pelota hasta la náusea a mi manera soldadesca y campechana, mientras oprimía condenadamente a sus subordinados y mantenía a las tropas en un estado de aterrorizada admiración. Si hubiera tenido tiempo, me atrevería a decir que habría arruinado la moral de aquel ejército para siempre.

Ya que la mayoría de los aristócratas dirigentes ostentaban rangos militares, y se tomaban sus deberes muy en serio, de una manera patéticamente incompetente (como los nuestros, en realidad), gradualmente me fui familiarizando —por no decir confraternizando— con la clase gobernante, y empecé a ver cómo funcionaba el país en la corte, en los cuarteles, en la ciudad y en el campo. Era bastante simple, porque la sociedad estaba gobernada por un rígido sistema de castas incluso más estricto que el de la India, empezaba en la parte inferior por esclavos negros malgaches; por encima de ellos, en décimo lugar, estaban los esclavos *blancos,* pero no había muchos si no me cuento yo, y yo era especial, como verán... Pero ¿no es curioso que una sociedad negra considere superior al blanco sobre el negro en la línea de la esclavitud? Lo éramos, por supuesto, pero aquello no representaba demasiada diferencia, ya que todos nosotros estábamos muy por debajo de la novena casta, a la que pertenecía el pueblo en general, que tenía que trabajar para vivir, y que incluía a todo el mundo desde los profesionales y comerciantes hasta los trabajadores libres y los campesinos.

Luego había seis castas de nobles, desde el octavo grado al tercero, y la diferencia que había entre ellos nunca la pude averiguar, excepto que era inmensamente importante. La clase alta malgache es terriblemente esnob, y se dan muchos aires entre ellos. Un conde o barón del tercer rango —esos son los títulos que se dan a sí mismos— será mucho más civilizado con un esclavo que un noble de sexto rango, y las normas cortesanas que los gobiernan son más duras todavía para los rangos más bajos. Por ejemplo, un varón noble no puede casarse con una mujer de casta superior; puede casarse con una mujer de casta inferior, pero no con una esclava… Si lo hace, será vendido como esclavo y la mujer, ejecutada. Muy sencillo, dirán ustedes, pues que no se casen con esclavas y ya está, pero los muy imbéciles lo hacen bastante a menudo, porque están locos, como su infernal país.

La segunda casta consiste en la familia real, pobrecillos, y en el primer rango un exclusivo grupo de uno: la reina, que era divina, aunque no estaba demasiado claro lo que eso significaba, ya que en Madagascar no tienen dioses. Pero, ciertamente, ella era la más absoluta de todos los tiranos absolutos, gobernando solo por su propio deseo y capricho, lo cual, dado que ella estaba completamente loca y era abominablemente cruel, ponía las cosas muy interesantes.

Todo esto probablemente lo habrán deducido de la descripción que he hecho de ella y de los horrores que vi, pero tienen que imaginar lo que era vivir a merced de aquella criatura, día tras día, sin esperanza de liberación. El miedo la envolvía como la niebla, y si su corte era un auténtico pequeño nido de víboras, repleto de intrigas y espías y complots, no era porque sus nobles o consejeros estuvieran tramando algo para conseguir el poder, sino por pura supervivencia. Vivían constantemente aterrorizados por aquellos malvados ojos de serpiente y aquella voz gruñona y plana que se dejaba oír rara vez, y normalmente para ordenar arrestos, torturas y muertes horribles. Son palabras fáciles de escribir, y ustedes probablemente pensarán que es una exageración, pero no lo es. Aquel bestial asesinato que presencié bajo el acantilado en el Ambohipotsy era solo una parte del ritual habitual de purga, persecución y carnicería que era el pan de cada día en Antan en aquella época; su sed de sangre y sufrimiento era insaciable, y peor aún porque era impredecible.

No habría parecido todo tan horrible, quizá, si Madagascar hubiera sido un estado negro primitivo y tribal donde todo el mundo corretea desnudo bailando danzas primitivas y viviendo en chozas. Bueno, yo recordaba a mi viejo amigo el rey Gezo de Dahomey, allí sentado, babeando como una bestia ante su casa de la muerte (hecha de calaveras) devorando su almuerzo mientras sus mujeres luchadoras cortaban a los prisioneros en sangrientos trocitos a un metro de distancia. Pero él era un animal, y lo parecía; Ranavalona no. No demasiado.

No tenía mal gusto para la ropa, por ejemplo, y hasta colgaba cuadros en las paredes; daba banquetes con cuchillo y tenedor y tarjetas con los nombres de cada uno (Solomon tenía razón: las vi. «Serjeant-General Flatchman, Esq. suyo afectísimo» era lo que ponía en la mía en una ocasión, escrito con una nítida caligrafía). Quiero decir que tenía alfombras, sábanas de seda y piano; sus nobles llevaban pantalones y levitas, y se dirigían a sus mujeres llamándolas «Mademoiselle»... Dios mío, una vez vi a un par de condesas, sentadas en una cena de palacio, charlando como mujeres civilizadas, con la plata, el cristal y la mantelería fina, ignorando la cubertería y cogiendo la comida con los dedos; una se volvió a la otra y gorjeó: *«Permettez-moi, chérie»*, y procedió a despiojar el pelo de su vecina. Aquello era Madagascar... esclavismo y civilización combinados en una horrible opereta, un mundo al revés.

La vi presidiendo la mesa con un bonito vestido de satén amarillo de París, una boa de plumas sobre su corona, perlas en el negro pecho y sus largos pendientes, masticando una pata de pollo, sujetando su vaso para que se lo llenaran de nuevo y emborrachándose más de lo que estaba... y cuando llegó el momento de bajar la borrachera, casi un batallón entero yacía bajo la mesa. Pero nada se reflejaba en su cara, las facciones negras y rollizas nunca cambiaban de expresión, solo los ojos brillaban con su penetrante y extraña mirada. No sonreía; su charla era un ocasional gruñido a los aterrorizados aduladores sentados junto a ella, y cuando se levantó al fin, secándose la boca fruncida, todo el mundo se levantó de un salto y se inclinó, hizo las consabidas reverencias mientras dos de sus generales, sudando, la escoltaban hasta la gran galería, ofreciéndole el brazo si se tambaleaba; entonces caía un terrible silencio sobre la multitud que esperaba en el patio que había debajo... el silencio de la muerte.

La vi allí, inclinada en aquella veranda, con sus criaturas rodeándola y mirando hacia la escena que tenía debajo; el anillo de guardias hovas, el círculo de antorchas llameando por encima de los arcos, los apretados grupos de desgraciados, hombres y mujeres, desde niños apenas crecidos hasta viejos decrépitos, encogidos de miedo, esperando. Podían ser esclavos huidos, fugitivos atrapados en los bosques o en las montañas, criminales, gentes de otras tribus sospechosos de ser cristianos o cualquiera que, bajo su tiranía, hubiera merecido castigo. Ella miraba durante un largo rato, y luego hacía una señal a un grupo y gruñía: «Hoguera», y luego a otros: «Crucifixión», y a un tercero: «Hervido». Y así seguía la espantosa lista: morir de hambre, ser despellejados vivos, desmembrados, o cualquier horror que se le ocurriese a su monstruoso capricho. Hecho esto, entraba dentro... y al día siguiente las sentencias se cumplían en el Ambohipotsy ante una multitud enardecida. Algunas veces asistía ella misma, mirando sin conmoverse, y luego volvía a palacio para pasar unas horas rezando ante sus ídolos personales bajo los cuadros de su salón de recepciones.

Aunque la mayoría de sus crueldades eran practicadas con la gente común y los esclavos, los miembros de su corte estaban muy lejos de encontrarse a salvo. Recuerdo una de sus recepciones, a la cual yo asistía humildemente con los militares. De repente acusó a un joven noble de ser cristiano en secreto. No tengo ni idea de si lo era o no, pero allí mismo fue sometido a torturas... Tenían numerosas e ingeniosas formas de torturar: hacerlos nadar en ríos infestados de cocodrilos, pero en aquel caso hicieron hervir un caldero de agua, justo frente a la reina, y ella se sentó mirando fijamente la cara del infeliz mientras él trataba de coger monedas del borboteante pote, dando brincos y gritando mientras nosotros mirábamos, tratando de no vomitar. No lo consiguió, por supuesto... Aún puedo ver la patética figura retorciéndose en el suelo, cogiéndose el brazo escaldado, antes de que se lo llevaran y lo cortaran por la mitad.

No era lo que estábamos acostumbrados a ver en Balmoral, como comprenderán, pero al menos Ranavalona no se interesaba por las alfombras de cuadros escoceses. Sus deseos eran sencillos: solo había que darle un amplio suministro de víctimas para contemplar mientras las mutilaban, y ella era feliz. No lo habrían adivinado al mirarla, y en realidad oí una vez que estaba completamente loca y no sabía lo que hacía. Es una vieja excusa en la que se refugia la gente corriente, porque no quiere creer que haya quien disfrute haciendo daño. «Está loco», dicen..., pero solo lo dicen porque se ven un poco de sí mismos en el tirano, y quieren apartar esa imagen de su mente, como pequeños cristianos bien educados. ¿Loca? Sí, Ranavalona estaba loca como una cabra, de muchas formas... pero no en lo que concernía a la crueldad. Sabía muy bien lo que hacía, e intentaba perfeccionarse cada vez más, y se sentía profundamente gratificada por ello; esta es la opinión profesional del amable y viejo doctor Flashy, que ya de por sí es un abusón profesional.

Así que ya ven qué vida más alegre y despreocupada era aquella para su corte, entre los cuales supongo que me contaba yo en mi calidad de montura eventual. Era una posición privilegiada, como pronto pude comprobar. Recuerdan que les conté cómo me tomé no pocas molestias para adular a los nobles militares más importantes... Bueno, pues pronto descubrí que los halagos eran recíprocos, aunque oficialmente yo era un esclavo. Ellos me hacían la pelota de una manera un poco penosa, pobres hombres de negras caras sudorosas, manos temblorosas y sus brillantes uniformes... Asumían, como ven, que yo con solo susurrar una palabra al oído de la reina ellos irían de cabeza a los pozos o a la cruz. No tenían nada que temer; nunca hice distinciones entre unos y otros; y de todos modos, estaba demasiado preocupado por mi propia seguridad para hacer otra cosa con su maldito oído que no fuera darle mordisquitos en plan amoroso.

Pueden preguntarse cómo lo soporté, o cómo pude obligarme a mí mismo a hacer el amor a aquella bestia en forma de mujer. Se lo diré: se trataba de elegir entre eso y ser hervido o tostado; uno puede obligarse muy bien a hacerlo, créanme. No era debajo del cuello para abajo, después de todo, y parecía que yo le gustaba, lo cual siempre ayuda. Pueden encontrarlo difícil de creer —como yo mismo—, pero hubo buenos momentos incluso, en cálidos y silenciosos atardeceres que pasábamos adormilados en la cama, o en su baño, o cuando robaba una mirada sobre la almohada a aquella plácida cara negra, bastante atractiva con los ojos cerrados, que sentí incluso un toque de afecto por ella. No se puede odiar a una mujer con la que uno duerme, supongo. Pero si abría los negros párpados y clavaba aquellos ojos en uno, la cosa era totalmente diferente. Sin embargo, me siento inclinado a decir algo en su defensa, después de decir tantas cosas malas de ella, y con razón. Al menos algunos de sus excesos, especialmente en la persecución de cristianos —yo no lo era, por cierto, durante mi estancia en Madagascar, como me preocupé de indicarle a cualquiera que quisiera escucharme—, estaban inspirados por los guardianes de sus ídolos. He dicho que no había religión en su país, lo cual es cierto (su superstición no tenía una base organizada), pero estaban aquellos tipos que leían profecías y cuidaban las piedras y bastoncillos y montones de barro que pasaban por dioses domésticos. (Ranavalona tenía dos, un colmillo de jabalí y una botella, a la que solía hablarle). Bueno, pues los guardianes de ídolos la habían ayudado a acceder al trono cuando era joven, después de la muerte de su marido, el rey, cuando su sobrino, el heredero legal, fue designado para ascender al trono. Los guardianes de ídolos, en su papel de augures, decían que los oráculos favorecían a Ranavalona para sucederle y como ella al mismo tiempo estaba organizando apresuradamente un golpe de Estado, asesinando al infeliz sobrino y al resto de sus parientes más cercanos, no se podía decir que los guardianes de ídolos se hubiesen equivocado: apostaron por el ganador. Obtuvieron tal influencia con ella que incluso la persuadieron de que asesinara a los amantes que la habían ayudado en el golpe, y ella se apoyó en ellos buscando su guía a partir de entonces.

Yo mismo fui siempre muy educado con ellos, y los saludaba con un alegre «buenos días» y un dólar o dos, aunque eran unos asquerosos y unos brutos, bufaban por el palacio con sus trapos, cuerdas y cintas... que probablemente eran ídolos de terrible poder, no lo sé. Ayudaban a Ranavalona a decidir su política tirando judías a una especie de tablero de ajedrez, y calculando las combinaciones,[*] que generalmente acababan en masacre, como las decisiones del consejo de ministros. Ella los recibía a todas horas del día: la he visto sentada en el trono, con sus chicas ayudándola a intentar ponerse unas zapatillas francesas, mientras aquellos tipos estaban agachados a su lado, murmurando sobre sus judías, y ella asentía ominosamente a sus decisiones, echaba un vistazo a su botella o su colmillo para asegurarse y pronunciaba sentencia. Una vez entraron cuando ella y yo estábamos tomando un baño juntos... Fue bastante embarazoso actuar mientras ellos arrojaban sus judías, pero a Ranavalona pareció no importarle en absoluto.

[*] Los peculiares tableros de adivinación eran conocidos como *sikidy*. De acuerdo con Sibree, había tres, uno de cuatro cuadros por dieciséis, un segundo de cuatro por cuatro y un tercero de cuatro por ocho.

Si había otra influencia en su vida, aparte de los hombres de los fetiches y sus propias locuras, era su único hijo, el príncipe Rakota, el tipo con quien Laborde se las había arreglado para llevar a Elspeth. Era el heredero del trono, aunque no era hijo del viejo rey, sino de uno de sus amantes, a quien ella después repudió, naturalmente. Sin embargo, bajo la ley malgache, cualquier hijo de una viuda, sea legítimo o no, es considerado hijo del marido muerto, así que Rakota era el sucesor legítimo, y mi impresión es que Madagascar no podía esperar para gritar: «¡Larga vida al rey!». Como verán, a pesar de mis aprensiones cuando oí hablar de él por primera vez, era todo lo contrario de su atroz madre. Un chico amable, alegre, de buen carácter, que hacía lo que podía para contener la sed de sangre de su madre. Era del dominio público que si aparecía él cuando estaban a punto de asesinar a alguien siguiendo las instrucciones de la reina, y él les decía que soltaran a aquel infeliz, lo hacían, y mamá ni rechistaba siquiera. Tendría que haber pasado todo su tiempo corriendo por el país y gritando: «¡Soltadlo!» para afectar a la tasa de mortalidad, pero hacía lo que podía, y el populacho lo adoraba, como era de esperar. Por qué no se lo cargaba Ranavalona, no puedo imaginarlo; alguna debilidad fatal de su carácter, supongo.

Sin embargo, mencionar a Rakota adelanta mi narración, porque tres semanas después de hacerme cargo de mis obligaciones tuve la oportunidad de conocerle, y, aunque brevemente, me reuní con la esposa de mi corazón. Vi a Laborde un par de veces antes, cuando creyó que sería seguro acercarse a mí, y lo apremié para que me llevara con Elspeth, pero él me insistió en que era altamente peligroso, y tendría que esperar una oportunidad favorable. La cosa era como sigue: Laborde le había dicho a Rakota que Elspeth era mi mujer, y le había rogado que la cuidara y la mantuviera escondida, porque si la reina descubría que su nuevo amante y esclavo favorito tenía una mujer al alcance de la mano, podía ser el final para la señora Flashman y probablemente también para el joven Harry. ¡Vieja perra celosa! Rakota, como era un chico amable, aceptó, así que allí estaba Elspeth protegida y bien cuidada, no la trataban como una esclava, sino más bien como una invitada. Mientras yo, dense cuenta, estaba disfrutando de aquella insaciable hembra babuino para salvar la vida. Esto no se lo habían contado a Elspeth, gracias a Dios, sino que le decían que yo había aceptado un importante cargo militar, lo cual era bastante cierto.

Un extraño estado de cosas, como comprenderán, pero nada raro para ser Madagascar, y no más increíble que algunas de las cosas que yo había conocido en mis tiempos. De todos modos, estaba tan preocupado por lo que había ocurrido en los últimos meses, que me limité a aceptar la extraña situación. Solo dos cosas me preocupaban. ¿Cómo era posible que la reina, que lo averiguaba todo a través de sus espías dirigidos por el señor Fankanonikaka, no hubiera sido capaz de enterarse de la presencia de una esclava de cabellos dorados en el palacio de su hijo? ¿Y por qué —y este era el auténtico acertijo— estaban el príncipe Rakota y Laborde tan ansiosos por ayudarnos a Elspeth y a mí? En resumidas cuentas, ¿qué significaba yo para ellos? Soy un tipo suspicaz, ya lo ven, y no me creo demasiado lo de las virtudes altruistas; allí había gato encerrado. Tenía razón.

Laborde me presentó al príncipe una tarde que Ranavalona estaba fuera, viendo una corrida de toros, que era su hobby principal. Se decía que las corridas de toros eran lo único que le inspiraba algún sentimiento; las pocas veces que se la veía llorar era cuando uno de los toros moría, o quedaba malherido en la arena. Podía apartarme de la revista de las tropas durante una hora con bastante seguridad, así que me condujeron ante Fankanonikaka, Laborde y un general importante llamado conde Rakohaja al jardín del palacio del príncipe en las afueras de Antan.

Rakota me recibió en su salón del trono, donde me fue graciosamente permitido postrarme ante él y su princesa. Eran menudos: él no medía más de un metro y medio de alto, e iba vestido como un torero, con una chaquetilla dorada y pantalones ajustados, zapatos con hebilla y un sombrero mexicano. Tenía unos dieciséis años y era vivaz y sonriente con una cara olivácea y redonda y un bigote en ciernes.* Su mujer era más o menos como él, pequeña y rechoncha, vestida de seda amarilla; también llevaba un bigote parecido al de

* Una descripción poco halagüeña del príncipe Rakota, aunque no difiere del retrato que se conserva. Oliver lo describía como si fuera un dios griego, con rizos negros y una piel de un dorado claro, pero está de acuerdo con la estimación de Flashman de su carácter, y confirma que influía moderadamente en su madre.

él. Hablaban un buen francés, y cuando me puse de pie Rakota dijo que tenía brillantes informes de la forma en que estaba entrenando a las tropas, especialmente a los guardias reales.

—El sargento general Flashman ha hecho maravillas con los hombres y los mejores oficiales —asintió el conde Rakohaja, un aristócrata hova alto y delgado, con una cicatriz en la mejilla, vestido con una chaqueta y pantalones que podían haber quedado muy bien en Saint James, si no hubieran estado confeccionados de terciopelo verde claro—. Su Alteza estará encantado de saber que él ha ganado ya la lealtad de todos los que están bajo su mando, y ha demostrado ser un oficial muy capaz y fiable.

Todo aquello iba demasiado lejos, pero el príncipe me sonrió.

—Muy gratificante —dijo—. Ganarse la confianza de las tropas es lo primero y esencial en un líder. Como comandante en jefe —bajo la sublime autoridad de Su Majestad, La Gran Vaca que Nutre Todo el Mundo con su Leche, por supuesto— lo felicito, sargento general, y le aseguro que su celo y lealtad serán ampliamente recompensados.

Me pareció un poco extraño. Yo no era un comandante, no pasaba de ser un simple instructor glorificado, eso todo el mundo lo sabía. Sin embargo, respondí educadamente que nunca había dudado de que las tropas me seguirían desde el infierno hasta Huddersfield la vuelta incluida, lo que pareció complacer a Su Alteza, pues hizo traer chocolate y nos quedamos allí de pie tomándolo en unas tazas de plata, sujetándolas con las dos manos. (Los malgaches no tienen idea de la cantidad; debía de haber tres litros de aquel nauseabundo brebaje en cada taza, y el gorgoteo del consumo real era algo que merecía la pena ser oído).

Me pareció que el príncipe y la princesa estaban un poco nerviosos; él dirigía rápidas miradas a Rakohaja y Fankanonikaka, y su pequeña y rechoncha consorte, cada vez que sus ojos se cruzaban con los míos, sonreía tímidamente y movía la cabeza como una mujer de la limpieza buscando empleo. El príncipe me preguntó un par de cosas más de una manera informal: sobre la calidad de los mandos inferiores, la guardia de palacio, el nivel de puntería y cosas así, a lo que respondí satisfactoriamente, notando que él parecía especialmente interesado en las tropas del palacio. Entonces dio un último sorbo a su chocolate, se secó el bigote con la manga y me dijo, con una pequeña sonrisa y un gesto:

—Se le permite retirarse al otro extremo de la habitación —y empezó a hablar en malgache con los demás.

Extrañado, incliné la cabeza y me retiré, se abrió una puerta al fondo y allí estaba Elspeth, sonriendo radiante, vestida con un gusto pésimo, con un vestido de tafetán púrpura —una rubia vestida de púrpura, Dios nos asista— corriendo hacia mí con los brazos abiertos. En un momento me olvidé de Madagascar, de su reina y sus horrores y sus charlatanes disfrazados; la cogí entre mis brazos, la besé y ella murmuró ternezas en mi oído. Entonces volvió el sentido común y miré a mi alrededor buscando a los otros. Todos prescindían de nosotros excepto Fankanonikaka, que echó una rápida mirada, la abracé de nuevo, inhalando su perfume mientras ella parloteaba con deleite al verme.

—… porque ha pasado tanto tiempo, y aunque Sus Altezas han sido la amabilidad personificada, te he echado de menos noche y día, mi amor. ¿Te gusta mi vestido nuevo? Su Alteza en persona lo eligió para mí, y creemos que es de lo más adecuado, y es tan *maravilloso* poder tener ropas adecuadas de nuevo, después de todos esos horribles *sarongs*… pero no hablemos de eso, ni de la horrible separación, ni de la odiosa conducta de aquel… aquel hombre, don Solomon. Ahora nos hemos librado de él y estamos a salvo aquí, y es tan divertido… si no fuera porque tus deberes te mantienen apartado de mí. ¡Oh, Harry!, ¿tiene que ser así? Pero yo debo ser una buena esposa, como he prometido, y no interponerme en lo que concierne a tu deber, y en realidad yo sé que la separación es tan cruel para ti como para mí… ¡Oh, te he echado tanto de menos…!

Ahora me abrazaba de nuevo, y me llevaba hasta un asiento. Los otros estaban sumergidos en su propia conversación, aunque la pequeña princesita nos saludó con los dedos tímidamente y Elspeth debió levantarse para hacer una reverencia (incluso la realeza negra la volvía loca, obviamente) antes de resumir su discurso principal. Yo no podía ni meter baza, como de costumbre, pero dudo que hubiese sido coherente de todos modos. Asombrado quedé al ver que Elspeth parecía no tener ninguna preocupación… Siempre he sabido que a ella le faltaba un tornillo, y que era incapaz de ver más allá de su propia y preciosa nariz (lo cual me recordó que debía besarla tiernamente), pero aquello era increíble. Estábamos prisioneros en aquel agujero del infierno, y al oírla uno hubiera imaginado que se trataba de unas vacaciones en Brighton. Lentamente comprendí que ella no tenía una verdadera noción de lo espantoso de nuestra situación, ni siquiera de lo que era realmente Madagascar, y mientras ella hablaba empecé a comprender por qué.

—… por supuesto, me gustaría ver más cosas del país, porque la gente no parece desagradable, pero el príncipe me ha dicho que la posición de los extranjeros aquí es muy delicada, y no es adecuado que me vean por ahí fuera. Para ti, por supuesto, es diferente, porque estás empleado con Su Majestad… Dime, Harry, ¿cómo es la reina, y qué dice? ¿Qué ropa lleva? ¿Seré presentada algún día? ¿Es joven y bonita? Debería estar muy celosa… ¡porque ella tiene que sentirse atraída por el hombre más atractivo de toda Inglaterra! ¡Oh, Harry, cuánto admiro tu uniforme…! ¡Qué clase tiene!

Me había aprovechado de las costumbres del país para vestir todo de rojo, con una faja negra, muy poco convencional, lo admito. Elspeth se quedó embobada conmigo.

—Pero tengo tantas cosas que contarte, porque el príncipe y la princesa son tan amables, y tengo unas habitaciones preciosas, y el jardín es tan bonito, y hay compañía muy selecta por las noches… todos negros, por supuesto, y un poquito excéntricos, pero muy agradables y considerados. Estoy muy contenta e interesada… pero, ¿cuándo volveremos a casa, a Inglaterra, Harry? Espero que no nos quedemos demasiado… porque a veces siento un poco de ansiedad por mi querido papá, y aunque aquí todo es muy agradable, no es lo mismo. Pero sé que tú no consentirás que estemos aquí más de lo necesario, porque eres el más amable de los maridos… y estoy segura de que tu trabajo aquí será de la mayor utilidad para ti, porque será una experiencia muy valiosa. Solo desearía… —su labio súbitamente tembló, a pesar de sus esfuerzos para sonreír— que pudiéramos estar juntos de nuevo… en la misma casa… oh, Harry, querido, ¡te echo tanto de menos!

La pequeña sesos de mosquito empezó a echar unas lagrimitas, apoyándose en mi hombro… ¡como si no tuviera nada mejor por lo que llorar! Fue una maldita frustración, porque yo había estado esperando para contarle a ella todas mis penas y sufrimientos, lamentándome por mi suerte y describiéndole los horrores de mi situación —solo los respetables, vaya— y en general haciendo que se le pusiera la carne de gallina con mis ansiedades. Pero parecía que no tenía sentido alarmarla... Era capaz de hacer alguna tontería, y como los otros podían oírnos, cuanto menos dijera yo, mejor. Así que me limité a darle palmaditas en el hombro para animarla.

—Venga, cariño —dije yo—, no seas tonta. ¿Qué pensarán Sus Altezas si te pones a sollozar y a quejarte? Límpiate la nariz... Estás mucho mejor que otras personas, te lo aseguro.

—Ya lo sé, soy una tonta —gimoteó ella, sorbiendo por la nariz, y, finalmente, cuando el príncipe y la princesa se retiraron, era de nuevo toda sonrisas, haciendo reverencias y besándome en tierna despedida. Le observé a Laborde cuando volvíamos a palacio que mi mujer parecía felizmente ignorante de mi situación, y él fijó sus ojos en los míos.

—Así es mejor, ¿no cree? Ella puede ser un gran peligro para usted, para ambos. Cuanto menos sepa, mejor.

—¡Pero en el nombre del cielo, hombre! ¡Lo averiguará tarde o temprano! ¿Y qué pasará entonces? ¿Qué pasará cuando se dé cuenta de que ella y yo somos esclavos en este espantoso país..., donde no hay esperanza, ni escapatoria? —le cogí el brazo. Habíamos dejado los coches a la entrada de mis habitaciones, en la parte posterior del palacio, una vez que nos dejó Fankanonikaka en la puerta principal—. Por el amor del cielo, Laborde..., tiene que haber una forma de salir de esto. No puedo seguir entrenando negros y complaciendo a esa puta negra el resto de mi vida...

—¡Su vida no durará nada si no se controla! —exclamó él, soltándose. Miró a su alrededor con nerviosismo, luego dio un profundo suspiro—. Mire... haré lo que pueda. Mientras tanto, sea discreto. No sé qué se puede hacer. Pero al príncipe le ha gustado usted hoy. Eso puede significar algo. Ya veremos. Ahora tenemos que irnos... y recuerde, sea cuidadoso. Haga su trabajo, no diga nada. ¿Quién sabe? —dudó y me dio unas palmaditas en el brazo—. Podemos estar tomando *café au lait* en los Campos Elíseos muy pronto. *À bientôt*.

Y se fue, dejándome allí quieto, extrañado..., pero en mi interior asomaba algo que no había sentido desde hacía meses: esperanza.

Ese sentimiento no duró mucho tiempo, por supuesto; nunca lo hace. Se oyen noticias, algún rumor o un comentario enigmático como el de Laborde, y tu imaginación cobra alas con salvaje optimismo... y luego no ocurre nada, y tus ánimos decaen, solo para revivirlo unos momentos, y luego de nuevo abajo, y arriba y abajo, mientras el tiempo transcurre casi sin darnos cuenta. Me alegro de no ser uno de esos tipos fríos que pueden tener siempre una visión realista de las cosas, porque cualquier valoración lógica de mi situación en Madagascar me habría conducido al suicidio. En cambio, mis esperanzas y desesperanzas probablemente fueron mi salvación, mientras los meses iban pasando.

Porque pasaron meses... seis, aunque volviendo la vista atrás es difícil creer que se tratara de algo más que unas pocas semanas. Los recuerdos se adhieren con fuerza a los incidentes horribles, pero se anulan con la sombría y prolongada desesperación, especialmente si las lagunas se deben a que bebes en cantidad. En Madagascar existe un fino licor anisado, al que yo me aficioné de verdad, así que entre el sueño y el estupor alcohólico supongo que no estaba consciente más que la mitad del tiempo.

Tal como he indicado antes, cuando es necesario, uno cumple el trabajo que lleve entre manos. Yo entrenaba y acosaba a mis tropas, y atendía a la reina cuando me llamaba, y cautelosamente alargaba mi círculo de amistades entre los militares de graduación, y cultivaba la amistad del señor Fankanonikaka, y averiguaba todo lo que pudiera serme útil cuando llegara la ocasión, si es que lo hacía alguna vez. ¡Pero tenía que llegar, tenía que llegar! Porque si bien a cada semana que pasaba mi esclavitud en Madagascar empezaba a parecer más natural e inevitable, había momentos en que me rebelaba violentamente, como cuando acababa de ver a Elspeth o me sentía abatido por alguna nueva atrocidad de la reina, o el almizclado olor de madera y polvo se hacían insoportables a mi nariz, o cuando no había nada que hacer salvo caminar solo por el campo de maniobras y mirar a las montañas distantes, y decirme a mí mismo con orgullo que Lord's estaba todavía allí en algún lugar, con Félix, que lanzaba sus lentas pelotas mientras la multitud aplaudía y los cuervos graznaban en los árboles; y allí había campos verdes y lluvia inglesa, párrocos con sus sermones, campesinos arando, niños jugando, estudiantes siempre jurando, vírgenes rezando, caballeros bebiendo, putas follando, polis patrullando… Aquel era el hogar, y siempre habría un camino abierto hacia él.

Así que mantuve los ojos abiertos y aprendí que Tamatave, pese a tardar días desde allí con los esclavos, estaba apenas a doscientos veinte kilómetros; los barcos extranjeros llegaban dos veces al mes, porque Fankanonikaka, cuya oficina visité con frecuencia, solía recibir noticias de ellos: el *Samson* de Toulon, el *Culebra* de La Habana, el *Alexander Hamilton* de Nueva York, el *Mary Peters* de Madrás… Estos son los nombres que vi, y el corazón casi se me paró. Los barcos se limitaban a anclar en los fondeaderos y cambiar su carga… Si yo pudiera calcular el tiempo de mi huida desde Antan con precisión y alcanzar Tamatave cuando un barco extranjero estuviera por allí, nadaría desde la costa, y llegaría a bordo… ¡y que intentaran llevarme a otra tierra maldita de nuevo! ¿Cómo llegar a Tamatave, sin embargo, sin que me alcanzaran? El ejército tenía algunos caballos, un poco pencos, pero bastarían. Uno para cabalgar, tres de refresco… ¡Oh, Dios, Elspeth! ¿Debía llevármela conmigo o no? A menos que escapara y volviera a por ella por la fuerza… ¡Por Dios, Brooke daría saltos ante la oportunidad de hacer una expedición contra Ranavalona, si Brooke seguía todavía vivo! No, no podía enfrentarme de nuevo a otra de sus campañas… ¡Maldita sea Elspeth! Y así corrían mis pensamientos, solo para volver al polvoriento calor y agotamiento de Antan, y la desesperación de la existencia.

Había algunas cosas buenas, sin embargo. Mi trabajo con el ejército me iba interesando cada vez más, y disfrutaba haciendo maniobrar a las tropas, enseñándoles pasos complicados, marchas lentas y cosas así; me hice bastante amigo de altos oficiales como Rakohaja, que empezaron a tratarme como un igual, e incluso aquellos simios condescendientes me invitaron a sus casas. Fankanonikaka se dio cuenta y se mostró encantado.

—Haciendo mucho bien, ¿eh? Comida de su señoría, mucha comida, feliz licor como el infierno, alta sociedad, encantado de conocerle, ¿eh? He visto que usted va junto conde Rakohaja, barón Andriama, canciller Vavalana, otros muy elegantes. Cuidado con Vavalana, sin embargo, astuto perro, mirando o espiando poco poquito para la reina. Así que cuidadito, eso es lo que hace falta, buen pájaro Vavalana, con él odiar a viejo amigo Fankanonikaka, odiándole también a usted, muy celoso porque usted monta a la reina, no le gusta su bum-bum ni la mitad, quizá hacer niño pequeño no lo sé, Vavalana no le gusta eso, destruir usted si posible. Vigílelo, digo. Mientras tanto usted está gustando a la reina todo el rato, amantes, ella admirar, ¿no está bien eso, sin embargo?, ¡ja, ja, ja!

Y el pequeño y sucio bribón se tocaba la nariz de boxeador y se reía. Yo no estaba demasiado seguro, porque las demandas que me hacía Ranavalona disminuían lentamente a medida que transcurría el tiempo, y mientras aquello, en cierto modo, era un alivio, también era preocupante, porque al principio, cuando me llamaban a palacio para el servicio de su majestad, que solía ser casi todos los días, estaba tan exhausto que ni me atrevía a agitar la mano por miedo de que se me cayera. ¿Se estaba cansando de mí? Era un pensamiento horrible, pero me tranquilizó el hecho de que ella todavía buscara mi compañía, e incluso empezase a hablarme.

No se trataba de ninguna conversación elevada. ¿Cómo están las tropas? ¿Era suficiente la ración de *jaka*?* ¿Por qué no mataba a ningún soldado como castigo? ¿Había visto alguna vez a la reina de Inglaterra? Pueden imaginársela, sentada en su trono con un vestido europeo, con una de sus chicas abanicándola, o reclinada en su lecho con un *sari,* apoyada en un codo, gruñendo sus preguntas, manoseando sus largos pendientes, sin quitar nunca aquellos ojos negros sin parpadear de los míos. Un trabajo agotador aquel, porque yo estaba en constante temor de decir algo que pudiera ofenderla.

* Carne frita de buey en conserva, una especie de tasajo.

No fui capaz nunca de descubrir lo informada o educada que estaba, porque ella no adelantaba ninguna información ni opinión, solo preguntas, y las respuestas no parecían ni gustarle ni disgustarle. Simplemente se quedaba sentada, callada, y preguntaba otra cosa, en el mismo francés monótono y susurrante.

Era imposible adivinar lo que pensaba, ni siquiera cómo funcionaba su mente. Les daré un ejemplo. Yo estaba solo con ella un día, de pie, sumiso, mientras ella estaba sentada en la cama mirando a Manjakatsiroa (su botella de calabaza) murmurando para sí, cuando miró hacia mí lentamente y gruñó:

—¿Te gusta este vestido? Era un *sarong* de seda blanca, y no le quedaba mal, pero por supuesto le mostré mi entusiasmo. Ella escuchó sombría, lo tocó un momento y luego se levantó, se lo quitó y me dijo:

—Es tuyo.

Bueno, no era mi estilo, pero por supuesto que me arrastré agradecido y dije que no podía hacerle justicia, pero que lo guardaría como un tesoro para siempre, que lo convertiría en mi ídolo doméstico, que había sido una idea espléndida. Pues no me prestó ninguna atención, echó a andar, desnuda como la palma de mi mano, se paró ante el espejo, y se miró. Luego se volvió hacia mí, se palmeó el vientre pensativa dos o tres veces, se puso las manos en las caderas, me miró con frialdad y dijo:

—¿Te gustan las mujeres gordas?

¿Les chocaría si les digo que los pelos de la nuca se me erizaron? Porque si se les ocurre una respuesta adecuada, a mí no. Me quedé con la lengua trabada, el sudor corriéndome por el cuerpo y con visiones de pozos hirviendo y crucifixiones, sin poder reprimir un gemido de desesperación… que inmediatamente tuve el sentido común de convertir en un gruñido lujurioso mientras avanzaba hacia ella, agarrándola con amor y rogando que las acciones fueran más elocuentes que las palabras. Como ella no volvió a tocar el tema, creo que mi respuesta fue la adecuada.

Otra ansiedad, por supuesto, durante aquellas largas semanas, era que ella se enterara de la existencia de Elspeth, o que mi querida esposa se impacientara y cometiera alguna locura que pudiera atraer su atención. No lo hizo, sin embargo, y en las ocasionales visitas que me permitieron hacer al palacio del príncipe parecía tan animada como siempre. Todavía no lo entiendo, aunque admitiré que Elspeth tiene una disposición serena y estúpida que le permite sacar el mejor partido de cualquier situación. Ella lamentaba que estuviéramos separados, por supuesto, y nunca dejaba de preguntarme cuándo volveríamos a casa, pero como nunca nos dejaban solos, no hubo oportunidad de decirle la espantosa verdad, y de todos modos no hubiera servido de nada. Así que yo le seguía la corriente, y ella parecía bastante contenta.

En la última visita que le hice, vi los primeros signos de preocupación, y comprendí que por fin había penetrado en aquella bella cabecita que Madagascar quizá no fuese el bonito lugar de vacaciones que ella imaginaba. Estaba pálida y parecía como si hubiera estado llorando, pero esta vez no tuvimos la oportunidad de mantener una entrevista privada, porque la ocasión fue un té dado por la princesa, y me vi absorbido por la charla militar del príncipe y Rakohaja todo el tiempo. Solo cuando ya me iba cambiamos Elspeth y yo unas breves palabras, y ella no dijo mucho, solo me cogió con fuerza la mano y me repitió la eterna pregunta de cuándo volveríamos a casa. No podía sospechar qué era lo que la había alterado, pero comprendí que estaba a punto de llorar, así que la aparté de sus temores de la única forma que conocía.

—¿Qué es esto, nenita? —dije, con aire enfadado—. ¿Has estado flirteando con ese joven príncipe, acaso?

Ella pareció asombrada, pero su depresión desapareció de inmediato.

—Pero, Harry, ¿qué quieres decir? Vaya pregunta...

—¿Qué, no es cierto? —inquirí, severamente—. No sé... me doy cuenta de que le gustas mucho a ese presuntuoso joven cachorro... Sí, y tú no lo estás desanimando precisamente, ¿verdad? No estoy demasiado contento, señorita. Solo porque no pueda estar aquí contigo todo el tiempo, no hay razón para que tú te pongas a tontear con otros tipos... Ah, sí, te he visto mariposeando con él cuando te estaba hablando, y es un hombre casado también. De todos modos —susurré—, eres demasiado guapa para él.

Ella se sonrojó, no porque se sintiera culpable, confusa, sino de placer ante el pensamiento de poder despertar la pasión en otro pecho masculino. Si había algo que podía atraer el interés de aquella zorrita era causar admiración; se habría quedado arreglándose y acicalándose en el camino de una apisonadora si alguien simplemente le hubiera guiñado el ojo. Vi por sus protestas sonrojadas lo encantada que estaba, y que la infelicidad que, por el motivo que fuese, había sentido estaba casi olvidada. Pero ahora me llamaba el príncipe, con Rakohaja a su lado.

—Sin duda lo veremos esta noche, sargento general, en el baile de Su Majestad —dijo Su Alteza, y me pareció que su voz era extrañamente chillona, y su sonrisa un poco inexpresiva—. Será una ocasión espléndida.

Ya había oído hablar de los bailes y fiestas de la reina, por supuesto, aunque no había asistido a ninguno. Siendo oficialmente un esclavo, como saben, por mucha autoridad que tuviera en el ejército, yo ocupaba una curiosa posición social. Pero Rakohaja despejó mis dudas.

—El sargento general Flashman estará presente, Alteza —volvió su cara grande, marcada con la cicatriz, para mirarme—. Yo le llevaré con los míos.

—Excelente —tartamudeó el príncipe, mirando a todas partes menos a mí—. Excelente. Eso será… de lo más agradable.

Saludé y me retiré, preguntándome qué significaba todo aquello. No tuve que esperar mucho para averiguarlo.

Las galas de la reina eran unos acontecimientos famosos. Tenían lugar cada dos o tres meses, en los aniversarios de su nacimiento, subida al trono, matrimonio y no me extrañaría que de su primera masacre también. Asistía la flor y nata de la sociedad malgache, todos con sus trajes elegantes, apretujándose en el gran patio ante el palacio, donde bailaban, comían, bebían y se divertían a lo largo de toda la noche. Puras orgías, por lo que había oído contar. Estaba bien preparado, vestido con uniforme de gala, cuando Rakohaja vino a buscarme a primera hora de la tarde.

Cuando entramos había una gran muchedumbre de gente del pueblo congregada ante las puertas de palacio, intentando echar un vistazo a sus superiores, que estaban armando ya un buen escándalo. El enorme patio estaba todo iluminado con linternas chinas que colgaban de unas cadenas; palmeras en macetas e incluso árboles y bancos de flores que habían sido transportados allí como decoración. Los arcos de la fachada del palacio estaban adornados con ramas y cordones de oro, y en el centro del patio se había construido una fuente. El agua caía sobre unas jarras de cristal en las que estaban aprisionados enjambres de las famosas luciérnagas malgaches: brillantes y pequeñas joyas de color esmeralda que parpadeaban y aleteaban entre los chorros con sorprendente efecto.

Entre los árboles y arbustos que se alineaban a lo largo de la plaza estaban colocadas largas mesas llenas de exquisiteces, especialmente el arroz con buey local consumido en honor de la reina. No me pregunten por qué, porque es un simple rancho para llenar la panza. La banda militar estaba cerca, tocando con entusiasmo «Auprès de ma blonde» equivocándose en la mayoría de las notas; noté que todos estaban medio borrachos, las negras caras sudorosas haciendo muecas y los cuellos de sus uniformes desabrochados, mientras el director, con una bata resplandeciente de cuadros escoceses y un bombín, marcaba el compás cacareando y se le caían las gafas de montura plateada. Se tiró al suelo para buscarlas sin dejar de menear como un loco la batuta, pero la banda seguía tocando incansable, y se caían algunos de sus asientos, con lo que el estruendo era ensordecedor.

Si estaban borrachos, se podía ver de dónde habían sacado la idea. Allí había varios centenares de representantes de la alta sociedad, cada uno con un galón de licor encima más o menos a juzgar por sus gestos; yo conté cuatro individuos en la fuente cuando llegué, y otros tantos más tambaleándose alrededor. La mayoría estaban de pie, bastante inestables, en grupos desde seis a sesenta, conversando educadamente a voz en grito, gritando y dándose palmadas en la espalda, cogiendo vasos de las bandejas cargadas que los sirvientes pasaban entre ellos, haciendo brindis, salpicándose licor unos a otros, disculpándose con afán, cayéndose y actuando de manera bastante civilizada en conjunto.

Vi el habitual despliegue de vestimentas: hombres con trajes árabes, turcos y españoles o mezclas de todos ellos, mujeres con *sarongs* de todos los colores imaginables, *saris,* trajes elaborados y elegantes casacas. Había abundancia de uniformes y calidades, terciopelos, brocados, telas finas y gruesos paños, con trencillas y galones de oro y plata, pero observé que había una nota más hispánica de lo habitual: fracs negros, fajas en la cintura, pantalones estrechos y fajines entre los hombres; mantillas, tacones altos, faldas con volantes, abanicos de encaje y flores entre las mujeres. La razón, como descubrí inmediatamente, es que era el cumpleaños de Rakota, y como a él le gustaba ese tipo de moda, los asistentes iban engalanados en su honor. El calor de aquel chillón y agitado gentío venía como una ola, y la banda coronaba aquel manicomio de estrépitos con su incesante matraqueo.

—La cena no ha empezado todavía —me dijo Rakohaja—. ¿Nos anticipamos a los demás? —Me condujo bajo los árboles, donde esperaban los camareros, la mayoría de ellos bastante animados, y me hizo señas a mí y a sus asistentes de dirigirnos a las sillas. Había porcelana china y cristalería en las mesas, pero Rakohaja simplemente descorchó una botella, se remangó, agarró un puñado de arroz con buey y procedió a metérselo en la boca, tomando tragos de licor para ayudarlo a bajar. Como no deseaba ser tomado por ignorante, usé los dedos con un pollo entero, y los asistentes, por supuesto, se lanzaron a devorar como caníbales.

A mitad de nuestra colación los asistentes más sobrios de palacio apartaron a los invitados de la plaza principal, y hubo un terrorífico follón de caídas, empujones, pisotones, juramentos y profusas disculpas mientras iban tambaleándose a sentarse junto a los bufés de alrededor. Volcaron mesas enteras, hubo gente caída por el suelo, mujeres que gritaban ebrias y tenían que ser atendidas, vajilla rota y cristal hecho añicos, todo con el acompañamiento de gritos de: «Ah, mademoiselle, perdón por mi absurda torpeza», «permítame, señor, ayudarle, a sus pies», «eh, *garçon,* coloque una silla debajo de madame… ¡Debajo de su trasero, inútil!», «delicioso, ¿verdad, mademoiselle Bomfomtabellilaba?; compañía selecta, exquisito gusto y decoración», «perdóneme, madame, voy a vomitar un momento», y cosas por el estilo. Finalmente, entre un coro de gritos, golpes, arcadas y corteses susurros, todos quedaron sentados, a diferentes niveles, y empezó la actuación.

303

Esta consistía en un centenar de bailarinas con *saris* blancos y luciérnagas verdes sujetas en el cabello, que ondulaban a través del patio siguiendo el compás de una extraña música negra. En su mayor parte eran jovencitas feas y menudas, pero disciplinadas como soldados, como nunca he visto un coro de pantomima que las igualara. Se movían y se entrecruzaban como piezas de relojería en los más complejos arabescos, y la muchedumbre, en los intervalos libres de atragantamiento por comida o bebida, se sintió capaz de una embriagada apreciación. Les lanzaron flores y cintas e incluso platos de comida, algunos individuos se subieron a las mesas para aplaudir y chillar, las damas arrojaron monedas de sus bolsos y en medio de ese ruido infernal la banda militar recuperó la conciencia como un solo hombre y empezó a tocar «Auprès de ma blonde» de nuevo. El director cayó en la fuente entre prolongados vítores, uno de los comensales de nuestra mesa cayó boca abajo en un plato de curry, el general Rakohaja encendió un cigarro, unos veinte tipos corrieron entre las bailarinas y empezaron un vals improvisado, el príncipe y la princesa hicieron su entrada en coches forrados con tela de oro y llevados a la altura de los hombros por guardias hovas, toda la asamblea se entusiasmó y se tambaleó en leal saludo, y en la mesa de al lado una buscona amarilla de ojos oblicuos, con los esbeltos hombros desnudos, miró insistentemente en mi dirección, bajó los párpados modestamente y me sacó la lengua detrás de su abanico.

Antes de poder responder con una cortés inclinación de cabeza, hubo un súbito fragor de trompetas ahogando el tumulto; el volumen fue aumentando hasta convertirse en una fanfarria inaguantable, y cuando esta dejó de tocar, la congregación entera se puso de pie con un renovado estruendo de sillas caídas, rotura de platos, reprimidos juramentos y disculpas, y se quedó más o menos en silencio, apoyados unos en otros y respirando entre estertores.

En el centro de la primera galería del palacio se encendieron unas linternas, formaron los guardias y un mayordomo forrado de latón gritó unas órdenes. Aparecieron unas doncellas llevando la sombrilla rayada, los címbalos sonaron, una pareja de guardianes de ídolos se deslizaron con sus pequeños envoltorios, apareció la Lanza de Plata y llegó por fin la anfitriona de la fiesta, la invitada de honor, la jefa del cotarro, majestuosa con su traje carmesí y su corona dorada, saludada por un rugido de aclamación que superó a todo lo que se había oído hasta entonces. Esta oleada se alzó y rebotó contra las altas paredes: «¡Manjaka, manjaka! ¡Ranavalona, Ranavalona!», mientras tanto, ella se movía lentamente por la galería, su progreso fijo solo alterado por el hecho de que estaba también borracha como una cuba.

Se tambaleó peligrosamente al quedarse de pie mirando hacia abajo, una pareja de guardias le puso un discreto codo a cada lado, y la banda, en un triunfo del instinto por encima de la intoxicación, rompió a tocar el himno nacional: «Que la reina viva mil años», coreado con heroico entusiasmo por los invitados, la mayoría de los cuales parecían acompañarse golpeando con las cucharas en los platos.

Todo acabó en una furia de vítores, hasta que Su Majestad se retiró a los cinco segundos, diría yo, antes de caer redonda al suelo. La saludamos al apartarse de nuestra vista, y ahora que la leal concurrencia estaba borracha, por decirlo de alguna manera, empezó la fiesta de verdad. Hubo un movimiento unánime hacia el patio y yo me vi arrastrado quieras que no hacia allí. La banda se superaba a sí misma y todo el mundo bailaba una frenética polca. Me encontré emparejado a una mujer gorda como un hipopótamo con crinolina, que me usó como ariete para abrirse paso a través de la multitud, chillando al mismo tiempo como una máquina de vapor.

Debo decir que para estar a tono con el espíritu de la noche, yo me había aprovisionado bien de bebida por mi parte, y me sentía bastante irresponsable, así que seguí mirando por encima de las cabezas del gentío con la esperanza de ver a la chica amarilla que me había hecho ojitos. Era una locura, por supuesto, pero ni siquiera el pensamiento de una Ranavalona celosa era suficiente contra varias pintas de licor anisado y champán malgache… Además, después de meses de montar a la realeza ansiaba un cambio, y aquella esbelta mujer me lo proporcionaría de forma estupenda… Allí estaba, con un compañero negro y feo como un sapo agarrado a ella para no caerse; ella captó mi mirada mientras el baile la arrastraba lejos, y al verme abrió los ojos como invitándome.

Fue cuestión de un momento dar unas patadas a las macizas piernas de mi compañera y hacerla caer chillando bajo los pies de la multitud tumultuosa; me abrí camino hacia los lados, arrancando a la chica amarilla del abrazo borracho de su compañero al pasar, y este cayó torpemente hacia adelante mientras yo me llevaba el premio, con una mano en torno a su ágil cintura. Ella se estremecía de risa mientras yo la echaba bajo los matorrales. Aquello también era un manicomio, porque parecía que la forma habitual de acabar un baile en Antan era escondiéndose entre los arbustos y fornicar; al parecer estaban allí ante nosotros la mitad de los invitados, culos negros por todas partes, pero encontré un espacio libre y estaba ya tumbándome y atragantándome en la lujuria con el perfume que llevaba mi dama, cuando algún bruto me dio una patada en las costillas; era Rakohaja, de pie ante nosotros.

Estuve a punto de maldecirlo con rabia, pero él simplemente sacudió la cabeza y se fue detrás de un árbol, y como mi compañera amarilla eligió justamente aquel momento para vomitar, no perdí el tiempo y me reuní con él, maldiciendo mi suerte. Yo andaba de forma algo vacilante, pero me di cuenta de que él estaba muy sereno. La cara negra y delgada estaba seria y tranquila, y había algo en la forma de mirar a todos lados y el follón del baile y las oscuras formas gruñendo y jadeando en las sombras ante nosotros que me hizo callar mi airada protesta. Él chupó su cigarro un momento y luego, tirándolo a un lado, me cogió del brazo y me llevó debajo de los árboles por un estrecho sendero, y por un pasadizo débilmente iluminado a un pequeño espacio abierto en el jardín, que adiviné debía de estar a un lado del palacio.

La luna iluminaba aquel pequeño espacio, lleno de sombras; y yo estaba a punto de preguntar qué demonios era todo aquello, cuando me di cuenta de que había al menos dos hombres más medio escondidos en la oscuridad, pero Rakohaja no les prestó atención. Se dirigió hacia una pequeña casita de verano, con una rendija de luz ante la puerta, y dio unos golpecitos. Me quedé allí quieto tratando de aclarar la mente, súbitamente asustado; en la distancia pude oír débilmente los sones de la música y de la ruidosa borrachera; entonces la puerta se abrió y me empujaron dentro; me cegó la luz de la

306

linterna mientras miraba a mi alrededor y el pánico me subía por la garganta.

Allí había cuatro hombres sentados, mirándome. A mi izquierda, con una camisa oscura, pantalones y botas, su astuta cara en el haz de la linterna, estaba Laborde; cerca de él, solemne por una vez, con sus gordas mejillas enmarcadas por el alto cuello, estaba Fankanonikaka; a la derecha, esbelto y elegante con su traje de gala, uno de los jóvenes nobles malgaches a quien conocía de vista, aunque apenas había hablado con él, el barón Andriama. Y en el centro, con su hermosa cara juvenil tensa y tirante, estaba el propio príncipe Rakota. Su mirada se posó en mí mientras se cerraba la puerta.

—¿No lo ha visto nadie? —su voz era un áspero susurro.

—Nadie —dijo Rakohaja detrás de mí—. Estamos seguros en principio.

Yo lo dudaba... realmente. Borracho o no, podía oler una conspiración cuando me la ponían debajo de la nariz, y pese a la presencia de la realeza y de algunos de los más eminentes ciudadanos, supe de inmediato que allí se estaba cociendo algo malo, pero la mano de Rakohaja estaba apoyada en mi hombro, y me guiaba firmemente hacia un asiento, y cualquier duda se disipó cuando el príncipe hizo una señal a Laborde, que se dirigió a mí.

—Hay poco tiempo —dijo—, así que seré breve. ¿Quiere volver a Inglaterra sano y salvo con su esposa?

La respuesta sincera constituía una falta de alta traición, y ese conocimiento debió reflejarse en mi cara, porque el pequeño Fankanonikaka saltó rápidamente. Mostraba a las claras su agitación el hecho de que hablara no en fluido francés, sino en su bastardo inglés.

—No estar asustado, no alarma, todo bien, Flashman. Amigos aquí, queriéndole, decir verdad, como buenos compañeros, ¿verdad?

Si el propio hijo de la reina y su secretario y ministro de confianza estaban en aquello, fuera lo que fuese, no había motivos para mentir.

—Sí —dije yo, y el príncipe suspiró con alivio, y rompió a hablar torrencialmente en malgache, pero Laborde lo detuvo.

—Perdón, Alteza, no debemos perder tiempo —se volvió de nuevo hacia mí—. Ha llegado el momento de derrocar a la reina.

Todos nosotros, los que ve aquí, estamos de acuerdo en ello. No estamos solos; hay otros, amigos de confianza, que están con nosotros. Tenemos un plan... simple, efectivo, que no implica derramamiento de sangre, por el cual Su Majestad será relevada del poder, y Su Alteza coronado en su lugar. Él le da su real palabra de que a cambio de su fiel servicio en esto, les concederá la libertad a usted y a su esposa, y los devolverá a su país —hizo una pausa, sus palabras habían salido en un rápido e incisivo chorro, pero ahora hablaba lentamente—. ¿Se unirá a nosotros?

¿Podía ser una trampa? ¿Algún diabólico plan de Ranavalona para probar mi lealtad? Ella era lo bastante diabólica como para ser capaz de ello. La cara de Laborde no expresaba nada; Fankanonikaka asentía con la cabeza, como queriendo que aceptara. Miré al príncipe, y la anhelante expresión de sus oscuros ojos me convenció... Estaba ya bastante sobrio, y tan asustado como cualquier cobarde decente tiene derecho a estar. Podía ser peligroso aceptar, pero cuando noté la oscura presencia de Rakohaja junto a mí me dije que sería fatal rehusar.

—¿Qué quieren que haga? —dije. ¡Por mi vida!, no podía ver para qué me necesitaban a mí, a menos que me quisieran para estrangular a la vieja en el baño (me eché a temblar al pensarlo), pero no, no podía ser eso... «no habrá derramamiento de sangre», había dicho Laborde...

—Necesitamos a alguien —continuó Laborde, como si me hubiera estado leyendo el pensamiento —que tenga la confianza de la reina, que esté enteramente por encima de toda sospecha, aunque con el poder suficiente para disponer que las fuerzas armadas sean incapaces de protegerla. Alguien que pueda asegurar que cuando llegue el momento, su regimiento de guardias hovas no sea capaz de intervenir. Los guardias dentro de palacio pueden ser reducidos fácilmente... a condición de que no haya refuerzos que los ayuden. Esa es la clave de todo el plan. Y usted la tiene en su mano.

En ese momento se mezclaban tantas ideas y miedos en mi mente que no pude dar una respuesta coherente. La perspectiva de la libertad, de escapar de la monstruosa Popea y su espantoso país... me hacía temblar por la excitación ante una idea como esa. Pero

Laborde tenía que estar loco, porque ¿qué podía hacer yo con aquellos infelices soldados? Podía ser Dios todopoderoso en el campo de entrenamiento, diciéndoles dónde poner sus torpes pies, pero no tenía autoridad fuera de eso. Su plan podía ser de primera, y yo estaba dispuesto a todo, mientras pudiera mantenerme a salvo de todo daño... ¡pero la idea de *hacer* algo! Un asomo de sospecha en aquellos terribles ojos...

—¿Cómo puedo hacer eso? —tartamudeé yo—. Quiero decir que no tengo poder. El general Rakohaja puede ordenar...

—No posible, no gustar a la reina, todos pensando mal del general, matado sin duda alguna —Fankanonikaka agitaba las manos, y la profunda voz de Rakohaja sonó detrás de mí.

—Si yo o cualquier otro noble intentamos llevar a los guardias hovas a más de un kilómetro de la ciudad, la reina sospecharía de inmediato. Y no tengo que decirle qué suele pasar con sus sospechas. Se intentó una vez antes, y el general Betimseraba sufrió una agonía de días, sin brazos, sin piernas y sin ojos, colgado en una piel de búfalo en Ambohipotsy. Él estaba conspirando, como estamos haciendo nosotros ahora, pero no fue cuidadoso. Olvidó que hay espías de la reina en todos los rincones, espías que ni siquiera Fankanonikaka conoce. Y todo lo que hizo él fue intentar enviar dos compañías de la guardia a Tamatave. No se pudo probar nada..., pero falló el *tanguin*... y murió.

—Pero... pero yo... no puedo llevarme a los guardias...

—Ya lo ha hecho dos veces —era Andriama, que hablaba por primera vez—. ¿No los llevó a hacer marchas de entrenamiento, una de dos días y la otra de tres? Nadie dijo nada; no se molestó a la reina. Lo que levantaría una sospecha inmediata si lo hiciera un noble de quien la reina está celosa (y está enfermizamente celosa de todos nosotros) puede ser fácilmente cumplido por el sargento general, que es solo un esclavo, y bien amado por la reina.

Fankanonikaka asentía con ansiedad; sus labios parecían enmarcar las palabras «mete-y-saca». Yo me sentía desfallecer al pensar en el peligro que ya había corrido, sin darme cuenta de ello.

—¿No lo comprende? —dijo Laborde—. ¿No comprende que desde el momento en que lo vi en el mercado de esclavos, hace meses, hemos estado conspirando, Fankanonikaka y yo, para colocarlo en una posición en la que pudiera hacer esto? La reina confía en usted... porque no tiene razón alguna para sospechar ya que es solo un extranjero perdido. Piensa en usted solo como en el esclavo que le entrena las tropas... y como amante. Usted sabe lo precavidamente que hemos procedido para que ningún atisbo de sospecha pudiera comprometerlo; Su Alteza ha mantenido a salvo a su esposa, a salvo incluso de los ojos y oídos de los espías de su madre. Llevamos mucho tiempo esperando... ¡Oh, mucho antes de que usted llegara a Madagascar!

Esta no es la primera vez que conspiramos...

—¡Ella está loca! —explotó el príncipe—. Usted sabe que está loca... y es terrible... ¡Una mujer sanguinaria! Es mi madre y... y... —estaba temblando y se retorcía las manos—. No quiero llegar al trono por codicia ni por poder. Quiero salvar a este país... ¡salvarnos a todos nosotros, antes de que ella nos destruya completamente o atraiga la venganza del mundo entero contra nosotros! Y ella lo hará... ¡lo hará! ¡Las potencias no se quedarán quietas siempre! —miró desde Laborde a Rakohaja y otra vez a Laborde—. ¡Lo sabe! ¡Todos nosotros lo sabemos! Yo no podía entenderlo, hasta que Laborde lo explicó. —Usted no está solo, Flashman. El mes pasado un bergantín llamado *Mane Laure* embarrancó cerca de Tamatave; su capitán, un tal Jacob Heppick, un norteamericano, fue cogido y vendido como esclavo, como usted. Yo hice que lo compraran por mediación de unos amigos. —De repente suspiró—. Hay cinco esclavos europeos que he comprado en secreto este año para salvarlos de lo peor; náufragos, desgraciados como usted y su mujer. Están escondidos con amigos míos. Pero ha habido investigaciones por parte de sus gobiernos, preguntas que la reina ha respondido con insultos y amenazas. Ella ha sido incluso tan idiota como para extorsionar a los pocos comerciantes extranjeros que paran aquí... ha raptado hombres de los barcos y los ha obligado a hacer trabajos forzados, virtualmente esclavizados. ¿Durante cuánto tiempo soportarán esto Francia, Inglaterra y Norteamérica?

»Incluso ahora —se inclinó hacia adelante y me palmeó la rodilla—, hay un barco de guerra británico en aguas de Tamatave, cuyo comandante ha enviado una protesta a la reina. Ella la rechazará, como hace siempre, ¡y quemará vivos a otro centenar de cristianos para mostrar su desprecio a los extranjeros! ¿Cuánto tiempo pasará antes de que un barco de guerra británico se transforme en una escuadra, que desembarque un ejército, que este marche sobre Antan y la expulse del trono? ¿Cree ella acaso que Londres y París lo soportarán todo siempre?

«¿Y qué demonios tiene de malo todo eso?», estuve a punto de estallar. Nunca había oído nada tan maravilloso en mi vida... Dios, pensar en los regimientos británicos y los casacas azules asaltándola en su asquerosa capital, ahorcándola; con un poco de suerte... Luego se me ocurrió que aquellos caballeros malgaches quizá no viesen aquella perspectiva con demasiado entusiasmo. No les gustaría ser otro dominio británico o francés, eso no, pero dejemos que el buen rey Rakota suba al trono y se comporte como un ser civilizado, y las potencias serán lo bastante felices para dejarlos tranquilos a él y a su país. Así que por eso estaban todos tan ansiosos de librarse de mamá, antes de que ella provocase una invasión. Pero, ¿qué le importaba todo aquello a Laborde?, ¿acaso era malgache? No, pero era un francés intrigante, y no le gustaba que ondease la Union Jack en Antan más que a los otros. No se había metido en política por nada, ya saben.

—¡Ella nos destruirá! —gritó de nuevo Rakota—. Nos llevará a la guerra... y, en su locura, no hay horror que ella no...

—No, Alteza —dijo Rakohaja—. Ella no lo conseguirá... porque nosotros no la dejaremos. Esta vez tendremos éxito.

—¿Entiende —dijo Laborde dirigiéndose a mí— lo que hay que hacer? Debe enviar a los guardias a una marcha hacia el Ankay, a unos cincuenta kilómetros de distancia. Nada más que eso. Una marcha de entrenamiento que dure tres días, al mando de sus oficiales inmediatos, como de costumbre.

—Eso dejará los regimientos de Teklave y Antaware en Antan —intervino Rakohaja—. No harán nada; sus generales estarán con nosotros en cuanto se vea que nuestro golpe tiene éxito.

—Actuaremos la segunda noche después de que los guardias se hayan ido —añadió Andriama—. Yo estaré al servicio de la reina.

Tendré a treinta hombres en palacio. A una señal dada, la tomarán como prisionera y dispondrán de sus guardias en el interior del palacio, si es necesario. El general Rakohaja asumirá el mando de los regimientos menores, y con el señor Fankanonikaka podremos proclamar al nuevo rey. Esto deberá hacerse en una hora... Cuando lleguen noticias del golpe a los guardias hovas en Ankay, será demasiado tarde. El entusiasmo del pueblo garantizará nuestro éxito...

—Ellos se unirán a mí —dijo Rakota entusiasmado—. Verán por qué estoy haciendo esto, que seré un libertador y...

—Sí, Alteza —cortó Rakohaja—, puede confiar en nosotros para todo eso.

No pude evitar darme cuenta de que trataban a Rakota de una manera bastante campechana para ser su futuro monarca; no pude evitar tampoco preguntarme quién gobernaría realmente Madagascar. Pero aquello eran naderías. Mi mente daba vueltas y vueltas en el torbellino que ellos habían despertado. No eran malos conspiradores, y yo apenas tuve tiempo de recuperar el aliento. Lo tenían todo pensado... pero, demonios, ¡era un riesgo tremendo! Supongamos que algo salía mal, como ya había pasado una vez, como dijeron. El simple pensamiento de la venganza que podía tomar Ranavalona hacía que se me revolvieran las tripas... y yo estaría en medio de todo el fregado. Sentía ganas de llorar al pensar que había un barco de guerra británico, en aquel mismo momento, a menos de cuatro días de distancia. ¿Había alguna forma de que yo pudiera...? No, aquello no estaba previsto. ¿Y si Laborde no podía llevar a buen término sus propósitos? ¿Y si la reina se enteraba de algo? Ella tenía espías... incluso miré con sospecha al propio Fankanonikaka, preguntándome... Quién sabe... ella podía haber penetrado en aquella conspiración ya... Ella podía estar anticipándose ya con fruición esperando su momento. Pensé en los horribles pozos, y en el tipo que gritaba ante su trono, con el brazo abrasado...

—¿Entonces está con nosotros? —preguntó Laborde, y me di cuenta de que todos me estaban mirando: Fankanonikaka, con los ojos como platos, ansioso y asustado; el príncipe casi suplicante, Andriama y Rakohaja ceñudos, Laborde con la cabeza echada hacia atrás, sopesándome. En el silencio de la pequeña casita de verano podía oír todavía, débilmente, los sones de la música distante. Flotaba una pregunta absurda, inútil en mi mente... pero por absurda que fuera, tenía que hacerla, aunque la respuesta podía tranquilizar un poco mis terrores.

—¿Están seguros de que la reina no sospecha ya algo? —dije—. He oído que hay treinta hombres metidos en esto... ¿Cómo saben que no hay ningún espía entre ellos? Esos dos centinelas de ahí fuera...

—Uno de los centinelas —dijo Andriama— es mi hermano. El otro, mi amigo más querido. Los treinta hombres que conduciré son hombres de la selva... al margen de la ley, bandidos, personas sobre las que pesa la sentencia de muerte. Se puede confiar en ellos, porque si nos traicionan, se unirán a nosotros en los pozos.

—Ni la reina ni el canciller Vavalana sospechan —añadió Rakota rápidamente—. Estoy seguro de ello —se agitó y me miró, sonriendo esperanzadamente.

—¿Cuándo podremos irnos mi mujer y yo? —pregunté, mirándole a los ojos, pero fue Laborde quien contestó.

—Dentro de tres días. Porque usted debe enviar a los guardias a Ankay mañana, y actuaremos la noche de pasado mañana. A partir de ese momento, será libre.

«Si todavía sigo vivo», pensé. Sabía que tenía la cara roja, lo cual es signo seguro de que estoy paralizado por el terror... pero ¿qué podía hacer sino aceptar? Ellos lo habían preparado bien, ¿verdad? No habían dejado mucho tiempo al viejo Flash para actuar en falso, si me hubiera mostrado inclinado a ello, los muy astutos. Aun así, pensaron que no haría ningún daño dejar caer un pequeño recordatorio, porque una vez el príncipe hubo pronunciado unas palabras bien escogidas para despedir nuestra pequeña reunión social y nos dispersamos con silencio en la oscuridad, y yo seguía mi camino de vuelta temblando hacia el patio, donde todavía estaban armando un jaleo que despertaría a los muertos, Rakohaja de repente apareció junto a mí.

—Un momento, sargento general, por favor —llevaba un cigarro de nuevo; miró a su alrededor, chupándolo, antes de continuar—: He estado vigilándolo; yo no creo que usted sea un hombre tranquilo.

Solo el cielo sabe qué es lo que podía haberle dado esa impresión. Para demostrar mi sangre fría murmuré una falsa queja.

—La calma es necesaria —dijo el gran bastardo, poniéndome una mano en el hombro—. Un hombre nervioso, en su situación, puede dejarse vencer por el miedo. Puede interpretar, absurdamente, que su interés estaría mejor servido traicionando nuestro complot ante Su Majestad —yo empecé a balbucir, pero él me cortó—. Eso sería fatal. Cualquier gratitud que la reina pudiera sentir, suponiendo que sea capaz de sentir alguna, se vería más que sobrepasada por sus celos al descubrir que su amante le ha sido infiel. *Mam'selle* Bomfomtabellilaba es una mujer atractiva, como ya ha comprobado usted. Parecía encontrarla así cuando se reunió con ella un poco antes, esta noche. La reina se sentiría muy disgustada con usted si lo supiera.

Me cogió el brazo mientras nos acercábamos al patio.

—Recuerdo a uno de sus anteriores… favoritos, que fue lo bastante indiscreto para sonreír a una de las sirvientas de Su Majestad. Nunca volvió a sonreír… Al menos, no creo que lo hiciera, pero es difícil saberlo de un hombre al que le han arrancado toda la piel centímetro a centímetro, de una sola pieza. ¿Buscamos algo para comer? Estoy hambriento.

Aunque como norma soy capaz de mentir y disimular estupendamente, no tengo muy buena mano para las conspiraciones; dependes demasiado de otras personas. Parecía un grupo bastante fiable, y lo único positivo era que había poco tiempo para que saliera mal. Si yo hubiera tenido que esperar días, o semanas, no dudo de que mis nervios me habrían traicionado, y me habría rendido. Cuando pasé revista al amanecer del día siguiente, como no había dormido ni un segundo, me retorcía como pez fuera del agua. Incluso había saltado culpablemente cuando mi ordenanza me trajo el agua para afeitarme... qué significaba aquello, ¿eh? ¿No resultaba sospechoso que su conducta fuese exactamente la misma que había sido desde hacía meses? ¿Sabía algo? Cuando llegué a mi despacho y dicté las órdenes del día a mi pequeño grupo de instructores, veía espías por todas partes, y me comportaba como un actor nervioso antes de representar *Macbeth*.

El problema más acuciante, pensaba mientras miraba las impasibles caras negras de mi personal y trataba de que no me temblasen las manos, era encontrar una excusa suficiente para enviar a los guardias a Ankay. ¡Cielos!, ¿cómo me había metido yo en aquello? No podía decirles simplemente que se marcharan... aquello provocaría comentarios seguramente. No necesitaban hacer ejercicio, se habían estado portando bien en los desfiles... No se me ocurría ninguna forma, pero los reuní por si acaso, confiando en que Dios me ayudara. Y lo hizo. Los hombres estaban serenos y bien equipados, como de costumbre, pero sus oficiales de menor rango habían asistido a la fiesta de la reina toda la noche, y llegaron a la revista medio borrachos. Viendo una oportunidad, hice formar sus columnas, y a los cinco minutos aquello parecía la batalla de Borodino, los hovas cayéndose unos encima de otros, compañías enteras vagando de un sitio a otro, y oficiales un poco borrachos tambaleándose, gritando y sollozando. Felizmente inspirado, hice que la banda tocara para acompañar la instrucción, y como la mayoría de los músicos estaban todavía medio borrachos y soplaban por el lado equivocado de sus instrumentos, el follón no hizo sino aumentar.

Al contemplar aquel zafarrancho, sufrí un espantoso ataque de cólera, coloqué a los oficiales borrachos bajo arresto, arengué a toda la tropa a voz en grito y les dije que tenían que marchar con el equipo completo hasta que estuvieran de nuevo sobrios y respetables. Irían a Ankay, les dije. Podían acampar en la llanura sin tiendas ni mantas, y si uno de ellos se atrevía a coger fiebres, lo azotaría por estúpido. Supongo que pareció convincente, y finalmente se fueron para allá, dirigidos por la banda, que tocaba tres marchas diferentes a la vez. Los vi desaparecer en la neblina polvorienta y pensé que ya había cumplido bien por mi parte… y si todo el complot se iba a hacer gárgaras, todavía podía decir que mis acciones habían sido perfectamente normales.

Pero ese es un pequeño consuelo para una conciencia como la mía. Fui presa de un creciente terror todo el día, temblando al pensar lo que Laborde y los otros podían estar haciendo… Debía pasar otro día y otra noche, tiempo suficiente para que se pudiera filtrar alguna noticia del complot, y yo saltaba a cada voz y a cada paso. Afortunadamente, nadie parecía notarlo; no hay duda de que atribuían mis saltos, como los suyos propios, a los excesos de la noche anterior. No dijeron nada desde palacio, ni hubo señales de algo extraño; llegó la noche y me preparé para irme a la cama pronto con una botella de anisado para tranquilizar mis horas oscuras.

Estaba allí echado, escuchando los ruidos distantes del palacio, bebiendo de mi botella y diciéndome a mí mismo por milésima vez que no había motivos por los que no pudiera ir todo bien. Con un poco de suerte, en dos días Elspeth y yo estaríamos cabalgando a toda marcha hacia Tamatave, con las bendiciones de Rakota; subiríamos al primer barco inglés, y a casa sanos y salvos, lejos de aquel espantoso lugar. No sería tan malo, por supuesto, con Ranavalona fuera de circulación, habría ventajas financieras: un país rico, nuevos mercados, oportunidades comerciales, asesoramiento experto para los mercaderes de la City a mi vuelta por un diez por ciento de los beneficios… No había que hacerle ascos a algo así. Me pregunté qué harían con la buena reina ninfómana, ¿exiliarla a la provincia del sur con un pelotón de sementales hovas para mantenerla caliente y servirla bien?

Un golpe estruendoso sonó en mi puerta y me levanté como un rayo. Sudaba. Oí la voz de mi ordenanza y luego lo vi, mientras yo buscaba mis botas, y detrás de él, las ominosas figuras de unos guardias hovas, con cartucheras, sus pechos desnudos brillando negros a la luz de la lámpara. Había un suboficial que me conduciría a los apartamentos reales; las palabras penetraron en mi cerebro adormecido como gotas de ácido… ¡Oh, Dios mío, estaba listo! Tuve que sujetarme en el borde de mi camastro mientras me ponía los pantalones. ¿Qué podía querer la reina a aquella hora, y por qué tenía que mandar una guardia, a menos que hubiese ocurrido lo peor? El secreto había sido desvelado, debía de ser eso. Pero después de todo, podía no ser nada, así que tranquilo. Debía mantener la cara serena, pasara lo que pasase. El pánico me sacudía… ¿debía intentar la huida? No, aquello sería fatal, y mis piernas no me responderían; todo lo que podían hacer era andar derechas al ritmo del oficial que me conducía en torno a la fachada de palacio, más allá de los anchos escalones… ¿Era mi imaginación o era verdad que allí parecía haber más centinelas de lo habitual? Crucé la plazoleta del palacio de Plata, que brillaba bajo la luna, y su millón de campanillas tintineaban suavemente en el aire de la noche.

Subimos por las escaleras, recorrimos el amplio corredor, con mis piernas como gelatina y las botas de los hovas resonando a su paso detrás de mí… nunca me habían gustado nada aquellas botas, recordé. Había pensado hacerles llevar sandalias, pero no estaba seguro de que aguantasen las largas marchas. ¡Por Dios!, qué cosas se me ocurrían en aquellos momentos, ¡con mi vida pendiente de un hilo! Las grandes puertas se abrieron y el oficial me hizo señas de que entrase en la sala de las recepciones iluminada con una luz resplandeciente. Entré y saludé automáticamente, mientras aquella imagen se grababa con brillantes colores en mi mente.

317

Ella estaba allí, negra y tranquila, en su trono. Debía de ser medianoche, seguro, pero llevaba un traje de tarde de tafetán, con volantes azules, y un sombrero con una pluma de avestruz. Me levanté después de mi reverencia, sintiendo un frío mortal, pero no podía obligarme a mirarla. Una pareja de doncellas estaba a los lados, y junto a ellas la figura de Vavalana, el canciller, esbelto, vestido con una túnica, con la cabeza inclinada, que me miraba con sus astutos ojos, y también Fankanonikaka… Luché por recobrar la compostura, pero en su negra cara no leí nada. Mi corazón saltó alocadamente, y casi grité.

A un lado, entre dos guardias, estaba el barón Andriama. Llevaba la camisa desgarrada, tenía la cara retorcida y las manos atadas; apenas era capaz de mantenerse en pie. Había un asqueroso revoltijo en el suelo junto a él… y la palabra apareció en mi mente: *tanguin*. Ella lo sabía, entonces… todo había acabado.

Por el rabillo del ojo pude ver que ella me observaba, sin quitar la mano del pendiente. Entonces murmuró algo, y Vavalana se dirigió hacia adelante, dando golpecitos con su bastón. Su grisácea cabeza y su arrugada cara parecían curiosamente como las de un pájaro; parpadeó como un viejo petirrojo insolente.

—Hable ante la reina —dijo, y su voz era un suave graznido—. ¿Por qué ha enviado a los guardias a Ankay?

Traté de parecer ligeramente sorprendido, y mantener la voz tranquila.

—Que la reina viva mil años. Envié a los guardias a una marcha de castigo… porque estaban borrachos y descuidados. Y también la banda —fruncí el ceño y hablé más fuerte—. No estaban preparados para la revista… Cinco de sus oficiales han sido arrestados. Ochenta kilómetros con todo el equipo es lo que necesitan para que aprendan a comportarse como soldados… ¡y cuando vuelvan los volveré a mandar fuera otra vez si no han aprendido la lección!

Sonaba bien, creo yo… el toque adecuado de indignación, mi perplejidad y severidad marcial, aunque cómo lo conseguí solo Dios lo sabe. Vavalana me estudiaba, y detrás de él la cara negra y los ojos pequeños y brillantes debajo de la pluma de avestruz estaban tan fijos como los de un ídolo de piedra. No debo dejar que me traicione el miedo…

—¿No fueron enviados por orden de este hombre? —dijo Vavalana, y su mano huesuda apuntó a Andriama, derrumbado entre sus guardias.

—¿El barón Andriama? —dije yo, asombrado—. Él no tiene autoridad sobre las tropas. ¿Por qué...? ¿Acaso dice que me ha ordenado algo? Nunca ha mostrado ningún interés en su entrenamiento. Él no es ni siquiera militar. No lo entiendo, canciller...

—Pero usted sabía —gritó Vavalana, apuntando con su dedo hacia mí—, ¡usted sabía que él conspiraba contra la vida del Gran Lago que Provee de Agua! Si no ¿por qué trataba de privarla de su protección, de sus soldados de confianza?

Dejé caer mi mandíbula con asombro, y me eché a reír en sus propias narices... Por primera vez vi a Ranavalona sorprendida. Dio un salto como una marioneta a la que han tirado del hilo, porque supongo que nunca antes nadie se había reído en voz alta en su presencia.

—¿Una conspiración, dice? ¿Es una broma, canciller? Si lo es, es del peor gusto —dejé de reír y fruncí el ceño, viendo la duda en sus ojos. «Ahora es tu turno, chico, rabia e indignación, sal bien del asunto por lo que más quieras, leal y viejo Harry», pensé—. ¿Quién se atrevería a conspirar contra Su Majestad, o decir que yo lo sabía? —Estaba casi gritando aquellas palabras, con la cara roja, y Vavalana dio un paso atrás.

—¡Basta! —Ranavalona apartó la mano de su pendiente—. Ven aquí.

Di un paso hacia adelante, forzándome por mirar aquellos ojos hipnóticos, con la boca seca de terror. ¿Habría funcionado el farol? ¿Me creería ella? Sus vidriosas y heladas pupilas me inspeccionaron durante un minuto entero, luego me cogió la mano. Mi ánimo se abatió cuando ella la sujetó y luego gruñó una palabra:

—*Tanguin.*

El corazón me dio un vuelco y casi me caí. Porque aquello significaba que ella no me creía, o al menos no estaba segura, lo que era igual de malo; ella me sujetaba la mano, sentenciándome a aquel juicio, a aquella horrible prueba de Madagascar, que apenas daba una oportunidad de supervivencia. Oí castañetear mis propios dientes, y me postré suplicando, protestando de mi lealtad, jurando que ella era la más querida, amada reina que nunca existió... Solo la ciega certeza de que la confesión significaba una muerte segura e innombrable me impidió largar todo el asunto. Al menos el *tanguin* me daba una ligera oportunidad, y supongo que yo lo sabía. La cara sombría no cambió. Me soltó la mano e hizo un gesto a los guardias.

Solo pude agacharme mientras realizaban sus asquerosos preparativos, sin ser consciente de nada salvo de las manos negras y musculosas que sujetaban la pequeña piedra *tanguin* y la rascaban con un cuchillo, para que los copos de polvo gris cayeran en la bandeja en la que se encontraban tres jirones secos de piel de pollo. Allí estaba mi muerte por envenenamiento. Uno de los guardias me sacudió rudamente, sujetándome los brazos detrás; el otro avanzó, levantando el plato hasta mi rostro. Me sujetó la mandíbula... e hizo una pausa mientras hablaba la reina, pero no era un aplazamiento: ella le decía algo a una de sus doncellas, y había que suspender todo movimiento, yo con los ojos salidos ante aquel desperdicio venenoso que iba a tener que tragar, mientras la chica se iba y volvía con un monedero, del cual la reina sacó solemnemente veinticuatro dólares y los puso en la mano de Vavalana. Ante aquella ofensa final, aquella obscena devoción a la letra de su pagano ritual, mis nervios se rompieron.

—¡No! —chillé—. ¡Dejadme ir! ¡Lo diré... juro que lo diré! ¡Por la gracia de Dios! —grité en inglés, que nadie sino Fankanonikaka entendía—: ¡Piedad! ¡Me obligaron a hacerlo! Lo diré...

Sujetaron mi mandíbula cruelmente abierta; unos dedos enérgicos la mantenían así, y me atraganté cuando mi boca se llenó con el asqueroso olor del *tanguin*. Luché, pero los trozos de pollo fueron embutidos rudamente hasta el interior de mi garganta; luego unas manos musculosas mantuvieron mis mandíbulas cerradas y me taparon la nariz. Luché e hice mil movimientos espasmódicos, tratando de no tragar. La garganta me ardía con aquel asqueroso polvo, me atragantaba horriblemente, me ardían los pulmones, pero no había nada que hacer. Tragué con angustia... y me soltaron tambaleante, sollozando y tratando de vomitar, mirando a mi alrededor con pánico, sabiendo que me estaba muriendo... Aun así, estuve consciente de la curiosidad que anidaba en los ojos vigilantes de Vavalana y los guardias, y la absoluta indiferencia de la criatura inmóvil del trono.

Grité una y otra vez, agarrándome la ardiente garganta, mientras la habitación giraba como un torbellino en torno a mí... y entonces los guardias me cogieron de nuevo y el pequeño Fankanonikaka me habló incoherentemente mientras ellos ponían un cuenco ante mis labios y los forzaban a abrirse.

—¡Beba! ¡Beba! ¡Rápido...! —Y vertieron un torrente de agua de arroz en mi interior, llenando mi boca y mi nariz, empapando toda mi cabeza; los pulmones enteros parecieron llenarse. Yo tragaba y tragaba hasta que sentí que iba a estallar, sintiendo alivio mientras el líquido lavaba mi boca de aquel corrosivo dolor... Luego una espantosa convulsión agarrotó mi estómago, y luego otra, y otra. Estaba a cuatro patas, retorciéndome ciegamente... ¡Oh, Dios, si aquello era la muerte, era peor que nada de lo que yo imaginaba! Abrí la boca para gritar, y en aquel momento vomité como nunca lo había hecho antes, una y otra vez, y me derrumbé tembloroso, quejándome débilmente y sin sentido, mientras los espectadores se reunían alrededor para hacer las comprobaciones.

Esa es la parte más interesante del juicio *tanguin*, ¿saben? ¿Vomitará adecuadamente la víctima? Sí... esa es la prueba. Le meten a uno ese veneno mortal en el cuerpo, te empapan con agua de arroz para ayudar la digestión, y esperan acontecimientos... Pero no basta solo con vomitar; hay que sacar los tres trozos de piel de pollo también, y si uno lo hace, todo son felicitaciones y un premio para el caballero. Si no lo haces, has fallado la prueba, tu culpa queda establecida y Su Majestad obtiene una diversión infinita disponiendo de ti.

Delicioso, ¿verdad? Y tan lógico como los procedimientos de nuestra policía, aunque menos preocupante para el acusado. Al menos no tienes que esperar en suspenso mientras ellos examinan las pruebas, porque estás demasiado destrozado y exhausto para preocuparte. Me quedé echado, tosiendo y gimoteando con los ojos llenos de lágrimas de dolor, hasta que alguien me cogió del pelo y tiró hasta levantarme. Allí estaba Vavalana, supervisando solemnemente los tres pequeños objetos empapados en su palma, y Fankanonikaka sonriendo aliviado junto a él, moviendo la cabeza hacia mí, y yo estaba todavía demasiado atontado para darme cuenta mientras los guardias me empujaban hacia adelante de rodillas, resoplando y balbuciendo ante el trono.*

Entonces ocurrió la cosa más asombrosa de todas. Ranavalona extendió su mano y Vavalana, cuidadosamente, colocó ocho dólares en su palma. Ella se los pasó a su doncella, y él luego le dio otros ocho, que ella me entregó a mí. Yo estaba demasiado agotado para comprender que aquella era la prueba de que yo había superado el juicio con éxito, pero entonces ella lo puso más claro. Cuando cogí el dinero cerró su mano en torno a la mía y me atrajo hacia el trono, hasta que nuestras caras casi se tocaban, y para mi absoluta incredulidad vi que había lágrimas en aquellos espantosos ojos de serpiente. Gentilmente, ella frotó su nariz contra la mía, y tocó mi cara con sus labios. Luego se incorporó de nuevo, volviendo su mirada al desgraciado Andriama, y susurrando algo en malgache… Al parecer, le recordaba que debía llevar lana encima de la piel, pero dudo que fuera eso, porque él chilló de terror y cayó de rodillas frente a ella, y hocicó a sus pies mientras los guardias caían sobre él y le arrastraban mientras se contorsionaba hacia las puertas. Se me pusieron los pelos de punta mientras sus gritos se apagaban; un vómito menos completo y habría sido yo el que se quejaba.

Fankanonikaka estaba a mi lado, y dejándome guiar por él saludé, inseguro, y me retiré. Cuando las puertas se cerraron detrás de nosotros, Ranavalona estaba todavía sentada, la pluma de avestruz se movía mientras ella murmuraba a su ídolo botella, y sus doncellas empezaban a limpiar el suelo con desgana.

* Flashman es el único superviviente del juicio con *tanguin* o *tangena* que ha podido describir la experiencia. Su relato varía de otras descripciones solo en puntos menores: cuando había tiempo, se acostumbraba a hacer ayunar al paciente veinticuatro horas antes de que le fuera administrada la piedra rascada del fruto del *tanguin*, y algunos historiadores dicen que para pasar la prueba, los trozos de piel de pollo tenían que ser regurgitados en una dirección determinada. El depósito de veintiocho dólares (Flashman dice veinticuatro) era normalmente aportado por el acusador de la persona que sufría la prueba… Si el acusado fallaba, al acusador se le devolvía su dinero, pero si la pasaba, el acusador recuperaba solo una tercera parte del depósito, y los otros dos tercios pasaban al acusado y a la reina.

—Muy conmovedor. ¡La reina lo ama mucho, así que encantada de que usted vomitar bien, muy feliz *tanguin* no morir! —Fankanonikaka estaba moqueando de felicidad sin dejar de correr—. Ella nunca amar tan profundamente, excepto a los toros reales, que no son seres humanos. Pero no apresurar, muchos peligros aún para usted, para mí, para todos, cuando Andriama contar los planes. —Me empujó a lo largo de los pasadizos hasta su pequeña oficina, donde corrió el cerrojo y se quedó de pie jadeando.

—¿Qué pasa con Andriama? ¿Qué ha ocurrido?

Puso los ojos en blanco.

—¿Quién sabe? Alguien traición, horrible farsante Vavalana, quizá espiando por la cerradura, oír algo. Reina sospechar de Andriama, dar *tanguin,* él vomitar no bien, no como usted. Entonces yo no estar a tiempo, no ayudar, como usted, con sal, un poco poquito de cáscara sagrada en agua de arroz, hacer buen vomitar, muy feliz, todo bien y conforme, digo.

No me sorprendía que me hubiera encontrado tan mal. Podía haber besado a aquel pequeño marrullero, pero él estaba frenético de aprensión.

—Andriama hablar pronto. Horribles torturas ahora, peores que Inquisición, quemar y cortar partes privadas… —Él se estremeció, sus manos encima de la cara—. Él gritar todo aquello del plan, yo, usted, Rakohaja, Laborde…

—¡Por el amor de Dios, hable en francés!

—…todo lo que saber a Vavalana y reina. Quizá poco tiempo ya, entonces se acabó para nosotros, torturas también, entonces adiós muy buenas, ¡lo juro! Una esperanza solo, hacer plan ahora… Esta noche guardias no aquí, marchando a Ankay ¡izquierda, derecha! Debemos decir a Rakohaja, Laborde, reina sospecha. Andriama hablará pronto…

Él balbuceaba mientras yo trataba desesperadamente de pensar. Él tenía razón, por supuesto: los malgaches son bravos y duros como el hierro, pero Andriama no soportaría los horrores que las bellezas de Ranavalona probablemente ya le estaban infligiendo mientras nosotros estábamos allí de pie, hablando. Se derrumbaría, y pronto seríamos hombres muertos… Dios mío, pensé, ella me tenía cariño, de verdad, lloró un poquito cuando sobreviví al *tanguin*, esa pequeña zorra de corazón tierno. Ah, sin duda ella habría llorado sobre la almohada si hubiera tenido que despellejarme vivo por traición. Si podíamos contactar con Laborde o Rakohaja, ¿cumplirían con éxito el golpe ahora? ¿Dónde estaban los treinta hombres de Andriama? ¿Sabía Rakota lo que estaba ocurriendo? Rakota... ¡Dios mío, Elspeth! ¿Qué sería de ella? Golpeé con el puño en la mesa con la furia de la desesperación, mientras Fankanonikaka tartamudeaba en malgache e inglés chapurreado, y de pronto vi que solo había un camino, y una débil esperanza, pero era o aquello o una muerte inconcebible. El gambito de Flashman... Cuando dudes, corre.

—Escuche, Fankanonikaka —dije—, déjeme eso a mí. Yo encontraré a Laborde y a Rakohaja. Pero tengo que moverme rápidamente. Debo tener un caballo. ¿Puede emitir una orden para los establos reales? No me dejarán coger un animal sin autorización. ¡Venga, hombre! ¡No puedo correr por toda la jodida Antan a pie! Pero espere... necesitaré más de uno. Escríbame una orden para una docena de caballos, para que pueda llevárselos a Laborde, o a Rakohaja... Tienen que reunir de algún modo a todos esos hombres de Andriama.

Me miró pasmado, lleno de consternación.

—Pero ¿qué motivo? Si la orden dice tomar todos los caballos, alguien sospecha, llamando: fuego y Bow Street...

—¡Diga que son para los oficiales de la guardia que he mandado de marcha a Ankay! ¡Dígales que la reina lo siente por ellos, y que pueden volver a caballo! ¡Cualquier excusa servirá! Venga, deprisa, hombre... ¡Andriama probablemente está soltando la lengua en este mismo instante!

Eso lo decidió; agarró una pluma y escribió deprisa mientras me apoyaba en su hombro, temblando de impaciencia. Los minutos volaban y a cada momento mis oportunidades se hacían más imprecisas. Me guardé la orden en el bolsillo, pero necesitaba algunas cosas más.

—¿Tiene una pistola? Pues una espada... debo tener un arma... por si acaso —esperaba por mi vida que no se diera el caso, pero no podía ir desarmado. Él salió y encontró una en un salón cercano.

Solo era un espadín de ceremonias con un mango curvado de marfil y sin guarda, pero tendría que valer. Mientras la cogía, me asaltó de pronto una idea… ¿Por qué no correr escaleras arriba y matar a esa perra negra mientras estaba allí sentada… o que lo hiciera Fankanonikaka? Él casi chilló con alarma e indignación:

—¡No, no, sin derramamiento de sangre! Solo destronar… gran reina, pobre dama… ¡Oh, tan chiflada! ¡Si solo ella tranquila y quieta, nosotros no necesitar condenados complots, ni la mitad! ¡Ahora todo para desaparecer, quitar peleas, arrestos y crueldades! —Él se retorcía las manos—. Usted correr a Laborde, rápido, yo esperando vigilando, cielos, alguien quizá arrestar, o la reina sospechar…

—Nada de eso —atajé yo—. Le diré lo que vamos a hacer. Usted es muy hábil echando cosas disimuladamente en la bebida de la gente, ¿verdad? Bueno, encuentre una manera de enviar algún refresco al pobre Andriama… sáquele de su padecimiento antes de que él hable, ¿no? Y no tema, Fankanonikaka. Somos viejos compañeros, buenos tiempos juntos. Que viva Highgate y al demonio con Bluecoat School, ¿eh?

Lo dejé tartamudeando y me fui, forzándome a caminar lentamente mientras descendía la gran escalera, pasaba junto a los indiferentes guardias de palacio, a través de la plazoleta y fuera, en la calle. Eran las primeras horas de la madrugada, pero había todavía bastante gente, porque en el distrito real de Antan la gente de la buena sociedad se acuesta tarde, y seguro que habría todavía muchos comentarios y discusiones sobre la orgía de la noche anterior en palacio. Ellos se deleitaban con el escándalo, como sus hermanos y hermanas civilizados. Las calles estaban bien iluminadas, pero nadie me prestó atención mientras pasaba junto a los peatones que caminaban y los coches que corrían bajo los árboles. Fankanonikaka me había conseguido un largo manto para tapar mis botas y pantalones de montar y cubrir la espada, ya que los esclavos no deben llevar cosas semejantes, y aparte de mi cara blanca y mis patillas, era como cualquier otro paseante.

Los establos estaban solo a cinco minutos andando, y yo me sentía consumido por la impaciencia mientras el suboficial deletreaba laboriosamente la nota de Fankanonikaka y me miraba ceñudo. No sabía mucho francés, pero complementé la orden escrita lo mejor que pude, y como yo era el sargento general, hizo lo que se le decía.

—Dos caballos para mí —expliqué—, y la otra docena para los oficiales de la guardia en Ankay. Mándeselos ahora con un mozo, y dígales que sigan el rastro de los guardias, pero no se apresuren. No quiero que se agoten, ¿comprende?

—No hay mozos —respondió, malhumorado.

—Pues consiga uno, o se lo mencionaré a la reina, que viva mil años. ¿Ha estado últimamente en el Ambohipotsy? Se encontrará observándolo desde lo alto del acantilado a menos que se apresure... y ponga una botella de agua llena en cada caballo, y mucho *jaka* en las alforjas.

Le dejé tan pálido como puede ponerse un negro asustado, y cabalgué a paso tranquilo en dirección del palacio del príncipe Rakota, tirando del segundo caballo. No me atrevía a correr, porque un hombre montado era ya algo bastante raro en Antan en cualquier momento, y un jinete con prisas de noche podía hacer que llamasen a la policía. Esas situaciones son horribles, cuando cada segundo es precioso para ti pero tienes que ir despacio... Por ejemplo, andar aterrorizado a través de las líneas de los cipayos en Lucknow con el mensaje de Campbell, o aquella espera enervante en el barco de vapor en Memphis con una esclava disfrazada a un lado y los perseguidores en nuestros talones. Se puede pasear despreocupadamente con las tripas rugiendo... ¿Habría hablado Andriama ya? ¿Lo sabría todo la reina por entonces? ¿Estaba el propio Fankanonikaka quizá chillando ya bajo los cuchillos? ¿Estaban todavía abiertas las puertas de la ciudad? Nunca las cerraban como norma, y si las encontraba cerradas, sería una señal segura de que el complot había sido descubierto... y que el cielo nos ayudara entonces.

El palacio de Rakota en los suburbios estaba muy separado de las demás casas, detrás de una empalizada rodeada de un cinturón de pequeños árboles y arbustos. Dejé los caballos allí, fuera de la vista, lancé una silenciosa plegaria para que las monturas malgaches fueran capaces de quedarse quietas y no relinchar, y me dirigí rápidamente hacia la puerta principal. Había un centinela dormitando bajo la linterna, pero me dejó entrar bastante pronto... no se preocupaba mucho esa gente... y finalmente tuve que darle patadas al portero para que se despertara junto a la puerta principal, anunciando crudamente que traía un mensaje para Su Alteza del Palacio de Plata.

Finalmente salió un mayordomo, que conocía mi cara, pero cuando le pedí audiencia inmediata inclinó su canosa cabeza desdeñosamente.

—Sus Altezas no han vuelto todavía... ah, sargento general. Están cenando con el conde Potrafanton. Puede esperar... en el porche.

Aquello era un golpe; yo no tenía ni un momento que perder. Dudé, y vi que no había nada que hacer sino ir directo al grano.

—No importa, portero —dije, bruscamente—. Mi mensaje es que la mujer extranjera que está aquí debe ser enviada de inmediato al Palacio de Plata. La reina desea verla.

Si mis nervios no hubieran estado tensos como cuerdas, me atrevería a decir que me hubiera regocijado bastante con las expresiones que siguieron una tras otra en su arrugada cara negra. Yo era solamente una basura extranjera de casta décima, un simple esclavo, es lo que estaba pensando él; por otra parte, yo era sargento general, con impresionante e indefinido poder, y mucho más importante aún, era el actual favorito de la reina y maestro montador, como todo el mundo sabía. Y yo traía ostensiblemente una orden del propio trono. Todo aquello pasó por la lanuda cabeza... cuánto le había insistido su amo en la necesidad de mantener en secreto la presencia de Elspeth, no puedo adivinarlo, pero finalmente comprendió dónde se hallaba la sabiduría... y también Ambohipotsy.

—Se lo diré —dijo, muy tieso— y arreglaré una escolta.

—No será necesario —respondí ásperamente—. Tengo un coche esperando más allá de la puerta.

Los mayordomos son el colmo de la estupidez; él estaba dispuesto a discutir, así que me limité a seguir insistiendo y lo amenacé con que si no la traía allí en un santiamén iría derecho a palacio a decirle a la reina que el mayordomo de su hijo había dicho: «¡Nanay!» y me había cerrado la puerta. Él tembló ante esto, más de cólera que de temor, y se fue, todo dignidad negra, a buscarla. Como pueden ver, se estaba preguntando adónde iremos a parar hoy en día.

Esperé, mordiéndome las uñas, paseando por el porche de extremo a extremo y gruñendo ante el recuerdo de lo mucho que le costaba vestirse a esa condenada mujer. Diez a una que estaba mirándose en el espejo, arreglándose los rizos y haciendo mohínes, mientras Andriama probablemente estaba ya cantando, y todo estallaría como un polvorín: el complot, la alarma, el arresto. Los tentáculos de Ranavalona podían estar extendiéndose ya a través de la ciudad en aquel momento, para buscarme... Pataleé y maldije en voz alta, presa de una fiebre de impaciencia, y entonces salió por la puerta abierta el sonido de una voz femenina. Bueno, ya estaba allí, con abrigo y sombrero, parloteando todo el camino mientras bajaba las escaleras, y el mayordomo llevaba lo que parecía una caja de sombreros, ¡vaya por Dios! Ella dio un gritito al verme, pero antes de que pudiera hacerle señas de que mantuviera silencio, otro sonido me hizo dar la vuelta en redondo, listo para la pelea, la mano se dirigió hacia el puño de la espada.

A través de la puerta abierta podía ver la larga avenida que conducía a la puerta principal. Estaba muy oscuro allá lejos, bajo las linternas vacilantes, pero se percibía alguna conmoción. Se oyó un choque de metal, una voz se alzó dando órdenes, un ruido de pasos se acercó... y ante mi horrorizada vista, con el acero y el cuero que brillaban a la luz de las lámparas de la puerta principal, llegaba un piquete de guardias hovas.

Puede que no valga para gran cosa, pero si tengo un talento es el de encontrar la puerta de atrás cuando policías, acreedores y maridos ultrajados llegan por la de delante. Tenía la ventaja de llevar los pantalones subidos y las botas en su debido lugar, y aun con el estorbo de tener que arrastrar a Elspeth, me iba ya como una rata por una tubería antes de que el mayordomo hubiera abierto siquiera la boca. Elspeth dio un grito de asombro mientras yo tiraba de ella a través de un pasadizo debajo de las escaleras.

—¡Harry!¿Adónde vas? ¡Nos hemos dejado mi sombrerera!

—¡Al diablo con tu sombrerera! —exclamé—. ¡Calla y corre!

Volaba. Doblé una esquina. Había un corredor que obviamente conducía a la parte de atrás, y corrí a grandes zancadas por él, con mi protestona compañera sujetándose el sombrero y gritando aterrorizada. Una sorprendida cara negra apareció en una puerta lateral, la golpeé con miedo y Elspeth chilló. El corredor giró a la derecha, yo juré y me metí en una habitación vacía… Un vistazo a una larga mesa y sillas en la silenciosa oscuridad, y más allá, unas ventanas francesas. Corrí hacia ellas, arrastrándola, y las abrí. Salimos al jardín, oscuro a la luz de la luna; agucé el oído y… nada.

—¡Harry! —ella me chillaba al oído—. ¿Qué pasa? Déjame el brazo… No iré a empellones, ¿me oyes?

—¡Irás a empellones o muerta! —susurré—. ¡Silencio! Corremos un peligro de muerte… ¿Lo entiendes? Vienen a arrestarnos… ¡para matarnos! Si quieres conservar la vida, haz lo que te diga… ¡y cállate!

Había un sendero que corría entre dos grandes setos; fuimos por él, ella preguntando en susurros, sin aliento, qué demonios estaba pasando. Al final, conseguí mis propósitos: estábamos a un lado del edificio, en los arbustos, el camino principal giraba a nuestra izquierda, y desde la oculta puerta principal yo podía oír una áspera voz que se alzaba... desgraciadamente, en malgache, pero capté las suficientes palabras para que me helasen la sangre: «sargento general... arresto... buscar». Gruñí suavemente, y Elspeth empezó a balbucear de nuevo.

—¡Oh, se me ha roto el vestido! ¡Harry, esto es horrible! ¿Qué estás... por qué estamos...? ¡Uf! —le había puesto una mano encima de la boca.

—¡Cállate, gilipollas! —susurré—. ¡Estamos huyendo! ¡Los soldados nos persiguen! ¡La reina quiere matarme!

Ella hizo unos ruidos ahogados, y yo le dejé libre la boca.

—¿Cómo te atreves a llamarme esa horrible palabra? ¿Qué significa? ¡Déjame ir ahora mismo! ¡Me estás haciendo daño en la muñeca, Harry! ¿Qué es toda esa absurda tontería de que la rei...? —el impetuoso torrente se cortó de pronto cuando volví a taparle la boca.

—¡Por el amor de Dios, mujer... van a oírnos! —La empujé hasta cerca de la pared—. Baja la voz, ¿quieres? —Quité de nuevo la mano, imprudentemente.

—Pero ¿por qué? —Al menos tuvo el sentido común de hablar bajito—. ¿Por qué tenemos que...? ¡Oh, creo que me estás tomando el pelo! Bueno, es una broma muy mala, Harry Flashman, y yo...

—Por favor, Elspeth —imploré, sacudiendo mi puño ante su cara—. ¡Es verdad, lo juro! ¡Si nos oyen... estamos muertos!

Mis frenéticas muecas parecían haberla medio convencido; al menos su bonita boca se abrió y se cerró de nuevo con un débil «¡oh!» Y entonces, mientras me agachaba, aguzando mis oídos para escuchar cualquier sonido de los perseguidores, llegó el leve susurro: «Pero Harry, mi sombrerera...».

La miré en silencio y aventuré una mirada por la esquina de la pared. Había un soldado hova en el porche, inclinando su lanza; podía oír débiles sonidos de charla desde el vestíbulo... Aquel maldito mayordomo largándolo todo, sin duda. De repente, de detrás de nosotros, en la oscuridad, hacia la parte trasera de la casa, llegó el estrépito de un postigo y una áspera voz que gritaba. Elspeth chilló, yo salté, y el hova del porche debió de oír también el grito, porque fue hacia el vestíbulo… Horrorizado, vi acercarse un suboficial, saltando rápidamente las escaleras del porche espada en mano y corriendo a lo largo de la parte frontal de la casa hacia nuestro rincón.

Solo podíamos hacer una cosa. Agarré a Elspeth y la empujé hacia abajo con la cara en la espesa sombra, a los pies del muro, me eché encima de ella y le susurré frenéticamente que se mantuviera callada y quieta. En ese instante… él giraba por la esquina de la casa y se detuvo casi encima de nosotros, sus botas pisaban la grava a un metro de la cabeza de Elspeth. Durante un terrible instante pensé que nos había visto… la gran figura negra se alzaba por encima de nosotros, recortada contra el cielo nocturno, la espada brillante en la mano, pero él no se movió, y me di cuenta de que estaba mirando hacia la parte de atrás de la casa, escuchando. Podía sentir las palpitaciones de Elspeth debajo de mi cuerpo, su cara convertida en un débil borrón blanco debajo de mí… «Oh, Dios mío —rogué—, ¡que no mire hacia abajo!» De repente él aulló algo en malgache y dio medio paso hacia adelante… la sangre se me heló cuando su bota descendió a unas pulgadas de la cara de Elspeth… ¡Encima mismo de su mano!

Ella se sobresaltó con violencia debajo de mí… y él debió de cambiar el peso, porque como una pesadilla oí un pequeño crac, y todo el cuerpo de ella se estremeció. Paralizado, esperé su grito… ¡ahora él *tenía* que mirar hacia abajo! Pero una voz gritaba desde la parte de atrás de la casa, la suya contestaba encima de nosotros, él corrió hacia adelante, su pierna me rozó el pelo y luego se fue por el camino que estaba detrás de nosotros, en la oscuridad, y la respiración de Elspeth volvió a oírse con un pequeño y tembloroso quejido. Me puse en pie de un salto, tiré de ella hasta incorporarla, arrastrándola hacia los arbustos más espesos. Sabía que no teníamos un instante que perder, así que la empujé y esperé ardientemente que ella no se desmayara. Si podíamos meternos rápidamente por entre los arbustos sin ser observados, moviéndonos paralelos al sendero, y así llegar hasta la puerta… ¿habían dejado algún centinela allí?

Afortunadamente, los arbustos tapaban completamente nuestro torpe progreso; nos sumergimos en la vegetación y nos ocultamos jadeando bajo una gran masa de helechos a menos de diez metros de la puerta. Detrás, a nuestra izquierda, el hova estaba todavía en el porche de la casa bajo la lámpara; a través de los arbustos que tenía delante yo podía adivinar el débil brillo de la linterna de la cancela, pero ningún sonido, excepto allá lejos, por detrás de nosotros, donde se oían voces distantes en la parte trasera de la casa... ¿Se estarían acercando? Atisbé con cautela a través de la franja de arbustos hacia la cancela... Oh, Dios mío, allí había un enorme hova, a menos de cinco metros de distancia, con la lanza pegada al cuerpo, mirando hacia atrás, hacia la casa. La luz brillaba débilmente en sus macizos brazos y su pecho desnudo, iluminaba sus rasgos de gorila y su brillante lanza... Se me encogieron las tripas ante aquella visión. No podía esperar pasar delante de *aquello,* no con Elspeth detrás... En aquel momento mi amada decidió hablar otra vez.

—¡Harry! —me susurraba al oído—. Ese hombre... ¡ese hombre me ha pisado la mano! ¡Estoy segura de que me ha roto un dedo! —recuerdo haber notado que había más indignación que queja en su voz, porque añadió una palabra que, francamente, no sabía yo que conociera.

—¡Calla...! —Puse mis labios junto a su oído—. ¡Ya lo sé! Ya lo arreglaremos. Hay un guardia en la cancela... ¡tenemos que pasar! —Las voces en la parte trasera de la casa aumentaban de volumen... ahora o nunca—. ¿Puedes andar?

—¡Por supuesto que puedo andar! Es mi pobre dedo...

—¡Chitón, por el amor de Dios! Mira, nenita... debemos distraer la atención de ese tipo, ¿ves? ¡El de la cancela, maldita sea! —Nunca hubiera imaginado que se pudiera gritar y susurrar al mismo tiempo... Pero tampoco imaginaba que iba a estar metido en unos arbustos de Madagascar intentando escapar con una rubia imbécil cuya mente, lo juro, estaba dividida a partes iguales entre su dedo herido y su sombrerera perdida—. ¡Sí, está ahí fuera! Ahora, escucha, debes contar hasta cinco... cinco, ya sabes... y ponerte de pie y caminar hacia el sendero. ¿Podrás hacerlo, querida? Solo tienes que salir andando, como una buena chica. ¡Hazlo, maldita sea!

Vi que sus labios esbozaban un «¿por qué?» pero asintió... y súbitamente me besó en la mejilla. Me deslicé hacia la derecha, buscando la empuñadura debajo del manto... tres... cuatro... cinco.

Hubo un susurro mientras ella se ponía de pie, pareció tambalearse durante un momento y luego se abrió paso entre los arbustos y se volvió de cara a la cancela.

El hova se movió un metro más o menos, se enderezó con los ojos como platos y dejó escapar un grito mientras se dirigía hacia ella. Dos pasos lo pusieron a mi mismo nivel; yo agarré la empuñadura en un frenesí de pánico —si hubiera sido otra mujer creo que habría corrido derecho hacia la cancela, pero la propia esposa, ya saben...— y me lancé a través de los helechos a su flanco, atacándole mientras saltaba. No hubo tiempo para usar la punta; lancé un desesperado mandoble y mientras él daba la vuelta para encontrarse conmigo, la hoja le dio de lleno en la cara con un fuerte ruido. Instantáneamente apareció la sangre, saliendo a chorros de la boca y la mejilla cortadas, y luego él trastabilló y cayó, gritando.

—¡Corre! —aullé yo, y ella pasó junto a él, con el sombrero torcido, las faldas remangadas. Me uní a ella, corriendo hacia la cancela... y fuera, desde las sombras de la caseta del vigilante, apareció otro de esos tipos y se interpuso en nuestro camino, empuñó su lanza y se puso en guardia. Me detuve en seco, pero por suerte Elspeth no lo hizo, y mientras él saltaba para esquivarla lancé un tajo a su pecho desnudo. Él lo paró, saltó a un lado y Elspeth pasó por la cancela, chillando, pero ahora él se lanzaba hacia mí, tambaleándose en su precipitación. Su punta pasó por encima de mi hombro, le pinché pero él volvió la hoja rápido como el rayo, y allí estábamos, cara a cara a través de la cancela, sus ojos giraban mientras recuperaba el equilibrio y buscaba una abertura.

—¡Vete a los árboles! —grité yo, y vi a Elspeth correr, sujetándose el sombrero. Hubo gritos desde la casa y carreras... El hova lanzó una estocada, con la lanza apuntando a mi cara. Por puro instinto lo paré estirando el brazo en un golpe automático (¡Dios te bendiga, viejo y querido maestro de esgrima del Undécimo de Húsares!) y él gritó como un cochino cuando mi punta le dio en el pecho, y su propia precipitación la hundió en su cuerpo. Su caída arrancó la empuñadura de mi mano, y entonces corrí a toda prisa detrás de Elspeth, siguiéndola a través de los árboles, donde los caballos todavía pastaban pacientemente.

La levanté a peso y la puse sobre uno de los caballos, con las faldas remangadas; salté al otro y con una mano para sujetarla, espoleé a los animales por el camino. Hubo un tumulto de voces junto a la cancela, pero yo sabía que teníamos vía libre si ella no se caía... Era una amazona bastante buena, y se agarraba a las crines con la mano buena. Salimos rodilla con rodilla, a un suave trote que nos llevó hasta el final de un camino y luego seguimos más allá, y empecé a tranquilizarme un poco. No se oía nada detrás, y si oíamos algo podíamos echarnos a galopar. Atraje a Elspeth hacia mí, jurando aliviado, y le pregunté cómo tenía la mano.

—¡Oh, es muy doloroso! —exclamó ella—. Pero Harry, ¿qué significa todo esto? Esa gente espantosa... ¡pensaba que iba a desmayarme! Y se me ha roto el vestido, y el dedo, y me tiemblan todos los huesos del cuerpo! ¡Oh! —Se estremeció violentamente—. ¡Esos espantosos soldados negros! ¿Los has... los has matado?

—Eso espero —dije, mirando hacia atrás con temor—. Y ahora... toma mi manto... tápate la cabeza también. ¡Si ven quién eres, estamos perdidos!

—¿Pero quién? ¿Por qué estamos corriendo? ¿Qué ha pasado? ¡Insisto en que me lo digas de una vez!¿Adónde vamos...?

—¡Hay un barco inglés en la costa! Vamos a alcanzarlo, pero tenemos que salir de esta espantosa ciudad primero... Si las puertas están cerradas, no sé...

—¿Pero por qué? —gritó ella, como un condenado loro, chupándose el dedo y tratando de arreglarse las faldas, lo cual no era fácil, ya que estaba a horcajadas—. ¡Oh, esto es tan incómodo! ¿Por qué nos están persiguiendo?, ¿por qué tienen que...? ¡Oh! —se le abrieron los ojos de par en par—. ¿Qué has hecho, Harry? ¿Por qué te están persiguiendo? ¿Has hecho algo malo? Oh, Harry, ¿has ofendido a la reina?

—¡Ni la mitad de lo que ella me ha ofendido a mí! —exclamé yo—. Ella es... un monstruo, y si nos pone las manos encima, estamos listos. ¡Venga, maldita sea!

—¡Pero no puedo creerlo! ¿Por qué, por qué este absurdo? Me han tratado con tanta amabilidad... Estoy segura de que, sea lo que sea, si el príncipe pudiera hablar con ella...

No me tiré de los pelos, pero estuve a punto. La cogí por los hombros, y hablando tan amablemente como pude con los dientes castañeteando, conseguí fijar en ella la idea de que debíamos salir rápidamente de la ciudad, que debíamos dirigirnos tranquilamente, por calles secundarias, hacia las puertas, pero que allí tendríamos que correr como locos; se lo explicaría luego...

—Muy bien —dijo ella—. No tienes que levantarme la voz. Si tú lo dices, Harry..., pero es todo *extremadamente* raro.

Tengo que decir esto en su favor: una vez hubo comprendido la urgencia de la situación —e incluso una sesos de mosquito como ella tenía que haberse dado cuenta por entonces de que estaba pasando algo fuera de lo normal— se portó como una valiente. No se detuvo a temblar, ni a sollozar, ni siquiera me preguntó más cosas. He conocido a mujeres inteligentes, y muchas como Lakshmibai y La de Seda que eran mejores para cabalgatas duras y situaciones desesperadas, pero ninguna tan valiente como Elspeth cuando las cosas estaban al rojo vivo. Era la mujer de un soldado, ¿comprenden? Lástima que no se hubiera casado con un soldado.

Pero si ella actuaba con frialdad, yo estaba muy agitado mientras nos abríamos camino por callejuelas secundarias hacia las murallas de la ciudad, y las íbamos rodeando hasta encontrar las grandes puertas.

Por entonces no había apenas gente, y aunque la vista de dos jinetes podía haber despertado alguna mirada curiosa, nadie nos molestó. Pero yo estaba seguro de que se tenían que haber disparado las alarmas por todas partes... Yo no sabía que tal como era la organización malgache, la última cosa en la que habrían pensado sería en cerrar las puertas. Nunca lo hacían, así que, ¿por qué preocuparse ahora? Casi grité de alivio cuando llegamos a la vista de las puertas, y vi el camino abierto. Solo estaban allí los centinelas habituales y un grupo de gente ociosa en torno a una hoguera. Nos limitamos a seguir derechos hacia adelante, sin dejarles ver que yo era el sargento general. Ellos miraron los caballos, pero nada más, y con el corazón saltando en el pecho pasamos a través de las puertas, y luego trotamos hacia adelante entre las dispersas chozas de la llanura de Antan.

Por delante de nosotros, el cielo se estaba iluminando con el amanecer de verano, y mi ánimo se levantó —¡estábamos fuera, libres, en marcha!—y más allá de aquellas distantes colinas púrpuras había un barco de guerra británico, y voces inglesas, y comidas cristianas, y seguridad detrás de los cañones británicos. Cuatro días como máximo... si los caballos que había mandado a Ankay estaban esperándonos. En aquel país de paso de caracol, donde toda persecución se hace a pie, nadie podía esperar alcanzarnos, ninguna alarma podía sobrepasarnos... Casi llegué a bajarme de mi silla hasta que pensé en aquella amenazadora presencia todavía tan cercana, aquella espantosa ciudad agazapada detrás de nosotros, y sacudí las bridas de Elspeth y nos lanzamos a galope tendido.

Pero la suerte nos acompañaba. Vimos los caballos de refresco antes del amanecer, levantando polvo.

El mozo corría junto al que iba delante, y nunca me había alegrado tanto de ver algo. No eran lo más selecto de la caballería ligera, pero tenían rancho y *jaka* en sus alforjas y yo sabía que ellos nos llevarían hasta el final si los relevábamos adecuadamente. Treinta millas es lo máximo que puede llevarme un animal, y Elspeth tampoco podría cabalgar mucho más en una sola jornada, de todos modos.

Despedí al asombrado mozo y allá fuimos a galope. Un pequeño grupo de caballos no es difícil de manejar, si has aprendido el oficio en Afganistán. Mi principal preocupación ahora era Elspeth. Ella había cabalgado sin parar, y loablemente silenciosa, hasta entonces, pero mientras seguíamos hacia adelante por el interior, vi que iba balanceándose en la silla, con los ojos medio cerrados, el rubio cabello le caía por la cara, y aunque yo estaba ansioso por seguir, me sentí obligado a parar en un pequeño bosquecillo para descansar y comer. La bajé de la silla junto a un arroyo, y se me quedó dormida al cogerla entre los brazos. Durante tres horas no se movió siquiera, mientras yo mantenía un ojo vigilante en la llanura, pero no vi señales de persecución.

Sin embargo, cuando se despertó, volvió a ser todo preguntas y parloteos, y mientras masticábamos nuestro *jaka* y yo le curaba el dedo, que no estaba roto, aunque sí herido, traté de explicarle lo que había ocurrido. De todas las asombrosas cosas que habían ocurrido desde que dejamos Inglaterra, todavía tengo la sensación de que esa conversación fue lo más increíble de todo. Quiero decir que explicarle cualquier cosa a Elspeth es siempre bastante duro, pero había algo irreal, cuando miro hacia atrás, en sentarse allí frente a ella, en un bosque de Madagascar, mientras me miraba con los ojos como platos, con su roto y sucio vestido de noche y su dedo entablillado, escuchándome mientras yo le explicaba por qué corríamos para salvar nuestra vida huyendo de una abominable déspota negra que yo había estado conspirando para derrocar. No la culpo por mostrarse escéptica, ¿saben?; fue la forma que tomó su escepticismo lo que consiguió que me echara las manos a la cabeza.

Al principio simplemente no se creía ni una palabra de todo aquello; me dijo que contradecía todo lo que ella había visto en Madagascar, y para probar su punto de vista sacó, de entre su ropa interior, una pequeña y maltratada libretita de notas de la cual procedió a leerme sus «impresiones» del país... Dios me ayude, todo eran comentarios acerca de jodidas mariposas y flores silvestres y materiales de las cortinas malgaches y lo que había tomado para cenar. En aquel punto empecé a darme cuenta de que la idea que yo me había formado en las visitas que le hice en el palacio de Rakota había sido absolutamente acertada. Ella había pasado seis meses en aquel lugar sin tener ni idea de lo que pasaba realmente. Bueno, sabía que era un poco tonta, pero aquello lo superaba todo, y se lo dije.

—Yo no he visto nada de eso —dijo ella—. El príncipe y la princesa eran todo cortesía y consideración, y tú me asegurabas que todo iba bien, así que, ¿por qué iba a pensar yo otra cosa?

Todavía se lo estaba explicando, y ella seguía refunfuñando, cuando volvimos a ponernos en camino. Aquello continuó durante la mayor parte del día, que nos llevó hasta el extremo este de los terrenos bajos, cerca de Angavo, donde acampamos en otro bosque. Por entonces yo le había metido ya en la cabeza que Madagascar era un lugar infernal, y que escapábamos de un destino espantoso. Pensarán que aquello la redujo al silencio, presa del terror, pero eso es que no conocen a mi Elspeth.

Estaba sorprendida... Asustada no, ni pizca, solo indignada. Era deplorable, y no debería estar permitido, así es como lo veía ella; ¿por qué *nosotros* (y con esto creo que quería decir Su Majestad británica) no tomábamos medidas para evitar tal desgobierno, y qué pensaba de ello la Iglesia? Era bastante desagradable... Yo estaba allí sentado comiendo *jaka*, pero no pude evitar, al oírla, pensar en la vieja regañona de Lady Sale, tabaleando sus dedos enguantados mientras las balas *jezzail* silbaban en torno a ella en la retirada de Kabul, preguntando por qué nadie hacía nada al respecto. Sí, es cómico a su manera... y, sin embargo, cuando uno ha visto a las *mensahibs* fruncir los labios y levantar unas cejas indignadas frente a los peligros y horrores que hacían temblar a sus hombres, empieza a entender su importancia. Tenían una moralidad de sacristía, una disciplina de niñera, y todo ello conseguido con un absoluto sentido de la propiedad y la higiene... y cuando todo eso desapareció, y por tanto también las *mensahibs*, pues bueno, las cosas ya no han vuelto a ser iguales nunca más.

Lo único que no podía aceptar Elspeth, sin embargo, era que la condición ultrajante de Madagascar fuese culpa de la reina Ranavalona. Las reinas, según su concepción del asunto, no se comportan de esa manera. La madre del príncipe Rakota, «un jovencito de lo más gentil y cortés», nunca habría tolerado tales cosas. No, lo que pasaba seguramente era que estaba mal aconsejada, y que sus ministros, sin duda, la mantenían en la ignorancia. Ella había sido bastante educada conmigo, ¿verdad? Eso me lo preguntó de aquella manera ingenua que yo ya conocía. Dije que bueno, que era bastante simplona y malintencionada por lo poco que supe de ella, pero que, por supuesto, apenas había intercambiado algunas palabras con ella (lo cual, como observarán, era verdad; no dije nada de los baños y del piano). Elspeth suspiró satisfecha, y después de un momento dijo suavemente:

—¿Me has echado de menos, Harry?

Mirándola allí sentada en el atardecer, destacada sobre el fondo de hojas verdes, con su vestido polvoriento, el enmarañado cabello dorado enmarcando aquella carita encantadora, tan serena en su estupidez, de repente me di cuenta de que solo había una forma adecuada de responderle. Y aquello, con la conmoción, la prisa y el miedo de nuestra fuga no se me había ocurrido en absoluto hasta aquel momento. Después, echados en la hierba, mientras ella me acariciaba la mejilla, me pareció la cosa más natural del mundo...

como si no estuviéramos en Madagascar, perseguidos por espantosos peligros y con desconocidas pruebas ante nosotros... En aquel delicioso momento soñé con la primera vez, bajo los árboles junto al Clyde, aquella tarde dorada, y cuando hablé de aquello ella empezó a llorar por fin, y se agarró a mí.

—Tú harás que volvamos allí otra vez... a casa —dijo—. Eres valiente, fuerte y bueno, y sabes mantenerme a salvo. —Se secó los ojos, con aire solemne—. ¿Sabes que nunca te había visto luchar antes? Oh, lo sabía, claro, por los periódicos, y lo que decía todo el mundo... que eras un héroe, quiero decir... pero no sabía cómo era eso. Las mujeres no lo saben. Ahora ya te he visto, con la espada en la mano... Eres terrible, Harry... ¡Y tan rápido! —Se estremeció ligeramente—. Pocas mujeres son tan afortunadas de ver lo valientes que son sus maridos..., y yo tengo al hombre más valiente y mejor del mundo entero. —Me besó en la frente, con la mejilla contra la mía.

Pensé en su dedo, aplastado por aquella bota; la forma en que se había puesto de pie entre los arbustos y había salido caminando, decidida; la agotadora cabalgata desde Antan, todo lo que ella había soportado desde Singapur... y no es que me sintiera avergonzado, exactamente, porque saben que ese no es mi estilo. Pero noté que los ojos me picaban un poco, y le levanté la barbilla con la mano.

—Nenita —dije—, eres estupenda.

—¡Oh, no! —exclamó ella, abriendo mucho los ojos—. Soy muy tonta y débil y... ¡Y no soy estupenda en absoluto! Irresponsable, dice papá. Pero me gusta ser tu «nenita» —apoyó su cabeza en mi pecho— y pensar que te gusto un poco también... más de lo que te gustan la horrible reina de Madagascar, o la señora Leo Lade, o esas señoras chinas que vimos en Singapur, o Kitty Stevens o... ¡bah, querido!, ¿qué más da?

—¿Quién demonios —rugí yo— es Kitty Stevens?

—Ah, ¿no te acuerdas? Aquella chica delgada, morena, de aspecto debilucho y ojos tristones que ella cree que son interesantes... aunque no sé cómo puede imaginar que una simple mirada pueda hacerla atractiva... Aquella con la que bailaste dos veces en el Baile de la Caballería, y le serviste ponche en el bufé...

Habíamos partido de nuevo antes del amanecer, cruzando el Angavo Pass que conduce a la llanura superior de Ankay, con muchas precauciones porque sabía que el regimiento de los guardias hovas que yo había mandado allí no podía estar muy lejos. Seguimos hacia el norte, y seguramente los dejamos a un lado, porque no vimos ni un alma hasta el vado de Mangoro, donde los campesinos se volvían para mirarnos mientras cruzábamos el río con nuestra pequeña reata. Fue fácil seguir hasta que se cerraba la selva y empezaban las montañas, pero íbamos más despacio de lo que yo había esperado. Empezó a parecerme que la cabalgada sería de cinco días en lugar de cuatro, pero no me importaba demasiado. Lo único importante era mantenernos a la cabeza de la persecución; la fragata seguiría estando allí. Estaba seguro de ello porque tenía que esperar una respuesta a la protesta que, de acuerdo con Laborde, habían enviado a la reina hacía solo un par de días. Su respuesta, aunque la hubiera enviado de inmediato, tardaría más de una semana en llegar a Tamatave, así que si manteníamos el paso estaríamos allí con tiempo suficiente.

Seguí diciéndome aquello a mí mismo al tercer día, cuando nuestro ritmo se hizo tan lento como si fuéramos a pie, porque íbamos trepando con dificultad por la serpenteante senda que conducía a las grandes montañas. Íbamos cercados por el bosque a ambos lados, y únicamente aquel tortuoso sendero como guía. Lo conocía porque me habían ido azotando por él cuando fui en la cuerda de esclavos, y tenía que tragarme mis miedos mientras nos acercábamos a cada curva... Porque, ¿y si nos encontrábamos con alguien, en aquel lugar donde no podíamos dar la vuelta, donde apartarse diez metros del camino suponía una muerte segura, perdidos y vagando hasta perecer de hambre? ¿Y si aquel sendero iba desapareciendo, o había sido cubierto por la vegetación? ¿Y si unos rápidos corredores hovas nos alcanzaban?

Yo estaba febril de ansiedad, y no me ayudaba el placer infantil que Elspeth parecía encontrar en nuestro viaje. Ella palmoteaba y exclamaba todo el tiempo ante los monos con ojos saltones que nos espiaban, o los pájaros con plumas de encaje que volaban entre las enredaderas; incluso las espantosas serpientes de agua que cruzaban las corrientes, asomando la cabeza, la excitaban... no le gustaban las arañas, sin embargo, grandes monstruos veteados tan grandes como una mano que correteaban por telas del tamaño de una sábana. Y una vez huyó con terror ante la vista de algo que hizo que nuestros caballos relincharan y retrocedieran en el estrecho sendero: una tropa de grandes simios que cruzaban el sendero dando saltos de increíble longitud, con los pies juntos.* Vimos cómo aterrizaban en la vegetación, y por enésima vez maldije la suerte de no tener siquiera un cuchillo conmigo para defendernos, porque Dios sabe qué otras cosas horribles podía haber por allí, arrastrándose en aquel oscuro y siniestro bosque. Elspeth deseó tener su cuaderno de dibujo.

Hay sesenta kilómetros de selva, pero gracias a la buena reina Ranavalona no tuvimos que cruzarlo todo, como lo harían ustedes hoy en día. El camino de la selva corre directo hacia Andevoranto, desde donde uno viaja hacia la costa hacia Tamatave, pero en 1845 había un atajo... El camino de los búfalos de la reina, que cortaba recto a través de la selva montañosa hasta la llanura costera. Era el camino abierto por miles de esclavos que yo había visto a la ida; lo alcanzamos al cuarto día, una gran avenida entre el verdor, con jirones de niebla que colgaban por encima de la montaña. Era extraño y sobrecogedor, pero al menos era llano, y como ya habíamos abandonado, exhaustos, a la mitad de nuestros animales, me alegré de poder ir más fácilmente.

Cuando recuerdo aquel memorable viaje, me parece extraño que no fuera tan penoso como podía haber sido. Elspeth todavía jura y perjura que disfrutó bastante; yo me atrevería a decir que si no hubiera sentido tantas aprensiones —miedo a perder nuestras monturas, a equivocar el camino entre la niebla, a ser alcanzado por nuestros perseguidores (aunque yo sabía que había pocas oportunidades de que eso sucediera) o inquietud por no saber cómo íbamos a hacer nuestro trayecto final hasta la fragata— podía haberme ma-

* Como resultado de su evolución aislada, la vida animal y vegetal de Madagascar es única, y se ha estimado que el noventa por ciento de sus seres vivos no existen en ningún otro lugar de la tierra. Entre sus monstruos fabulosos más celebrados está el pájaro gigante roc, que se llevó a Simbad. Los «monos» que Flashman vio eran probablemente *sifakas*, un tipo de lémur capaz de dar unos saltos prodigiosos.

ravillado de que lo hiciéramos con tanta facilidad. Pero el caso es que así fue; nuestra suerte nos condujo por selvas y montañas, apenas tropezamos con algún nativo durante todo el recorrido, y al atardecer del cuarto día estábamos galopando por las extrañas colinas cónicas que se alinean en la arenosa llanura de la costa. No había nada ante nosotros, salvo unos pocos pueblos diseminados y una llanura que nos separaba de Tamatave.

Por supuesto, tenía que haber estado en guardia. Tenía que haber sabido que aquello había ido demasiado bien. Tenía que haber recordado el horror que seguía existiendo a poca distancia de nosotros, y la locura de odio y sed de sangre que alimentaba aquella malvada mujer. Tenía que haber pensado en la primera regla del soldado: ponerte en el lugar del enemigo y preguntarte qué habrías hecho tú. Si yo hubiera sido aquella terrible perra, y mi amante ingrato hubiera intentado arruinarme, hubiera rajado a mis guardias y hubiera huido hacia la costa, ¿qué habría hecho yo, que tenía un poder ilimitado y una venganza maníaca que satisfacer? Mandar a mis corredores más veloces, por llanuras, selvas y montañas, para sembrar la alarma, alertar a las guarniciones, cortar la huida: eso es lo que habría hecho. ¿Cuánto pueden viajar en un día unos buenos corredores?, ¿sesenta kilómetros por terreno escarpado? Digamos cuatro días, quizá cinco, desde Antan hasta la costa. Estábamos aproximándonos a Tamatave por la tarde del cuarto día.

Tenía que haber estado en guardia... pero cuando uno se encuentra en el último trayecto hacia la seguridad, cuando todo ha ido mucho mejor de lo que hubiera soñado jamás, cuando uno ha visto el camino de Tamatave y sabe que la costa está solo a unos pocos kilómetros más allá de las bajas colinas, cuando uno tiene a la chica más valiente y encantadora del mundo cabalgando a su lado, con una sonrisa idiota en su boca y sus pechos saltando maravillosamente, cuando los oscuros terrores han quedado detrás... y, sobre todo, cuando uno casi no ha dormido en cuatro noches y está a punto de caerse de la silla de puro agotamiento, entonces la esperanza nubla tu intelecto, y dejas que tus últimas provisiones se te caigan de la mano, y el crepúsculo empieza a desvanecerse en torno a ti, y tu cabeza se apoya en el césped y tú te deslizas por un largo tobogán a la inconsciencia... hasta que alguien que viene de muy lejos te sacude y te grita con urgencia al oído, y te despiertas sobresaltado, abriendo los ojos aterrados en el amanecer.

—¡Harry! ¡Harry! ¡Rápido! ¡Mira, mira…!

Ella me cogía la muñeca, tirando de mí para que me pusiera en pie. ¿Dónde estaba? Sí, era la pequeña hondonada en la que habíamos acampado, allí estaban los caballos, el primer rayo de la aurora aparecía por encima de las tierras bajas al este, pero Elspeth me estaba empujando hacia otro lado, hacia el borde de la hondonada, señalando algo.

—¡Mira! Harry… más allá! ¿Quién es esa gente?

Miré hacia atrás, frotándome los ojos para despejarme. Las montañas distantes estaban detrás de un muro de niebla, y en el liso verdor de en medio había largos jirones de niebla que colgaban de las alturas. ¿Nada más? ¡No! Había un movimiento en la cima a un kilómetro detrás de nosotros, figuras de hombres que se aproximaban, una docena… quizá veinte, en una línea irregular de lado a lado. Sentí como una espantosa garra en mi corazón mientras miraba, sin creer en lo que veía, porque avanzaban a trote lento, de una forma ominosamente disciplinada: reconocí aquel paso, incluso antes de ver el primer brillo de acero en la línea y adivinar las rayas blancas de las cartucheras… Yo mismo les había enseñado cómo avanzar en orden de batalla, ¿no es así? Pero era imposible…

—¡No puede ser! —Oí cómo resonaba mi voz—. ¡Son guardias hovas!

Si necesitaba alguna confirmación, vino en el débil grito que se alzó en el aire del amanecer, al echar ellos a correr por la colina abajo hacia la llanura.

—Pensaba que era mejor despertarte, Harry —decía Elspeth, pero yo ya estaba saltando hacia los caballos, gritándole que subiera. Ella balbuceaba preguntas todavía mientras yo la levantaba en volandas, y corrí a un segundo caballo. Arreé a los otros tres animales que nos quedaban, y mientras ellos corrían relinchando desde la hondonada, dirigí otra mirada aterrorizada hacia atrás; a tres cuartos de milla de allí la línea de soldados estaba llegando hacia nosotros, cortando la distancia a una espantosa velocidad. Dios, ¿cómo habían llegado a tiempo yendo a pie? ¿Y de dónde venían, por cierto?

Preguntas interesantes, de las cuales todavía no conozco la respuesta, y que entonces no me ocuparon ni una décima de segundo. Muy a tiempo, sofoqué mi instinto cobarde de galopar furiosamente alejándonos de ellos, y supervisé el terreno por delante de nosotros. Tres, quizá cuatro kilómetros hacia el este, atravesando una llanura arenosa, estaba la elevación desde la cual, estaba bastante seguro, veríamos la costa; el camino de Tamatave estaba a un kilómetro y medio o así a nuestra derecha, y ya circulaban por él unos pocos campesinos. Luché para aclarar mis ideas: si cabalgábamos hacia adelante, iríamos a parar por encima del fuerte de Tamatave, al norte de la ciudad propiamente dicha. La fragata estaría en los fondeaderos… Dios mío, ¿cómo íbamos a alcanzarla, porque no había tiempo para detenerse y trazar un plan, con aquellos demonios pisándonos los talones? Miré otra vez, estaban ya en la llanura acercándose rápidamente. Cogí la muñeca de Elspeth.

—¡Sígueme de cerca! ¡Cabalga recto, mira por donde pisas y, por el amor de Dios, no resbales! ¡No pueden cogernos si mantenemos un galope moderado, pero si nos caemos estamos listos!

Ella estaba blanca como el papel, pero asintió y por una vez no me preguntó quiénes eran los extraños visitantes o qué es lo que querían, o si llevaba el pelo despeinado. Salí corriendo y bajé la colina, con ella bien cerca detrás, y cuando nos vieron girar se oyó un grito bastante claro, un salvaje grito de caza que hizo que yo clavara los talones a mi pesar. Bajamos galopando por la colina, y me obligué a no mirar atrás hasta que hubiéramos cruzado el pequeño valle y llegado hasta la cresta siguiente… Los habíamos adelantado, pero ellos seguían avanzando, y tragué saliva e hice furiosos gestos a Elspeth de que siguiera adelante.

Tendría que contar todas las batallas en las que he estado para decirles cuántas veces he salido huyendo presa del pánico o he hecho algún otro tipo de retirada estratégica, pero esta fue más espantosa que ninguna. Estaba aquella vez en que Scud East y yo íbamos corriendo por el Arrow de Arabat en un trineo con los cosacos persiguiéndonos, y la pequeña y alegre excursión que tuve con el coronel Sebastian Moran en el carro de municiones después de Isandhlwana, con los Udloko zulúes pisándonos los talones… ¿por qué tenía que

344

pasar siempre lo mismo? Pero en el caso presente, lo que pasaba es que en breve íbamos a alcanzar el mar, y debíamos embarcar inmediatamente (¡cielos, la fragata *tenía* que estar allí! Eché otra mirada por encima del hombro) porque, aunque estábamos a más de un kilómetro por delante, ellos todavía nos seguían, y aparecieron en una elevación corriendo a buena marcha. Eché un vistazo a nuestros caballos; no estaban agotados, pero tampoco estaban preparados para correr el St. Leger. ¿Aguantarían? Si uno de ellos se hacía daño... ¿Por qué demonios no había pensado en llevarnos también los animales de refresco? Pero ya era demasiado tarde.

—Vamos —dije, y Elspeth me dirigió una mirada temblorosa y picó espuelas, agarrándose a las crines. La última elevación estaba a media milla delante de nosotros; mientras subíamos miré de nuevo hacia atrás, pero no se veía nada a lo largo de un kilómetro entero.

—¡Lo conseguiremos! —grité, y cubrimos los últimos metros hasta la cima a través de la arena resbaladiza. El sol quemaba nuestros ojos pero avanzamos hasta llegar a la cima, donde la brisa nos acarició repentinamente la cara... y allí, debajo de nosotros, abajo, en un largo talud arenoso, se extendía el panorama de la playa y el agua azul, con la espuma de las olas a menos de un kilómetro de distancia. Lejos, a la derecha, estaba la ciudad de Tamatave, el humo se alzaba en delgadas columnas por encima de los tejados empinados; más cerca, pero también a la derecha, se encontraba el fuerte, una maciza torre circular de piedra, con su bandera y su empalizada exterior de madera; había unas tropas vestidas de blanco, casi un pelotón entero, que se dirigían hacia el fuerte desde la ciudad, y desde donde nos encontrábamos podía ver gran actividad en la plaza central del propio fuerte, y en torno a los emplazamientos de los cañones que había en su muralla.

El sol brillaba con fuerza en un cielo azul y sin nubes, los rayos pasaban por encima de un espeso banco de niebla que cubría la superficie del mar a un kilómetro y medio de la costa. Una vista muy bonita, con el arrecife de coral con sus palmeras, las gaviotas dando vueltas, el suave movimiento del brillante mar azul... solo faltaba una cosa. Desde la playa dorada hasta el perlado banco de niebla, desde la clara distancia en el norte hasta la vaga neblina de la zona portuaria de la ciudad hacia el sur, el mar estaba tan vacío como la mesa de un avaro. No había ninguna fragata británica en los fondeaderos de Tamatave. Ni siquiera había un maldito bote. Volví mi frenética mirada hacia atrás y vi que los hovas estaban apareciendo en la ladera, a apenas un kilómetro de distancia.

No puedo recordar si grité en voz alta o no; quizá lo hiciera, pero si lo hice fue una pobre expresión de la desesperación absoluta que me asaltó en aquel momento. Recuerdo cuál era el pensamiento que invadía mi mente, mientras me golpeaba la rodilla. Con el puño atormentado por la rabia, el miedo y la decepción: «¡Pero tenía que estar ahí! ¡Tenía que esperar el mensaje de la reina!», y entonces Elspeth volvió sus solemnes ojos azules hacia mí y me preguntó:

—Pero Harry, ¿dónde está el barco? Tú decías que estaría aquí...

—Y, sumando dos y dos, supongo, añadió—: ¿Y qué hacemos ahora?

Era una pregunta que ya se me había ocurrido a mí, desde que quedé paralizado pasando la vista desde el mar vacío frente a nosotros hasta nuestros perseguidores que estaban detrás. Ellos se habían detenido en la cima lejana, lo cual era una ironía, si quieren. Podían llegar hasta nosotros a gatas, daba lo mismo... Estábamos atrapados, desesperados, no podíamos hacer nada salvo esperar hasta que llegaran tranquilamente, nos cogieran y nos arrastraran de nuevo hacia el abominable destino que nos esperaba en Antan. Podía imaginar aquellos ojos de serpiente, los pozos hirviendo en el Ambohipotsy, los cuerpos que giraban en el aire desde la cima del acantilado, el sangriento rugido de la multitud... Me di cuenta de que estaba dejando escapar un torrente de juramentos, mientras miraba vanamente en torno buscando una vía de escape que yo sabía que no existía.

Elspeth me apretaba la mano, con la cara blanca... y, como era el único camino posible, la empujé hacia abajo por el talud, hacia nuestra izquierda, hacia un bosquecillo de palmeras que empezaba a unos quinientos metros desde el fuerte y corría en la distancia a lo largo de la costa, hacia el norte. Algo tiene de bueno un verdadero instinto de cobardía: te lleva derecho a cubierto, por pobre e inútil que pueda ser. Nos encontrarían enseguida, pero si podíamos alcanzar los árboles sin que nos vieran desde el fuerte, al menos intentaríamos escapar hacia el norte... ¿Hacia dónde? No podíamos ir a ningún sitio, solo correr ciegamente hasta caer exhaustos, o hasta que nuestros caballos se desplomaran, o hasta que aquellos perros negros llegaran y nos cogieran, y yo lo sabía, pero aquello era mejor que quedarnos donde estábamos y dejarnos atrapar como ovejitas.

—¡Oh, Harry! —Elspeth se quejaba mientras bajábamos a trompicones por el talud, pero no me paré a mirarla. Otro minuto y nos encontraríamos a cubierto en el bosquecillo, si nadie en el fuerte nos había visto antes. Agachado encima del cuello de mi animal, robé una mirada hacia atrás, hacia los edificios de piedra al pie de la colina... La voz de Elspeth detrás de mí lanzó un repentino grito, yo giré en mi silla y para mi asombro vi que ella se alzaba en su montura, tirando de la crin Le grité que se agachara, maldiciéndola por idiota, pero ella apuntaba hacia la costa, gritando, y yo detuve a mi animal, mirando adonde señalaba ella... y, saben, no pude culparla.

Fuera, en los fondeaderos, algo se movía en el interior de aquel banco de niebla. Al principio era solo una sombra alta en el aterciopelado resplandor de la niebla; luego vi sobresalir una larga flecha negra, y detrás de esta, mástiles y aparejos iban tomando forma. Incrédulo, oí el débil, inconfundible chirrido de las poleas y por fin apareció a la vista un barco alto y esbelto con las gavias desplegadas, derivando lentamente desde la niebla y dando la vuelta ante mis ojos para mostrar su ancho costado pintado de blanco. Sus cañoneras estaban abiertas, los cañones fuera, los hombres se movían en la cubierta, y de su palo de mesana colgaba una bandera —azul, blanca, roja... ¡Dios mío, era un barco de guerra francés!— y allí, a su derecha, aparecía otra sombra, otro barco que se volvía como el primero, ¡también francés, sus cañones y todo!

Elspeth estaba junto a mí, yo la abrazaba arrancándola casi de su silla mientras nos mirábamos hechizados; nuestra huida, el fuerte, la persecución, todo olvidado... Ella me gritó al oído y una tercera sombra apareció en la estela de los barcos, y aquella vez era la pura realidad, no había error. Me encontré llorando lágrimas de felicidad, porque era la vieja Union Jack la que ondeaba en el mástil de una fragata que llegó deslizándose sobre el agua azul.

Yo gritaba Dios sabe qué, y Elspeth aplaudía; un cañón tronó súbitamente desde el fuerte, solo a unos metros de distancia, y una blanca nube de humo surgió desde los parapetos. Los tres barcos se dirigían hacia el fuerte. El francés que iba en cabeza viró con un crujido de lona, y de repente su costado entero explotó entre llamas y humo, hubo una serie de tremendos estallidos desde el fuerte, las andanadas hicieron blanco... y allá iban sus dos compañeros, ambos disparando mientras cielo y tierra resonaban con el rugido de sus cañonazos y una espesa nube de humo gris giraba en torno a ellos mientras viraban y entraban de nuevo en combate.*

Un disparo mal dirigido silbó por encima de nuestras cabezas y me recordó que estábamos en la línea de fuego. Le grité a Elspeth y los dos corrimos hacia los árboles, metiéndonos entre la vegetación y bajando de nuestras monturas para mirar la extraordinaria escena que se estaba representando en la bahía.

—Harry... ¿por qué disparan? ¿Se supone que vienen a rescatarnos? —ella me cogía la mano, excitada—. ¿Sabrán que estamos aquí? ¿No vas a llamarlos, amor mío?

Esto con cuarenta cañones disparando a menos de quinientos metros de distancia, porque desde el fuerte también estaban disparando. El francés estaba muy cerca. Nubes de polvo y humo se elevaron del muro del fuerte; el buque francés pareció temblar en el agua, y Elspeth gritó cuando la cofa de trinquete se rompió y luego cayó lentamente entre el humo, con un estrépito de velas y aparejos. Allá llegó el segundo barco, disparando sus andanadas a lo

* Fue una suerte para Flashman llegar a Tamatave la mañana del 15 de junio de 1845, cuando los barcos de guerra europeos, los franceses *Berceau* y *Zelée* y la fragata británica *Conway* hicieron un ataque concertado al fuerte y la ciudad. La expedición punitiva fue en represalia por el mal trato de Ranavalona a los europeos: ella acababa de decretar que aquellos que comerciaran con las islas debían estar sujetos a la ley malgache (esclavitud por deudas, trabajos forzados, juicio por *tanguin,* etcétera). Hubo algunos incidentes fatales entre barcos británicos y tropas malgaches, y un capitán de barco británico de origen norteamericano, Jacob Heppick, fue esclavizado después de que su bergantín, el *Marie Laure,* naufragase. El capitán Kelly del *Conway* fue enviado a Tamatave para pedir un desagravio a principios de junio, y como este no se produjo, el bombardeo anglo-francés siguió unos pocos días más tarde (véanse Oliver, el «Memorial de Jacob Heppick, marinero, al gobierno de Mauricio», y el *Annual Register).*

loco, toscamente, como lo hacen los gabachos, y luego el fuerte les respondió como réplica y les dio de lleno. «Dios mío —pensé yo—, ¿van a vencer a los franchutes?» Porque el segundo barco francés perdió su mastelero de mesana y se desvió ciegamente con los mástiles caídos en la popa... y allá vino la fragata inglesa, y aunque yo, como norma, no concedía demasiado crédito a nuestra gente de la marina, la verdad es que se portaron bien frente a los extranjeros, porque corrieron derechos y silenciosos, tomándose su tiempo, mientras desde el fuerte les disparaban y volaban astillas de sus baluartes.

En el aire límpido podía ver todos los detalles: los sondeadores balanceándose en las cadenas, los marineros con camisas blancas en la cubierta, los oficiales de casaca azul en el alcázar, e incluso un pequeño guardiamarina en el aparejo con su catalejo apuntado hacia el fuerte. Silenciosamente, siguió su rumbo hasta que estuve seguro de que iba a acercarse a tierra, y luego una voz llamó desde la popa, hubo un movimiento apresurado de hombres y un aleteo de lona, viraron a sotavento y todos los cañones dispararon como uno solo en un ensordecedor estruendo. La onda expansiva de la andanada nos golpeó como una ráfaga de aire, los muros del fuerte parecieron desvanecerse en humo y polvo y fragmentos dispersos... pero cuando todo se aclaró, el fuerte todavía estaba allí, y sus cañones seguían disparando de vez en cuando.

La fragata se estaba retirando claramente, y ni ese barco ni los averiados franceses parecía que fueran a volver... Me asaltó la idea espantosa de que se estaban alejando, y no pude contenerme ante una conducta tan cobarde.

—¡Volved, hijos de puta! —rugí, saltando de un lado para otro—. ¡Maldita sea, son solo un puñado de negros! ¡Acabad con ellos, condenados! ¡Para eso os pagamos!

—Pero mira, Harry —chilló Elspeth—: ¡Mira, amor mío, están volviendo! ¡Mira... los barcos!

Sí, unas chalupas surgían de detrás de los franceses, y otra del barco inglés. Mientras los tres barcos viraban de nuevo, disparando al fuerte, los botes llegaron dirigiéndose a la costa, repletos de hombres... Iban a asaltar el fuerte, bajo la cobertura de los cañones del escuadrón. Yo saltaba y blasfemaba de excitación... ¡porque aquella era nuestra oportunidad! Debíamos correr hacia ellos cuando llegaran a tierra... Corrí hacia abajo a través de la vegetación, mirando a la colina de detrás, para ver cómo iban nuestros amigos los hovas. Estaban allí, bajaban la loma detrás de nosotros, dirigiéndose hacia el lado más próximo a tierra del fuerte. Iban corriendo de cualquier manera, pero un suboficial gritaba en la retaguardia, y me pareció que señalaba hacia nuestro bosquecillo. Sí, algunos de los hovas iban a investigar —los estaba mandando en nuestra dirección—, maldito aquel villano negro, ¿no sabía cuál era su deber cuando unos barcos extranjeros atacaban su asquerosa isla?

—¿Qué vamos a hacer, Harry? —Elspeth estaba junto a mí—. ¿No deberíamos correr hacia la playa? Es peligroso quedarse aquí.

Ella no es tan tonta como parece, ¿saben?, pero afortunadamente yo tampoco lo soy. Los barcos estaban en las rompientes, solo a un momento de la costa; la tentación de correr hacia ellos era casi más de lo que puede soportar un cobarde como Dios manda, pero si dejábamos nuestro cobijo demasiado pronto, con los doscientos metros de arena desnuda que había entre nosotros y el lugar donde estaba el barco francés más cercano, estaríamos a tiro de fusil desde el fuerte. Debíamos quedarnos escondidos en el bosquecillo hasta que el destacamento de desembarco llegara a la playa y corriera hacia el fuerte..., eso mantendría ocupados a los fusileros negros, y sería más seguro correr hacia los botes, agitando una bandera blanca: al momento, ya estaba yo rasgando las enaguas de Elspeth, acallando sus gritos de protesta y atisbando por entre la vegetación a los hovas que se aproximaban.

Tres de ellos trotaban hacia el bosquecillo, con su oficial detrás haciéndoles señas de avanzar; el que dirigía estaba casi en los árboles, con un aire idiota, volviéndose para recibir instrucciones de sus compañeros. Aquella cara chata, brutal, se volvió en nuestra dirección y empezó a dirigirse hacia el bosquecillo, balanceando su lanza y mirando a un lado y a otro.

Le hice un gesto de silencio a Elspeth y la llevé hacia el lado cercano al mar del bosquecillo, debajo de un arbusto, escuchándolo todo a la vez: el continuo estruendo de los cañones, los débiles gritos que venían desde las murallas del fuerte, el lento crujido de los pies del hova en el suelo del bosquecillo. Parecía que se estaba dirigiendo al norte por detrás de nosotros... y Elspeth me puso los labios junto al oído y susurró:

—¡Oh, Harry, no te muevas, te lo ruego! ¡Hay otro de esos nativos muy cerca!

Volví la cabeza y casi me da un ataque. Al otro lado de nuestro arbusto, visible a través de la vegetación, estaba una silueta negra, a menos de diez metros de distancia... En aquel momento el primer hova dio un grito de sobresalto, hubo un relincho frenético... ¡Dios mío, me había olvidado de los caballos, y aquel animal casi los había pisado! La silueta negra al otro lado de los arbustos echó a correr... alejándose de nosotros, gracias a Dios, sonó un estrépito de fusilería desde la playa y recordé la oportuna sugerencia de mi mujercita y decidí que no podíamos quedarnos allí por más tiempo.

—¡Corre! —susurré, y salimos de entre los árboles y corrimos como locos hacia la costa. Se oyó un grito detrás de nosotros, y un silbido en el aire por encima de nuestras cabezas, y una lanza vino a clavarse en el suelo de arena ante nosotros. Elspeth chilló, corrimos, los botes estaban siendo varados, y ya había hombres armados cargando hacia el fuerte... Marineros franceses con jerséis rayados, y un tipo pequeñajo delante de ellos blandiendo un sable y haciendo discursos sobre *la gloire,* sin duda, mientras la metralla desde los muros hacía saltar la arena entre él y su grupo.

—¡Socorro! —rugí yo, dando tumbos y señalando la posición de Elspeth—. ¡Somos amigos! *Allô, mes amis! Nous sommes Anglais, pour l'amour de Dieu!* ¡No disparen! *Vive la France!*

No nos prestaron ni la menor atención, entretenidos en aquel momento en abrirse camino por la empalizada exterior de madera del fuerte. Salimos de la fina arena para buscar un suelo más firme, dirigiéndonos a los botes, varados en la misma orilla. Miré hacia atrás, pero los hovas no estaban a la vista, tipos listos; empujé a Elspeth y nos fuimos a un lado para quitarnos de la línea de tiro del fuerte. Por entonces la playa estaba llena de figuras que corrían delante de nosotros, franceses y británicos, atacando y lanzando vítores. Había una lucha encarnizada en la empalizada exterior, jerséis blancos y rayados por un lado, pieles negras por otro, machetes y lanzas que relampagueaban, fusiles que disparaban desde el fuerte interior y la respuesta de nuestra gente abajo en la playa. Entonces sonaron algunos gritos de británicos y de franceses excitados, y entre el humo pude ver que estaban encima del muro interior, subidos cada uno a hombros de otro, disparando con pistolas y obviamente haciendo carreras para ver quién subía primero, si los franceses o los británicos.

«Que os vaya bien —pensé—, porque yo ya estoy cansado». En el mismo momento, Elspeth gritó:

—¡Oh, Harry, Harry, querido Harry! —Y se agarró a mí—. ¿Crees que deberíamos sentarnos ahora? —susurró ella débilmente —y al momento se desvaneció y nos dejamos caer en la arena húmeda uno en brazos del otro, entre los botes y el destacamento de desembarco. Estaba yo demasiado agotado y mareado para hacer cualquier cosa menos quedarme allí sentado, sujetándola, mientras se libraba una furibunda batalla en la playa, y yo pensaba, «Dios mío, al fin estamos a salvo, y pronto podré dormir...».

—¡Usted, señor! —gritó una voz—. Sí, sí, usted... ¿de dónde sale, señor? ¡Dios mío! ¿Esa que tiene usted ahí es una mujer?

Un grupo de marineros ingleses llevaba unas parihuelas vacías y corría cerca de nosotros en dirección al fuerte, y con ellos aquel tipo de cara roja con una raya dorada en su casaca que había puesto sus ojos en nosotros. Blandía una espada y una pistola. Le grité por encima del estruendo de disparos que éramos prisioneros de los malgaches y que habíamos escapado, pero él se limitó a ponerse todavía más rojo.

—¿Qué es lo que dice? ¿No está usted con el desembarco? Salga de la playa, señor..., ¡salga ahora mismo! ¡No tiene nada que hacer aquí! ¡Esta es una operación naval! ¿Qué es eso, contramaestre? ¡Ya voy, malditos! ¡Adelante, adelante!

Salió corriendo, enarbolando sus armas, pero no me preocupé. Sabía que estaba demasiado cansado para llevar a Elspeth a los botes que estaban a un centenar de metros de distancia, pero estábamos fuera del alcance de los tiros de fusil del fuerte, así que me contenté con quedarme sentado y esperar hasta que alguien tuviera tiempo de atendernos. Estaban bastante ocupados por el momento. La tierra delante de la empalizada estaba sembrada de muertos y heridos que aullaban, y a través de las brechas que habían abierto se veía disparar a la artillería mientras los que escalaban trataban todavía de subir el muro de diez metros que había detrás. Tenían escalas, llenas de marineros franceses e ingleses, y sus aceros relampagueaban en la cima del muro, donde los defensores luchaban a espada y seguían disparando.

Por encima del estrépito de la fusilería hubo un grito de júbilo, la gran bandera malgache blanca y negra en el muro del fuerte cayó de su mástil roto, pero un malgache en las almenas la cogió. La lucha se encarnizó en torno a él, pero en aquel momento un grupo que volvía con unas parihuelas cargó a través de mi línea de visión, llevaba hombres heridos de vuelta a los botes, así que no vi qué le ocurrió.

Nadie nos prestaba atención todavía a Elspeth y a mí. Estábamos algo apartados del tráfico principal que corría de un lado para otro por la playa, y aunque una partida de marineros franceses se detuvo para mirarnos curiosamente, pronto fueron azuzados por un oficial que no cesaba de aullar. Traté de levantar a Elspeth, pero ella estaba todavía inconsciente contra mi pecho, y me arrastré como pude y vi que el destacamento de desembarco estaba empezando a retroceder desde el fuerte. Algunos heridos vinieron cojeando primero, ayudados por sus compañeros, y luego las partidas principales todas mezcladas y juntas, británicos y franceses, con los oficiales inferiores jurando y aullando órdenes mientras los hombres trataban de encontrar sus divisiones. Se empujaban y luchaban con gran desorden, los marineros británicos maldiciendo a los franceses, y los franceses haciendo muecas y gesticulando.

Busqué ayuda, pero era como hablar en un manicomio... Entonces, por encima de todo el jaleo y parloteo, los cañones distantes de los barcos empezaron a disparar de nuevo, y los disparos silbaron por encima de nuestras cabezas para estrellarse en el fuerte, porque nuestra retaguardia estaba despejada ahora, se retiraban en buen orden y cambiaban fuego de fusilería con los muros que no habían conseguido escalar. Todo lo que parecía haber conseguido era capturar la bandera malgache. Entre los tiradores que se retiraban, con los disparos enemigos hostigándoles, una desordenada multitud de marineros franceses e ingleses se daba de bofetadas por la posesión de aquella maldita cosa, gritando: «*Ah, voleur!*», y «¡alto, malditos!», los franceses dando patadas y los ingleses golpeándoles con los puños, mientras dos o tres oficiales trataban de separarlos.

Finalmente el oficial inglés, un tipo alto y larguirucho con la pernera izquierda del pantalón desgarrada y un vendaje ensangrentado en torno a la rodilla, consiguió apoderarse de la bandera, pero el oficial francés, de poco más de un metro de altura, agarró una punta y vinieron peleándose en mi dirección, gritándose el uno al otro en sus respectivas lenguas, con sus tripulaciones detrás.

—¡No la tendrán! —gritó el francés—. ¡Devuélvamela, *monsieur*, en este mismo momento!

—¡Aparte, retaco seboso! —rugió John Bull—. ¡Quite inmediatamente su zarpa o lo sentirá!

—¡Condenado ladrón inglés! ¡La han cogido mis hombres, le digo! ¡Es un botín de Francia!

—¿La soltará de una vez, mono comedor de ranas? ¡Maldita sea, si usted y sus cobardes hubieran luchado con tanto entusiasmo como chilla ahora, habríamos tomado ya ese fuerte! Déjeme en paz, ¿me oye?

—Ah, conque se resiste, ¿eh? —gritó el francés, acercándose más al inglés—. ¡Ya basta! ¡Suelte esa bandera o le pego un tiro!

—¡Déjela, maldito gusano! —estaban casi encima de nosotros, el obstinado sajón sujetando la bandera por encima de su cabeza y el pequeño francés saltando para cogerla y dándole patadas en las espinillas—. Lo voy a aplastar con el ancla, patán saltarín, si... ¡Buen Dios, es una mujer! —se quedó con la boca abierta al verme allí a sus pies, con Elspeth en mis brazos. Me miró, sin habla, olvidado del francés, que ahora estaba golpeándose el pecho con sus pequeños puños, con los ojos cerrados muy apretados.

—Si tiene un momento —dije yo—, le agradeceré que ayude a subir a mi mujer a sus botes. Somos británicos y hemos escapado del cautiverio en el interior.

Tuve que repetírselo hasta que lo captó, soltando una variedad de juramentos, mientras el francés, que había dejado de golpear con los puños, miraba con suspicacia.

—¿Qué dice este hombre? —exclamó—. ¿Está conspirando, el bribón? Ah, pero yo tendré la bandera... demonios, ¿qué es esto? ¿Una mujer a nuestros pies?

Se lo expliqué en francés, y él me miró con los ojos como platos y se quitó el sombrero.

—¿Una dama? ¿Una dama inglesa? ¡Increíble! ¡Y además una dama tan hermosa, y en una condición tan desvanecida! ¡Ah, pobrecilla! ¡Doctor Narcejac! ¡Doctor Narcejac! Venga rápidamente... Usted, señor, tranquilícese —él casi bailaba de agitación—. ¡Esperad, vosotros, y proteged a la señora!

Estaban todos agrupándose a nuestro alrededor, con la boca abierta, y mientras el matasanos francés se arrodillaba junto a Elspeth, cuyos párpados empezaban a aletear, una pareja de marineros me ayudó, y el oficial inglés quiso saber quién era yo, se lo dije y él preguntó: «¿No será el Flashman de Afganistán?», y repliqué, «el mismo en persona», y él dijo que vaya sorpresa, y que él era Kennedy, segundo de a bordo en la fragata *Conway*, muy orgulloso de conocerme. Mientras tanto, el pequeño oficial francés saltaba excitado y me decía que era el teniente Boudancourt, del *Zelée*, que se auxiliaría en todo a la señora y se le proporcionarían sales, que la marina francesa al completo estaba al servicio de ella, y que él, Boudancourt, personalmente supervisaría su tranquilo traslado sin perder ni un momento...

—¡Alto ahí, franchute! —rugió Kennedy—. ¿Qué está diciendo? ¡Jenkins, Russell! ¡La señora es inglesa y subirá en un barco inglés, por Dios! ¿Puede usted andar, señora?

Elspeth, ayudada por el doctor francés, estaba todavía tan débil, fuera por la fatiga o por aquella abundancia de atención masculina, que apenas pudo hacer un gesto desmayado, y Boudancourt gritó su indignación a Kennedy.

—¡No levante la voz, por favor! Ah, ¿lo ve? ¡Ha hecho que vuelva a decaer!

—¡Cierre su bocaza! —gritó Kennedy, y, a un marinero que estaba tirándole de la manga—: ¿Qué demonios pasa?

—Perdón, señor, con los saludos del señor Heseltine, los negros están saliendo, parece ser, señor.

Señalaba hacia la playa: cierto, había unas figuras negras con taparrabos blancos que emergían a través de la empalizada, enfrentándose valientemente a los disparos de los barcos y la fusilería de nuestra retaguardia. Algunos de ellos disparaban contra nosotros; sonaba el alarmante silbido de las balas por encima de nuestras cabezas.

—¡Por todos los demonios! —gritó Kennedy—. ¡Franceses, mujeres y negros! ¡Esto es el colmo! Señor Cliff, le agradeceré que saque a todos estos hombres de la playa! ¡Cúbranles, tiradores! ¡Russell, corra al barco... dígale al señor Partridge que cargue los cañones con metralla y los dispare si se ponen a tiro! ¡Fuera de la playa!

Boudancourt gritaba instrucciones similares a su propia gente; entre ellos, el médico y un marinero estaban llevando a Elspeth al bote más cercano.

—¡Bueno, vaya con ella, no sea idiota! —me gritó Kennedy—. Ya sabe cómo son esos malditos franchutes, ¿verdad?

Iba cojeando con su pierna herida, la bandera malgache arrastrando de su mano, el pequeño Boudancourt hablando con irritación a sus talones.

—¡Ah, pero un momento, *monsieur!* Se ha olvidado, creo, de que todavía lleva algo que es propiedad legítima de *madame la République!* ¡Haga el favor de entregarme esa bandera!

—¡Ni por asomo!

—Ah, villano, ¿me desafía aún? ¡No dejará esta costa con vida!

—¡Apártese, pequeñajo! Podía oír su disputa por encima del estruendo mientras alcanzaba la borda del barco francés, los hombres forcejeaban a su alrededor con el agua a la altura de la rodilla. Estaban subiendo a Elspeth a la cámara del bote a través de una gruñona y chillona multitud de franceses... Algunos estaban de pie en la proa, disparando hacia la playa, otros se preparaban para alejarse, había heridos que gritaban o que yacían silenciosos contra los bancos de los remeros, y un guardiamarina gritaba estridentes órdenes a los hombres en los remos. Hubo una explosión ensordecedora cuando el cúter británico cercano disparó su cañón de proa. Los malgaches salían en tropel del fuerte, dirigiéndose hacia la playa mientras disparaban al azar —se habían preparado para la carga en un momento— y Kennedy y Boudancourt, los últimos hombres de la playa, chapoteaban en los bajíos, tirando de la bandera y chillándose insultos uno al otro.

—¡Déjeme, maldita sea su estampa!

—¡Traidor inglés, no escapará!

Pienso en ellos a veces, cuando oigo a los políticos idiotas diciendo tonterías acerca de la *entente cordiale*. Kennedy sacudiendo el puño, Boudancourt ronco y agotado, con aquel sucio, inútil trozo de tela tirante entre ellos. Y estoy orgulloso de pensar que en aquel momento crítico, con toda aquella confusión en torno y el desastre inminente, mi habilidad diplomática se impuso para salvar la situación. Porque creo que ellos seguirían allí todavía si yo no hubiera sacado un cuchillo del cinturón de un marinero que tenía delante y cortado la bandera en dos, maldiciendo histéricamente. El cuchillo no hizo más que hacer un ligero corte, pero fue suficiente... toda la tela se rasgó en dos con un sonido chirriante, y Kennedy juró, Boudancourt chilló y subimos a bordo mientras los cañones de proa rugían por última vez y los botes rodaban por los guijarros y se sumergían en las olas.

—*Assassin!* —gritó Boudancourt, blandiendo su mitad.

—¡Chulo! —respondió Kennedy, desde el barco vecino.

Así es como salimos de Madagascar. Costó más de un puñado de ingleses y franceses muertos, aquella operación alocada y mal llevada,* pero ya que salvó mi vida y la de Elspeth por pura casualidad,

* El fracasado asalto al fuerte de Tamatave por destacamentos de desembarco desde el escuadrón anglo-francés tuvo lugar tal como dice Flashman. La empalizada exterior fue tomada bajo una lluvia de metralla y fusilería, la batería destruida y los cañones inutilizados, pero los atacantes no consiguieron tomar el fuerte principal y se retiraron después de una rápida lucha. Los británicos sufrieron cuatro bajas y doce heridos, y los franceses diecisiete muertos y cuarenta y tres heridos. Tanto el *Zelée* como el *Berceau* perdieron sus masteleros en la batalla con el fuerte. El incidente de la bandera es cierto, aunque no todos los detalles están claros. Parece que fue arrancada del muro exterior y recogida por un soldado malgache que la puso en una lanza. Volvió a caer y fue capturada por un guardiamarina inglés y dos marineros; hubo un forcejeo entre franceses y británicos bajo el fuego malgache y el tema se resolvió por fin cuando alguien —el *Annual Register* dice que fue el teniente Kennedy, pero sin duda Flashman lo sabrá

me perdonarán si no me quejo. Todo lo que podía pensar, mientras me acurrucaba junto a ella en la popa, con la cabeza dándome vueltas de fatiga y el cuerpo dolorido era: ¡Dios mío, estamos salvados! Reinas negras locas, Solomon, Brooke, hovas, cazadores de cabezas, gánsteres chinos, dardos envenenados, pozos hirviendo, barcos con calaveras, veneno *tanguin*... todo había desaparecido, y navegábamos por el agua azul, mi chica y yo, hacia un barco que nos iba a llevar a casa...

—Perdón, *monsieur*. —Boudancourt, junto a mí, fruncía el ceño ante el trozo de bandera empapada que tenía en las manos—. ¿Puede decirme qué significan estas palabras? —preguntó, señalando la inscripción negra que llevaba la bandera.

No podía leerlas, por supuesto, pero conocía lo suficiente de la heráldica malgache para saber qué eran.

—Dice «Ranavalona». Es la reina de esa maldita isla, y puede darle gracias a su destino por no haberse acercado nunca a ella. Podría contarle... —empecé yo, pero Elspeth se removió contra mí y pensé: «No, cuanto menos diga, mejor». La miré; ella estaba despierta, pero no me escuchaba. Sus ojos parecían estar modestamente abatidos, y yo no entendía por qué, hasta que noté que su vestido estaba tan destrozado que llevaba las piernas completamente al descubierto, y todas las libidinosas caras francesas de aquel barco babeaban mirando en su dirección. ¿Y ella no lo sabía? «Demonios —pensé—, así es como empezó todo este jodido asunto, porque esta zorra coqueta permitió que la miraran con ojos lascivos...».

—¿Le importa? —dije a Boudancourt, y cogiendo la bandera rota de su mano la deposité decentemente sobre las rodillas de ella, mirando con irritación a los decepcionados franceses. Ella me miró, con inocente sorpresa, y sonrió y se acurrucó junto a mi hombro.

—Vaya, Harry —suspiró—. ¡Me cuidas tan bien!

[Extracto final del diario de la señora Flashman, julio de 1845.]

mejor— la cortó en dos. Los franceses recibieron la mitad que contenía la leyenda «Ranavalona» y los británicos el trozo en el que ponía «Manjaka». La mayor parte de la ciudad de Tamatave ardió durante el ataque.

... pero de verdad que es *agotador* verme separada de nuevo *tan pronto* de mi querido, querido H., especialmente después de la cruel separación que habíamos soportado, y en un momento en que suponíamos que podíamos disfrutar del reposo y alivio de la compañía mutua en deliciosa paz al fin, y en la *seguridad* de la vieja Inglaterra. Pero S. E. el gobernador de Mauricio estaba muy decidido a que H. fuera a la India, porque parece que allí está creciendo el alboroto entre los sijes, y los regimientos que vuelven a casa tienen que ser enviados allí de nuevo, y todo oficial de *probada experiencia* es necesario en caso de guerra.* Así que por supuesto mi querido, estando en la lista activa, *tiene* que ir a Bombay, no sin la más vigorosa protesta por su parte, tanto que él incluso amenazó con devolver sus papeles y dejar el servicio por completo, pero eso ellos no lo permitirían en absoluto.

Así que me han dejado aquí lamentándome, como la mujer de Ulises cuando su marido se fue a la guerra, o era su hijo, no lo recuerdo bien, mientras el esposo de mi corazón vuelve a su deber, y en realidad espero que él tenga cuidado con los sijes, que parece que son *de lo más desagradable.* Mi único consuelo es el conocimiento de que mi queridísimo habría preferido con toda su alma acompañarme él mismo a casa, y fue su gran preocupación y afecto por mí lo que causó que se resistiera tan fieramente cuando le dijeron que tenía que ir a la India (y en realidad se puso bastante violento, y llamó a S. E., el gobernador, muchas cosas desagradables que soy incapaz de reproducir, porque eran demasiado duras). Pero yo no podría haberle apartado nunca a él del camino del honor, que ama tanto, y realmente no había razón para que lo hiciera, porque estoy extremadamente *cómoda* y bien cuidada a bordo del buen barco *Zelée,* cuyo coman-

---

* Después de un largo período de intranquilidad política y violencia en el Punjab, los sijes finalmente invadieron el territorio controlado por los británicos en diciembre de 1845, y empezó así la Primera Guerra Sij.

dante, el capitán Feiseck, ha sido tan amable de ofrecerme un pasaje hasta Toulon, mejor que esperar un *Indiaman*. Es un joven muy agradable y atento, con los modales más *refinados* del mundo, lleno de consideraciones conmigo, igual que *todos* sus oficiales, especialmente los tenientes Homard y St. Just y Delincourt y Ambrée y el pequeño y querido Boudancourt, e incluso los Guardiamarinas...

[Fin del extracto. ¡Hipocresía, vanidad y afectación hasta el final! ¡Y una preocupación muy propia de una esposa, en verdad! —G. de R.]

Con esta nota de impaciencia de su original editora, el manuscrito del tercer paquete de las memorias de Flashman llega a su fin.

Apéndice A

El críquet en 1840

Flashman tenía una idea muy personal del críquet, como de la mayoría de las cosas, pero no nos cabe la menor duda de que en su habitual cinismo brilla un genuino amor por el juego. Esto no es sorprendente, porque es quizá el deporte más sutil y refinado de los practicados al aire libre que se ha inventado jamás, resuelto con destreza y maestría, y con un sinfín de oportunidades para un carácter como el suyo. Además jugaba bien, de acuerdo con su propio relato y el de Thomas Hughes, del que podemos fiarnos, porque no era dado a exagerar nada para ganarse el crédito de Flashman. En realidad, si no hubiera estado tan ocupado con sus deberes militares y otras hazañas, Flashman podría haberse ganado un lugar en la historia del críquet como lanzador verdaderamente rápido... Vencer a un trío como Félix, Pilch y Mynn (los equivalentes victorianos tempranos de Hobbs, Bradman y Keith Miller) demuestra un talento por encima de lo corriente.

Si él constituye una guía fiable para conocer el críquet de su época podemos juzgarlo a partir de los trabajos que aparecen citados al final de este apéndice. Sus recuerdos de Lord's en su edad dorada son precisos, así como los breves retratos de los gigantes de su época: el enorme y formidable Mynn, el elegante Félix y el gran Pilch (aunque la mayoría de sus contemporáneos muestran a Pilch como mucho más genial de lo que lo consideró Flashman). Sus referencias técnicas al juego son correctas, aunque tiene tendencia a mezclar la jerga de sus días de jugador con la de sesenta años más tarde, cuando escribía… Así, habla de «bateadores», término que se usaba en 1840, así como *shiver, trimmer, twister* y *shooter* (todos describen lanzamientos), y al mismo tiempo, se refiere indiscriminadamente a «vuelta» y «turno», que significan lo mismo, aunque el primero es mucho más obsoleto, y comete un curioso lapsus de memoria al referirse a «las cuerdas» en el Lord's de 1842; en efecto, los límites no fueron introducidos hasta más tarde, y en la época de Flashman había que correr para todos los tantos.

Indudablemente, lo más interesante de sus recuerdos del críquet es su descripción del partido *single-wicket* con Solomon; esa forma de juego era popular en su época, pero después sufrió un declive, aunque se han hecho intentos de revitalizarla recientemente. Las reglas pueden encontrarse en la obra de Charles Box *The English Game of Cricket* (1877), pero variaban según las preferencias; podía haber cualquier número de jugadores a cada lado, de uno a seis, pero si había menos de cinco era costumbre prohibir el tanteo o lanzamiento detrás de la línea del *wicket*. Las apuestas en tales juegos estaban muy extendidas, y ayudaban a darles mala fama. Sin embargo, conviene recordar que el tipo de apuesta en la que incurren Flashman, Solomon y Daedalus Tighe era común en su época. Aunque era indudablemente dura, excéntrica y hasta retorcida, formaba parte integrante de un mundo deportivo muy pintoresco en el cual incluso un sacerdote podía hacerse con unos bonitos ingresos con las apuestas del críquet. Se podía jugar incluso a la luz de las velas, y los hinchas recuerdan todavía ocasiones como la de un partido de los pensionistas de Greenwich en el que los espectadores acudieron en masa para ver a un equipo de hombres con una sola pierna jugar contra un equipo que tenía un solo brazo. (El equipo con una sola pierna ganó, por ciento tres carreras; se rompieron cinco piernas de madera durante el juego). En realidad, podemos hacernos eco de Flashman: el críquet ya no es lo que era. (Véanse Box, W., *Annals of Cricket* de W. Read, 1896; *The History of Cricket* de Eric Parker, Lonsdale Library [con la descripción de sir Spencer Ponsonby Fane de Lord's en «Lord's y la MCC»]; *Sketches of the Players* de W. Denison, 1888; *Felix on the Bat* de Nicholas [«Felix»] Wanostrocht, 1845; y *Oxford Memories* del Rev. J. Pycroft, 1886).

Apéndice B

El rajá blanco

Ahora, cuando está de moda contemplar solo el aspecto oscuro del imperialismo, no se oye hablar mucho de James Brooke. Fue uno de aquellos victorianos que dieron buen nombre a la construcción de un imperio, y cuyo peor defecto, quizá, fue amar la aventura por su cuenta y riesgo, tenía una inconmovible confianza en su propia misión civilizadora y disfrutaba luchando contra los piratas. Su filosofía, típica de su clase y de su época, puede no ser bien vista universalmente hoy en día, pero un examen honesto de lo que realmente hizo descubrirá más motivos de alabanza que de censura.

El relato que Steward dio a Flashman es sustancialmente cierto: Brooke fue a Sarawak en busca de aventuras, y acabó como gobernante y salvador. Abolió la tiranía bajo la cual se encontraban, reavivó el comercio, redactó un código legal y aunque virtualmente sin recursos y solo con un puñado de aventureros y cazadores de cabezas reformados para ayudarle, mantuvo su guerra particular contra los piratas de las islas. Le costó seis años ganar, y considerando el salvajismo y el abrumador número de sus enemigos, la naturaleza organizada y tradicional de la piratería, las distancias y costas desconocidas en las que se movía y las pequeñas fuerzas a su disposición, fue un logro asombroso.

Que fue una lucha brutal y sangrienta lo sabemos, y quizá fuera inevitable que al final de ella Brooke se viera descrito por algún periódico como «pirata, asesino a gran escala y criminal», y que pre-

363

sentaran demandas en el Parlamento Hume, Cobden y Gladstone (que admiraba a Brooke, pero no sus métodos) para que se realizara una investigación de su conducta. Palmerston, igualmente de forma inevitable, defendió a Brooke como hombre de «honor sin tacha», y Catchick Moses y los comerciantes de Singapur también lo apoyaron.

Finalmente, la investigación exoneró completamente a Brooke, lo cual probablemente fue una decisión correcta; sus críticos debían pensar que él había perseguido a cazadores de cabezas y piratas con excesivo entusiasmo, pero los pobladores de la costa que habían sufrido generaciones de saqueo y esclavitud tenían una visión diferente.

Y lo mismo sucedió con el gran público británico. No había escasez de héroes a los que venerar en la época victoriana, pero entre los Gordons, Livingstones, Stanleys y demás, James Brooke ocupó merecidamente un lugar único. Después de todo, representaba al típico aventurero inglés de la vieja tradición: independiente, intrépido, honesto, gazmoño y animosamente inmodesto, y con un pequeño toque de bucanero; no fue de extrañar que toda una generación de novelistas para jóvenes lo tomara como modelo. Lo cual era un gran cumplido, pero no mayor que el que le tributaron las tribus de Borneo; para ellos, según dijo un viajero, era simplemente sobrehumano. Los piratas de las islas quizá hubieran estado de acuerdo.*

---

* Suleiman Usman entre ellos. Brooke lo persiguió por tierra en Maludu, al norte de Borneo, en agosto de 1845, solo unas pocas semanas después de que los Flashman fueran rescatados de Madagascar, de lo que resulta que Usman, después de perder a Elspeth, volvió a sus propias aguas. Ciertamente estaba en Maludu cuando la fuerza británica al mando del almirante Cochrane lo atacó y destruyó; un informe establece que Usman fue herido, se lo dio por muerto en acción, y al parecer no se volvió a oír hablar de él.

Apéndice C

La reina Ranavalona I

«Una de las más orgullosas y crueles mujeres en la faz de la tierra, y toda su historia es un compendio de sangre y actos horrorosos». Así la describe Ida Pfeiffer, que la conoció personalmente. Otros historiadores la han llamado «la moderna Mesalina», «una terrible mujer... poseída por la avidez de poder y la crueldad», «una Calígula en femenino» y cosas por el estilo; para M. Ferry, el ministro de exteriores francés, era simplemente «la horrible Ranavalo».* En resumen, hay una unanimidad que, junto con las bien documentadas atrocidades de su reino, justifica todo lo malo que Flashman dice de ella.

No hay duda razonable de que Flashman haya registrado su relación personal con ella de forma correcta. Su relato de Madagascar y sus extrañas costumbres concuerda con otras fuentes, así como las descripciones de minucias como el excéntrico guardarropa de la reina, sus pinturas de Napoleón, muebles, ídolos, tarjetas en las comidas, hábitos de bebida e incluso preferencias musicales. El retrato de su corte fantásticamente vestida, su fiesta nocturna y la ceremonia pública del baño de la reina pueden verificarse con detalle. En cuanto a su conducta con él, es bien conocido que tuvo amantes, posiblemente incluso antes de la muerte de su marido, aunque admitir esto es una pura especulación basada en un estudio de los acontecimientos que la llevaron al trono, que Flashman toca solo por encima.

* Discurso a la Cámara de los Diputados, París, 1884.

El rey Radama, su marido, murió repentinamente a la edad de treinta y seis años en 1828. Como no tenían hijos, el heredero era el sobrino del rey, Rakotobe; sus partidarios, previendo una lucha por el poder, ocultaron la noticia de la muerte del rey durante algunos días para permitir a Rakotobe consolidar sus pretensiones. Mientras tanto, sin embargo, un joven oficial llamado Andriamihaja, que estaba ostensiblemente entre los partidarios de Rakotobe, traicionó las noticias de la muerte del rey ante Ranavalona por razones que no se han desvelado. Ella pronto tuvo a los líderes militares de su parte, alegó que los ídolos favorecían sus pretensiones al trono y asesinó sin piedad a todos los que se le resistieron, incluyendo al desgraciado Rakotobe. Ella recompensó la traición de Andriamihaja convirtiéndolo en comandante en jefe y tomándolo —o confirmándolo— como amante suyo. Finalmente fue acusado de traición, sometido al *tanguin* y ejecutado (véase Oliver, vol. I).

Los treinta y cinco años siguientes fueron un reino del terror, persecución religiosa y genocidio a gran escala —considerando la medida y limitada población de Madagascar— raramente igualado hasta nuestros propios tiempos. El hecho de que Ranavalona escapara al asesinato o el destronamiento es testimonio de la fuerza con la que ejercía su poder absoluto, y de su capacidad para sobrevivir a los complots. Cuántos de estos hubo, no podemos saberlo, pero ninguno tuvo éxito… incluyendo el golpe de Flashman de 1845, y una posterior conspiración en la cual Ida Pfeiffer, entonces de sesenta años, se encontró envuelta, para su considerable alarma: ella describe en sus *Viajes* cómo el príncipe Rakota (todavía evidentemente decidido a librarse de su madre) le mostró el arsenal que intentaba usar en su revuelta, y que ella se fue a la cama y tuvo pesadillas acerca del juicio del *tanguin*.

Como sabemos que tanto Rakota como Laborde sobrevivieron al complot que describe Flashman, parece probable que este simplemente naciera muerto, o que la reina, por alguna razón, desistiera de tomar venganza de los conspiradores. Sería agradable pensar que el señor Fankanonikaka, al final, se salvó y continuó su devoto servicio a su reina y a su país.

Ático de los Libros le agradece la atención
dedicada a *Flashman y señora,* de George MacDonald Fraser.
Esperamos que haya disfrutado de la lectura
y le invitamos a visitarnos
en www.aticodeloslibros.com,
donde encontrará más información
sobre nuestras publicaciones.

Si lo desea, puede también seguirnos
a través de Facebook, Twitter o Instagram y suscribirse
a nuestro boletín utilizando su teléfono móvil
para leer los siguientes códigos QR: